—————— 阅读之前 没有真相

午夜文库

致命山猫
Secret Identity

[美] 亚历克斯·塞古拉 著

李杨 译

新 星 出 版 社　NEW STAR PRESS

目录

1	序幕
5	第一部分　起源故事
161	第二部分　事实真相
255	第三部分　忠实信徒
366	尾声
377	致谢

献给我的妻子和孩子们——我真正的超级英雄

人生，顶多只能算是苦乐参半。
——杰克·柯比

执念是唯一重要之物。
——帕特里夏·海史密斯

序幕

她听到声响,立刻睁开了眼睛。

即便此时已是深夜,肌肉记忆也在起作用,卡门·巴尔德斯轻巧地从她的小单人床上爬起来。耳边传来熟悉而刺耳的叫喊声。

她踮着脚,避开满地玩具,来到小卧室的房门前。

又是一声尖叫。

是妈妈①。

这样的叫喊和吵闹已是家常便饭。卡门早已见怪不怪。甚至还没到睡觉的时间她就能预知。如果妈妈和爸爸在喝东西——喝那种东西——就是个不好的兆头。那就意味着他们正在发生变化,变得更刻薄、更阴暗,变成另外的人。每当这时,她就会迅速洗漱完毕,赶紧回到自己的房间关上房门,在漆黑中寻求相对安全。

但她也知道,黑暗能给她的庇护十分有限。黑夜虽然能将她藏在身后,却无法让她的父母安静下来。她知道,叫喊声终将响起。卡门只是祈祷自己能沉沉睡去,不要被吵醒。

她缓缓迈着步子,来到老地方坐下。他们一家住在迈阿密郊外一间紧凑的三居室小房子里。房间虽然有些破旧,却温馨舒适。

---

① 原文为西班牙语。下同。

这是她的家。卡门喜欢这个地方，她在这里感到安全——大多数时候如此。

她扶着仿木纹楼梯栏杆的立柱，望向下面的小客厅。客厅里只亮着一盏忽明忽暗的灯，照着她的父母。喊叫声已经平息，取而代之的是一个卡门从来没有听过的声音——至少她的父亲从未发出过这样的声音。

抽泣。

"为什么要这样做？为什么，克拉拉？为什么？为什么你要这样做？"

父亲那蹩脚的英语让卡门吃了一惊。她的父母平常都是用西班牙语交流。那是他们的语言，他们天然的沟通方式。英语是截然不同的东西：是差事，是为了达到目的而使用的手段。听着自己古巴裔的父亲不自然地说着英语——而且还是边哭边说——卡门感觉有点蒙，她甚至开始怀疑自己是否还在梦中。

"快站起来，佩佩，站起来。像个男人一样跟我说话，我的天哪。"卡门的母亲咬牙切齿。听得出，她在强忍心中的怒火。

父亲又啜泣起来，那痛苦的哭号让卡门愈发感到晕眩和惊惶。她感觉脚下的地板开始摇晃。她的世界似乎变得摇摇欲坠。她并不喜欢这种感觉。

她红着脸，强忍着。她自知终究还是忍不住抽噎，眼泪顺着脸颊缓缓地流了下来。她究竟做错了什么？父母为何变成了这样？她怎样做才能让一切恢复正常？

就在她胡思乱想之际，突然和母亲四目相对——母亲的眼里原本满是怒火，但看到她之后眼神立马柔和了起来，目光中流露出惊讶和惭愧。这一切情绪的变化都发生在转瞬之间。卡门想要藏起来，但已经太迟。母亲已经看到她了。尽管如此，她还是退了回去。她听到母亲慢慢靠近楼梯的脚步声，甚至可以感觉到母亲抬头望向她刚才的位置。

"小卡门，你在干什么？"母亲问道。她的语气听上去有些不自然，明显是努力不想让卡门听出来她喝了太多那种东西，假装自己还是白天那个正常的妈妈。"已经很晚了，我的女儿……"

卡门没有应声。她转动小小的身体，背对着哭泣的父亲，慢慢地爬回她的房间。

卡门已经为这样的夜晚做好了准备。如同今晚，在让她感到无依无靠、缺乏安全的黑暗时刻，她会回想起更美好、更温暖的时光。与爸爸一起步行去药店，她的小手抓着他的大手，他身上的汗味和古龙水味混合成一种令人熟悉的舒服的感觉。他那疲惫的身影为他的"小公主"顶住门，筋疲力尽的脸上露出微笑。

他们不会走太远。通常情况下，他们来药店不是为了买药，而是直奔杂志架，穿过各种杂志和平装书，来到一个装满图画书的旋转金属架前。它们看起来那么鲜艳诱人，几乎是轻声召唤着卡门一点点靠近。有闪电侠的红、白、黄，有美国队长充满爱国元素的装备，有蝇人的暗绿和暗黄配色、昆虫外形的制服，还有暮光侠的灰色、红色与黑色。

这是他们的仪式，他们特别的惯例。爸爸会和她一起走过去，然后她会退后一步看着他转动架子，他的手指轻轻触碰着一摞摞正在旋转的漫画书。他会抓起一两本，展示给卡门看，然后简单地描述一下。

"蝙蝠侠力大无穷，也非常聪明，小卡门"，或者"美国队长是个好人，为人正直"。

然后他们会走到收银台前。她的父亲每次都会像机械设定一样告诉她，当他作为一个古巴移民带着妻女来到美国时，就是通过漫画学会了英语。从超人、蓝甲虫、火星猎人或自由联盟的冒险故事中了解了他们现在称之为家的这个国家。卡门会点头微笑。她已经熟知这个故事。但她爱这个男人——善良而坚强，会犯错但总是在努力变得更好。

当卡门像一只试图不发出声响而挤过篱笆的猫一样四肢着地爬上楼梯时，她不禁回想起那些时刻。她需要回到自己的安全之处，她需要用自己创造的披风掩盖自己、隐藏自己。只有在她狭小的房间里，在那个堆满了漫画书、素描和点子的空间里，她才会觉得安全。

为了生存，她必须成为另一个人。

第一部分　起源故事

我的四肢划过夜空，

就像窗户破裂时飞出的漆黑玻璃片。

全身一震，平稳落地。

猎杀开始，长夜漫漫。

你尽管试着逃窜……

选自一九七五年《传奇山猫》第一话"山猫出世"——编剧：哈维·斯特恩；绘制：道格·德特默；文字：托德·莫雷利；编辑：里奇·博格；总裁/CEO：杰弗里·卡莱尔。胜利漫画出版。

发现一只漏网之鱼。

不能允许这种事情发生——现在不行。

但你定然无所遁形。

呵……嘿……哈……

嘘!

SHTKK

我轻甩手掷出流星镖,动作一气呵成。

此时的我已不是克劳迪娅·卡拉。

不……不要,求你了!!

依靠动物的直觉,我猛扑到他身上——

啊咿咿咿咿!

我已经改头换面。

我能感受到他的恐惧,

SSSSSH

我品尝着他的恐惧,

啊!

我的利爪划破他的皮肤。我感到一阵兴奋。

捕猎者如今竟沦为他人的猎物。

> 他在哪儿?

我的声音变得低沉、沙哑、咄咄逼人,连我自己也感到陌生。

> 西蒙·厄普顿在哪儿?

> 你——你——你是谁?

> 厄普顿?你是认真的?

> 强硬一点,吓唬吓唬他。

> 但正在下沉的感觉挥之不去。

> 快说!他在哪儿?

> 我想要奔跑起来,做点什么。

> 厄普顿没救了,宝贝儿。他在虚空先生手里。落到他手里的人还没有能活下来的。

第一章

办公室里响起一声尖叫。此时还不到上午十一点，但卡门·巴尔德斯已经感到生不如死。

"卡门？你在哪儿？"

位于熨斗区第十八大街的胜利漫画办公室狭小而拥挤。卡门站在一台正在发出阵阵噪声的大型复印机前，转过头，笑容僵硬在脸上。每当她的老板、胜利漫画的所有人兼主编杰弗里·卡莱尔走近时，工作日的一切喧嚣忙碌似乎都按下暂停键。卡莱尔双手胡乱拍打着，仿佛一只拼命想要停在半空，以便躲开脚下沥青的幼鸟。他抄近路来到卡门旁边，平静地睁大双眼，似乎在期待什么。卡门已经习惯了他们之间这种特殊的相处方式。每次卡莱尔都会为一些毫无意义的小事喋喋不休——什么原画放错位置了啊，有会议预约没通知他啊，或者只是因为他想要抱怨——然后卡门总会平静地向他解释为何这个世界本就如此。这种情况从卡门开始担任卡莱尔的秘书一直持续到现在，已经快一年了。这就是他们俩的相处模式。

"我在这儿，老板，"她说，语调干脆而戒备，"我在复印梅纳德的新脚本。在这台新机器上只需要几分钟。有些出乎意料。"

"那件事我几个小时之前就已经布置给你了。"他压低声音说——一次微不足道、乏善可陈的胜利。

卡门瞥见大办公区格子间里的两位员工举止局促，两人显然做好了准备，一见势头不妙便立即低头盯着桌面。他们或许正在对一本热销漫画的画稿做最后的修正。对他们来说，卡莱尔骂人的场面是求之不得的消遣。

卡门冲他们扬了扬眉毛，然后转头面对老板。

"那个是《灰狼》的稿子——他对战干涉者那一期，记得吧？"她说着把一沓刚印好的稿子递给卡莱尔，手上还沾着新鲜的墨水，"这是新一期《化身侠》的稿子：第十五期。"

"好吧，好吧。"卡莱尔接过稿子，小声嘟囔着。他的小眼睛扫过第一页稿子，微微耸了耸肩表示接受了卡门的说法，动作小得几乎难以察觉。这部作品现在炙手可热。莱恩·梅纳德是胜利漫画的顶级画手，但这并不意味着他是胜利漫画所有画手里最好的，或者出稿最快的。粉丝喜欢他活灵活现、充满哲学思想的对话，以及他与生俱来的创造出超尘脱俗人物的本能。卡莱尔却痛恨他那明显是拜致幻剂所赐的迷幻情节。与其说二人矛盾的根源在于梅纳德的文学抱负，倒不如说是因为卡莱尔本人也怀着创作出美国巨著的远大文学梦想，而在他扭曲的观念中，梅纳德提升作品品位的努力是对他的冒犯。

"让我们看看这次又有什么炫酷的内容。"他说，"炫酷"两字透露出毫不掩饰的鄙夷。

卡莱尔转身走向他的办公室，卡门独自留下，站在复印机旁，得到短暂喘息。她把齐肩黑发草草梳成马尾。大约一个小时后，就要把午餐摆在他的办公桌上——熏牛肉配黑面包，加上大量芥末酱，不要酸黄瓜——也许还得加上一瓶可口可乐。秘书难做，但卡门却做得很好。卡莱尔每次的抱怨都不是冲她，而是对着她倾诉——一般都是因为员工或者家人的问题。她打理好老板的日程，让他心无旁骛地投入工作，甚至可以不客气地说，是她让胜利漫画公司这台机器得以正常运转。是她给外聘员工开发票，是她确保画师总有脚本可画，也是她协调员工休假安排、组织节日派对。但她做了这么多，却很少得到感谢，换来更多的是牢骚和抱怨。对这一切，她总是心知肚明，一笑了之。她想要留在这里，不会因为任何人动摇她的决心。能为杰弗里·卡莱尔工作是她梦寐以求的事，而在漫画行业工作更是她真正的梦想——也正是这个梦想让二十八岁的卡门从迈阿密来到纽约，来到了这个冬天时常下雪、冷得要开空调、公寓霉迹斑斑、谋杀司空见惯、街头乌烟瘴气的地方。一九七五年的纽约危险重重、令人胆寒，又沉醉于偏执的妄想。拦路劫财是家常便饭，没经历过入室抢劫都算不上体面的纽约人。家里有漂亮的首饰一定不能戴出来，走在街上要时刻留心背后。这一切都与被卡门视为故乡的那个热带乡村截然不同。迈阿密的番红花鸡肉饭以及专为温暖气候准备的衣服已经离她千里之遥。

同样与她天各一方的还有凯瑟琳。

她摇了摇头，从复印机里取出脚本。她正准备走回自己狭小的工位——就在卡莱尔那宽敞的玻璃幕墙办公室外——突然有人轻轻拍了一下她的肩膀。

"要不要休息会儿？"

她一听到那浓重的鼻音立刻猜到了来人的身份。卡门转过身，发现果然是哈维·斯特恩，他瘦长的身形倚着通向主电梯的走廊墙边，调皮的长脸上挂着温暖的笑容，浓密的棕发垂在额前。哈维是胜利漫画的初级编辑。

"天哪，好啊。"她说着把原稿重新放回了复印机上，跟着他走了出去。"不过我们还是出去抽烟吧？我需要呼吸点新鲜空气。"

哈维点点头。两人一同朝电梯走去。他的手游移不定地朝卡门的后腰伸了过来，被她轻轻推开了。哈维很讨人喜欢，甚至可以说过于讨人喜欢——况且他对她很好。卡门不是木头。男人看她时的眼神，她全看在眼里。更重要的是，男人眼神背后的意思她也心知肚明。她的身材修长健美，留着深棕色的齐肩发，一双灵动的杏眼让她的笑容更显得俏皮动人。她冷峻的美艳外表虽然看似拒人千里，却让人觉得既神秘又温暖。她听过很多男人对她的感受，并且乐在其中。

哈维是个好孩子，甚至可能已经不是个孩子了——她真的看不出他的真实年纪，但他肯定不超过二十五岁。快三十岁的卡门肯定比他年长。

"他又在那儿婆婆妈妈地说什么呢？"他的话听起来尴尬而生硬。

"哦，他忘了让我复印的是什么，"她说，没看他的眼睛，"你懂的，还是那点事。"

哈维可以说是她为数不多的职场朋友之一。但哪怕你是一堆浑蛋老男人里面唯一一个好人，恐怕也说明不了什么问题。对于朋友，卡门不会因为还有人更糟糕就认为某人很好，而这也是她自从搬到纽约以来有大量时间独处的重要原因。卡门还没有摸清，哈维对她好究竟是因为他真心想交朋友，还是另有所图。卡门清楚，只要她愿意，他一定会跟她上床。大多数男人都是这样。但至少他人还不错，可以帮她打发一些工作的时间。

他们穿过空旷的大厅，走到街上。这是灰暗阴冷的三月里的一天，乌云蔽日天欲雨，所有人都搞不清究竟该继续穿冬衣还是已经可以穿着较为轻薄的上衣在户外散步。过去一周的气温似乎比每年同期都要低，整座城市的精神似乎都变得不太正常。纽约吸引了无数前来寻找工作机会的年轻人，但这座城市本身似乎正在变得支离破碎：房屋空置，犯罪猖獗。这个国家最受人喜爱的城市正在崩塌，而他们只能在城市内部坐视这一切发生。卡门打了个寒战，伸手去接哈维递过来的那包百乐门。她的寒战不只因为冷，也因为这所有的一切。他先给她点烟，然后又点燃了自己的烟，两人随后在老位置坐下，开始抽烟。

"伦恩的新稿子怎么样？"哈维问道，他的内心或许已经因为二人之间短暂的沉默而纠结不已。

"挺好的。"卡门答道，朝着大街的方向迅速吐出一口烟。她看着大楼前熙熙攘攘的人们，每个人都一心想着自己要做的事和面对的问题。一位不堪重负的母亲拖着身后蹒跚学步的孩童。一个身着皮衣、戴着护目墨镜的男子随着只有他自己能听到的节奏摇头晃脑。一对老夫妇宛如瑞普·凡·温克一般迷茫地看着周遭陌生的世界。这座如今被卡门视为家园的动感都市天空污浊灰暗，往来的人流似乎纷纷隐入其中，卡门至今也无法融入他们。其实卡门对纽约并不陌生，但就她的感受而言，来到纽约后的第一年似乎只是勉强过活。之后的日子虽然同样艰难，但好在她已经有了一些信心。

"我喜欢他的作品。"卡门转过头，看着哈维说。二人目光相接的一刻，他的眼睛睁大了，似乎急于建立某种联系。"他的作品感觉更生动，你懂吧？不像他在漫威时的作品那么呆板。感觉他希望做得更多——他想给这些人物一个存在的理由。"

"对，是的，没错，"他点点头说，"你读过斯特林[①]的《术

[①] 斯特林，此处指漫威编剧、灭霸的创造者吉姆·斯特林（Jim Starlin）。

士》吗?"

她感到这个问题是对自己的冒犯,但并未流露出不快。

"拜托,哈维,我当然读过,但我更喜欢他的《惊奇队长》。"她说。

哈维再次点点头,然后转头深深吸了一口烟。

"我感觉梅纳德的《化身侠》也是,"他几乎自言自语地说,"我的意思是,这个点子其实不怎么样,直到他参与进来。"

"点子本身确实没什么意思,"卡门说,"读起来就好像是劣等的山寨超人,何况正版超人本来就挺无聊的。"

哈维轻轻笑了笑。

"没错,太对了。"他说。她看到他不出声地自言自语"无聊"这个词。他真的还有些可爱。

过不了多久,卡莱尔又要在办公室里四处乱窜找碴儿了,但她暂时还不想上楼。

"你觉得我们是不是遇到了麻烦?"哈维问。

她想了一分钟才明白他什么意思。

"你是说公司?"她装傻问道。哈维深知卡门掌握的内情比普通员工多得多——卡莱尔的邮件由她负责整理,卡莱尔的电话也是她负责接听。卡莱尔打的电话,她隔着薄薄的墙壁至少能听到一半内容。哈维这手不过是办公室政治手册中最古老的一招:向老板的秘书讨教。

为了问出刚才那个问题所付出的努力让哈维变得紧张起来。他结巴了几句,然后放弃了追问。这倒正合卡门的心意。她看了看手表。

"我该回去了,"她说,"谢谢你的烟。周末有什么安排?"

哈维耸了耸肩。这次确实挺可爱的。她希望自己能更喜欢他。

她觉得，自己需要一个真正的朋友。

"我周日可能会去 CBGB[①] 看一场演出。"他说，试图装作若无其事。他这副装酷的样子让卡门忍不住翻白眼。

"我以为你不会喜欢那些新式的时髦音乐，哈维。"她边说边甩了一下头。

"呃，是，但是我——"

她拍了拍他的胳膊。

"放松一点，"卡门说，"感觉会很有意思。谁去演出？帕蒂·史密斯[②] 和电视乐队[③]？"

"是，应该是。"他说。糟糕，卡门心想。我让他抱希望了。

"祝你玩得愉快——如果我去不了的话。"她说着，转身准备朝大楼走去。

她试着对哈维报以温暖的一笑，但他的眼睛却一直盯着自己的脚。

[①] CBGB，一九七三年十二月正式开张的一家纽约摇滚乐俱乐部，曾有众多知名摇滚乐队在 CBGB 演出，使其成为美国朋克音乐的圣地。二〇〇六年，CBGB 因房租问题关闭。
[②] 帕蒂·史密斯（Patti Smith, 1946—)，美国摇滚女诗人、画家、艺术家，二十世纪七十年代美国朋克音乐的先锋人物之一。
[③] 电视乐队（Television），美国知名摇滚乐队，最早在一九七三年由汤姆·魏尔伦（Tom Verlaine）和理查德·赫尔（Richard Hell）成立于纽约，一九七八年解散。尽管乐队存在时间不长，却对摇滚乐进程产生了重要影响。

第二章

卡门经过里奇·博格敞开的办公室门前，手里拿着一沓校样。

"嘿，卡门，"她听到博格近乎自言自语的嘟囔声，"你好吗？"

卡门后退两步，朝博格的办公室里瞥了一眼。博格是胜利漫画最资深的编辑，是曾经先后在查尔顿[①]、质优[②]以及DC工作的业界元老。他的年龄与卡莱尔相仿，可能还要年轻几岁。他性情随和、思维敏锐，与态度粗鲁又自大的卡莱尔形成鲜明对比。卡门在胜利漫画工作期间，与博格因对漫画共同的热爱而结缘。在卡门眼中，博格有一种上年纪的老伯一样的奇特魅力；但她也深知，博格书生气的外表下是对漫画艺术的强烈激情——尽管他对于那些受到粉丝驱动的关于漫画的细枝末节或许并不感兴趣。她对博格这一特质的欣赏，或许就连她自己也说不清。

"里奇，我还好，"她边说边走进他的办公室，在他对面的椅子上坐下，"你呢？"

[①] 查尔顿漫画（Charlton Comics），查尔顿出版公司下属的漫画出版制作机构，成立于一九四六年，二十世纪八十年代初被DC收购。旗下知名角色包括原子队长、蓝甲虫、和平使者等。

[②] 质优漫画（Quality Comics），一家成立于一九三七年的漫画出版制作公司，旗下知名角色包括橡皮人、永恒之子等，一九五六年停止运营，其角色后被DC全部收购。

里奇是卡莱尔从DC挖来的"大鱼",而吸引里奇来投的条件之一便是他的办公室——面积比卡莱尔的办公室略小,从地面到屋顶堆满了各个时期的漫画。对于卡门来说,里奇的办公室就像一座博物馆,每次她走进去,一闻到旧书散发出的霉味就感到愉悦。不过她看得出,胜利漫画与博格的预想大相径庭。当初选择结束在DC编辑部的短暂工作时,博格以为胜利漫画的岗位将给予他一个塑造并指引一家业界小公司的机会。但实际上,他有几次稍微放下戒心时告诉卡门:"卡莱尔招我过来是为了让我干他不喜欢的那些事。"

其中就包括胜利漫画大部分编辑工作——枪毙未采用的点子、解聘自由职业雇员、催促拖稿的写手或者画师、审读非首刊或者重要转折点的脚本以及确保各期期刊准时上市。如果是里奇自己做决策,那么哪怕是这些细碎的工作他也一定甘之如饴——但让他违心地告诉别人他们的工作都是狗屎,就没那么好玩了。

"还行,还行,上班而已,"他干巴巴地笑了笑,"你那位英勇无畏的领导今天怎么样?"

卡门耸了耸肩。

"老样子,"她说,"我觉得属于黄色警戒状态。还是老一套那些牢骚——梅纳德啊,竞争对手啊,为什么他得不到应得的肯定啊——你懂的。"

博格把眼镜推到鼻梁上方。"可不是嘛,"他说,"不过说起来,我找你有别的事。"

她看着他打开一个桌子侧面的抽屉。

"又找到一本供你参阅。"他边说边从抽屉里取出一本漫画书,封面朝下递给了她。他每次都是如此——为了保持悬念。她觉得这个动作还挺可爱的。

每周他们都会找一个工作日抽出几分钟碰头，他会从他多年来作为从业者以及爱好者收藏的漫画书中选出一两本送给她。卡门非常享受从博格的藏书中借书这个过程，因为博格从未把它当作某种教育，或者一位老教授向年轻学生传道授业。他对她说话的方式仿佛一位同行旅人或是意气相投的漫画爱好者，与她一样热爱漫画以及这个行业。

她把那本漫画翻过来。原来是DC旗舰系列期刊《侦探漫画》的一期。封面是黑暗骑士跑下一段阴森的城堡台阶，一个女人居高临下地宣称："要么获得永生……要么速速领死！"①

她发誓她见过这张封面，但这本漫画她肯定没有读过。尽管蝙蝠侠是她最早的漫画记忆，但她总是将这位义警的探险认为是理所当然。他和助手罗宾时刻保护着哥谭的街巷。只要她想，就总能找到他。尽管如此，这张封面还是有什么前所未见的新鲜之处吸引着她，激发了她的好奇。

"蝙蝠侠？太主流了吧，里奇。"她一边翻看着漫画，一边挑着眉说。这时她注意到了本期编著者名单——主笔是丹尼斯·奥尼尔，作画是尼尔·亚当斯。虽然她手中的这本漫画问世已近五年，但这两个名字仍然分量极重。奥尼尔新闻式的笔触与亚当斯现实主义风格的硬朗作画珠联璧合，他们创造出的故事总能将绿灯侠这样的传奇人物带入我们的现实生活，让他们所在的世界变得更加真实可信。她抬头看着里奇，后者浓密的髭须下露出微笑。"可

---

① 这本漫画应为一九六九年十一月上市的《侦探漫画》第三百九十五期。封面上的女人是当期蝙蝠侠故事的反派之一德罗丽丝·摩尔托（Dolores Muerto，西班牙语中"Muerto"有"死人"之意），她和她的丈夫胡安·摩尔托因获得了极度稀有的西比尔花而长生不老。为了掩盖西比尔花的秘密，摩尔托夫妇试图杀死一名警察，蝙蝠侠出手阻止并最终烧掉了摩尔托夫妇仅存的西比尔花田。《侦探漫画》第三百五十九期也是蝙蝠侠漫画历史上最重要的编剧丹尼斯·奥尼尔在《蝙蝠侠》漫画中的首秀。

为什么是这本呢?"

"我跟丹尼斯还有尼尔打过一些交道,"从不喜欢攀附名人抬高自己的博格说到这里有点尴尬,"尽管他们已非常优秀,作品备受读者喜爱,但我仍然感觉他们并没有得到足够的认可。他们的名作炙手可热。但其实我觉得,将来人们回看这些故事"——说着他指了指卡门手中的漫画——"会发现这些才是真正的佳作。我的意思是,在朱莉把他们招进来、组成搭档之前,蝙蝠侠还是一个在城里到处游荡、无忧无虑的乐天派。但丹尼斯和尼尔让他变成了一个黑暗的复仇者,变成了这个集歇洛克·福尔摩斯和超级英雄于一身、却又不乏一点超自然元素的可怕义警。如果我没记错的话,这期漫画就是这一切的起点。真的非常出色。我知道你想学习漫画的技艺,甚至有朝一日创作你自己的作品。这本漫画可以告诉你该怎样做——以及如何才能做好。"

卡门微笑着,小心地合上漫画,放到那沓试印品的最上方。彩印的漫画让她想起还在工作时间。她扫了一眼手表。

"我该走了,里奇。"她边说边站起身,抱起了自己的东西。她感觉自己的脸红了。博格的礼物让她感到既惭愧又感激。"不过还是要谢谢你。我是说,我扫了一眼就知道我一定会喜欢的。感谢你想着我。"

"我很高兴你之前没看过这本,"博格说,"你是个专家了,卡门。这里能多一个像你这样的专家真是太好了。"

"我可不敢当。"她调皮地耸了耸肩说。她朝着博格堆得满满当当的书架示意了一下。"这些书我看一天都看不腻。我想这就是我的梦想吧。"

卡门突然意识到自己有些失言,博格在业界多年积累下的这一摞摞书籍和漫画分散了她的注意力。可为什么会这样?为什么她每天其他时候都保持戒备心，可到了这间房间就放松了下来？她清楚，很大一部分原因在于博格，这个喜欢谈论漫画的和善前辈。他们之间的交往没有那么强的功利性。她不需要巴结他，这让卡门回想起一个更加单纯的时代——那时候，最大的问题便是她是否喜欢最新一期的《神秘之家》或者《展示橱》。她意识到，这给她带来的快慰无法量化。

博格清了清嗓子。

卡门转过头看了看他。"我想你的老板可能在召唤你了。"他说，语气中带着些许遗憾。她想，或许他也享受我们之间的这种闲聊吧。

"可能吧，"她边往外走边说，"回头见，里奇。"

他看着她朝着左边卡莱尔的办公室走去，轻轻挥了挥手。

她朝挤在开放办公区中间的制作部同事们摆了摆手，将新一期《黑幽灵》打印稿标作上字指南，然后请邮差将它们送往全城各地的文字书写员。她可以闻到附近一张桌子上的橡胶胶水和半敞的马丁博士染料，破旧的色标卡上草草涂抹的颜料，以及画稿白边里那只有内行人才能看懂的涂鸦。漫画行业本来就是一团乱麻——大家为了一个雷打不动的截止期限仓促赶工，一摞画稿在作者与编辑之间来回转手，直至付梓。卡门喜欢这样的节奏。

"巴尔德斯？我的午餐呢？"

卡门正往卡莱尔办公桌的方向走，就听到了卡莱尔熟练的抱怨——他习惯于在冲进主工区之前，先排练一些琐碎的要求。她抓起送外卖的男孩放在她桌上的棕色袋子，走了进去。卡莱尔正要起身，见卡门进来便停住了。他双眉紧锁，弓着腰，就像一头要扑到一只毫无察觉的小动物身上的狗熊。他看到她手中的外卖，表情才缓和下来。

"嘿，我正要找你呢。"他说。

"有何贵干？"卡门试图用甜美而非尖刻的语气说，"我什么时候来迟过，老板？"

卡门转身要走，卡莱尔一屁股坐回座位里。

"等等，卡门，先别走。"他边说边示意她在棕色办公桌前的两把椅子中找一把坐下。

卡莱尔的书架就是一套英语文学基础百科大全：海明威、福克纳、菲茨杰拉德、奥威尔还有奥斯汀。这些大部头除了展露他在文学方面的抱负之外，似乎便再无用处。封面上的灰尘反着光，说明：这些陈列不过是摆设——是给来访的外人看的，并非书架主人熟读的藏书。他的桌面倒更显得职业，四散摆满了处于不同阶段的画稿——草稿、成书、角色设计、剧情脚本、定稿、涂满标记的稿子。光是卡莱尔懒得处理的废稿，就可以拼凑出几期故事了。卡门匆匆地扫了一眼，努力不流露出兴奋的样子。

卡莱尔伸出两根手指敲了敲一摞稿子。那是莱恩·梅纳德的脚本。要开始了。

"你读了吗？"

"读了。"她说，语气自信而干脆。

"你觉得怎么样？"

"不错，不过我的立场您也清楚。"卡门说。她努力排除语气中的一切犹疑，知道自己不能掉以轻心。卡莱尔每次询问她对于某件事的意见，都无一例外地步步杀机。但她毕竟久经沙场，已经不是只会虚与委蛇。她非常了解卡莱尔。有些时候，他只想让旁人附和他。其他时候——比如他老婆决定关注他一下，抑或他刚跟一位他非常中意的写手共进午餐、喝得酩酊大醉——他会对他人的批评或者反驳抱有更开放的态度。卡门无法预测他此时此刻的情绪。但她深信，莱恩·梅纳德是一位出色的写手，或许是胜利漫画旗下最杰出的写手。

卡莱尔吐出一声烦躁的低吼。他虽然已经五十几岁，但总体来看保养得不错——他的脸有点发福，皮肤有些粗糙，茂密的八字胡已经灰白，啤酒肚也正以惊人的速度隆起。在他苛刻挑剔难伺候的表象下，是一颗心——虽然卡门仍然无法确信他的心是否能一直正常工作。他偶尔爆发的善心——鲜花、微薄的涨薪以及偶尔的免费午餐——都被他日常的刻薄残忍、一贯的目中无人、阴阳怪气的夸奖赞美以及一种坚定不移的舍我其谁的信念掩盖。这使得越来越喜欢拿自己工作的事询问卡门的卡莱尔变得越来越冷嘲热讽，难以相处。

"这个稿子挺奇怪的，感觉有点牵强，"他好像更多的是在自言自语，"我的意思是，他到底想说什么，你明白吗？"

他今天的问题似乎并不属于她熟悉的两种类型。他是想让她附和他，还是他有什么……新的诉求？

她决定孤注一掷。

"我觉得他在尝试一些不同的东西，类似于漫——"

失策。

"漫威？拜托，算了吧。我烦透了斯坦和杰克，"他边说边轻蔑地挥了挥手，"我们是我们，他们是他们，好吧？我们的行事方式与他们不同。我是剧情派——我喜欢用精彩的故事让人们体验不一样的世界。但莱恩在做的事，有些——有些不清不楚、模模糊糊、令人迷惑。没有动作戏、没有性张力、没有戏剧性。我的意思是，我们这是漫画图书行业。这哥们儿看着好像是个大人物，拥有深厚的……怎么说呢，情感？稿子太晦涩了。我读他的稿子就好像上了一节文学课。他立意很高，但是不接地气啊。"

卡莱尔长叹了一口气,粗壮的手指以缓慢单调的节奏敲击着那张平淡无奇的办公桌。他盯着卡门,头不易觉察地轻轻晃动着。他还在回味她刚才的话。

卡门花了几个月时间才意识到,胜利漫画能存活,全靠不服输的精神以及心中的一口恶气。卡莱尔本不是什么漫画鉴赏家,但他不只自命不凡,怀有文学抱负,还想赚钱。卡莱尔此前一直在广告业摸爬滚打,为了创造一个能快速吸引消费者的叙事而在客户群中长袖善舞。卡莱尔有毒的性格混合了推销员的八面玲珑、休伯特·汉弗莱[①]般冷淡的自由主义以及狂妄自大——仿佛一个挨家挨户上门的推销员认定自己已经充分了解商品,于是决定另起炉灶、自创品牌一样。作为一位狂热的文学作品关注者——虽然不是读者——卡莱尔渴望在出版界闯出一片天地。他不仅要出漫画,还要进军他所谓的"真正的图书出版界"。他从不自己写作,那太费功夫了,但他乐于就如何提高写作水平对你指点一二。他还喜欢听你大谈多么喜欢他参与出版的作品。

卡莱尔的父亲西奥多·卡莱尔是银爪出版的东家,后者凭借裸体杂志、博彩指南、整盅坐垫以及折扣店里常见的低俗小说起家。杰弗里·卡莱尔则凭借作为公子的身份,靠着简单的老办法得到了现在的位子。虽然银爪出版的出版业务一直在苦苦挣扎,但他父亲弄的廉价小玩意儿业务似乎维持住了公司的一线生机。他凑出一笔不多不少的资金买下了父亲的股份,留下了银爪的子公司,然后将公司的漫画业务改名为"胜利漫画"重新推出,精明地利用他在广告业积累的技巧维持公司的运行——虽然仍是勉强过活。

[①] 休伯特·汉弗莱(Hubert Horatio Humphrey,1911—1978),美国政治家,第三十八任美国副总统,明尼苏达州联邦参议员,以激进的自由主义思想著称。他作为民主党候选人参加了一九六八年的总统竞选,最终败给了共和党候选人理查德·尼克松。

入职几周后，卡门就认清了胜利漫画的真面目——一场自负的演练。卡莱尔认为自己知道什么漫画会畅销、人们应该读什么，如果他们没有购买或者消费他生产的东西，那一定是他们错了——自负狂妄的巅峰不过如此。漫画也是达成目的的一种手段。卡莱尔曾毫不避讳地告诉卡门以及其他人，他真正想要的，不是经营一家漫画书公司，而是出版文学作品：小说。"那种能千古流传的故事。"——他不止一次这么告诉她。

不过，尽管胜利漫画给他带来了无尽的烦恼和金钱方面的麻烦，但杰弗里·卡莱尔从未想过要卖掉这家公司。难道这只是因为他要向世界证明其他公司几十年都做不到的事他可以做到？他是否真的强烈地渴望要在漫威漫画压倒性的巨大成功下求得生机，即便对手是 DC 漫画这样基业万年的巨头以及超人和蝙蝠侠这样的经典人物，也要不畏艰难地坚持下去？

卡门清了清嗓子。卡莱尔没有吭声。这说明她可以继续说。

"这个本子挺好的——与众不同、有质感、有文学性，"卡门注视着卡莱尔的眼睛说，"这个本子确实与别人的不同。我们需要这种差异。化身侠之前一直让人感觉——怎么说呢——枯燥乏味。"卡门说这话冒着很大的风险，毕竟化身侠是胜利漫画的招牌人物和作品——如果胜利漫画有招牌的话。

如果是酒后吐真言的话，卡门会告诉你化身侠就是穷版的超人。最初，化身侠是一个名叫查尔斯·维奇的少年体育英雄。这个长着方下巴的典型美国男孩在橄榄球场上受了伤，眼看着自己的运动员梦化为泡影。但一个来自异世界的神秘人物在维奇住院期间突然到访，赋予他超强的力量、飞行能力以及"与这个星球本身"的模糊联系。维奇决定以超级英雄的身份保护他的故乡胜利城——胜利漫画与这个虚构世界的连接点。

所有这一切都随着伦恩·梅纳德的介入而改变。二十多岁的梅纳德留着黑色的长胡子，戴着厚厚的眼镜，自称一位摇滚乐迷。他完全颠覆了化身侠原本的世界观——原来，赋予维奇超能力的那个人其实是美国政府制造出来的一个幌子，他们真实的目的是要用他测试超能体血清，并希望以此建立一个超级战士大军。这个情节展开最初读来令人尴尬，让卡门感觉像极了美国队长。但继续读下去，卡门和办公室里的所有人都惊讶地发现，故事逐渐展开成了一部关于"强权即公理"的元评论。没过多久，化身侠便开始探索自己与地球的联系，像萨满教徒一般四处流浪，对环境问题发表意见，并公开谴责美国的帝国主义。等到卡莱尔注意到发生了什么时，已经太迟了：《化身侠》大火，梅纳德成了胜利漫画的新星，一切都已经无法回头。

卡莱尔摇摇头，把卡门拉回现实。

"过分了，"他抑扬顿挫地轻声嘟囔着，"现在他又想让维奇摘下超级英雄的面具——向世界表露自己的真实身份。图什么呢？你必须得读完所有前刊才能大概明白究竟发生了什么。肯定有其他更好的办法。"

"可是漫画就是这样啊。"她耸了耸肩说。

"哦，真的吗？"他扬起一边的眉毛说道，"你什么时候成专家了？"

"您不是让我畅所欲言嘛。"

"好吧，"卡莱尔戒备心颇强地低声咕哝道，"先这样吧。你可以回到你的工位了。"

"我的脚本您读过了吗？"

卡莱尔僵住了。他早知道这一刻迟早要来临。显然，他非常不愿意面对卡门的这个问题。

没等卡莱尔开口，卡门的大脑开始飞速转动——她一一设想了各种场景，有的更好，有的更坏，有的平平无奇。过去几个月，她向卡莱尔提交了多个预选脚本，每个本子都有各种各样不同的问题。她希望这件事能有个说法。无论结果如何，卡门想要跟卡莱尔聊一聊。这一点她非常确定。

"听着，卡门……"卡莱尔开口说道，似乎正搜肠刮肚地寻找词汇。"是的，我读过了。"

"然后呢？"

"还可以，"他点点头说，努力地缓和语气，"有亮点。还需要打磨，不过你知道，我不能用。我没办法，呃，你看——"

她没说话，寸步不让。

"非让我说明白吗？"

卡门还是没说话。

"想给我们写漫画脚本的人能踏破我办公室的门槛，这帮人为了能跟我们合作，杀人放火都在所不惜。"他指着窗户说，"这些人都是出版过漫画作品的，无论是跟我们合作过，还是跟查尔顿、哈里斯、沃伦——有的甚至还给漫威或者DC创作过漫画。我不能就这样把写脚本的工作交给我的秘书。你觉得那样合适吗？那样的话，等在我门外的那些人会怎么想？他们会误会你，或者我们之间有什么。实在太难堪了，我没办法那样做。现在我身边的流言蜚语已经够多了。我不想再生事。你想让别人那样看你吗？"

"怎样看我？"卡门说，语气中带着一丝火气，"如果被人们发现一个女人知道您喜欢什么口味的三明治就大事不好了是吧？"

卡莱尔举手投降。

"冷静一些，好吗？"他说，"别跟我提那些女性解放什么的。我以你为荣，这点你是知道的。我认同女性参与职场的重要性。

这对我们都有帮助。但是要说到写作？还是不行。我给你制订了其他计划，好不好？我认为——怎么说呢——假以时日，你完全有机会成为这里的编辑。风物长宜放眼量。到时候你能做的可比写这种粗制滥造的东西要多得多。你完全可以帮我选出合适的人选来经营这家公司。但我现在还做不到。你需要更加耐心——"

"我想创作。我应聘这份工作就是这个目的。我不想被培养成你的小跟班。"她说完立马就后悔了。但如此软弱无力的辩解，卡门是不会轻易放过卡莱尔的。她不是那样的人。

他的五官挤成了一团。她知道，她已经失去了在这场争论中获胜的最后一丝机会。

"哼。好吧，我就假装没听到你刚才的话，"他恶狠狠地说，"我不知道你认为应该怎样，但在真实的世界中，谁做什么工作是靠经验和能力决定的，明白了吗？"

继承了这家公司的公子哥如是说，她暗想。

"怎么可能呢？我怎么就——"

卡莱尔一只手划过桌面。对话已经结束了。

"去干活儿吧，"他说，与她完全没有目光交流，"该说的都说完了。"

第三章

"他他妈就是个浑蛋。"

莫莉靠在摇摇晃晃的高脚椅背上,将这句话和一股烟一并吐出。地处布利克大街与汤普森大街街角处的"乡村大门"夜总会此时正在表演间歇。这里一向以爵士乐俱乐部闻名,克特兰、比尔·埃文斯、戴克斯特·戈登和迈尔斯·戴维斯等都曾在此表演。不过近来,摇滚乐和先锋派乐队的演出似乎也多了起来。卡门喜欢这里无忧无虑的气氛以及相对廉价的酒水。酒吧里灯光昏暗、烟雾缭绕,夜越深就越喧闹而拥挤。周围嘈杂的人声倒是制造了一道声音的缓冲垫,让卡门感到安心,无论多吵闹都没关系。莫莉第一次带她来这里时她就想,自己在迈阿密时从来没到过这种地方:阴暗、局促、老旧、潮湿。迈阿密则是一派热带风情,一切都是崭新的,室内有凉爽的空调和明亮的灯光。这里感觉更像老派的纽约,卡门甘愿在此永远沉醉。

周围突然难得地安静下来。人们进进出出,而最重要的是,人们都涌向了吧台。扩音器连接断开与麦克风测试的熟悉声音与人群的聒噪混在一起,为酒吧里爆发出的热闹声响配上了断续的强基调节奏。

卡门看着莫莉的长发随着转身从肩膀上垂下来,呷了一口啤酒。莫莉的深色皮肤似乎消融在酒吧云雾缭绕的气氛当中。过去几个月，她们俩来过一两次。每次都在乡村大门集合，总结一下自己这一天的经历，点些酒水一起喝，花上几美元听一些新鲜的音乐，然后各自回家。

莫莉是卡门的室友。她们共住一间上东区的单间公寓，并在两人的床之间竖起一个粗糙的隔板，将整个房间一分为二，保留一点私密空间。卡门是来到纽约的第一天遇到莫莉的。当时，人生地不熟，她思念家乡，一边在纽约街头游荡，一边举着一本房源登记簿，焦急地埋头寻找住处。她是在华盛顿特区拜访了一位大学校友后乘公交车来到纽约的——港口事务管理局那堵能激起幽闭恐惧的高墙给了卡门关于纽约最为坦诚的第一印象。行走在林肯隧道末端空旷的混凝土结构的交通枢纽中，她深深感受到了那种此前只在想象中才出现过的感觉。这个宛如一座庞然大物的公交终点站正是这个年久失修的城市的缩影。漏水的天花板、暗处的对话、轰鸣的喇叭声以及不可名状的气味，这一切都凝聚成一股不受控制的恐惧，在纽约的阳光照在她身上的一刻攫住了她的心。她飞快地奔向附近的电话亭。

莫莉是卡门在迈阿密的朋友桑德拉的发小，也是卡门为数不多记得住电话的几个人之一。卡门给她打了一通电话，介绍了自己的身份，几小时后她们就坐在一起喝酒了。刚好莫莉需要一个室友，后面的事虽然有纽约独有的神奇，倒也顺其自然。在市中心演出的莫莉住着一间她负担不起的公寓，而卡门则正要开始面试几个出版社的职位。莫莉觉得，既然她们两个中总有一个人能付得起房租，不如齐心合力。

莫莉是一个乐队的贝斯手，有时候也献唱。她所在的乐队换过好多名字，多到卡门都记不住。达科塔、曼哈顿女士、咫尺天涯、惊悚、正式场合。最新的名字——"大宪章"——似乎终于保留下来了，不过卡门可不敢保证。莫莉的歌词简洁有力，而她谈论问题的方式则是卡门不习惯的——苛刻、坦诚、愤怒。卡门喜欢莫莉的乐队，但对莫莉本人兴趣一般，但两人相处还算融洽。莫莉有一种独特的魅力，让卡门着迷，不过不是大学下课后一起去喝咖啡的那种普通程度的合得来。卡门就是喜欢看着她，观察她的反应。她跟自己见过的任何人都大不相同。终于找到了一个可以信赖和依靠的人，卡门十分感恩。她们偶尔的小聚也是卡门目前可以接受的最接近伙伴的关系。

"他确实是个浑蛋，"卡门说，"于是我现在进退两难了。"

"什么意思？"

卡门喝了一大口啤酒。

"他不接受我的脚本，而因为我这次追问了，我现在没办法再回头跟他提这件事了，"她摇着头说，"我也不能给别家公司写。"

"除非你长出点儿什么来。"

两人都哈哈大笑。

电线插进扩音器里发出的一阵噼啪声吸引了两人的注意。她们转头看向酒吧那个小小的简易舞台。卡门不认识站在上面的乐队倒也正常，可她发现莫莉这个专业人士好像也不认识。这是一个五人乐队——一个打扮入时的金发女人弹钢琴，一个短发女人拿着贝斯，两名男性吉他手，远处还有一个鼓手。一个土里土气、四十来岁的男吉他手走到了麦克风前。

"呃，嘿，我们是福克纳侦探[①]，"他紧张地说，"这首歌你们可能没听过，但我们非常喜欢。"

[①]现实中纽约确有一支以"福克纳侦探"（Faulkner Detectives）为名的三人乐队，他们于二〇一二年发布了一张专辑。

卡门差点笑喷。

可没等她笑出来，吉他手便已经转身，鼓手开始敲击鼓棒读数。钢琴手弹起了一段感觉既急促又稳定的连复段，其余乐队成员接着走起了与其蹩脚乐队的外表大相径庭的摇滚拖拍。卡门看得出神，直到莫莉的轻声尖叫将她拉回了现实。

"天哪，这个乐队选得真好。"她边说边赞许地对这支乐队点头。台上的乐队成员当然注意不到她的动作，但这跟演出结束后握着一位乐队成员的手对他小声说"太精彩了，老兄"是一样的。卡门猜，这大概就是摇滚圈的礼仪吧。

"你知道这首歌？"

莫莉已经站起身，随着曲子起舞——虽然在卡门看来，这首歌讲得不过是一个一事无成的男人为配不上一个听起来很邪恶的女人而愁苦的故事。

"这是斯普林斯汀[①]的歌——你知道他吗？"莫莉问。

卡门调皮地皱了皱眉。莫莉戳了她一下。

"拜托，卡门。别这么奇怪，"她说，"他下个月在底线[②]夜总会演出。我们一定得去。我请客。"

没等卡门回答，莫莉便抓起了卡门的手。"我几乎都忘了还有这么一首歌。来，跟我一起跳舞吧？"

卡门笑着摇摇头，让莫莉自己去。

"你疯了吧。"她说。

莫莉冲她吐了吐舌头，重新坐回了座位。

[①]布鲁斯·斯普林斯汀（Bruce Springsteen, 1949— ），美国摇滚歌手、作词作曲家，曾先后荣获二十座格莱美奖、两座金球奖、一座奥斯卡奖，他的东大街乐队（the E.Street Band）是美国最著名的摇滚乐队之一。

[②]底线（the Bottom Line）是位于纽约曼哈顿的一家夜总会，一九七四年二月开张，二〇〇四年一月正式关闭。布鲁斯·斯普林斯汀等摇滚乐手都在底线夜总会一夜成名。

"你得学着找点乐子,姑娘,"莫莉说,"人生苦短,那么认真干吗?"

歌曲在吉他与钢琴刺耳的合奏中结束。台下响起稀稀拉拉的掌声,只有莫莉卖力地叫好。喝彩声逐渐淡去,她看着卡门。

"想走了吗?"

卡门点点头。莫莉示意酒保结账。

卡门转过身时发现,有一个人站在她们附近。卡门和莫莉抬头看去,原来是一个身材高挑、长相标致的金发女子,不是费拉·福赛特①那种金发美女,更像妮可②。卡门本以为她是在找卫生间,但现在明白那女人要找的是她——女人脸上挂着随和的微笑。

"你现在要走了吗?"她问卡门。

"我不知道……大概吧?"卡门说。她说的是实话。她还能再喝一轮,但可以感觉到莫莉正不解地看着她,仿佛在说:"你认识这个女人吗?"

那个女人冷冷地笑了笑,一只手搭在了卡门的高脚椅上。她微微向前探了探身。

"让我换个说法,"她压低了声音,全部注意力都放在了卡门身上,仿佛莫莉并不存在,"我可以请你喝一杯吗?"

卡门惊得愣住了。她狡黠地一笑,用下巴朝莫莉的方向示意了一下。

"我在跟我的朋友聊天,"卡门说,"所以就不必了。不过还是谢谢你。"

女人明白了卡门的意思,直起身,点点头。她轻轻地拍了拍

---

① 费拉·福赛特(Farrah Fawcett, 1947—2009),美国女演员。
② 妮可(Nico,本名 Christa Paffgen, 1938—1988),德国歌手与流行音乐歌曲作者,也是一位时装模特与演员,是与地下丝绒(The Velvet Underground)乐团合作的歌手之一。

卡门的椅子，准备走开。

"好吧，"她说，转过头看着莫莉，"你的朋友运气真好。"

卡门点点头，女人随后便消失在人群当中。卡门看向莫莉，发现她正在努力憋笑。

"刚才那个……有点意思，"莫莉瞪大眼睛说，"胆子真大。"

"这就是纽约，对吧？"卡门扬起眉毛说。

莫莉大笑起来，但表情却突然一变——仿佛她突然想起家里的烤箱好像还开着，脸上写满了担忧。

"嗯，我正想告诉你——你爸爸又打电话来了。"

莫莉这句话停在半空，好像一段响亮的和弦逐渐安静下来。卡门刚把啤酒举到嘴边便停住了。这时，酒保回来用手朝莫莉比画：今晚的酒钱是五美元。

"他说什么？"

"让你给他打电话，"莫莉说，"他似乎有点生气，同时又很担心。也许我们在末日时钟上距离世界末日又近了一两分钟吧。"

"这是一句歌词吧，我好像听过。"卡门强颜欢笑。

"你能告诉我到底发生了什么事吗？"莫莉问，"还是说我得一直猜下去？"

"什么什么事？"

莫莉猛地站起身，几张钞票掉在了吧台上。

"有你这句话我就明白了。"她微微耸了耸肩，"嘿，我要回去拿上琴，然后去布鲁克林演出。想陪我一起回去吗？没准儿出去的时候可以碰到你的倾慕者。"

虽然莫莉没有明说，但她是对的。卡门不想讨论爸爸的事，也不想跟他说话。但卡门不想跟一个刚认识不久的人袒露心事。她生来就不是那样的人。

"当然。"卡门说，然后懒洋洋地喝了一大口啤酒。她把瓶子放在吧台上，从高脚椅上下来，与莫莉相视一笑，然后便跟在莫莉身后绕过人群朝酒吧外面走。跟这个时间的大多数地方一样，酒吧里弥漫着跑气的啤酒和二手烟的味道，又洋溢着卡门来到纽约之前从未体会到的那股令人兴奋的能量。她隐隐觉得似乎有什么危险的东西虎视眈眈——仿佛转角处就会有什么东西突然跳出来，吓你一跳。

"预计今晚上座率怎样？"卡门问道。此时二人已经来到室外。关上的大门隔绝了酒吧里的热闹喧嚣，只剩寒风在纽约刺骨的寒夜中抽打着她们的面庞。卡门不由自主地靠向莫莉，闻到她身上浓烈的香水味。卡门意识到，自己醉的比想象得要厉害，需要找个地方发泄一下。

"就算一个人也没有我们也会一样演出。"莫莉说，没有看卡门，"一个乐队如果能历经长期没有走红的寂寞后仍然挺住不解散的话，就一定能变得更加强大。不过我还没到那个阶段。"

莫莉帮卡门保持住了平衡，等她站稳便立即拉开了距离。她们沿着布利克大街朝第六大道方向走，到了第六大道之后准备再奔上城。两边的店铺已经关门，街面上只能看到写着"糕点店"、"肉食"或者"菜店"的破损标牌，四下一片漆黑、寂静无声。卡门一边挪动脚步，一边扫视着四周。这一切在卡门看来仍颇有新鲜感——沾满污泥的人行道和街上散落的垃圾。这个城市的夜晚宛如一个有瑕疵的美女，让卡门难以移开目光——无论是各色酒铺肉店楼上褪色的公寓砖墙，还是连接楼上楼下、蜿蜒回转的黑色逃生梯，抑或遇到的人们各不相同的面孔和表情。

她知道纽约是一个危险的地方。但她感到一种奇异的（或许是虚幻的）安全感：只要身处形形色色的如织人潮中，就能安然无恙。这让她感到自己充满了活力。

她们转入第六大道，卡门惊讶地发现，这一带的街道有一种诡异而荒凉的气氛。原本白天有成千上万人争先恐后涌入血拼的繁华纽约，到了晚上就难见人影，只剩下夜色如天鹅绒斗篷一般遮盖大街小巷。即便遇到了什么人，你也会好奇他们为什么这么晚还在外面游荡。

尽管新生活已开启数月，但卡门仍然感觉自己是一个外人。迈阿密与这里截然不同——那是一大片由若干小城镇拼凑而成、沐浴在佛罗里达热浪中的城市圈。行人像独角兽一般稀有，真正的本地人不是待在室内吹空调，就是在驾车穿过密布的路网赶往其他地方。人行道敷衍了事，甚至往往根本不存在。纽约就不是这样。这座城市就像是一个不断移动的鲜活有机体——一张似乎能根据周围的环境改变气氛的混凝土挂毯。在这夜深人静的此时此刻，在她陪着室友走回上城的公寓时，这座城市似乎显得闷闷不乐。

"看样子她喜欢你。"莫莉打破了漫长的沉默。卡门反应了一下才明白她说的是谁。

"可能吧。"卡门说。她停顿了片刻。她当然喜欢莫莉。她们相处融洽，就像被迫开启亲密同住关系的陌生人不得不做到的那样。但是，如果卡门从在纽约的短暂经历中学到了什么的话，那就是要时刻提防——除非绝对确定可以放下戒心。

莫莉看了下时间，然后算了算从这里到上城再到布鲁克林的乐队表演场地需要多久，两人便决定奢侈一次，打个出租车。等她们回到局促的单间公寓，莫莉已经烦躁不已，在屋里横冲直撞，像一个狂躁的拾荒者那样收拾东西。卡门的脸上忍不住现出了微笑。

"那么，我得走了，CV[①]，"莫莉说着冲向房门，"祝你愉快。"

"祝你好运。"卡门说。莫莉点点头，把她的二手芬达琴盒挂在肩上，头也不回地出了门。

卡门听着房门关上时发出的令人安心的轻响，以及"备用"门锁发出的"咔嗒"声。她稍候片刻，从床上下来，歪着头向小床下面看去。那个东西就在床下。她伸手把它拉了出来。那是一个平平无奇的盒子——你在路旁随处可见的那种。重要的是盒子里面装的东西。那破旧之物不仅是她童年时代留下的回忆，她也希望它能为自己的成人生活指明方向。她盘腿坐在地上，沉浸其中。

一摞漫画杂志，摆在最上面的，是一本破旧的《侦探漫画》，刊名上方醒目地写着"新主角：蝙蝠女！"[②]。这是卡门的第一本漫画——记忆中是父亲在药店的报摊给她买的。但引起她注意的并非只有那一行字。整张封面图都令她着迷——一位体态轻盈、身着红黄相间紧身衣的女性超级英雄驾驶着一辆摩托车，将刊物的主打明星蝙蝠侠和罗宾远远甩在身后。意外吧？她的脸上挂着俏皮的微笑，仿佛对于这位女性义警来说，胜过男性乃稀松平常之事。即便是当初，卡门看着封面上的这个人物也感到一阵兴奋。在她看来，台词框内罗宾语气急切的台词更是点睛之笔："快点啊，蝙蝠侠——蝙蝠女要抢在我们前面了！"

当初父亲为她买下第一本漫画时，她甚至还不知道蝙蝠女是谁，对蝙蝠侠的了解也少之又少。她显然并不明白，为什么这些男女要穿着紧身衣跳来跳去。但她的父亲太喜欢他们了，瞪大双眼沉浸在这些美式超级英雄带来的愉悦当中。"快看啊，小卡

[①] 女主角英文名 Carmen Valdez 的首字母缩写。
[②] 侦探漫画第 233 期，初代蝙蝠女凯茜·凯恩（Kathy Kane）在本期首次登场。

门——太疯狂了,对吧?"

她翻了翻手中的杂志,又放下,然后拿起另一本封面惹人注目的漫画。这本漫画的封面背景几乎全黑,顶上写着红色的"闪电侠"大字。封面的中心便是漫画同名超级英雄的特写半身像,他穿着红色紧身衣,只露出下半边脸和眼睛。他举着手,仿佛在向读者发号施令。左边的台词框中写着卡门见过的最危急、最令人难以抗拒的话:"停下!不要放弃这期漫画!我是死是活全靠它了。"卡门记得,那时候喜欢闪电侠简直是天经地义。他的超能力正是所有少年的梦想——最快的速度。但当时的卡门想要的,究竟是跑得最快,还是逃离呢?

她没有多想便翻开了下一本漫画——不祥的紫红色天空下,前景中站着五个人物。其中之一是一个形似外星人的光头男子,手指向天空。另外四人更加熟悉——勇敢而逻辑清晰的里德·理查兹、端庄的金发美女苏珊·斯通、年轻易冲动的强尼以及身形巨大且崎岖不平的本·格瑞姆[①]。神奇四侠:未知世界的探索者,科学家出身的超级英雄。斯坦·李和杰克·柯比这对高产搭档的最杰出作品。与上一本《闪电侠》的封面一样,封面上的文字即便时隔多年仍然牢牢吸引了她的注意力:"行星吞噬者降临!"

在卡门的故乡维斯切斯特,蝙蝠侠和蜘蛛侠一直很受男孩们的追捧,但卡门更痴迷那些有头脑的英雄:碰巧是"世上最快"的警局科学家,一个热爱自己所做的事的聪明人,既是超级团队,又是堪称"新前沿"楷模的典型美国一家人。

嗡!

是门铃。卡门低吼了一声。肯定是莫莉忘了拿什么东西——

[①]发表于一九六六年三月的《神奇四侠》。

某只愚蠢的脚踏键或者她想在台上戴的那顶帽子——并且没带钥匙。每次都这样。

滋滋！滋滋！

莫莉毁了这个特别的时刻。卡门与那本漫画是她与梦想时代之间的联系——这个无形的梦想正是她每天日常生活的精神支柱。如今，在漫画行业工作成了她的日常。她亲历了漫画的生产过程。她接到过找工作的自由职业怪人试图与她尴尬调情的恶心电话，也对付过周五天一亮就找上门来索要支票以便支付赡养费、抚养费或者高利贷的特约写手。她见过创意之作被碾得面目全非，变成庸常甚至丑陋之物；也见过老一代的写手画师被无情抛弃，几十年的创意工作付诸流水，只是因为他们的风格不再时髦。坐在卡莱尔门外小桌前的卡门将这一切尽收眼底。她已经不是爱好者，却也算不上从业者——这让卡门感到难受，虽然她自己还没有意识到这一点。甚至可以说眼下的处境比她想象得还要糟，因为她无能为力。她能看到远方的风景，眼前却有窗户阻隔；她使劲敲击窗户，但玻璃太厚根本打不破。该死。

卡门一把拉开门，每个动作都洋溢着恼怒。

"哈维？什么情况？"

卡门还没完全看清站在门口的哈维，这句话便脱口而出。接着她开始纳闷，哈维是如何知道她的住址的。最让卡门担心的是哈维登门的原因。面对他笨拙的步步紧逼，她一直竭尽全力地温柔以对；但即便是性情最温和的小狗，被嘲笑多了也会咬人。他开口说话，口齿含混不清，身体摇摇晃晃。

"抱歉，抱歉，卡门。"他说着伸出双手，却不是为了触摸什么东西，更多的是要保持平衡。他喝醉了，烂醉如泥。"我——呃，我也不想这样，你知道——"

"你有什么事，哈维？"她的声音已经平静，语调平淡，仿佛刚刚被人用枪指着，不顾一切地想要让这个舞刀弄枪的疯子保持冷静。

"我得跟你谈谈。"他说。他站稳了一些，努力打起精神、调整状态。"谈谈工作。"

卡门差点长出一口气，但她还没有彻底脱离危险。工作话题可以是导向任何东西的跳板——比如，他是如何在拥挤的办公室里一眼就看出她就是他今生唯一的。不行，警报还没有解除。

"工作怎么了？"她小心翼翼地问。

"我知道你的事。"他说。

她没有回应。寥寥数字，意味深长。卡门感到自己打了一个大大的寒战。难道她——

"脚本的事，"他说，音调突然升高。他想继续聊。"你写的那些，给卡莱尔的那些。"

这一次，卡门还是忍不住叹了一口气，因为这件事正是她最想让更多人看到、知道并分享的。她其余的秘密尽可以在地狱里烧毁，她完全不在乎。

"你怎么知道的？"

"我可以进来吗？"

卡门犹豫了一下，但好奇心最终占了上风。

房门在哈维身后"砰"地关上，声响回荡在阴森潮湿的楼道里。

第四章

"哈维,你疯了吗?"

卡门脱口而口的这句话让哈维顿时泄了气,但她毫不在乎。他一定是疯了。要么就是他醉得比她原以为的更厉害,近似于不省人事那种——因为他向她提出的要求完全不着边际。

"不是的,卡门,你就——呃,听我说好吗?"

原本满心戒备地坐在床边的卡门听了这话从床上一跃而起,她感觉自己刚才让他进屋简直不可理喻。更奇怪的是,哈维、卡门与床之间几乎没什么空间。她感到燥热,突然意识到她此时此刻正跟一个并没有那么熟悉且醉醺醺的男人在这间凌乱的小屋里独处。

"我给你泡一杯咖啡吧。"卡门说着向厨房区域走去,心里盘算着希望家里还有咖啡。

"好啊,我正好想喝点。"

已经迟了。哈维腿脚不稳,浑身散发着洒出来的啤酒和二手烟的味道。这些虽然通常不会让卡门感到困扰,却加重了她此刻的焦虑。他为什么会出现在这儿?他怎么找到我的?

她烧上了水,转身靠着台面。

"再给我讲一遍,"她说,"这次,慢慢讲。"

哈维深吸一口气,仿佛正在为求职面试或者获奖感言做准备。

如果是其他时候，他这个样子还算得上可爱。可他要是再重复一遍几分钟之前对卡门说过的话，卡门就会非常烦躁。

"我想推销些东西，给卡莱尔。他之前也承诺过要给我写作的工作，但我一直没答应。"他说的每一个词都缓缓出口，既是醉酒的副作用，也是因为他天性深思熟虑。"但我知道这个可能性越来越小。我想交给他一份东西，让他大吃一惊。"

卡门从没听说过这件事，这让她感到有些沮丧。为什么卡莱尔给了哈维写作的工作，到了她这里就推三阻四？而且她最近才听说，卡莱尔已经不再接受新的脚本——他不想在当下动荡的市场环境里开新刊。在所有助理编辑里地位最低的哈维又是怎么拿到这种好差事的？卡门打出了她仅有的一张牌。

"这跟詹森那哥们儿有关系吗？"卡门问道。她之前偶然听到卡莱尔跟那个自由写手嘟嘟囔囔地谈论什么事……但她不能确定。她观察着这虚张声势的一招是否能让哈维惊讶到吐露实情。"我知道他给我们写了一些东西，可是——"

"呃，不——我也不知道。这跟那个不一样，完全是另外一码事。跟詹森没关系，"哈维插话道，"我是说，我听到的最新消息是，詹森没有在给我们写任何东西——根据出版部特鲁尼克的说法，他应该是临时替班写《自由联盟》的本子——"

詹森就是个三流货色，卡门心想。从未获得成功的他一直没有从二十年前的恐怖漫画大清洗[①]中振作起来，前途更是一片黯

[①] 一九五四年德裔美籍心理学家弗雷德里克·魏特汉（Fredric Wertham）的名作《诱惑无辜》(Seduction of the Innocent) 问世，作者认为漫画是一种影响负面的大众文学形式，并且是青少年犯罪的严重诱因。美国国会同时成立专门委员会对恐怖和犯罪漫画对青少年犯罪的影响进行调查。受此影响，美国漫画行业自律监管组织漫画准则管理局（Comics Code Authority, CCA）于一九五四年成立，对漫画内容进行实质性审查。截至二〇一一年，CCA全部加盟漫画出版商均已退出。

淡。卡莱尔喜欢他，是因为他出活儿快、质量可靠，有时候搞出来的东西让人感觉"不仅是"漫画——几乎算得上是文学作品。卡莱尔这种志向高远的人对他欲罢不能；但在卡门看来，这一切不过是障眼法。这个男人可以拿经典文学作品里的语言编出一个脚本，但他的人物扁平单调，女性角色更是能让琼·克莉佛①看起来都像是激进的女权主义者。最糟糕的是，卡门之前听说他是个毛手毛脚、暴力成性的酒鬼，而且你拿他毫无办法——他是卡莱尔的终生好友，这让他得以岿然不动。卡门了解到，这种情况在漫画行业并不鲜见。

"他同时还在写《恐怖女士》的年刊②，"卡门忍不住想要纠正可怜的哈维，"不过请继续。"

"总之，我今天晚上正好在办公室碰到了卡莱尔，当时他正要下班，他提到我还没给他提交选题。他说我在公司干了这么久都没试一试，他感到惊讶，"哈维说，"于是，我——我就撒了个谎。我告诉他我有一个很棒的点子，一个他会喜欢的点子。我以为这样他就能放过我了，没想到他说他想要马上就读到。于是我现在进退两难——我不仅得写出一份东西来请他审阅，并且这份东西还得保证质量，因为他已经等了这么久了。"

"你知道他想要什么样的东西吗？"卡门问道。

哈维笑了笑。他看出了她平静语气下掩盖的好奇。她暴露了弱点。

该死，为什么我还抱有这种想法？

"我也说不好，"哈维说，"他大概就是随口一提，说他想要一

---

① 琼·克莉佛（June Cleaver），一九五七年首播的家庭喜剧《反斗小宝贝》（*Leave It to Beaver*）中的女主人公，是一个幸福的白人中产阶级家庭女主人贤妻良母的形象。
② 年刊（annual），指一般每年出版一期、同期包含同一人物多个故事的专刊，多用来填补出版档期上的空余。

个女性英雄，那种——他怎么说的来着——'性感而充满肉欲——虽然不能太像黄色漫画，但读者看了仍然能为之一硬。'"

"天哪。"卡门摇摇头。难道是她与卡莱尔的对话把他引到了这条路上——创造一个不只会卖弄风骚的女性英雄？他本来就对女性英雄抱有这种扭曲的认知吧？她不想花太多时间回味这件事的讽刺之处。卡门转身给哈维倒了一杯味道平平的咖啡。她走到哈维面前把杯子递给他，他小心地抿了一口。

"谢谢，"哈维说，"嗯，我的意思是，你也了解卡莱尔。他也说不清自己究竟想要什么。'做好点，就像黑色电影什么的那样。'他说。我想他是想吸引那些读《蜘蛛侠》或者《正义联盟》漫画的孩子们。"

"卡莱尔不就是这样吗？"卡门问道，边说边扬起一条眉毛，鼓励他继续说下去。"他总是想找到成本低、见效快的神奇子弹，打败对手、受到赞誉。但是这么短的时间能搞得出来吗？"

"我知道，我知道，已经晚了，"他说，"所以我进退两难。我必须创作出一份作品，还得写得好。我觉得如果卡莱尔喜欢，他会投入真金白银。我是说，这件事很大一部分是我要避免尴尬，明白吗？这是一个好机会。梅纳德他们那些资历深的人就是这样起步的。我不能搞砸了。"

"有话直说吧，哈维。"

他的双肩垂了下来，卡门就这样静静地看着他。她心想，自己应该感到糟糕，但她完全没有这样的感觉。她已经倦了，也知道他要说什么。但是她想听他说出口。

"卡莱尔想让我写这个系列的企划，"哈维说，眼睛始终盯着自己的双脚。"他想让我创造这个人物，"他犹豫了一下，"而我希望你能帮我。我需要你帮我。"

哈维的目光向上移动,与卡门满含期待的目光交汇。

卡门感觉困惑——同时开始担忧。她感觉失去了平衡。前一秒,卡莱尔刚刚打消了她职业发展的希望;后一刻,哈维就变着法地又把这份希望重新呈现在她的眼前。她试图用逻辑压抑心中翻腾的怒火。我得坚持到底,她心想。

"好吧,我可以听听,"她说,"咱们聊聊吧。"

选自一九七五年《传奇山猫》第二话"致命后果"——编剧：哈维·斯特恩；绘画：道格·德特默；文字：托德·莫雷利；编辑：里奇·博格；总裁/CEO：杰弗里·卡莱尔。胜利漫画出版。

不行。	抓钩。带好了。
不能再自怨自艾了。	休息时间到,山猫。
	我会找到你的,西蒙。
	我会找到虚空先生的。
你是一个英雄——	山猫再次跌入夜色之中。
不是受害者,也不是小角色。	
你是西蒙唯一的希望。是时候采取行动了。	世人们,都要小心了。

嘿嘿嘿……
那只猫似乎确实有九条命啊……
不过不碍事……

惹怒**虚空先生**的人还没有能活下来的!

欲知我们的女英雄怎样阻止虚空先生的威胁,请看下期"无人知晓的山猫起源"!

第五章

"这是什么恶作剧吗?"卡门就像一位审讯嫌犯的警官,一边绕着哈维踱步一边问道,"不会是什么奇怪无聊的玩笑吧?这可太不像你的风格了。"

哈维坐在莫莉床铺的边缘,瞪大眼睛绝望地看着卡门。她能看到,他的手在微微颤动。他既迫切,又害怕。卡门意识到,这正是哈维的本性——好奇心重又胆小。

"我绝对是认真的,"他说着,突然站起身,"我知道你想创作。"

"是吗?谁告诉你的?"

哈维趁着卡门去水池边倒一杯咖啡的工夫,不自在地扭了扭身子。

"我只是听说,"他说,"再说,拜托,卡姆①——吃午饭或者一起抽烟的时候,你不是经常评价其他人的手稿吗?这又不是什么秘密。"

她可以看出,他努力想表现得和善,但这却让她更加恼怒。没有什么比怜悯更让卡门恼火。何况是这个她几乎不了解的男人

---

① 卡姆和下文中的卡米都是卡门的昵称。

在这儿可怜她。她甚至想掐死他。

"我有什么好处呢？"卡门问道。

哈维结巴了一下。她步步紧逼。

"认真点——我能得到什么？"她问道，"我帮你画了，都没法署名……然后呢？我写简历什么的也用不上啊，对吧？"

哈维皱了皱眉，沉默了片刻才回答："我想这对于你来说是一个开始，"他的头偏向一侧，仿佛一边说一边分析着自己的话，"如果作品受欢迎，嗯，那么我们可以跟卡莱尔坐下来，告诉他内情。然后他就得加上你的名字。"

"你的意思是，我们骗他？"

"不，不，不是那样的，"哈维说，"听着，这是个机会——一个得到入场券的办法。其他的事可以容后再议——"

"机会？等等，你是同情我还是怎么？"她说，口吻激烈且具有防御性。

"你怎么……呃……这么难伺候？"他的声音颤动着。

嘿，她竟然把性格这么好的哈维都搞崩溃了。天哪。

"你想不想做吧？我可以现在就回家——"

"是吗？"她继续试探着自己运气的极限，向前探身问道，"那你今天干什么来了，哈维？"

他没有回答。他此次来的目的，卡门心知肚明，她成年以后一直跟这些眼神迷离的大男孩们斗智斗勇。不对，是她有生以来一直如此。你谦和地跟一个男人聊了两句，甩给他一个不经意的微笑或者用笑声回应他讲的笑话；然后他就突然举着花等在你家门外，盘算着婚礼上宾客座位应该怎么安排。哈维不是个坏人——这让她很难狠下心骂他——但他毕竟是个男人。

卡门耸耸肩，转身将玻璃杯放在床边的小木桌上。等她再转回来时，哈维已经穿上了外套，正朝门口走去。

"怎么？你要走？"

他困惑地看着她。

"别这么孩子气，"她说，"开始干活儿吧。"

"也许，比方说，一个动物图腾或者什么东西赋予了她超能力，"他说，"就像一件隐遁江湖的神器。"

哈维在卡门的小房间里踱来踱去，头发散乱、眼镜歪斜。他们已经这样来回几个小时了。厨房区的小桌子上散乱摆放着各种外卖盒。房间里满是左宗棠鸡和饺子的味道——都是哈维付的钱。不过，尽管哈维慷慨请客，卡门仍然不会让余下的夜晚脱离正确的轨道。

"为什么她要拥有超能力呢？"卡门吃完叉子上最后一块炸鸡，问道，"为什么她的能力要来自外部呢？"

"什么意思？"哈维问道，"她是超级英雄啊。她必须得有——"

"蝙蝠侠也没有超能力啊。夜魔侠也算不上有超能力吧。为什么她不能只是强壮又聪明呢？我觉得我们的路子不对——"

"但是超能力可以解释她是怎么成为英雄的。比方说，她是半人半兽，就像一个女狼人。"哈维说。

"女狼人？你是认真的吗？"卡门问道，"漫威的猫女和虎女不也是这样吗？"

"或许吧，但是我们得写点什么，而她需要有某种超能力。"哈维轻轻摇摇头说。自从卡门让他留下之后，他似乎就非常不耐烦。"这样你才能构建起这个人物。"

"不对，那只是你的拐杖。"卡门站起身，把叉子扔进水池，

"这就是偷懒。所以怎样呢?她被一只放射性蜘蛛咬了一口,然后突然获得了超能力,立志打击犯罪?这不是胡扯嘛。"

哈维等了片刻。

"那么她的驱动力是什么呢?"

卡门马上接话。"她的人格。我们得把她写得有血有肉。她是谁,从哪里来,如果人们不关心她的话,她有什么超能力都没有用。是什么激励她做这些事?好好思考一下吧。"

"我在思考。"

"不对,你要认真思考,"她边说边靠近他,双眼盯着他白皙的脸,"蝙蝠侠的父母被人射杀,而他正因如此才穿上了蝙蝠装。蜘蛛侠的叔叔被人谋杀,因为彼得眼看着一个抢劫犯从他身边逃走而没有制止。超人是美国的理想,是美国人中的楷模。被逐出家园的神奇女侠要将她的信念带到'人类的世界'。我们的人物又该怎么设定?她是一个什么样的人呢?"

哈维揉了揉下巴,双眼呆滞地望着远方。卡门可以看出他的头脑在缓慢地运转。她坐在床上,静等哈维的反应。

"或许……或许她是一名动物学家?"哈维问,"她喜欢大型猫科动物,于是自己也想成为一只猫。"

"她想……成为一只大型猫科动物?"卡门说。这句话漂浮在两人之间,久久不散。

他耸了耸肩。"好吧,这个——这个女人。你喜欢的那个名字是什么来着?克劳迪娅……你刚才说她姓什么来着?"

"卡拉,"卡门说,"好听,并且不会让人感觉太像是美国白人新教徒,并且顺口,跟克拉克·肯特或者彼得·帕克一样。"

"你早就想好这个名字了吧?"

"嘿,我总不能整天嘴上说着自己想做什么却不做好准备,错过了机会,"她说道,脸上浮现出尖刻的微笑,"这是我一生都在等待的事。"

哈维的眼睛似乎亮了。

"好吧,克劳迪娅·卡拉,她是个记者对吧?"哈维说着自顾自地摇了摇头,"就这样吧。但是你说得对——她为什么要这么做呢?"

"不对,她不是记者。她在报社工作。"

"有什么分别呢?"哈维问,"怎么,难道她是秘书?"

卡门微微笑了一下。

"哈,"哈维点点头说,"好极了。好吧,所以她在报社工作,但她追求的是什么呢?"

"她在追寻真相。她想要做一名记者。她认为记者这个行当有英雄气概。"

"真相?"

"我是说,记者不就是干这个的吗?"卡门说。她能感觉到自己的脸颊微微发热。克劳迪娅的故事呼之欲出,而卡门意识到它与自己的故事非常接近。"也许她……也许她只是好奇,但她一定有什么追求。关于她自己。关于她自己的真相——她究竟是谁。"

"比如说,她其实是个外星人?还是说关于她超能力的真相?"

"不,不。"卡门努力想控制语调,不要带有愠怒。哈维是好意,但她看出他深陷在过去无法抽身。她想要的不止于此。"比如,她自己的世界。或许她被人收养,从不知道父母是谁,她的亲生父母。她想要做记者,不只是要帮助人们寻找真相,还想要找到她自己的真相。我是说,你想想吧,哈维。我们这个世界最接近真正超级英雄的是什么人？伍德沃德和伯恩斯坦①，你不觉得吗？他们把尼克松拉下了马。"

哈维坐在卡门对面，喝了一大口凉咖啡，慢慢地咽了下去。

"我喜欢，"他说，仿佛在说服自己，"确实与众不同。但这不能……不能激活这个人物，你明白吗？"

"为什么呢？"

"我的意思是，你看，不知道自己的出身当然令人难过，"他说，"这我懂。这是大事，任何人都能理解。这也能解释为什么她会进入这个领域——可她是怎么……我是说，这位女士的超级英雄名号是什么？"

卡门舒展身体，站了起来。她身体疼痛，眼睛直跳。她累了。她已经感觉不到时间，但感觉莫莉很快就要回来了。如果让莫莉看到某个不认识的男人坐在她的床上，大概不会开心的。但是卡门不想就此停止。脚本逐渐成形，已经不是漫无目的的头脑风暴了。仿佛她和哈维正往一首更出名、更响亮的歌里添加他们自己的音符。

"她聪明，敏锐——我不太清楚，有爪子吗？要不叫'母狮'？"

"呃，这听起来感觉太像是从男性英雄的名字派生出来的了……'狮侠'怎么样？"

卡门赞成地笑了笑。"干得不错，哈维。我喜欢这个跟野猫有关的名字。你呢？"

"是啊，能让人想到蝙蝠侠或者猫女，但又有所差异。可到底用什么名字呢？'豹女郎'？"

卡门使劲咽下嘴里的咖啡，忍着没有喷出来。

---

① "水门事件"中的记者。

"'豹女郎'？"她笑了一声说，"哈维，除了我之外你跟别的女人说过话吗？不过我觉得你已经明白了。她性格坚韧，不惧怕用爪子把敌人的眼睛抠出来；她灵巧敏捷，就像一头狮子或者猎豹。'猫侠'怎么样？"

"和好几个重名了。"

"'豹女'？"

"也有人用过了。"哈维说，"'美洲狮'怎么样？或者'黑豹女'？"

"感觉……男子气太强了？"卡门揉着太阳穴说。

"班菲尔……伊娜。班菲丽娜……班菲娜！"[①]他跳下了莫莉的床，为终于想到了一个好名字而兴奋不已。

她朝他扬起一边眉毛，他重新坐回床上。"或许可以只用猫，或者山猫，或者老虎……"她说。

"山猫，就是它了，"哈维瞪大眼睛，指着卡门说，"就是它了！非常完美。"

"山猫，"她缓缓地说，几乎是自言自语。他说得对——这个名字可以。虽然卡门还说不清原因，但她喜欢这个名字。"山猫。致命山猫。"

卡门伸手从床下掏出一个小记事本，开始在上面写写画画。线条参差随意，她并不是在写字，而是在画画。

"之前都不知道你还是个画家。"哈维一边说一边再次坐下。

"我确实不是，"卡门挪到莫莉的床上，坐在他身边，"但成为画家一直是我的梦想，至少是我儿时的梦想。我爸爸会带我去……"

她的声音逐渐微弱。他的下巴靠近她的肩膀，她可以听到

---

①这几个名字的英文都包含"panther"（豹子）这个词根。

他缓慢的呼吸声。卡门的画粗糙而潦草,但她可以看到克劳迪娅——山猫——一点点成型。包裹全身、黄黑相间的紧身制服上,部分区域潦草地画着猎豹一般的斑点图案。多米诺面具和那双没有瞳孔的眼睛。这张薄薄的笔记纸上已经有了山猫的基本要素。卡门知道,他们已经顺利起步了。

就在这时,哈维贴了过来,亲了她的嘴。

这一过程持续了不到两秒钟,但即便是在如此短暂的时间窗口里,他仍然试图把舌头探入卡门的嘴里。她向后躲闪,面红耳赤。王八蛋,她心想。他妈的王八蛋。她感到自己的手攥成了拳头,强压怒火没有抬起胳膊。她听见笔记本和铅笔落在地上发出的咔嗒声。

"你他妈的干什么,哈维!"她说,向后撤身远离哈维,"你必须离开了。现在。"

"别,等一下,别这样……对不起。"他擦着嘴说,显然也感到很懊恼。卡门看得出他的羞愧,但她问心无愧。她没有让自己的火气消散。

"哈维,给我滚出去。"卡门说。她站起身,强忍着不像情景喜剧里的妻子那样朝门口的方向指去。

他点点头。他明白,现在无论说什么都会消灭他仅剩的最后一点希望。不仅是与卡门发展浪漫关系的希望,而是所有希望:友谊,合作。那样他会毁了这一切,换来的……又是什么呢?展示权力?还是三心二意地想要跟她上床?典型的男人,卡门想。

他抓起笔记本,绕过她,就像一个士兵躲着地雷行军。她没有回头看他离开。她不知道自己让他离开、拒绝他笨拙的求欢,将会付出怎样的代价。卡门抬起头盯着门口,仿佛瞬间就过了几个小时。她的视线渐渐模糊,门上黄色的油漆随之慢慢褪色。

第六章

卡门睡不着。

她不知道是因为愤怒——对哈维，也对她自己——还是因为肾上腺素。哈维试图亲吻她之前，有什么事发生了。火花一闪，只不过并非可怜而羞涩的哈维所希望的那种。这种创意的奔涌，卡门此前只有一个人的时候才体会过，但这一次的情况截然不同。这次的点子并不像多年来她那些灵光乍现的时刻一样，写下之后便难见天日。这次她看到一丝希望的曙光。或许，她想，哈维可以把这位女性英雄——致命山猫——的故事呈送到卡莱尔面前。单是这样，就足以让她的梦想更接近现实。没准儿他决定出版这个故事呢？她心想。

她"扑通"一声躺在不舒服的床上，假装没有感觉到身体接触床的一瞬间扬起的灰尘。上东区的这间小房间阴暗而安静，但再狭小的空间也挡不住纽约城的噪声——警笛声、尖叫声、汽车嗡嗡声、地铁轰隆声等，所有声音混合成一股含混、伴随震颤的声响；这个声响当初曾让卡门感到害怕，如今却助她入眠。卡门意识到，这里仍然没有家的感觉；在迈阿密习以为常的舒适感被纽约固有的焦虑取代。街上飘着垃圾燃烧的味道——这是预算减少①和罢工或者清洁工不满情绪的副产品。每次踏上街道,她的危险感觉便会加剧。坐地铁时,她会依次打量其他乘客,以免被劫匪"刀尖相向"。她曾听说,有人向抵达纽约机场的乘客分发写着"欢迎来到恐惧之城"的传单,上面还罗列着让人们抵达纽约后就立即开始担忧自身生命安全的理由②。

就连这间公寓也让人感觉老旧而破败。她好奇之前是谁住在这儿,而等她有朝一日离开这里,又有谁会接替她搬进来。房间所在的公寓楼是一座没有电梯的三层小楼,红砖砌成的外墙配以已经褪色的白色饰边。小楼坐落在第二大道与第八十二街交汇的街角上,楼下是一家炸鸡餐厅和一家似乎从来没有开过门的锁匠铺。那家餐厅反倒像是二十四小时营业——深夜里,聒噪的醉汉跌跌撞撞地进店吃夜宵;到了清晨,小吃店的主顾则拖着脚步进店,赶在上班之前喝一杯咖啡。这里有一种迈阿密大片的绿地公园、棕榈树以及开阔的高速公路所没有的生命力。卡门当然知道迈阿密也是一座城市——但纽约非同凡响。它仿佛疾病一般翻腾、膨胀、增殖、变化,就像某种来自异世界的神奇又神秘的存在。

卡门睁开双眼。她这才意识到,自己在某种夸夸其谈、外形怪异、似乎出自柯比之手的怪物的掌心里睡着了——那个怪物就像是邦布③或者斯坦与杰克在《神奇四侠》不可阻挡地改变了漫

---

①受二十世纪七十年代美国经济停滞影响,纽约自一九七五年二月开始陷入严重的财政危机。在运营预算存在大量缺口、市政府无法从市场上获得信贷的情况下,时任市长亚伯拉罕·比姆因不愿与各行业工会正面冲突导致纾困措施不利,并致使财政危机愈演愈烈,直至一九八五年才终于宣告平息。
②二十世纪六七十年代,纽约犯罪率不断上升,地铁交通因刑事犯罪和机械故障频发而被广泛认为是危险之地。
③邦布(Bombu)是由斯坦·李、杰克·柯比和迪克·艾尔斯创作的人物,是一只巨大的绿色外星怪物,曾征服过二百七十五个星球。他来到地球试图为征服地球做准备时被美国一个城市的警察用的电击枪击倒后关进了县监狱,并在狱中打电话将自己任务失败的消息告诉了其所在星球的最高指挥官。

画书这条河流的走势之前粗制滥造出来的其他怪兽。她向左翻身，背对着门以及莫莉的床。她不想被迫卷入对话，无论这对话是跟莫莉，还是跟其他任何人。这倒不是因为哈维的吻让她吃了一惊。她早就知道那一刻迟早要到来，并做好了充足的防备。当一个男孩子——是男人，她暗自提醒自己——想要与她建立超越友谊的关系时，她能看得出来。她能看到他们温暖的目光背后齿轮在转动，能感受到他们暗自谋划突破的方法，想在她的护甲上找到一道缝隙。昨晚的事不过是哈维的一次大胆尝试。她刚好猝不及防，仅此而已。下一次她会防备得更好。她不能有失。

真正困扰她的是，她明明已经看清真相，却让野心遮蔽了双眼。哈维摆在她眼前的，是她为之奋斗终生的目标、她的梦想。这一点她不可能不知道。读漫画书、喜欢漫画，和家在迈阿密、身为古巴裔一样都是她的一部分。漫画书的气味、质感、外观和节奏都深深刻入她的脑海。创作漫画脚本对她来说是名副其实的梦想成真。

她可以感受到父亲粗糙的手滑入她的手中，迈阿密夏日湿热的空气像一条温水浸过的毛巾一样包裹着她。她可以感受到她穿着拖鞋、陪着父亲一同走过加洛韦路、朝报刊亭走去，父亲会在报刊亭拿起一份《迈阿密时报》，再扫一眼摆着漫画书的书架。刊物名称总在变化——当时市场的波动性甚至比现在还要大，但醒目的颜色和大号字永远功效显著。刊头对她高声尖叫，仿佛乞求她拿起自己：《神秘之旅》《惊异故事》《侦探漫画》《悬疑故事》《奇异故事》《蝙蝠侠》《地狱猫》。她都来者不惧。她求父亲给她拿一本，而他每次都会答应——无论当时家境如何、他是否有工作、面临着怎样的困难。佩佩知道，她的独生女儿可以从翻阅任何一本漫画书中获得极大的快乐。

卡门与父亲很多共处的时光都是在那些短途散步中度过的——现在想来其实不过几个街区，但当时她觉得简直如同千里跋涉。他们会谈论生活，父亲深思熟虑的建议会给卡门一些小线索，让她知道他在烦恼什么。他们会谈论政治。他们感到世界充满了动荡和不确定——仿佛社会的基本支柱动摇和破裂了一般。对卡门来说，这就是她所知道的一切。但对于被逼无奈，拖家带口背井离乡的父亲来说，这一切几乎都已是家常便饭。没有什么是确定的，生活从来不会风平浪静。而他的责任就是保护家人。

她的思绪继续沿着这条熟悉的路线漂流。尽管她努力克制，但近来她仍然时常想到父亲。这时，她听到了莫莉将钥匙插入锁孔的刮擦声，以及随之而来的莫莉进门时略带醉意的沙哑歌声，心里感到一阵宽慰。莫莉显然很开心。看来这场演出很棒：或许是酒吧付了钱，或许是现场出现了十多个观众，抑或是她遇到了什么人。约翰·凯尔①、斯普林斯汀或是汤姆·魏尔伦②。任何一个在她看来或许能将大宪章乐队推向更高层次的人。那将是一个不需要在喝着低度啤酒的醉汉昏死过去的布鲁克林潜水酒吧里来演出换取微薄报酬的世界。

"卡姆？"莫莉的声音穿过房间。其实她是想放低声音，但她的耳朵可能还没从演出中完全恢复过来。对她来说安静的声音，对于卡门还是相当响亮的。"卡米，你醒着吗？"

卡门翻了个身，脸上浮现出微笑。"现在我醒了。"

"糟糕，对不起，"莫莉坐在卡门的床边，手放在卡门的腿上说，"你睡了很久吗？"

---

① 约翰·凯尔（John Cale, 1942— ），地下丝绒乐队成员，负责贝斯、中提琴与钢琴的演奏，偶尔担任演唱。
② 汤姆·魏尔伦（Tom Verlaine, 1949—2023），电视乐队吉他手、主唱和键盘手，还曾为帕蒂·史密斯的歌曲配乐。

"睡不着。"

"现在怎么办,宝贝?"莫莉问,"你在想什么?"

卡门给她讲了今晚发生的事,莫莉摇了摇头,脸上带着一丝讥讽的微笑。

"这是男孩子们精虫上脑时的常见套路,"莫莉说,"你干吗要让他进来?好在他不是个彻头彻尾的疯子。"

"他人其实不错,"卡门坐起来说,"我知道他喜欢我——但我只是想一吐为快。我从没像这样头脑风暴过。还挺有意思的。想象一下,假如这个角色真的能,嗯,成型?一个真正的、忠于上帝的人物?"

"那你为什么看起来不太高兴?"

卡门耸了耸肩。

"即便那样它也不会属于我,"她说,"它永远不可能是我的。"

"你这是什么意思?"莫莉问。

"这是个秘密,"卡门降低了声音,"如果真的能出版,我会在幕后编写脚本……我的意思是,我将得到一个写本子的机会,如果刊物获得成功,我就能走到台前,不过……"

"所以一开始你得匿名?就像他的秘密合作伙伴?"

卡门停了片刻,简单捋了捋已知的真相。她向莫莉点了点头,希望她的朋友在黑暗中看不到她的无奈表情。

"这是你想要的吗?"莫莉问道,"暗中实现你的梦想?"

听到这话,卡门感到自己的胃痛苦地打了一个结。

第七章

"他在哪里?"

史蒂文森的话语含糊不清,"他"字几乎是唱出来的。他在卡门的办公桌前俯身,眼白血丝密布。她能闻到他呼出的廉价酒气——酸涩而浓烈,仿佛在登上通向胜利漫画办公室的电梯前他刚刚偷喝了一大口。卡门回想起哈维和其他年轻的制作人员曾向她讲起的关于这个男人的事——史蒂文森是卡莱尔的老友,曾是漫画和通俗小说编辑的他饱经磨难。尽管他因纵酒豪饮而迷失沉沦,但喜欢就着行业八卦下酒的卡莱尔一直对他不离不弃。现在刚过九点,卡莱尔——也就是史蒂文森要找的那个"他"——还没有到。

"你听见我的话了吗,小姐?"他晃晃悠悠,皱巴巴的灰色衬衫上沾着卡门不愿深究的斑点和污渍。他紧紧抓住她桌子的边缘。她深吸了一口气。他不愿离开,这意味着她不能再忽略他了。

"史蒂文森先生,我问您需要帮忙吗?"卡门语气平淡,像个电话接线员。多年来她学会了——在工作和生活中——对于那些强势的人,最好的应对策略就是保持冷静。这会让他们措手不及。至少起初是这样。"卡莱尔先生不在这里。他可能今天晚些时候才会到……我可以帮您传话——"

"告诉他，他的老朋友史蒂文森来找他了，好吗？"他开始颤抖。卡门能看到他抓着桌子的手抓得更紧了，似乎希望通过这种方式让自己不要颤抖。"我不喜欢被他釜底抽薪，好吗？就这样原话告诉他。告诉他，早在他掌舵之前，我就给他和他的公司，还有他做的那些事出过力，明白吗？他欠我的。我不喜欢被忽视，好吗？该死，我甚至不知道是谁——"

她瞥见了哈维——他刚进办公室，一只手拿着从楼下咖啡车买的早餐。他停了下来，目光锁定在——不是她，而是那个男人的身上。史蒂文森。接着，哈维便转身离开了。

"你在听我说话吗，年轻的女士？"

她终于忍不住了。

"史蒂文森先生，现在立刻转身离开办公室，如果一分钟之后你还在这儿，我就报警。"她紧盯着他，声音清晰而愤怒。她需要找一个人发泄，让这个醉醺醺的可怜虫撞上了。"我几分钟前还为你感到难过，但是现在已经没有那种感觉了。这里是办公场所，不是酒吧。"

史蒂文森挺直了身子，表情充满了愤怒和无奈。即使是醉鬼也感觉得到自己碰了钉子。

"你真是傲慢无礼！"

"我现在就报警。"

他含糊不清地喃喃自语着，头也不回地转身朝电梯走廊走去。

"一定是犯了什么大错才被解雇的。"卡门喃喃自语，同时把椅子转向旁边的小文件柜。

"刚才那个人是史蒂文森吗？"一个声音问道。

卡门抬起头，看到一个高高瘦瘦的男人站在她的桌子前。她立刻认出了他。道格·德特默，资深漫画艺术家，只要你能想到的漫画公司，他几乎都合作过。他肩上挎着一个大箱子，应该是来交稿和要钱的。她转动椅子面对他。

"你好，德特默先生，"她干巴巴地说道，"是的，刚才那位确实是史蒂文森先生。"

德特默露出了一个狡黠的微笑。

她对胜利漫画的大部分重要人物都很熟悉，但想不起此前是否见过德特默。尽管他不是胜利漫画的顶级自由画师，但他的作品对卡门来说意义重大。她努力提醒自己不要对他过誉。旁听卡莱尔的各种抱怨是她的工作之一，其中有几次就是针对德特默的。让卡莱尔不满的不是他的工作能力——德特默的画总是令人叹为观止。但大多数创意人才都有些古怪和好斗。德特默恰恰两者兼具，尤其是当他觉得自己被冤枉或被误导时。在卡门看来，这增加了他的神秘感。她能看出他在作品上下了很多功夫，并且他十分看重这份工作。对于道格·德特默来说，漫画不是一种次要的艺术形式，而卡门恰恰对这一点非常欣赏。

"你还是那样迷人。"德特默说。他把箱子放在卡门的桌子上，拿出一沓原始画稿。"杰弗里要的那些《灰狼》的画稿好了。而且我得指出，我是提前交稿的。"

卡门接过了德特默递过来的画稿。

"需要我给您开发票吗？"

"在里面，都填好了，"德特默说着，指着夹在最上面一页上的黄色表格，"如果可以的话，请提醒他我的加急费率。"

卡门点了点头。

"我会的，"她说，"那我就假设你们已经讨论过了？"

德特默叹了口气。

"我们确实讨论过，但杰弗里往往会忘记这一点，"德特默说着,皱了皱眉,"不过他可以给我打电话,我们会解决的。"

"没问题。"卡门说着,随手抄起一张纸做了记录,然后抬起头,"还有什么我可以帮您的吗?"

德特默退后了一步,但又停了下来。他眯起了眼睛。

"卡莱尔的笔记是你打的吧?"他问道。

卡门反应了一下。没等她支支吾吾地说出个所以然,他就继续说道:"在脚本和画稿上的——他的评论,"德特默压低声音说着,充满了阴谋的味道,"我之所以问这个,是因为那些笔记读起来不像他。跟他说话的方式完全不同。写得很好,很机智。"

"德特默先生——"

"这没有什么可害羞的,"他说着,语气平静得近乎冷淡,"你对故事有很好的感觉——甚至你的画稿笔记也记得很好。希望你有一天能够写自己的故事。"

没等卡门回话,德特默已经朝电梯口走去了。她有心起身跟着他,但感觉有些怪异而尴尬。她发觉自己的脸上露出了微笑。这当然不过是一件小事,小到不值一提。但这个意外的善意麻痹了她,让她暂时忘记了自己面前新的现实:她不得不在暗中创作故事,因为她的老板不愿像对哈维那样不假思索地给她机会。她就这样目送着德特默走进了电梯。

卡门没有注意到桌面上掠过的黑影。有人清了清嗓子。她抬起头。

是哈维。

"卡门,我只是——"

她举起手,他停了下来。

"哈维,你已经是过去十分钟里出现在我桌前的第三个人了。这不是说话的地方。"她说着,声音柔和但不温柔。她不想太过残忍。她知道对他来说，主动来找她有多不容易，但他那个举动终究是错了。他破坏了他们之间的信任，破坏了已经建立起来的微薄友谊。她不愿利用他的错误大做文章，但她也不必接受他的哀求。"我在工作。你也在工作。我们可以晚点再谈。"

她目送哈维朝他的桌子走去，那是开放式办公区里一个和其他初级编辑面对面的座位——在她看来，这里更像是一个兄弟会，而不是 个办公室。大多数日子里，她都很喜欢来上班，可她从来没有感觉到自己真正融入这个环境。这里总是有各种恶作剧。深夜里伴着比萨和啤酒讨论他们想写哪个漫威或者 DC 的角色。在中央公园打排球。有一次，制作团队的一个同事朝另一个同事抛去一块热气腾腾的樱桃派，差点正中她的面门。这就是卡门在这里的角色。人在现场，却又游离在外。就像《神奇四侠》中的观察者——一个强大的存在，然而除了记录发生的事之外，几乎无法融入。

好吧，她对此已经感到厌倦。

昨晚哈维离开后，莫莉和她的谈话对她产生了影响。假设卡莱尔真的接受了哈维的提案，她也仍然无法控制自己能否署名。但她可以控制故事和漫画的内容。这是她一直想要的，现在放弃主动权将十分愚蠢。

最近几天，卡门无法入睡，她翻找了文件夹——她的想法、提案和草稿——所有那些完成度各不相同、交给卡莱尔之后却都一样杳无音信的工作。就在她整理这些文件并重新审视修改时，恍惚中发现了什么。这些旧作都有一个共同的主题：一个局外人寻求正义，试图重新获得一直以来不被认可的身份和传承。时间就这样如梦幻般飞逝，几个小时后，她整理好了一摞材料：六个详细的脚本。虽然内容还不完整——她特意留了一些空间让哈维来补充——但这是属于她的。无论哈维是否帮助她，这些脚本都不会白费。

当天上午余下的时间平淡无奇，除了一些晚到的工作发票和常规的骚扰电话外，没有其他的事发生。卡莱尔打电话来说他要休息一整天，这与他的习惯不同，但卡门并没有太在意。能几个小时不用与这个人打交道，让她感到兴奋。

在办公室的一片喧嚣中——高声大笑、担心最后期限到来的喊叫以及纸张拍打桌子的疯狂声响——她听到电话铃声再次响起。她下意识接起了电话。

"胜利漫画，杰弗里·卡莱尔的办公室——我是卡门。"

"卡门？"

她僵住了。感觉自己的心跳突然停滞。她的呼吸加快了。

她一下子就认出了那个声音。当然，她怎么可能忘记那个女人呢？

"卡门？是你吗？拜托你别挂电话，"那个女人说，"我只是想和你谈谈……向你表白心迹。"

她温柔的声音近乎恳求。和上次她们说话时完全不同。柔和，而不是刻薄和愤怒。

片刻的沉默。电话那头只能听见缓慢而粗重的呼吸声。

卡门挂断了电话。

她抓起包，快步向电梯走去，没有看向任何人。她需要喘口气。她不确定自己今天还会不会再回来。

"你没事吧？"

卡门转过身，发现哈维站在身后。她把已经吸了大部分的香烟扔在人行道上，然后用脚踩了一下。她刚出办公室没多远，就迷惘地停下脚步。能去哪儿呢？

"不是很好。"卡门说，没有强颜欢笑。与她现在所感受到的痛苦相比，对哈维的愤怒几乎微不足道。

是凯瑟琳。

她是怎么找到自己的？

"卡门？"哈维再次问道，"发生了什么？"

"你为什么要这么做，哈维？"

"什么？"

"我以为我们是朋友。"卡门说，眼睛没有看他，而是望向远处纽约繁华的街道。忙碌的商人绕着她走过。空气中弥漫着油炸食品和湿垃圾的气味。车喇叭声、人群的嘈杂声、附近公寓里传出的翻唱约翰·列侬《靠近我》的生硬人声和吉他伴奏的闷音，这些让卡门不得不提高嗓门。"我以为我们是合作伙伴。一切本来都进展得如此顺利……"

她停了下来。为什么要选在她心不在焉的当下谈论这个问题？她知道自己正在把所有的情绪——愤怒、惊讶、被伤害——都转嫁到哈维身上。但她还有什么选择？

"对不起，我搞砸了。"哈维说。他把手伸进裤子后面的口袋，掏出几张皱巴巴的黄色笔记纸递给了她。"不过我写了这个。"

卡门迅速浏览了一下第一页的内容。哈维的字真的很难看，活像一个酩酊大醉的医生。但她明白了其中的大意。她已看过太多故事梗概初稿，这还难不倒她。这并没有解决问题，但出乎意料地缓和了她的痛苦。

"你打算用一个半生不熟的故事大纲说服我吗？"卡门嘲笑道，

"等你读完我的脚本再说吧。"

哈维对此嗤之以鼻。"你也写了一个？"

"我写了六个。你以为我会坐等你这个天才来引领吗？"

"六个？"他目瞪口呆地问道，"怎么可能？"

"你不能一个劲儿地傻卖力气，还得干得更聪明。"卡门笑着说，"这件事我努力好久了，每次抓到机会就把脚本交给卡莱尔。所以我只是对过去的想法和笔记稍稍调整修改，来构建'致命山猫'的世界。如果卡莱尔喜欢这个角色，我想做好能交付作品的准备。这是我的机会，我想抓住它。"

"好啊，我们可以把手头的东西放到一起，让它更棒。我们可以把各自的想法整合起来，"哈维说，努力掩饰他的羞涩微笑，"咱们必须这样做，卡门。真抱歉——我错了，好吗？我不想因为……因为我误判了形势而毁了我们之间的友谊。"

她片刻没有应声。她并非喜欢这种沉默，而是在消化他说的话。她曾遇到过很多像哈维这样的人。朋友，或者所谓的朋友，急于让双方的关系更进一步。其中多数是年长的男人，以及那些在看到发展恋情的可能之前对她或她的生活似乎并不感兴趣的男人。但哈维感觉有点不同。他似乎有些迷惘，但更真诚。她希望自己不会后悔原谅他——尽管她知道自己很可能会后悔。

"这很有趣，我想可以把它编到我已经完成的部分里，"她翻看着剩下的几页纸，"我们有机会成功。我们可以亲手创造出这个角色。"

哈维笑了。

"我不会搞砸的。"他说。卡门看得出，他在努力忍住不让那张年轻的脸上现出微笑。"你还好吗？"

她再次感到措手不及,她本以为已经回避了这个问题。她意识到他或许不像自己以为得那样简单。但为什么这让她感到担忧?

　　"我现在还好。"她说着便转身朝办公室走去,只是心中那种在莫名的境地中越陷越深的感觉依然挥之不去。

第八章

卡门与凯瑟琳·霍尔几年前在迈阿密相识——在戴德初级学院的一门创意写作入门课上。卡门虽然拥有迈阿密新兴公立大学佛罗里达国际大学的英语文学学士学位,但求职一直不顺——她在海厄利亚①一家小印刷厂做簿记员,那份工作往好了说也只能算是乏味无聊,糟糕时则完全是折磨。她听朋友桑德拉介绍了导师艾玛·利顿,决定悄悄地溜进教室旁听。

"她棒极了,卡姆,"桑德拉越说声音越高,"怎么说呢,她真的太棒了。她让我觉得我真的可以成为一名作家。"

"你本来就可以。"卡门说。桑德拉确实有这个实力——她是一位卓有才华的诗人,拥有卡门难以企及的独具一格的文采和文风。她不想看到这位才华横溢的朋友盲从于一位籍籍无名的老师。"你一定会的。"

但这次谈话勾起了卡门的好奇心。桑德拉不会轻易赞美别人。所以她想亲自去看看,一睹这位激励了桑德拉的女士的风采——究竟是什么人让她的朋友两眼放光,欣赏之情溢于言表。

这就是为什么在一个闷热的日子里,卡门坐在挤满人的教室后排,看一位女士以一种她当年只敢想象、多年后才在试错中验

---

①海厄利亚(Hialeah),佛罗里达州迈阿密的一座城市。

证的方式,将写作掰开揉碎地娓娓道来。

"如果你的角色有了深度,如果你花足够的时间去了解他们——踏踏实实地真正去了解他们,"利顿一边在教室前面踱步一边说着,灵动的双眼观察着每个学生,"他们就能活灵活现。"

突然响起了几声低语,或许还有一声抱怨。卡门与教室对面的一位女士交换了一个会意的眼神,那位女士有着柔和的面容和金色的头发。她是谁?卡门想着,然后把注意力转回到了讲师身上。利顿似乎锁定了一个不愿冒头的反对者。

"听起来很愚蠢,对吧?"她说着,脸上露出一丝挑衅的微笑——好像在说,你们等着瞧。"但这是真的。他们会开始推你、拉你——与你的情节相互作用。他们会开始自己行动,就像不受管束的幼儿。作为作家,你的工作就是听任其发生。顺势而为。"

她停止了踱步,双手叉腰,低头看着地面。卡门想知道发生了什么事——是她感到被人冒犯,不知接下来该从何讲起了吗?但就在脑海中生起这个想法的一刻,利顿抬起了头。有一瞬间,仿佛她正盯着卡门,直接看透了卡门的一切。

"你必须引导这种能量——这种力量——否则你就会失去它。"她说。卡门的目光本能地转向金发女人,她的眼睛仍然盯着卡门,那眼神仿佛她认识卡门一样。或者卡门当时是这样认为的。实际上,卡门现在仍然这样想。利顿继续说道:"你必须创造一个有人的世界,这个世界必须真实可信,而你只是这个世界用来讲故事的工具。"

这堂课上还讲了些什么,卡门已经没什么印象了。她只是感到震惊与不安。她几个月、几年来一直在苦苦寻找的答案,有人竟能以量化的方式表达。她三心二意写小说的尝试,那些费力写就的夸张短篇,那些似乎表达着她难言心声的诗歌,那些堆在父母家杂物间文件柜抽屉里、连篇累牍的漫画书故事梗概和脚本——众多的人物，各样的能力和丰富的支线剧情。当桑德拉找到她询问听课的情况时，卡门基本已经放弃了。只是她把这个决定闷在心里，没有告诉任何人。为什么要费那个劲呢？过去几个月，千言万语在她的脑海中回响，她尝试提笔写作、重新点燃那个引擎，却毫无感觉，只有无法摆脱的无力感。但现在，她感觉到了其他什么东西。或许是希望？

"你不是这个班的学生吧？"

卡门正跟在桑德拉身后，这句话立即吸引了她的注意力，仿佛被人抓住衬衫上的线头一样她转过了身。原来是那个高挑的金发女人。她正随着其他学生一同走出教室，一双褐色的眼睛平和地望着卡门。她身材苗条、皮肤雪白，身着淡蓝色衬衫和棕色的裤子，显得十分合体。卡门无法挣脱这个女人的目光。虽然她们被喧闹的人流隔断、包围，但卡门可以感觉到这个女人的目光锁定在自己身上——她那猫一般的身形，温柔的媚眼——仔细地打量着自己。卡门心中立刻升起一股奇怪的感觉，她仿佛被磁铁吸引一般，想要靠近这个素未谋面的女人。她的手心出汗了。试图回答那个人畜无害的问题时，一股电流穿过了卡门。

"不，呃，我不是。"卡门支支吾吾地说道。她只想再走几步——走到教室外面，重新回到自己的生活中。"我的——我的朋友……"

她看向桑德拉，但发现她的朋友已经不在那里了。卡门朝出口看去，看到桑德拉满含歉意地耸了耸肩，然后退出了门。这是怎么回事？

"我不会告发你的，"那个女人说道，"至少，如果你告诉我你的名字……？"

"我叫卡门·巴尔德斯，"卡门说，"我的朋友建议我来听听你们教授的写作课。"

"她真是太棒了,不是吗?"女人惊叹地瞪大双眼说道。但她没有接着说下去,而是停了下来,闭上眼睛,摇了摇头——好像她刚刚意识到自己忘了开转向灯了一样。"抱歉,我太粗鲁了。我叫凯瑟琳·霍尔。"

她伸出一只手。卡门握住了它。她的手掌温暖且饱含感情。这次握手的时间比平常要长一些。

"很高兴认识你,"卡门说,"你也是来蹭课的吗?"

凯瑟琳会心地笑了。

"这么明显吗?"

她们笑了起来。

卡门观察着她的动作,流畅自如,不做作也不僵硬,散发着自在和自信。这一刻,卡门对刚遇到的这个陌生女人既恨又爱。她也不知道,究竟是这个女人的什么特质让自己产生了这样的想法。

"我很喜欢她说的话,很多地方都能感同身受。"卡门说着,每一个字都让她感到不安。她听起来太年轻、太笨拙了,太迫切地想要得到认可了。但她还是继续说了下去,那股冲动实在难以忽略。"我需要更多地去按她的方法做——让我的角色引领我。"

"我也是,"凯瑟琳微微点头,动作细微得几乎看不出来,好像在责备自己。"我来这里也是为了这个。我觉得我需要从别人那里听到这番话——向有经验的人学习,你明白吗?"

卡门完全明白。但还没等她回话,凯瑟琳抬起头,对她微笑着,把几个文件放进自己的背包里。这个微笑真挚而温暖。她们意外发现了二人的共同点。卡门突然间不在意桑德拉去哪里了。凯瑟琳似乎为找到了一个同路人、一个和自己一起与写作恶魔搏斗的人而感动——至少后来她是这样告诉卡门的。

"是的，需要别人指明方向。"卡门说道。

"没错。我说不出来更好的了。"凯瑟琳说着，拎起包向门口走去。"你在写什么？我们一起走吧，我想听听你的故事。"

卡门跟上了她。她们走出教室时，卡门注意到桑德拉惊讶的表情。卡门没有理会，从朋友身边经过，朝着一个截然不同的方向走去。

其实她并不需要咖啡，但是咖啡流过喉咙的感觉舒适而温暖，而且咖啡因的刺激——纯粹、浓缩的古巴咖啡——让这一刻感觉更加生机勃勃、充满无限可能。她们走出校园，找了一家通过带楼梯的小窗口贩卖咖啡的古巴咖啡小店。二人在附近的长凳上坐下，凯瑟琳小心翼翼地打开装着咖啡的大泡沫杯，往卡门的小杯子里倒了一份咖啡。

"你有没有带着那个？"凯瑟琳问道。

起初，卡门以为这个女人想找她要烟，但当她看到凯瑟琳满怀期待的微笑时，马上将这个想法甩出了脑海。卡门这才意识到，凯瑟琳是想读她的作品，而这几乎比找她要大麻还要糟糕。卡门有点想和这个女人一起抽一支烟——她似乎完全是卡门的对立面：自信、穿着考究、举止得体、表达流畅——尽管她们年龄相仿。她似乎拥有一切值得称道的优点，并且尽管她完美地融入了这个糟糕的世界，但依然柔中带刚。她的身上散发出一股让卡门想要进一步了解的叛逆和浪漫气息。可是不行，不行——她的作品当然不在手边。

她试图一笑了之，但凯瑟琳打断了她。

"卡门，什么这么好笑？"凯瑟琳问道，她的眼睛里带着一种天真的神情。"我相信你有很多话要说。我很想读你的作品。我们可以交换。我知道这很疯狂,但我们可以成为伙伴。"

卡门感到自己僵住了,凯瑟琳立刻注意到了。她迅速把手放在卡门的手上,触感温暖轻柔。

"写作伙伴,"她笑着说道,"我们可以互相帮助。我知道我需要有人来监督。这样我就不会把它当作一个愚蠢的兴趣爱好了,你知道吗?你有时也会有这种感觉吗?就像你是唯一相信自己的人一样?有个人站在我这边该有多好。"

卡门慢慢地点了点头。

"是的,是的,"她说,除了单音节之外,她已无法表达更多。她们相互看着对方,眼神中都带着温暖的笑意。"我——我觉得很好啊。"

"好的,我的新朋友卡门。"凯瑟琳说,专门强调着名字,仿佛她的嘴巴正试着适应这个名字、逐渐熟悉这个声音。"那么我们俩都要认真对待这件事——把它看作我们真正想要追求的东西,而不是一时兴起。"

卡门感到有点懊丧——一边要面对压得她喘不过气的现实问题,一边还要认真写作,而不是单纯地琢磨和幻想——但这种感觉很短暂。她感受到了其他的东西。凯瑟琳温暖的手搭在了她的胳膊上。

"这将是一段非常棒的经历。"她轻轻拍了拍卡门,然后收回了手去取咖啡,颜色柔和的婚戒轻轻刮过卡门的皮肤。"我感觉我们能真正帮助彼此。"

卡门微笑着。她们的目光相遇,持续了几秒。

就在那一刻,卡门知道自己有麻烦了。

第九章

"小心！小心，卡门！小心！"

排球发出一声巨响，猛地撞在卡门脸上。她飞了出去，屁股狠狠地摔在地上。她揉着因为撞击而开始泛红的脸颊，迅速起身，快速检查了一下，然后拍掉了身上的灰尘。她没感觉多疼，但十分尴尬。

这时，她感觉到有人抓住了自己的胳膊。是哈维，他身边还有两个同事——制作部的特鲁尼克和哈恩。她向他们挥了挥手，走向球场边缘。这种在中央公园西侧举行的比赛，是胜利漫画以及纽约漫画产业的常规活动。在这里，久坐办公室的漫画老手们可以获得在户外挥汗锻炼的机会。大多数人并不认真对待比赛——除了漫威团队——但现场欢声不断，大家不仅得以活动筋骨，更获得了巨大的乐趣。只可惜，卡门球打得并不算好。

"你还好吧？"哈维问道。

"别总问我这个。我没事。"卡门说着，面带无奈的微笑，抽回了自己的胳膊。

他退后一步。"这是常有的事。"

他们的计划仍然不变——打算晚些时候会面，将哈维的一些笔记与卡门的画稿合并，把他们对致命山猫的想法合二为一——

但这并不意味着万事大吉。卡门仍然因他的背叛感到受伤,而本周早些时候接到的电话更让她心神不宁。她完全没有精力处理这些事。

"我没事,拜托了。让我清静清静吧。"

他点点头,举起手做了个妥协的手势,然后朝着长椅区走去,那里还有几个胜利漫画的工作人员正等着加入比赛。卡门拿出她的包,掏出一支烟。她在手包里翻找,但找不到打火机。是不是落在桌子上了?

"需要打火机吗?"

卡门转过身。一个或许比她大五岁的女人站在那里,递来一个打火机。

卡门接过来,微笑着说道:"谢谢你,"她边说边试着点着嘴里叼着的香烟,"我以为这群人里只有我抽烟呢。"

"差不多。"陌生人说。她的红发在中央公园的阳光下格外显眼;她的温暖微笑也是如此——与日常纽约人充满挑衅意味的怒目而视截然相反。"你在胜利漫画工作吗?"

卡门点了点头,大口吸了一口烟,偷瞄了一眼比赛中的球队,他们的表现仍然和她离开时一样差。她瞥见哈维的眼神——他看着她,看着她们。脸上带着担忧的表情。他在担心什么?

"是的,我叫卡门·巴尔德斯。"她说着伸出手。那个女人握住她的手,有力但不粗暴,充满自信。卡门仔细地打量她。她美艳动人。卡门花了一秒钟才注意到:这个女人神态自若,举止自如。起初,卡门感到震惊:这太像某个人了。

"你为卡莱尔工作。"女人说,更像是一句陈述而非问题。

"我是他的秘书,对。"

"他的助手。"女人纠正了她。

卡门扬起了眉毛。她已经不想再继续这个话题了。

"我是玛丽昂·普莱斯，"女人说，她的微笑慵懒却真诚，绿色的眸子似乎在午后的阳光中闪烁，"我刚刚加入沃伦公司。很高兴在这里看到另一位女性。"

卡门努力地报以微笑，但感觉自己的脸因假笑而变得紧绷。她不是一个热情的人，也无法表现出热情；但她已经尽力了，这就足够了。而且玛丽昂说得对，除了弗兰之外，她们俩是这里仅有的女性——弗兰是一位年长的女士，在胜利漫画的收发室工作，管理着卡莱尔那份次要却利润颇丰的廉价饰品生意。

"沃伦公司是吧？"卡门问，"那里怎么样？"

她喜欢这些不定期举行的比赛，不仅因为它们有趣，能帮她散心，还因为它们向她展示了其他公司的生活方式，以及那些地方与胜利漫画之间的区别——在她看来，胜利漫画被困在了二十世纪五十年代。DC正统呆板，漫威则似乎相当前卫——其雇员中有数位女性，并且团队整体年轻，颇有兄弟会的氛围，不仅不会让人感到不安，反而魅力十足。其他所有公司都处于这两极之间。但没有一家公司能比得上胜利漫画这颗封在琥珀里的化石。她的工作就是上古遗物，她在公司里的地位也就永远地受此影响。她再次偷偷瞥了一眼哈维。

"就全职工作来说，我想还不错。我们的老板很有个性，这一点不容否认。"玛丽昂看着地面，仿佛意识到卡门的注意力并没有完全放在她身上。"我很庆幸我不是那里唯一的女性。如果没有路易丝在身边，我真的不知道该怎么办。言归正传，我的节奏更适合西海岸——给地下小报或者印量不大的刊物画连载漫画，你懂的，不过我知道如何组织一本杂志，所以这活儿我能干得来。"

玛丽昂缓慢而自然地笑了。沉默了几秒之后，她继续说道：

"你觉得胜利漫画怎么样?"她问道,仿佛明知故问。"我和哈维很熟。"

"哦,是吗?"

"是的,我们曾在布尔沃克一起工作过,那是一家做一些漫画的小公司。"玛丽昂的目光也投向了正在进行的比赛,她的脸微微泛红,"可以说,我当时是他的上司。说实话,他没有坚持太久。我相信他有朝一日会把那些脏脏的细节讲给你听。"

卡门对布尔沃克有一些了解。他们的超级英雄系列连员工都觉得很糟糕。漫画出版时常跳票,公司薪水微薄,制作费用也捉襟见肘。她知道哈维曾在那里工作过,但他似乎不愿提及那段经历,更从未提起玛丽昂。

"啊,是的,他们还是出过一些不错的作品的。"卡门生硬地说,试图保持礼貌。

"亲爱的,你不用为难自己。"玛丽昂发出了银铃般的笑声,"那些都是垃圾。哈维也画过一些——什么《血之王牌》啊,什么《蜂鸣器》啊,基本都是些抄袭蜘蛛侠的粗制滥造的东西。我们都知道那些书是垃圾,但我们当时还年轻,边干边学。曾在那里工作过的人从来不会谈起那段经历。你知道,这并不是一条值得自夸的履历。"

"我可以想象。"卡门轻轻点了点头。

"很有趣,"玛丽昂说。她盯着比赛,胜利漫画一方正在准备发球。"几天前的一个晚上,我遇到了哈维——那个可怜的家伙当时正独自喝酒。我已经很多年没有见过他了。最后一次见面还是我把他的最后一张工资支票亲手交给他。真是尴尬。对了,我们聊起了你。"

卡门顿时紧张起来。哈维离开她家之后见过玛丽昂吗?就在他试图强迫她就范之后——这两件事之间有关联吗？

卡门试图改变话题。

"你一直想在漫画行业工作吗？"

卡门脱口而出，仿佛在她内心深处渴望找到一个像她一样的人。一个同样在漫画界打拼、同样不甘于人下的女性。

玛丽昂热情地笑了笑。"其实，我是个天生的写手。"她说着，微微歪着头，似乎要想要更仔细地打量一下卡门，"我有点讨厌少年漫画——似乎所有人都想做动作漫画。你懂的，就是半大小子拿来打飞机的那种玩意儿。"

卡门笑了。她感到眼睛变得湿润。这出乎意料，很好。

"有时间的时候我会写作和绘画，"玛丽昂继续说道，"我在旧金山时做的大部分是些冷门而怪异的东西。"

卡门振奋起来。她想继续听玛丽昂讲下去。她想和这个人分享一些故事。但还没等开口发问，她注意到玛丽昂的眼神越过了她，望向聚集在比赛周围的那群自由职业者和漫画公司员工。接着，玛丽昂把目光重新转回到卡门身上，表情也变得不同了——专注而准确。

"听着，和哈维在一起要小心，好吗？"

"小心？"卡门问道，"为什么？"

玛丽昂皱了皱眉头。"我希望我们能在某个地方坐下来好好聊聊——真正地好好聊聊，"她望向卡门，"但我现在要告诉你一句话，这句话我们解雇哈维的时候也跟他说过。'没有人喜欢被骗。'那会让人不舒服。哈维本质上不是那样的人。"

"我不明白你为什么——"

"就像我说的，小心点，"玛丽昂的声音低沉而严肃，"哈维是个复杂的孩子。在布尔沃克时，他曾把我逼入绝境，我言尽于此。

他做起事来像个刚会走路的孩子;而我呢,虽然看起来像个瘾君子,但我是一个成熟的职业女性。或许一开始我就不应该期望太多。我想,或许这才是最糟糕的。在这方面,他一点也没让我惊讶。"

卡门感到不安。这个女人为什么要告诉她这个?

"哈维还跟你说了别的什么吗?"卡门问,"关于我?"

玛丽昂走近卡门,轻轻地把手放在她的手上。

"没说很多,但足够了,"玛丽昂说,"你这样聪明美丽的姑娘,不应该像那样被戏弄。不要当局者迷。"

像那样被戏弄?

"我是不是太冒昧了?"玛丽昂问,"对不起,我有时候说话不太过脑子——"

"不,没有,我只是……累了,"卡门说着,脸上浮现出假笑,"我该走了。"

玛丽昂点了点头。她的笑容也变得虚假起来,似乎她感到应该见好就收了。卡门心想,为什么不能和这个女人交朋友?为什么要马上就做出最坏的设想——认为这个女人是哈维满腹怨恨的前女友?如果真是这样又怎么样呢?卡门没有那么在乎哈维。她不会那样看待他。如果是在别的日子,卡门会因为在行业里遇到了另一个女性,为了可以与对方分享经验、甚至从对方身上学到什么东西而欣喜若狂。但今天不是。不,现在她只想回家,在黑暗中躺在她的小床上,凝视着天花板,直到有其他什么事可做。

"很高兴见到你。"卡门说着后退。

走向火车站的路上,卡门回头看了看球场。她瞥见哈维正朝玛丽昂走去,脸色阴沉而扭曲。

* * *

她按响了门铃，等待着，手臂仍在隐隐作痛。卡门只走了几个街区就后悔了：她不应该把老式艾瑞卡 S 形打字机搬到哈维那位于布利克街与克里斯托弗街路口、楼下有一间名为"精致蔬果"的破败杂货店的公寓。哈维住在斯通沃尔旅馆所在的街道上。

建筑入口所在的外墙上贴着各种各样的海报——失踪的宠物、即将举行的音乐演出、求职启事和各种优惠信息。有些已经被撕破，露出了被盖上的褪色的传单。这是流浪者的公告板。

周五排球比赛结束几个小时后，哈维给她打电话，承认他一文不名——可能是因为本周早些时候的一张昂贵的酒吧账单。卡门有些犹豫，但还是同意去他家会面。与玛丽昂的谈话比她想象的更让她感到不安。卡门向自己保证，只要有一点奇怪的迹象，她就会立刻逃离哈维家。

尽管哈维几天前的尴尬之吻让卡门感到不自在，但她并不觉得他有威胁性。她意识到，自己更多的是感到背叛，而不是受到侵犯。他是她的朋友。在纽约，她没有很多朋友，因此对友情非常珍视。尽管如此，莫莉仍然认为去哈维家不是什么好主意。

"卡门，男人就是恶心，这点毋庸置疑——你和我一样清楚。"莫莉在公寓里唯一的镜子前一边打扮一边说道。她今晚有演出，转变的过程刚刚开始。"诚实的好男人根本不存在。盖棺定论了。就算这个家伙看起来懦弱，也不能——"

"不是因为他很懦弱，好吧？"卡门边说边把打字机装进箱子里，"我只是认为他是我的朋友。他上次搞砸了，如果他再这样做，我们就完了。莫莉，还可以给他一次机会，对吧？"

莫莉摇了摇头。此时她还在镜子前转着身子，黑色 T 恤露出一侧裸露的肩膀。

"那就随便你了。"她转向她的朋友，咧嘴一笑，"哦，你爸爸又打电话来了。这个星期已经是第五十次了。我在想我们是不是应该换个电话号码?"

"你这么认为吗?"

"卡门,我在开玩笑,"莫莉说道,眼中带着惊讶,"怎么了?我甚至不认识你爸爸,但我觉得我今年跟他说话的次数比你还多。这未免也太奇怪了。"

卡门耸了耸肩。

"我得走了。"

爸爸。

卡门知道她必须直面现实:她的父母,所有的事。但现在不是时候。现在是发挥创造力,抓住这个奇怪的、不真实的机会的时候。就让哈维的单恋见鬼去吧。

门开了,哈维·斯特恩穿着褶皱的蝙蝠侠T恤和宽松的牛仔裤,他那厚厚的眼镜有点歪了。如果她喜欢像他这样的男孩——如果她喜欢男孩的话——会觉得他的极客风格很迷人。

"嘿,"他说,"谢谢你能来。"

她从他身边走过,进了他的公寓。

"我们开始工作吧,哈维,"她说,"传奇不会凭空出现。"

哈维的房子有旧书、廉价古龙水和更廉价的啤酒的味道,但很整洁。不是那种得益于日常打扫维护的整洁,而是全拜最后一刻疯狂擦洗所赐。他在她来之前打扫了房间。地板上没有比萨盒,书架比她预期的还要令人印象深刻。里面不仅有很多漫画,而且看起来哈维对经典文学也颇有兴趣——尤多拉·韦尔蒂[①]、格

[①] 尤多拉·韦尔蒂(Eudora Welty, 1909—2001),美国著名女作家,被认为是可与契科夫相提并论的短篇小说大师。

特鲁德·斯坦①、欧内斯特·海明威和F.斯科特·菲茨杰拉德都在他小书桌附近的一个磨损的黑色书架上占据了几个位置。几本米奇·斯皮兰②和吉姆·汤普森③的小说以及一本克莱尔·摩根④的书更是给他的藏书锦上添花。

"《盐的代价》,"卡门拿起书,挥舞着对刚进门的哈维说。房门在他身后"砰"的一声关上。"你让我惊讶,哈维·斯特恩。你知道她也画漫画吗?"

"是啊,我记得是给内多尔和时代⑤画过,"哈维说,"好的脚本我能看得出来。"

"哦?"

他从卡门身边穿过,走进客厅。这是一间中等大小的一居室,单身男性家什的杂乱无章早在意料之中。不知为何,卡门感到很放松。

"你带了打字机,不错。"他说,瘫坐在小书桌对面的小沙发上,卡门则在小书桌上架好了设备。"冰箱里还有半张比萨。"

"果然,"她得意地笑着说,"有啤酒吗?"

"还有几瓶沙费尔啤,别的就没什么了。"

卡门点点头,坐进办公椅里,转过来对着哈维。

"好吧,让我们谈谈这些画稿。"卡门说。

---

① 格特鲁德·斯坦(Gertrude Stein,1874—1946),犹太人,美国小说家、诗人、剧作家、理论家和收藏家。其代表作《毛小姐与皮女士》中"gay"一词出现频率达一百多次,有观点认为这部小说是最早把"gay"这个词赋予了同性恋的含义的作品。
② 米奇·斯皮兰(Mickey Spillane,1918—2006),美国侦探小说作家,作品多以性和暴力情节而著称。
③ 吉姆·汤普森(Jim Thompson,1906—1977),美国小说家、剧作家,作品中以看似正常、实则精神变态的男子的独白最为知名。
④ 克莱尔·摩根(Claire Morgen),美国著名侦探小说家帕特里夏·海史密斯(Patricia Highsmith,1921—1995)出版《盐的代价》(*The Price of Salt*)时使用的假名。
⑤ 内多尔(Nedor Comics)和时代(Timely Comics)均为二十世纪美国重要的漫画公司,前者于二十世纪五十年代倒闭,后者后来演化成今天的漫威。

"嗯，现在咱们俩的稿子都有了，我们需要想办法合并——"

"是啊，你给我的那些稿子——还得改进，"卡门说，试图控制自己不要笑出来。"得大改。"

"什么意思？"

"感觉……我不知道，哈维——别误会——就是感觉……少了一些新意？"她挥舞着手，好像试图找到悬浮在面前的词语，"仿佛似曾相识？冗长零散的起源故事，落难的女子……我们不必这样做。"

她从手包里拿出一大堆纸——确切地说，六沓纸，每一沓都用一个大黑色活页夹固定在一起。

哈维愣了一下。她意识到，自己的话出乎他的意料。他并不相信她。她姿态强势，有主见，有备而来。尽管这正是他们第一次在她的公寓里交谈时的表现，但他似乎仍然认为自己才是合伙人中高一等的那个。她不喜欢那样。她不想要那样。如果她要参与其中，如果她要匿名地写下梦想——正如莫莉所说的那样——她就一定要全力以赴。

"这次一定要不同，"她递给他第一个脚本，"一定要有特别的感觉。"

哈维点点头。这是他的拖延战术，好趁机评估形势，思考这场合作可能给他带来的意外复杂性。然后他开口了。

"我同意。"他一边翻阅脚本，一边说道，"你有什么想法？能给我讲解一下吗？"

现在轮到卡门语塞了。卡门没有料到他会这么痛快地同意。一口应承是哈维的一招妙棋。现在她得亮出她手里的牌了。

她伸手拿过手包，掏出一个破旧的棕色文件夹。里面有几本信笺簿和若干张纸——纸上写满了清晰的连笔字，有些单词有下划线或被圈出来。页面看起来磨损且破旧。它们不只是简单的涂鸦。从迈阿密开始,这些草稿已经陪伴她很长时间了。这些是脚本的配料——致命山猫的血液。

"嗯,"哈维看着她有条不紊地展开纸页,"准备得挺充分啊,卡门。"

"你感到惊讶吗?"卡门问道。

我当然准备充分,她想。她已经在家乡学到了最艰难的一课——必须付出两倍的努力才能得到与男性同行相同的认可。

"并没有。"哈维说。

"那好,让我们开始吧——我认为,最好的故事都是从塑造人物开始的。克劳迪娅·卡拉是谁?我们为什么要关心她?"卡门问道,"是什么让她想要如此打扮、打击犯罪?她不要命了吗?"

她现在说的全是心里话,因为虽然卡门还没有解决所有问题的答案,但她知道获得答案的唯一方法是尝试。写作,头脑风暴,然后重写。是什么让这个角色——致命山猫——与无数仅能凑数的失败英雄和反派区别开来?她与胜利漫画旗下那些失意的英雄,比如化身侠、黄昏、自由联盟等有什么不同?当然,她已经做了功课,创作好了致命山猫的前六个冒险故事,但毕竟交稿之前总有提升空间。

哈维站起身来,注视着自己的脚,在小办公区周围踱步。他停下来,转过身来面对卡门。

"死去的父母?"他说道,"死去的男友?叔叔?"

"无聊,老套。"

"那应该怎么办?"哈维问道,声音带有一点防御,"蜘蛛侠有本叔叔,蝙蝠侠有他的父母,更不用说超人有一颗星球。是什么驱使着这个女人?是什么让她与众不同?必须是一些原始而强烈的东西——它必须驱使她这么做。"

"但是如果不是那样呢？"卡门问道，"我在想其他的东西——这就是我写在纸上的。听我说完。如果……我不知道，如果她只是累了呢？"

哈维摇了摇头。

"累了？你是说困了？就像——"

"不，不，不，不，不，"卡门沮丧地举起手臂，"只是……累了，厌倦了。厌倦了这些胡说八道，厌倦了这个父权社会。"

"所以她是女性解放的英雄？"

"哈维，不要这么简单化，"卡门说，"我只是想说，她厌倦了……这个体系。罪犯逍遥法外，坏人逍遥法外。这些坏事都发生在像她一样的女性身上。"

"好的，"哈维点了点头，"有道理。但我觉得你也可以在像《超胆侠》这样的英雄身上看到这种情感——他们仍然需要一些悲情元素，一些不可抗拒的原因来让他们每个晚上都这么做。"

卡门的声音变小了。她能感觉到哈维在努力听她说话。

"也许……也许不仅仅是她失去了某个人，而是……"她开始说道，"她失去了自己。"

卡门能感觉到他的目光。她能感觉到自己的皮肤开始发热。她试着做凯瑟琳教她的事，尽管现在想起来就感到很痛苦，但她必须这么做。她必须深入挖掘这个角色的内心，否则其他一切都将失去意义。

"她受伤了。她伤得很严重，"卡门说，"于是……她决心再也不让任何人伤害她了。或者再也不让任何人受到那样的伤害。"

哈维的眼神似乎沉重了一些，仿佛背负着意想不到的重担。他静静地盯着她，等待她接着说下去。但她就在此停下了。至少目前如此。

他清了清嗓子。

"就是说你不想写一个起源故事?"哈维倒在沙发上,手里紧握着第一份脚本问道,"你是这个意思吗?"

"我只是不明白,为什么我们必须从第一页开始就把一切都交代清楚,"卡门说道。她感觉自己冷静了下来。"为什么不让读者自己慢慢揭示这一切呢?"

"一个谜团?"

"也许吧,至少是更加复杂的东西,明白吗?"她说,"就像我们在故事中逐渐了解克劳迪娅——我们看到了克劳迪娅,又看到了山猫,但也许我们不会立刻知道她们是同一个人?"

哈维点了点头。

"好的,好的,非常好。"他说着,从身旁的座位上拿起一个笔记本,匆匆记下了些什么。"我喜欢,很不错。"

卡门转过办公椅,开始打字,打字机的声音比她的思绪慢上半秒。这是一种令人放松的声音,说明她终于动手做事了,而不是一味空想。玛丽昂那不祥的警告在她的脑海中一闪而过,提示着事情的背后还有更多东西。但她忍住了,她必须忍住。

"她是做什么的?"哈维问道,"她的工作是什么?你想让她当一个,比方说,报社秘书——"

"助手。"卡门插话道。

"嗯,好的,"哈维说着,皱起了鼻子,"或者不是?或者她很有钱?"

"不,都不是——这不仅仅是关乎她的工作,"卡门摇头说着,没有转过身去。"她应该感觉——与众不同。她可以有一份白天的工作,但她的生活不能仅仅如此。她应该像我们中的一个人,你知道吗？是一个有创造力的人。甚至她可能没有工作，或者她讨厌她的工作？"

她不需要看哈维就知道她难住他了。他们两个人都是漫画狂热爱好者。他们对这个媒介的了解就像某些人对于运动、爵士乐或欧洲历史的了解一样，但卡门的眼界已经超越了装订成册的四色故事。她知道在这个领域里还有更多事可以做。直到现在，她才意识到哈维只是愉快地沉浸在业已存在的框框里。她不会让这些减缓她的脚步。

"别呆住啊，"她说着，把手从打字机上拿开。"我们正渐入佳境。"

"我只是觉得我们——这一切都很不确定，你知道吗？好比说，她是个艺术家？她并不想为什么人报仇？"

"是的，但是不同，哈维。可以让她失去自己珍视的人或者事物，但那不是线性的。她不会仅仅因为有人死了就戴上面具，"她说，略带着难以置信的口气，"我要的就是这个。你不想尝试一些新鲜事物吗？你不想试着让读者感觉耳目一新吗？我想。"

哈维摇了摇头。他站起来，又开始踱步。

"我懂你的意思，卡门，我懂你为什么想要——"

"拜托，请你告诉我，我为什么会喜欢——"

"不，不，让我说完，"他温和地说，语气中完全没有火药味，"我理解。这是你的机会。但这也是我的机会。你知道我多年来一直在尝试创作这样的东西吗？在布尔沃克，我一直在推销自己，努力争取机会——但他们只会给我一些垃圾任务。当有人没能按期交稿或者认为稿费太低时，他们就会说'哦，哈维，你能写完《血之王牌》的最后一期吗？'或许我能走运，临时代班写一期《恶魔女王》——我干的都是那种活儿。这不足以建立一个职业生涯，甚至无法向他们展示除了在截止日期前完成任务之外的任何东西。但这次是一个好机会。无论对你还是对我，这是我们的机会。"

"那为什么不抓住它呢？"她说着。她现在面对着他，眼睛睁得大大的，充满期待。"让我们一战成名吧，哈维。别再试图小心翼翼了。那些垃圾任务才需要小心翼翼。向他们展示你能交出一份好的作品，你能写出好的脚本。这……这是一次创造的机会。一段神话。"

她向前倾身。

"想想蜘蛛侠，哈维。斯坦·李和史蒂夫·迪特科并不只是想创造另一个坚强、完美的成年英雄——另一个钢铁般的超人。不。他们颠覆了这个想法。他们抛弃了年轻跟班的想法——我们的读者也是青少年啊——把他变成了主角。他们让他面对我们可以感同身受的问题。我不是说我们可以做到他们那样，但我们至少应该尝试。否则，做这件事的意义何在？"

二人兴奋地睁大双眼，眼神交汇。他们都知道接下来的事情可能会永远改变他们的生活。

哈维笑了笑。他们开始工作。

头脑风暴的点子慢慢变得更具体、更真切。他们开始将一些共同的想法融进卡门用六个脚本创建的框架里。同时，卡门也看到了哈维的工作状态——虽然他的作品有好有坏，但他好歹为专业漫画创造过不少作品。在很多方面，写脚本就像是给画家制作拼图。漫画页的描述、镜头角度和面板布局只是纸上的字眼，直到艺术家能够将它们翻译转化成可见的图像。随着时间推移，卡门会发现，诀窍在于给尚未谋面的画家提供足够细节，以便于他们使用自己的视觉技巧创造出与最初故事完全不同的、全新的东西。她希望,那将是更加伟大、更加特别的东西。

当卡门敲完最后一个字时,隐约看到了黎明的第一缕微光。他们真的花了这么长时间吗?已经过去整整一夜了吗?但卡门知道一件事——他们做到了。他们有了一份创刊脚本,冲劲十足的新角色、街头义警山猫、她的潜在男友西蒙·厄普顿、阴险的宿敌虚空先生等配角将逐一登场,而一个个引人入胜、令人难忘的起源故事线索都将指向:她曾目睹其初入社会的孪生姐妹丽莎为虐待成性的爱人所杀。愤怒而无助的克劳迪娅,决定继承老式男性杂志中孤胆英雄的衣钵,确保没有人会以同样的方式失去生命。

这个故事情节犀利、节奏明快、感情深沉,而且悬念丛生。最重要的是,它真的太精彩了。

卡门看着哈维。他似乎并不累,看起来很兴奋,眼睛睁得很大,尽管有点充血。

"真好,我的意思是,这太棒了,"他翻阅着卡门手边那摞修订好的脚本文稿说,"好了,终于弄好了。"

"终于?"

哈维皱起眉头,脸上现出后悔的神情。"嗯,是的,我的意思是我已经筋疲力尽了。"

在她回答之前,电话响了。这让人感到不安,让他们从创意的高峰上掉了下来。哈维走到厨房。卡门只能听到一些片段。

"是的,我明白……不,当然不是……你这个问题不是认真的吧?……好了,好了,好吧……好的,再见。你知道在哪里找到我。"

放下电话听筒的"咔嗒"声本来只有一秒,却似乎响个不停。

卡门看着哈维走回办公区,他的目光游移不定。

"丢了什么东西吗?"她问道。

"不，呃——没有。"他强迫自己放慢脚步。他的表情有些茫然，好像才想起卡门在那里。"我——嘿，我得走了，好吗？抱歉失陪。我有一些事需要处理。"

"哈维，现在还不到早上七点，"卡门说，"没事吧？"

哈维挥了挥手。

"没什么好担心的，我只是要处理一些事。"

"好的，好的，"卡门说着，站起身来点头。她再次听到玛丽昂的声音在脑海中回响，但选择无视它。"我去拿我的——"

"不，你别走，请你继续，"哈维说着，脸上带着痛苦的表情，"我只是离开一会儿，好吗？我晚点会打电话给你的。这很愉快，真的很棒，好吗？"

卡门想要回应，但他已经走了。她以为他会留下点什么——一个短暂的告别，一句道歉——但什么也没有。哈维的话像是酒后乱性一夜风流之后的尴尬辞令。

卡门只听到了哈维离开时大门关上的沉闷声响。

她耸了耸肩。尽管前途未卜，但她仍然很感激这个项目带来的乐趣。它帮助她集中注意力，也帮助她忽略周围其他嗡嗡作响的烦心事——比如凯瑟琳。她把打字机放回箱子里，轻拍了一下桌子上的脚本文件。

她一只脚已经迈出房门，突然停了一会儿，被一种强烈的恐惧感包围。那是人们一生难忘的孩子一般的惊慌，一阵出乎意料的寒意。那感觉来得快，去得也快。卡门摇了摇头，继续往外走。

这没什么，她这样想——不，应该说她这样希望。不会有事的。

我才意识到：

当我看着孪生姐妹的尸身入土，

永久地封在棺材里，形神俱灭，

我已孑然一身。

我不能再依靠警察、依靠社会，

没有人会为她的死报仇。
——我可怜的、亲爱的丽莎。

这不仅是劫匪、小偷、罪犯的问题，是那些选择在无辜的女性身上作威作福的当权者的错。

阻止他们的唯一办法——挑战他们的唯一办法，便是将吞下邪恶、杀伤和黑暗。

然后用来行善，用来复仇。

有了我的利爪、我的速度、我的愤怒——

——我会改头换面。

我将成为致命山猫。

选自一九七五年《传奇山猫》第三话"起源之谜"——编剧：哈维·斯特恩；绘画：道格·德特默；文字：托德·莫雷利；编辑：里奇·博格；总裁/CEO：杰弗里·卡莱尔。胜利漫画出版。

第十章

卡门走出淋浴间，擦拭着身体，动作僵硬而机械。她的思绪飘忽不定，想到了早上哈维匆忙离开。她这才想起，她从未见过他那样。他的心思全都放在其他什么事上，似乎早已飞到千里之外。难道还有什么比这个项目更重要的事吗？她想，也许吧。她并不了解他的生活。对于他的过去，她更是几乎一无所知。她知道他曾在布尔沃克公司工作——显然是和玛丽昂·普莱斯一起——并且有写作的愿望，但除此之外还有什么呢？她一边穿衣服，一边提醒自己去调查一下。不过别忘了，这不是你的问题，她心想。

她想让思绪转向购买日用品、支付账单等更琐碎的任务，却不由自主地又开始琢磨他们的故事。情节就这样自然而然地流淌出来，她心想，好像他们俩都在等待机会把自己的想法倾注到某个活生生的东西中去。或许那东西就是这个脚本吧。虽然致命山猫的想法、特别是它的名字，是他们两个人聊出来的，但它源自卡门数月乃至数年前在那些信笺簿上的涂涂画画。各种点子，转瞬即逝的想法和人名——她将这些一盘散沙般的碎片编织在一起，成了一件充满生命力的全新作品：这是属于她的《末日巡逻队》。

克劳迪娅——以及致命山猫——的身上可以看到她的影子。她坚强、努力、自信，但也不得不拼尽全力去争取一切。她还感到一种深深的失落感和保护他人的需要——

哗——！

卡门几乎跳了起来。她没想到这么早就有人来，况且除了不知道从哪里搞到她地址的哈维，谁也不知道她和莫莉住在这里。她看了看手表，肯定是莫莉。她告诉自己，是她想太多了。

卡门叹了口气，走向门口，没有特意查看猫眼。她们在这里住了不到一年，这可能已经是莫莉第五次让她帮忙开门了。卡门已经想象着去找锁匠的情景了，她以友善的语气开口责备室友。

"莫莉，你总这样不觉得烦——"

她停了下来。站在公寓门外的女人不是莫莉，虽然卡门希望是。尽管几天前卡门接到了电话，但她仍然没有想过会有这种情况。

"嗨，卡门。"凯瑟琳·霍尔说，一个紧张而胆怯的微笑浮现在她的脸上。

我的住址已经人尽皆知了吗？

"凯瑟琳……"卡门说，"怎么……为什么你在这里？"

"我能进去吗，卡姆？聊一会儿？"凯瑟琳说，"我需要见你。"

卡门喘了一口气，往后退了一步，"砰"的一声关上了门。

淋浴后留下的残留水滴已经被汗水代替。她的呼吸变得急促起来。这个女人来这里干什么？

门被轻轻地敲了一下。犹豫不决。

"快走。"卡门认真地低声说，努力掩饰着声音中的恐惧或焦虑。但她失败了。"我不明白你为什么来这里。"

"拜托，能让我进去吗？我们能谈谈吗？"凯瑟琳说，她的话透过墙壁听起来有些含糊，"请听我说。"

卡门想打开门让她进来。和她坐在一起。感受她们身体逐渐靠近时能量的湍流。听她温暖的笑声，闻她芳香的气味，看她微笑时眼睛眯起的样子。这几乎让卡门忘记了其他不那么美好的时刻，忘了凯瑟琳来此的原因。

她们第一次一起喝咖啡，开启了一段迅速升温的友谊。她们会见面吃午餐或喝咖啡，交换习作并交流探讨。她们之间的相处轻松愉快，但毫不陌生——仿佛她们是终生好友一般谈天说地。卡门抱怨她无望的工作、对漫画的热爱、对曼哈顿的幻想以及远离爱她却保守的父母的愿望。凯瑟琳希望自己能摆脱那急于加快生活节奏的霸道丈夫。但除此之外，凯瑟琳想要更多。她想写作，想教书。想在造人或者照顾他人之前先成就一番自己的事业。当她们的交流变得更加安静时，当卡门感觉到自己将这个闯入她生活的女人视作将魔力赋予沙赞的闪电时，凯瑟琳也承认了真相。她的婚姻是一个错误。她想要退出。

卡门叹了口气，敲门声又响起。卡门低垂着头，靠着门站起身，转过身，慢慢打开门。

门外的凯瑟琳已经举起一只手，准备再次敲门。她似乎很焦虑——不，很兴奋。就像你只在幻想中才见过的东西出现在眼前时那种心跳不已的感觉。卡门讨厌自己注意到了这一点。她讨厌自己费了那么多力气逃避，最后居然还是陷入了这样的境地。

"你只有五分钟。"

这一切尽管离奇，却似乎命中注定、不可逆转。在与凯瑟琳共饮第一杯咖啡之后，卡门就知道这件事很重要。但即使有这种直觉，她也无法做好万全准备，无法预计接下来的这段旅程。

咖啡和炸丸子很快就变成了在南迈阿密喝啤酒。卡门渴望那些对话，迷恋凯瑟琳给她的感觉——让她的脑海里充满了新的点子和可以一读的书。从前例行公事的日常生活中从未设想过的方式让她感到充满活力。卡门感到自己偏离了父母为她安排的道路——跟高中同学交往，找到第一份工作，办一场盛大的婚礼，然后生个大胖小子——所有古巴父母想要女儿拥有的东西。绕过了人生中一切复杂的麻烦、失业和心碎，取而代之的是安全、母性和一个强壮的男人来保护她。

但是凯瑟琳唤醒了她从来不知道的那一部分。一个不仅仅不需要符合他人的期望，更可以做她真正想做的事的卡门。卡门知道自己想成为一名作家，但这个愿望附带了很多条件。她仍然能听到祖父在她十岁生日刚过几天的时候对她喃喃自语，要她不要再说什么想当作家的傻话。他认为那无论对于她还是对于其他任何女性来说都不是一份现实的工作。卡门记得当她听到这些话时心中感到的无限遗憾，尽管她不确定为什么会有这种感觉。只有通过与凯瑟琳的对话——长时间地讨论帕特里夏·海史密斯的瑞普利小说（以及在第二次世界大战期间她的漫画作品的传言），厄休拉·勒古恩的《黑暗左手》的高超技法和性别流动性——卡门感到自己得以从在脑海中建造的房子窗户往外看看，并看到门前有一条通向全新未来的道路。

她仍然记得那次二人走到凯瑟琳那辆涂漆锈蚀的破旧黄色大众甲壳虫停车的地方。那辆车是她哥哥离开迈阿密去密歇根大学时送给她的二手礼物。他再也没有回来。他在兄弟会派对上意外摔倒，不幸滚落楼梯，摔断了脖子，在去医院的路上就去世了。卡门不记得凯瑟琳是否刚刚分享了这个故事，但她知道情绪正在高涨，无法控制。二人刚刚在一号公路边的船长酒馆小酌——那家专长海鲜的小店似乎从开张那天就陈旧破烂。比平日多喝了几杯的二人，此时均已微醺。

她们都很敏感，悸动不安，仿佛有什么东西正以最快的速度猛扑而来。不知为何，她们心中同样清楚，如果她们躲闪或跳到路边，事情发生的方式将会天翻地覆——就像征服者康回到过去阻止复仇者联盟诞生一样。这个悖论将是灾难性的，难以想象。这一刻必须像命中注定的那样发生。

当她们找到车时，凯瑟琳转过身来，金发在潮湿的迈阿密夜晚里飘起，飞散在她潮红的脸颊两侧。这一瞬间刻在卡门的记忆中。

"很有趣，"她说，眼睛半睁半闭，声音比平常沙哑，好像刚从一场酣睡中醒来，"又要回到无聊的生活了吗？"

卡门没有回应。相反，她向前倾身，像平日那样拥抱凯瑟琳——一个短暂而紧密的拥抱，然后放手之前用嘴唇轻轻地掠过凯瑟琳柔软的脸颊，给了一个吻。这是在古巴或拉丁文化中很常见的亲吻。但这一次不同，她的手没有立即放开，而是滑向凯瑟琳的背部，多抚摸了几秒。当她的嘴唇快要碰到凯瑟琳的脸颊时，双方的动作发生了变化——迎接她嘴唇的，是凯瑟琳似乎已经静候多时的嘴唇。

那一吻只是短短一瞬，但显然"蓄谋已久"。她曾无数次的回味那一刻，并在过程中领会到了一个不可辩驳的事实。在她看来，那一刻的凯瑟琳随时都可能睁大双眼向后退却，让二人得以将刚刚发生的事情作为酒后失态一笑了之。凯瑟琳完全可以傻傻地问一句："哇，你这是干什么？"如此一来，那一瞬间就会在尴尬的傻笑过后被抛入共同记忆的深渊。

当二人真的分开时，凯瑟琳似乎大为震动，仿佛她的大脑在同时处理许多不同的算法过程，带着各种可能的情节和结果超载运行。她微微摇了摇头，脸上带着淡淡的微笑，转过身面对卡门。

"我……我不能，我不能这样做，"她轻声说道，她的嘴仍然离卡门的嘴不远，仍然可以触及，"我已经结婚了……"

然后，凯瑟琳向前倾身，再次与卡门接吻，她们的嘴唇连在一起、相互探索。卡门感觉到凯瑟琳的手滑到她的头后，将她向怀里拥。她感觉到她们的身体紧靠在一起，她们的手相互抓扯。这一切不过片刻，但回想起来却像是一个无尽的拥抱。

记忆的洪流涌遍卡门全身。就在卡门把她让进纽约小公寓内时，一系列的景象和声音让卡门难以招架。卡门明知道这是一个错误。她可以听到自己的声音在头脑中尖叫，恳求：你在干什么？为什么？在做了所有那些事之后？卡门将这些声音推到一边，深吸了一口凯瑟琳熟悉的香水味，打量了一下她那从纤细的身体上垂下来的时髦黑色衬衫。二人离开灯光摇曳的门厅，走进了房间。一个曾经亲密的陌生人，一种舒适感和焦虑的强烈混合，几乎让卡门想逃离自己的公寓。

"谢谢。"凯瑟琳说着，走进了狭小的空间。卡门看着她扫视房间，然后目光停留在仅用薄薄的隔板分开的两张床上。她似乎点了点头，然后转过身面对卡门。

"我想你。"

"你为什么来？"卡门问道。

"如果你有伴侣，我理解，"凯瑟琳说着，咬紧牙关，"我不想打扰你的生活，卡门。我只是——我只是想和你聊聊。我在这里，在纽约，然后我……"

卡门摇了摇头。凯瑟琳只在她的地盘待了几分钟，她就已经筋疲力尽。

"卡门，求求你，"凯瑟琳说着，她的手臂僵硬地放在身体两侧，仿佛被某种看不见的绑带束缚，"我来了。"

"我刚才问了你一个问题，"卡门说道，"你为什么来？"

凯瑟琳清了清嗓子。

"没有要说的了？"卡门问道，"我说了只给你五分钟，抓紧时间。"

"哦，我的天啊，卡门，"凯瑟琳惊讶地说道，"你想从我这里得到什么？为什么我成了罪人？你最近有和你父亲聊过吗？"

"不要提他。"卡门说，"我再问一遍——你为什么来？你怎么知道我的住址？"

"得了吧，卡门，我不是陌生人——我问了我们在家乡认识的人，"凯瑟琳的语气很紧张，让卡门更熟悉，"这不难。干吗总抓着这个问题不放呢？"

"我真希望你来之前告诉我一声。"卡门说。

"我怎么告诉你？"凯瑟琳说，声音透着疲惫，"我甚至不知道你的电话号码。"

"但你找到了我工作的地方。"卡门说。她试图欣赏凯瑟琳脸上的惊讶——不，是尴尬——但无法鼓起勇气。"想要什么？"

凯瑟琳举起双手，做出一个"我放弃"的手势，然后叹了口气。

"我想见你，好吗？这就是我能说的全部。没有什么复杂狡猾的计划。我就在这里。"

长久的沉默随之而来。卡门抑制着看表的冲动。她不想这样。不想让这个女人进入她的公寓，但还是让她进来了。

"你好吗？"凯瑟琳问道，她的声音带有恳求但不可怜。强作镇定的礼貌掩盖了其他情感。二人在一起那么长时间，卡门只看到过那个抛光的外表裂开一次——那一次，卡门并没有看到预想中的谦卑,而是有其他什么东西:愤怒。

"我很好,"卡门努力让自己听起来毫不在意,"我喜欢这里。"

"我很高兴。"凯瑟琳说着,双手交叉在一起,"我可以坐下吗?"

卡门带她走进客厅的主区,示意她在莫莉的床边坐下。凯瑟琳坐下时,神情有些不自在地拉了一下裙子。

"我来这里参加一个会议……一个写作会议。就像我们曾经想象的那种,"她继续说道,"我知道我们已经很久没有联系了,但是……你知道,来到这里,想到写作,想到我们谈论过的所有作家、我们互相传递的书籍……就不能不试着找到你、不让你知道发生了什么。"

"关于尼克。"

这个名字一出口,二人陷入了片刻的沉默。

"是的,关于尼克,"凯瑟琳说着,目光望向房间对面而不是卡门,"他离开了。嗯,我自由了。我父母在这里拥有一处房产,在市中心的科妮莉亚街,所以我……我想我会在这里待一段时间,以便处理——哦,该死。这听起来太陈词滥调了,卡门。处理事务什么的。我没什么好处理的。我只是有点迷茫。真的,我们能聊聊吗,而不是这样相互兜圈子?"

"我已经让你进来了,那就聊吧。"卡门说着,走到床边面向凯瑟琳坐下,"你有什么事找我?大概是你主动离开尼克的吧?好极了。我真心为你高兴。但我不明白这跟我有什么关系。"

"没什么,"凯瑟琳的语气中带着一丝怒火,"我要说的不是这个。我需要自我反省。从前各方面的压力都压在我身上——来自他的,来自我们的,来自他对我的愿望或者期待的。我不知道独立做想做的事是什么感觉。我感觉……被冻住了。"

卡门内心想要伸出手,与凯瑟琳十指交叉,告诉凯瑟琳只要她愿意，自己将永远在她身边。不过，卡门最终忍住了冲动。她提醒自己，此时此刻面前这个坦承而脆弱、感情丰富而乐于助人的女人，其他时候则是完全不一样的面孔，会变成黑暗而愤怒的一个人。

"你必须得走了，"卡门斩钉截铁地说道，"今天遇到你真是不巧。"

"没事。"凯瑟琳平淡地说道。二人曾经共享一段美好的时光，而她俩的关系只能缘尽于此。

"我们——我们可以去喝杯咖啡什么的，或者共进晚餐？"凯瑟琳站起身来，面对卡门问道。她们之间只隔了几英寸。该死，这间公寓太小了，卡门心想。

"当然，我是说，也许吧。我们改天再约。"卡门迅速走向门口，等了片刻，才伸手抓住门把手，向凯瑟琳发出了最后的送客信号。

凯瑟琳走出门时点了点头。"很好，"她说道，"我需要一个朋友。"

卡门微笑着，或者说试着微笑。凯瑟琳似乎也注意到了她的表情，并报以克制的笑容。

"很高兴见到你，卡门，真的，"凯瑟琳走出了屋，她转过身来对着卡门说道，"我已经不是上次我们见面时候的那个我了。"

瞬间的沉默。

"我也不是了。"卡门说道。

"我会打电话给你的。"凯瑟琳说道。

卡门点了点头，然后关上了门。

当门"咔嗒"一声关上时，卡门顿时瘫坐在地上，轻轻地抽泣起来。

选自一九七五年《传奇山猫》第四话"踏入虚空"——编剧：哈维·斯特恩；绘画：道格·德特默；文字：托德·莫雷利；编辑：里奇·博格；总裁/CEO：杰弗里·卡莱尔。胜利漫画出版。

"让我们切磋切磋吧……"

几次恰到好处的挥舞利爪，解决战斗。

但接着，我看到了他。

看到了他。

我忽然意识到这是一个圈套。

"好极了好极了抓住他了抓住他了好极了好极了。"

"西蒙？"

来个了断吧，虚空先生。机不可失时不再来。

第十一章

他们转过街角朝布利克街上哈维的住处走时，被卡门瞥见了。卡门最初没有注意，如果继续走下去的话，她将正好从二人右侧经过。不过虽然隔着一段距离，但她仍然认出了那个男人。是哈维。他看上去一脸疲倦、狼狈不堪。身上还是周六早上的那身衣服，距离现在已经过去了二十四小时以上。

此外，他看起来很害怕。

她的第一反应是加速走过去，看看出了什么问题。但一些事让她停了下来。是的，他看起来确实很害怕——但不仅如此。哈维正在疯狂挥舞双手，试图把面前的人赶走。

卡门不会读唇语，但她可以猜出他在说什么，因为他一直重复同样的话。

"放过我吧……"

卡门仍然看不清另一个身影。但无论那人是谁，他都跟哈维一样沮丧，用手指着哈维，嘴里发出在卡门听来像是痛苦号叫的声音。

她来这里是想看看哈维。那天他把她一个人留在家离开时一副魂不守舍的样子，她想知道发生了什么事——尤其是如果他俩要认真地开始这段创意合作伙伴关系的话。

卡门想要帮忙,她想要冲到他身边看看发生了什么,但动弹不得。那人是谁?他想从哈维那里得到什么?还没等她下定决心,她看到哈维步步后退。然而他那位正在大吵大闹的同伴,卡门依旧看不清楚。

她迈开步伐,越走越快。等她追上哈维时,已经离开布利克街一个街区,她也已气喘吁吁。她走上前去,轻轻拍了拍他的肩膀。他猛地转过身来。

"哈维,"卡门说着,向后退了一步,"是我。你还好吧?"

"什么?哦,嘿,嗨,"哈维说,"你来这里干什么?"

她能看到他的表情在变化,从愤怒和敌对变得更加平静和熟悉。

"那个人是谁?"

"谁?"

"跟你争吵的那个人,"卡门毫不畏惧地说,"他想干什么?"

"哦,那个人啊,"哈维说着,干笑了一声,耸了耸肩,"大概是个神经病。你对这座城市的情况也有了解,是不是?我猜你在迈阿密没碰见过这种事,对吧?"

他的动作透露出紧张。卡门可以感觉到他在试图掩饰什么。

"不过见到你可真好,真的。"他试图转移话题,"我把脚本发给了卡莱尔,他似乎很满意。是不是很棒?"

卡门张了张嘴,想说些什么,但还是忍住了。此时的哈维脑子不太清楚,他说的东西也未必可靠。她能闻到他呼出的酒气。

"怎么了?没事吧?"哈维问道,"是署名的事吗?你是不是因为这个不高兴——"

"哈维,今天是星期天,"卡门眯起眼睛说,"你周末还给卡莱尔打电话?"

"呃,不,我只是——这就说来话长了。我昨晚见到了他,我们一起打扑克时,我把本子交给了他。"哈维说。

卡门可以看出他在找补,试图在一个已然复杂的谎言上继续添油加醋。当卡门发现母亲大白天就拿着瓶子小口喝酒时,母亲就会这样虚词敷衍。母亲会试图让卡门相信是她看错了,如果被当场抓包拿着酒瓶或者鸡尾酒,母亲则会转而反击。关你什么事,卡门?你以为你是谁?我偶尔喝一小口酒怎么了?你成我妈了吗?这相似之处让她感到一丝寒意。

"你可能还没醒酒,"卡门说,"你应该回家好好睡一觉。我只是想来看看你怎么样,你离开时看起来慌慌张张的——"

"慌慌张张?不,不,"哈维试图轻描淡写地蒙混过关,"没有啊。我只是有事要做。刚才——那就是一个偶然遇到的疯子。在熟食店我买三明治时插了他的队,明白了吧?好多人都脑子不正常。卡门,好吧?这座城市会腐蚀你的大脑。"

卡门打量了一下哈维。她知道他没有去过熟食店,她没有看到他拿袋子,而且看上去好像已经几天没有吃东西了。

"我猜你可能想开始写接下来几期的脚本,"卡门说着,拍了拍她的包,"我带来了我的笔记——就是关于第六话之后情节发展的想法。"

"哦,太棒了,太棒了,"他说着,看着她拿出一个小笔记本,差点一把夺过去,"我等不及想看看了。"

卡门紧握着笔记本,两人的手都抓着本子。他们四目相对。

"你要去哪里?"她问。

他咂了一下嘴,然后勉强挤出一个微笑。

"是啊,看,我得走了——但我真的很高兴你来了。我能留下这个吗?"他说着,试图从她手中夺过笔记本,"我会仔细看看,并把它与我的东西融合在一起。这将是我们大展身手的一周,你知道吗?我们真的要做到了。我们正在创造历史。"

没等卡门回答,哈维笨拙地伸出双臂,出乎意料地搂住了她。她轻轻地推开了他。

"你没事吧?"

"什么?啊,我没事,没事,好吧?不用担心我,"他说着,轻轻拍了拍她的肩膀,"明天在办公室再聊吧。我们可以把这些想法整合到下一批脚本中。"

没等卡门回话,哈维已经朝着远离他公寓的方向走去,那个笔记本被胡乱地揣在他裤子后面的口袋里。她感到胸中燃起了怒火。为什么让他拿走了笔记本?

卡门乘坐六号线地铁回到了公寓。沿途她回想着刚才发生的事情,地铁车厢的轰鸣声帮助她重新平静下来。她的眼睛扫过已经褪色的喷漆车厢内壁,以及一张张清醒程度各异却同样疲惫不堪的面孔。她不明白刚才在哈维公寓外看到的事究竟意味着什么,但她知道哈维定然遇到了某种麻烦。

那晚她一直睡不安稳。天光放亮之前,她因一个令人发狂的噩梦惊醒;但醒来之后,她已将它忘得一干二净。

第十二章

周一早上还是那套例行公事——可供两手交替取暖的冒着热气的纸杯咖啡，办公大厅里的霉味和诡异的寂静，以及电梯里的闲聊——但卡门的头脑不在状态。

在拥挤的六号线地铁上，她无法集中注意力——她的脑海中不断闪回与哈维的会面。过马路时，她只是机械地躲避着飞驰而过、印有方格纹的出租车，对刺耳的汽车喇叭声和脏话充耳不闻。她的灵魂已经出窍，飞去了某个令人困惑、东西不辨的地方。

卡门觉得，一旦开始工作，她就会把这种情绪甩掉，就像球员在比赛中会摆脱训练中的生疏感而进入状态一样。她还有一堆堆发票和垃圾邮件需要处理，她要努力度过这一天。

走进主办公区时，她停下了脚步。这里平日一早上都像图书馆一样安静，一般到十点半左右才会热闹起来。此时这里仍然很安静，但有一个明显区别，卡莱尔的办公室门是关着的。更重要的是，他在办公室里。

"呃。"她一边自言自语，一边把包扔到桌子上。

她在门口等了一会儿，然后走到卡莱尔办公室门口，敲了敲门。此时他正埋头处理文件——似乎正专注地阅读什么东西。这完全不正常。他头也没抬，便示意她进来。

她小心翼翼地走进去,将那杯仍在冒热气的咖啡放在桌边。他似乎没有注意到。

卡门想着要不要慢慢退出去,不过她不是那种人。她扫视了一下卡莱尔的桌面,没看清他在看什么——是一堆打印出来的东西,可能是脚本——但她看到了一些画。页面草图——一般是描述一期漫画大致情节的梗概和人物轮廓。

"今天这么早就开工了,老板?"

卡莱尔抬起头,仿佛刚刚注意到卡门进了他的办公室。

"哦,卡门啊,嗨,"他说,"你平常也来这么早吗?"

"有时更早。"她说着,走向他的桌子,"看什么好东西呢?"

卡莱尔点了点头,指了指桌上那一叠材料。

"是的。而且老实说我很惊讶,"他伸了个懒腰,"我没想到斯特恩还有这个能耐。"

"哈维?"

"是的,哈维·斯特恩。你认识他。我看到你们休息时经常在一起。他和博格一起工作。"卡莱尔说着,卡门感到喉咙收紧。"前几天我给他布置了一项紧急任务,告诉他我需要他今天早上之前完成。然后我就收到了这个故事。那个可怜的孩子一定是忙了整整一周。"

紧急任务?

哈维对这件事的说法大相径庭。但卡莱尔没有理由撒谎。他不知道卡门在其中扮演了什么角色。那么哈维为什么改变了细节呢?她试图保持声音平稳。

"哦,哇,那真是太棒了——写得怎么样呢?"

"写得好,真的非常棒。"卡莱尔说着,还是没有看卡门。他没有注意到她惊讶的表情。"这是一个新角色。他想叫它'致命山猫'，但这个名字感觉太恶劣了——尤其这个角色是个女人。没有人喜欢一个恶毒的女人。卡门，不要介意。"

卡门没有回应。她已经说不出话了。

如果任由自己说出脑海中尖叫的脏话，她必然会被解雇。她感到无能为力，只能任由卡莱尔糟蹋她的创造，并且深知这种感觉只会随着时间的推移变得越来越强烈而尖锐。

"那画稿是什么？"她终于脱口而出，这句话很大声，语调怪异，让她听起来像个疯子。"那些文件是什么？"

"我是在发誓作证吗？"卡莱尔说着，脸上露出了嘲讽的表情，更衬托出他那红色的蒜头鼻。"你认识道格·德特默吗？他正在画第一期。如果我同意的话，后面可能会出更多。他根据斯特恩周末交的脚本画了一些草稿。我太兴奋了，于是让他立刻开始工作。"

"你肯采纳他的提案真是太好了。"卡门说着，感觉自己的声音遥远而含混。

"提案？你到底在说什么？"卡莱尔眼中露出困惑的神色，"这是我交给他的任务。詹森那个奸诈小人临阵退缩了，我只好把斯特恩赶鸭子上架。印刷截止日期已定，一些广告位也卖了——我需要一本新书，没想到天啊，斯特恩出活儿了。周末交了六个脚本。六个很棒的脚本。"

六个脚本？

她感到口干舌燥。

现实像破坏球一样击中她。哈维对她撒了谎。根本没有什么随随便便的提案请求。不是卡莱尔在考虑哈维的职业生涯，是卡莱尔陷入了困境，转而向唯一能解决问题还不会让他在自己的员工面前难堪的人求助。但是卡门想不明白，哈维为什么找她呢？她看着卡莱尔桌子上的那一摞脚本，找到了答案——那六个脚本似乎在嘲弄她。上面只署了一个名字：哈维·斯特恩。

"什么鬼……"卡门轻声说道。

卡莱尔抬头看着她。

"你再说一遍？"

"哦，不——没什么，"她说，"我只是——"

我只是单纯地生气——对我自己。我气自己竟然如此愚蠢、如此轻信于人，被一个自以为触手可及的梦想蒙蔽了双眼。

"嗯，我和你一样惊讶，卡门，"卡莱尔说道，"这个故事，再加上道格的画——我认为会非常成功。我很高兴我在詹森撂挑子之后找了斯特恩。你得知道，这并不是显而易见的选择。但是敢于冒险——这就是我的风格，明白吗？"

卡莱尔继续唠叨着，但卡门已经一句都听不进去了，她的眼睛紧盯着桌子上的漫画分镜。现在她可以更清楚地看到铅笔画下的大致布局——明显是道格·德特默精细有力的风格。道格·德特默正在画山猫，她想道。

她再也无法忍受这一切了。得知致命山猫将由德特默作画，让她感到兴奋，但哈维的背叛让她受伤——就像刀子在她的身体里搅动。

道格·德特默不只是一介普通画师。他是画师中的大师，是其他画师会模仿并尊崇的艺术家。他将独特的线条和动感十足、打破画板的动作镜头完美融合，给读者无与伦比的美妙感受——仿佛史蒂夫·迪特科透过杰克·科尔的滤镜与杰克·柯比相遇。他还是一个都市传奇，二十世纪四五十年代以为EC、大陆、布尔沃克和《你的指南》等刊物创作恐怖和科幻漫画而成名。到了基福弗听证会拉开大幕、整个行业被颠覆之时，德特默逐渐退出了人们的视野——他拒绝为自己的作品道歉，更不愿为漫画行业自律监管的"漫画准则管理局"所束缚，并拒绝动笔将让他成名的故事删节改画成平庸的版本。这也不是单向的决定。很多漫画公司对喜欢表达、喜怒无常的德特默避之不及。如果你只要付一半的钱就可以雇到一个麻烦更少的年轻人，那为什么还要付钱请一个上了年纪的艺术家呢？如今，德特默的工作并不多。而他那为数不多的工作，基本都来自他唯一的资助者杰弗里·卡莱尔。而在卡门看来，德特默的作品每一页都是经典。

"道格·德特默……他很棒。"卡门说，目光无法从页面上移开。即便那只是寥寥数笔的草稿，但她仍能感受到山猫栩栩如生、跃然纸上。她想把这些页面从卡莱尔的桌子上抓走，跑到街上，大声尖叫："这是我的！这是我写的！"

但那真的是她的作品吗？会有人知道吗？

意识到这一点的她猛然从幻想中惊醒。

"卡门，你有什么问题吗？你能听到我说话吗？"卡莱尔说。她眨了眨眼，看见他瞪着她。"你还有别的事吗，如果没有的话我要继续忙更重要的事了。"

卡门点了点头。她得离开了。她需要找一个安全的地方思考这一切。但她仍然忍不住。

"'致命山猫'这个名字更有力。会让人感觉更新颖、更与众不同——如果你问我的话。"她说着向办公室外退去。

"谁问你了，"卡莱尔恼火地低声说，"我想要的是更大、更宽泛、更好的东西。要不叫……我不知道——'神奇山猫'？"

"拜托。"

"好吧，那么叫'无敌女山猫'？"

"无聊，"卡门说，"什么'女'山猫？不是明摆着——"

"传奇，"卡莱尔带着灿烂的微笑说，"'传奇山猫'。就它了！

现在我需要喝一杯。你出去吧。我们晚点再谈。我需要先读完其他的脚本，然后你就可以全部寄给市区的德特默。"

卡门心乱如麻。她想抓住卡莱尔的肩膀，大声呼喊出真相——关于哈维、山猫以及她自己。她想让自己的工作得到认可，而不是像个脚注一样无人注意。她要去找到哈维，把他逼到墙角——给他最后的机会，拿着这些指向一个精心策划的残忍谎言的证据，看他如何巧言开脱。

她转身走出卡莱尔的办公室，回到了自己的座位上。道格·德特默。传奇山猫。尽管意外频出，但这事至少有望成行。她的书——好吧，她和哈维的书，她提醒自己——即将问世。而且它看起来会很漂亮，她想。此时此刻，这或许已经足够了。

但是谁又能料到呢？

她清了清嗓子。她不想让自己慢慢习惯这些想法，但是她必须面对。山猫的确是她和哈维一起构思的——但这六个脚本大部分是她写的，是基于她此前的作品和笔记写成的。当然，他们一起头脑风暴，融入了一些哈维的想法，但山猫仍然主要是卡门的创造。对于德特默作画的兴奋渐渐消失，留下的只有困惑和沸腾的愤怒。她被骗了——也许不是故意的；但不管怎么说，她还是被骗了。她需要跟哈维谈谈，越快越好。她意识到应该听玛丽昂的话，哪怕只是在同意哈维的提议之前停顿片刻也好——不，是他的谎言。她对自己和对这位"朋友"一样生气。

他为什么要撒谎？

"你要去买咖啡吗？"

卡门抬起头。是比尔·布罗德，一位年长又喜怒无常的销售人员。他既为胜利漫画工作，也为其他公司服务。他们共享同一层办公空间，但除了全体大会以及她被迫给外部会议做记录的时候之外,她很少见到布罗德。他身上散发着奶酪的气味,大部分时间看起来都昏昏欲睡。

"暂时没这个打算。"卡门说。

"你能帮我带一杯低因咖啡吗?浅烘的就行。如果他们有奶油芝士贝果,也帮我带一个可以吗?"

两张一美元的钞票落在了她面前的桌子上。卡门看着钱,然后看着布罗德。她感觉到自己的脸正因为尴尬和愤怒而发烫。

"你钱掉了。"

"拿着吧,"布罗德说着迈步走开,"找的钱归你了。"

卡门拿起钞票,将它们扔进了桌子旁边的垃圾桶,把注意力转回到电话旁边的发票堆上。她听到布罗德吃惊地倒吸一口气。

"嘿,到底怎么回事?"

卡门抬起头。

"有什么问题吗?"卡门问,"你真的指望我去给你买早餐吗,比尔?你这么大个子,也不是没钱,要喝自己去买。"

"哼,我只是以为——"

"你以为错了。我没说我要去,而且即使我要去,也只为坐在我后面的那个人跑腿。"卡门说着,朝卡莱尔那装了玻璃幕墙的办公室歪了歪头。"他签我的薪水支票。而你……呵呵,你给我提鞋都不配。"

她把注意力重新放回到发票上,但用心听着——享受着——布罗德从垃圾桶里拿出钞票时气急败坏得语无伦次。他嘴里骂骂咧咧,大摇大摆地走回了办公室另一端的工位。

这座城市就是我的游乐场。

这位义警……这位名叫"山猫"的女士。坚韧。直言。勇气十足。

她救出了市长的女儿——那孩子被虚空先生一伙抓住,几乎九死一生。

DAILY TRIUMPH

Masked Woman!
MAYOR'S DAUGHTER RESCUED FROM VOID

那面具下究竟是何人?她想要做什么?

胜利城的人民将我视作为他们发声的义士,甚至是他们的英雄。

我遍寻全城,四下打探,

我在街上徘徊,收集各种线索,

但其中有一件事我最常听人提及。

散出风去,我要她的料,越快越好。

山猫?你疯了吗,厄普顿?

没有,伙计,我他妈什么也不知道。

我听说她打败了虚空先生。

他一定会报复的。

你这次可能卷入太深了,兄弟。

是的,我有她的线索。

"……今晚到码头找我。此地人多眼杂。"

我想远处那个就是他。

嘿,鲁奇卡是你吗?

接着我便失去了知觉。

啊!

FWAK!

选自一九七五年《传奇山猫》第五话"黑暗真相"——编剧:哈维·斯特恩;绘画:道格·德特默;文字:托德·莫雷利;编辑:里奇·博格;总裁/CEO:杰弗里·卡莱尔。胜利漫画出版。

我那牢狱中的时光确实并未虚度,厄普顿先生。

我没时间单独寻找我们共同的目标。

但我觉得她会为了找你自己送上门来,就像上次那样。只不过这一次等待她的将是**虚空先生**的死亡掌握!

第十三章

时钟滴答滴答地走着,分针指向下午三点。

卡门皱了皱眉头。

他去哪儿了?

她没来得及问卡莱尔哈维今天是不是请假了。人事问题大多数时候都要经过她处理。想请假?问问卡门。要休假?让卡门记在日历上。大家打电话请病假时不会打给卡莱尔,而是会打给她。她的早晨例行程序便有查看信息,并向老板报告当天的员工出勤情况。

但是,今天什么也没有。卡莱尔一整天都待在办公室里,偶尔出来只是为了点餐或去厕所。甚至那些平日里显示他情绪的声音——喧闹的电话和暴怒的大骂——也消失了。她壮着胆子转过椅子看了一眼卡莱尔,发现他伏在案前,嘴里叼着一根细烟,电话扣在耳朵上,说话声小得让卡门不禁想问他到底在干什么。

但是工作日的忙碌最终仍然难免,没过多久卡门就已琐事缠身:整理自由写手和画师劳务费的每周结算,确保当周的图书已经送达印厂——编辑团队总喜欢为了标题争得脸红脖子粗,而她就是最后一道防线——并为卡莱尔每年一次的意大利之旅安排行程。中间她会忙里偷闲看一看自己的作品。或者,更准确地说,是透过哈维的滤镜看看自己的作品。卡莱尔要求她准备好《传奇山猫》前六话的脚本，分别交给市区的德特默和编辑里奇·博格，仅供内部使用。在将一份副本交给邮递员，送给想必正全力工作赋予克劳迪娅最初几次冒险故事鲜活生命的德特默之前，她多印了一套。翻阅哈维交的六个脚本时，她发现合作者并没有做太多修改——故事仍然是卡门的，增加的一些出彩的桥段可以追溯到他们的讨论，其中还有一些头脑风暴环节哈维极力坚持的点子。最终成品确实好于他们两个各自的想法，但仍以卡门的创意为主。当翻到第六个脚本的制作人员名单时，她心里一沉：上面根本没有她的名字。悲伤很快被愤怒取代。

　　卡门的思绪飞到了她想象中德特默的工作室。除了上周在工位跟他打过一个照面以外，她并不了解这个人。她只有几张模糊的照片，两人也只在公司圣诞派对上有过简短的交流，但她仍然努力想象那个瘦高的男人伏在案前，左手以那种所有左撇子都会有的奇怪方式弯曲着，铅笔在纸上划过，创造出胜利城充满犯罪的黑暗街道，为山猫赖以蹿房越脊的蓝黄配色制服加上豹子一样的斑点。这一切都在发生——这是卡门梦中的愿望。

　　但这还不够。

　　卡门不能让他人对她作品的认可——尽管别人都不知道这是她的作品——遮蔽视野。她被骗得一塌糊涂。享受赞誉和正面的反馈永无止境，但水中有墨，一个黑色的斑点迅速扩散，周围的一切都随之改变。这是一剂毒药。她的朋友愚弄了她，现在所有即将到来的荣誉都将归他所有。他没有理由讲出真相。为什么要把水搅浑呢？

　　她试图着眼积极的方面。脚本很好，甚至可以说不只是很好，而是非常好。哈维成功地把卡门提供的框架和他们的想法融合，创造出一些具有鲜活生命力的内容。他找到办法把他们俩各自不同的故事和角色线索编织成为——她几乎笑了——好吧，成为艺术。卡门在初稿边缘的空白处草草写下的对话，关于细节和世界构建的小笔记——比如克劳迪娅的橘色虎斑猫名叫菲比，或者她公寓前利伯巷和库茨堡大道的十字路口①——只是他们在这些初稿的基础上发散的一些念头，但是哈维将它们实现了。他将他们一起头脑风暴出来的点子融入了卡门交给他的基础框架中。这比创造更机械，但毕竟也是一种贡献。为此卡门一度认为这一切——自与卡莱尔交谈以来一直令卡门怒不可遏的谎言与欺骗——可能是一个巨大的误会。哈维真的会这样对她吗？她不确定。并且这种不确定性似乎一分一秒地变得越来越强烈。

哈维精心修改了脚本。卡门可以在每一页上看到他的贡献，他在她最初的工作和他们一起完成的工作的基础上不断完善。对于卡门来说，克劳迪娅不再只是某个人的想法或此前漫画作品的杂烩，而是已经成了一个活生生的人。卡门知道，哈维不仅是一个铁杆粉丝，还是一位漫画读者。他对于戏剧的结构有一种不仅建立在对白气泡和漫画画框之上的直观感觉。正是凭借这双眼睛，他对卡门留下的素材做了调整和补充，最终呈现出的是一本更显高雅、励志的漫画作品。作为漫画作品的山猫至少在脚本阶段已经得到了极大的肯定——有激动人心的冒险故事、有漫画中人物要面临的风险抉择、有剧情的起承转合，更有一个令读者难忘的人物。卡门在阅读时不得不几次提醒自己，这是她参与撰写的脚本。不是什么其他人写的好脚本，而她只是被派来标示批注。这

---

① 利伯巷和库茨堡大道原文分别为"Lieber Lane"和"Kurtzburg Avenue"，其中 Lieber 暗指斯坦·李的本名斯坦利·马丁·利伯（Stanley Martin Lieber），Kurtzburg 暗指杰克·柯比的本名雅各布·库茨堡（Jacob Kurtzberg）。

种感觉真的太棒了。

她再次抬头看了看时钟,已接近五点。通常的喧闹已经开始。员工们偷偷摸摸地朝洗手间走去。公文包合上了,袋子拉链拉上了,打字的声音逐渐变得微弱。随着工作日的结束,工作进程缓慢下来。留下来的少数人要么身处食物链上层,晚下班对他们来说天经地义;要么身处食物链底层,只有投入额外的时间才能给领导留下好印象。卡门既不是前者,也不是后者。她早早打卡上班,不过是天性使然——第一个到岗,观察现场,设定基调。她也不介意加班——校对画稿、做好记录、阅读等待卡莱尔审阅的一堆脚本,以便第二天能有与他讨论的话题。她本能地知道,无论是在胜利漫画还是漫画行业,她取得成功的唯一机会就是比周围的所有男人都更加努力、工作更久、工作质量更好。同事中没有她的大学同学或者垒球队友,她也没有跟老板一起喝醉的记忆。她必须远远超越他们,她一心要达成这个目标;但她是个例外的身份,又意味着她没有多少时间。

当她来到卡莱尔更为豪华的办公室对面、胜利漫画编辑里奇·博格的办公桌前时,他正准备起身离开。她看了看手表:4:56。

"哦,嗯,卡门,嘿,"他说着,看到她走向门口,"我得去取我的——"

卡门微笑着。

"不用道歉,"她说,"我不是警察。你是成年人。"

他松了口气。

"哦,我知道,只是——我知道离下班还有几分钟。"他结结巴巴地说。

"我只是想在你离开之前问你一些事。"

"好的,告诉杰弗里,我明天会把下一本《灰狼》的脚本交给他；只是佩莱里托在罗坦特校对之前对画稿做了一些修正，我——"

"不是杰弗里让我来问的。"

他安静了下来。卡门觉得自己甚至能听到拉链滑过他的嘴唇的声音。一切尽在不言中。聪明人。

"是关于哈维的，"她说，"他在哪里？他没有打电话来。"

博格的眉毛突然翘起。

"哦，对，是的，他今天请假了。"博格说着，耸了耸肩，从卡门身旁走过，转过脸来接着说："他跟卡莱尔说了。至少他是这么告诉我的。卡莱尔准了他一天假。"

她还没来得及问其他问题，博格已经快走到电梯了。他漫不经心地向卡莱尔挥手，按了向下的按钮。

"嗬。"卡门自言自语，走回她的桌子。她绕了一条远一点的路，穿过会计人员空荡荡的桌子，以及生产和排版团队的三四个工位。在编辑团队的外缘，她找到了哈维的桌子。她怀疑他是否曾经偷偷溜进来工作了一会儿，然后又在里奇、卡莱尔和卡门的眼皮子底下偷偷溜了出去。但是不对。哈维的桌子上堆放着流程工单——那是一种附在正在制作当中的书籍上的表单，要求流程涉及的各部门主管依次签字——以及校样。最关键的是那个信封。新邮件通常是人们每天上班之后处理的第一件事——哈维·斯特恩今天确实没来。

她走回到自己的工位时，与卡莱尔四目相接。但他并没有看着她，而是看向她的背后——他的眼神似乎心不在焉，又若有所思。她正要朝他的办公室走去，但桌上的电话突然响了。现在已经过了五点钟。

她接起电话。

"胜利漫画，杰弗里·卡莱尔的办公室。有什么可以帮你的？"

"卡门，是我。"

原来是凯瑟琳。她的声音听起来轻松愉快。

"噢。"卡门说。她花了一会儿时间回想所有的事——凯瑟琳现在在纽约，她们已经谈过一次了。自己甚至答应会再见她。一串画面和声音突然涌入脑海，卡门感到一阵晕眩。原来那些都是真的，她心想。"嗨，嘿。"

"我知道现在通知你有点紧张，但我想让你遵守对我的承诺。"凯瑟琳说，"有一家新的意大利餐厅，叫'达·西尔瓦诺'，刚在西村开业，非常豪华，而且——"

"等等，现在吗？就是今晚？"

"是的，今晚，小傻瓜。"她说。卡门听到了电话背景中城市的声音。她想象凯瑟琳站在电话亭里，面带微笑，像平常那样一只手扶着脸。她试图让自己回到现实中，让自己想起事情的本来面目，但她失败了。"来见我，晚餐我请客。当然，不会给你压力。终于能享受一顿豪华晚餐了，而不是只有酒吧或者快餐店，"她停顿了一秒，"一家不错的餐厅——只有你我二人。"

卡门还没来得及说服自己放弃就先开口了。"我会到那里见你的，"她说道，"六点钟？"

"好。"

卡门挂断了电话。她有点讨厌自己。但她意识到这种讨厌还不够。那个单词一直在她的脑海中回荡着，伴随她双眼呆滞地一路走向电梯。

该死。

* * *

前往新奥尔良的路竟是那样漫长①。佛罗里达州州域之狭长，是人们往往意识不到的。驶过佛罗里达州大部分地区之后，还有向西凸出、北接佐治亚和阿拉巴马两州的潘汉德尔。佛罗里达的州域形状真是尴尬而丑陋——但是像卡门这样的迈阿密人往往并不在乎。主要是因为佛罗里达州其他地方都无关宏旨。迈阿密是神经系统，是中枢。其他地方则不重要。对于古巴裔来说尤其如此。为什么要去其他地方呢？

她们这次决定出来旅行纯属心血来潮。凯瑟琳的丈夫尼克出城公干，虽然那个吻所带来的动力还在，但她们除此之外并没有做什么。简短的拥抱，快速热烈的吻别——这一切对卡门来说都偷偷摸摸、神神秘秘的。这种事如果跟任何人说——甚至哪怕对彼此说——都会破坏它的神秘感。但尼克外出是一项重大的变化。这是一个充满刺激、或许十分可怕的机会，一个容她们意气用事、跨越那道她们从未想过要跨越的界线的机会。截止日期、例行公事和时间表中有一种不言而喻的安全感，让她们必须回到某个人身边。但是尼克不在家，规则消失了——她们不必匆忙地表达感情，或者假装那只是酒后犯傻。于是，她们放弃了在凯瑟琳宽敞的科勒尔盖布尔斯公寓里共度时光，而是决定一起外出旅行。

凯瑟琳已经告诉尼克，这次旅行是工作需要。她想研究这个地区，然后写一篇短篇小说。她会开车去，途中在彭萨科拉稍作逗留。应该不会有什么问题。她解释说他们的关系很奇怪——他不在乎，但觉得自己应该在乎。所以，当他反对时，她就静等他改变主意，直到出发前的那个晚上，她兴奋地打电话给卡门。

"可以启动计划了，"她低声说道，"一早就出发。"

---

①新奥尔良（New Orleans），美国南部路易斯安那州一座沿海的城市，地理方位上位于迈阿密西北。从迈阿密到新奥尔良的车程基本横跨佛罗里达州全境。

"一早"最终变成了中午,卡门带着塞得满满当当的旅行袋,在距离凯瑟琳家几个街区的三十二街上与她会合。卡门告诉父母要和几个朋友去采风。她看到他们脸上闪过困惑的神情,立即辩解说,自己已经长大成人。困扰他们的不光是她要外出——他们的宝贝女儿离开了迈阿密的安全范围……去其他地方过夜,他们当然担心——但在卡门看来,更重要的是他们显然不知道采风是什么。

坐进凯瑟琳的车里感觉很奇怪——莫名地不同寻常。终于只有她们两个人了。这种私密感让人兴奋而陌生。凯瑟琳探身在她嘴唇上亲了一下,然后退了回去——她脸色绯红,表情松弛,眼睛注视着她,好像在问:"可以吗?"可以。很完美。卡门感觉到这一刻深深刻入了她的记忆,凯瑟琳那双似乎闪闪发光的淡褐色眼睛,她的脸上柔软的皮肤因微微的汗水而散发微光,还有她的金发和棱角分明的面庞。

"准备好了吗?"凯瑟琳问道,瞥了一眼卡门,开上了加洛韦路。

卡门点了点头,但那是个谎言。她还没准备好。卡门甚至想象不出接下来会发生什么。当然我们会住在酒店里,她想。我们会分房住吗?可那样就没有意义了。卡门没有继续想下去,迷信在幻想周围筑起了一堵墙,好像只要想到和凯瑟琳同床共枕,这个幻想就破灭了一样。

没等她们抵达棕榈滩县,车子就开始低沉地叮当作响,仿佛一只跑调的钢鼓。到她们到达德尔雷时,那低沉的噼啪声越来越频繁,几分钟后达到了高潮。没过多久,她们就在最近的加油站停了下来。

加油站的服务员是个脑袋像鸡蛋一样的壮实老人,看起来昏昏沉沉的。直到他意识到新来的客人不仅是女性，还年纪不大，且需要他帮助时，才变得热情殷勤。卡门以前见过这种伎俩。凯瑟琳似乎没有理会。她一副说正经事的口吻，敷衍潦草，简单直接，恨不得赶紧结束。

但卡门从小看着父亲修理他们破旧的 AMC 大使车长大——或在车底花费数小时，或在引擎盖的小片阴影里俯身检查发动机。她听到了凯瑟琳的车发出的声音，知道肯定不是好兆头。

"大问题，"加油站工作人员切特说道，"得叫拖车。在这儿修不符合规定。"

"规定？"凯瑟琳皱起眉头。她仍然保持着专业的态度，但卡门已经看到这个态度开始出现裂痕，愤怒正在酝酿之中。她们的旅行正在变成一次漫长的绕路。"这是什么意思？"

切特继续嚼着嘴里的什么球状物。卡门希望是口香糖，但她知道那是烟草。

"就是我说的那个意思，小姐。"切特一边把一块抹布搭在肩上，一边耸了耸肩，"需要我用更简单的语言解释吗？这辆车的状况糟透了。你能开到这里已经算走运。你需要一位合格的技师。我很乐意帮你打电话叫拖车——但可不是免费的……"

"不是吧，"凯瑟琳说着，干笑了一声，"你先告诉我无能为力，然后打电话叫辆拖车就要找我收费？你把拖车公司的号码给我吧。"

"不好意思，夫人，我办不到。你看，这是一种——什么术语来着？是一种背书，"切特听起来有些难以置信，"我要介绍最好的拖车公司给你们。对于像你们这样可爱的女士，这是我能做的唯一——"

"别废话了。"卡门说道。切特转过身来看着她，惊讶地皱起了眉头。"我们不会付钱给你的。我可以在电话簿上查找拖车公司。你要么做个人，帮我省五分钟；要么就算了。你自己决定，切特。"

切特愣了一会儿，然后转身向加油站的办公室走去。卡门转过身来，面对着凯瑟琳微笑，但她得到的不是感激，而几乎是愤怒。

"你什么意思？"

"什么？什么意思？"

"我可以处理，"凯瑟琳说道，"我不需要你的帮助。"

卡门看到她在让步，试图控制一种她无法理解的情绪。她此前从未见过凯瑟琳露出一丝怒容。这让卡门感到不安，她不知道为什么。

"我搞砸了。我们出发前应该检查一下车。"凯瑟琳说道。她摇了摇头，闭上眼睛，仿佛正经受着痛苦的头痛。"我只是，你知道的，压力太大了。这本来是我们共度的愉快周末……"

我们共度的愉快周末。

这一瞬间，卡门动摇了。凯瑟琳一直表现得冷静能干，却也同样会容易一反常态，这让卡门感到震惊。但为什么？是看到这个理想的女人暴露缺点让她不舒服吗？还是其他原因？她把这个想法藏在心里，留待以后参考。

卡门走上前，伸出一只手放在凯瑟琳的胳膊上。凯瑟琳似乎一头扎进了她温暖舒适的怀抱。

"哦，卡门，"凯瑟琳说道，温暖的呼吸吹在卡门的脖子上，"你准备怎么对我呢？"

"没事的。"卡门轻声说着，温柔地把凯瑟琳的脸转向自己。二人短暂地轻轻一吻。"别担心。没事的。我们可以搞定的。"

凯瑟琳点了点头。

卡门握着凯瑟琳的手，一起走回车前。卡门突然看到切特正打量着她们，赶紧抽回手。凯瑟琳没有理会，她在想别的事。佛罗里达的酷热无法消除卡门身体上似乎正在蔓延的寒意。

当卡门走出胜利漫画的办公室时，突然下起了暴雨，雨水倾盆而下，几乎顿时荡涤了肮脏灰暗的街道。她沿着第二十三街向地铁赶去，一路躲避着全身湿透的上班族和慌忙四散的街头小贩。她用手提包挡雨，但聊胜于无，无法防御这场瞬间到来的骤雨。她走下台阶来到地铁站台，花了一点时间打理了一下，然后乘坐下一班前往市区方向的地铁。

她运气不错，找到了一个相对空荡的车厢。没有什么奇怪的气味和刺耳的噪声，地上也没有成片的不明液体。她坐在角落座位上，对面是一对正在激烈争论政治问题的年轻夫妇。那个男人似乎在为杰拉尔德·福特以及他对于纽约迅速恶化的财政危机所采取的教条且不友好的立场辩护[①]。他的一番高论让他的女伴兴味索然。卡门冲她友好地笑了笑，然后环顾了一下车厢。她没有发现任何应当警惕的可疑人物：没有自言自语的怪人，没有为了讨几个钱而在过道上摇摇晃晃地跳舞的卖艺人，没有满身污物、神志不清的醉汉。这是你在地铁上必须面对的障碍赛道——从A点到B点要不断躲闪，希望能全身而退。有时候很容易，有时候很难——甚至不可能。

[①]时任纽约市长的亚伯拉罕·比姆曾于一九七五年五月中旬拜访时任美国总统杰拉德·福特，希望得到联邦政府的救助。福特告诉比姆他需要二十四小时来考虑，但第二天却回复比姆称，联邦政府爱莫能助，纽约市政府必须自己解决问题。

她吐出一声疲惫的叹息。到西村还有一段距离，所以卡门还有一些思考的时间。她的思维飘回到了山猫、哈维和接下来的事上。为什么他没有提到他要把脚本交给卡莱尔？为什么他没有先让她检查他的修改？整件事似乎十分仓促慌张，这个想法让卡门愈加不安。哈维撒了谎。

尽管有这许多困惑，她仍然幻想着这个角色的未来。卡门记下了几个关于山猫的主要反派虚空先生的想法。他是一个酷爱控制阴影和黑暗的犯罪头目。

动笔写下自己的想法让她感到很有活力。她抬起头，环视周围看不清面孔的人们，他们为各自的情感和烦恼所困扰，他们的头脑正为各种各样的问题高速旋转。她感到自己有些格格不入——或者说，她的频率与他们完全不同。

她正在写一本漫画书。

这件事正在慢慢成真——托哈维的福，无论她有没有署名，出现在那些对话气泡里的都是她的文字。哈维精心地将他自己的想法编织到故事当中去，但说到底，这些仍是她的脚本。

哈维。地铁车门在第十四街站打开时，哈维脸上的表情还萦绕在卡门的脑海里。当那个神秘人物袭击他时，恐惧和愤怒交织在他的脸上。他似乎很不安，好像卡门撞见了什么见不得人的隐私。难道是那次谈话刺激哈维赶完了脚本并交给了卡莱尔？卡门意识到，知道自己在这六个故事中扮演了一定角色的兴奋影响了她的判断。

又一次列车进站的声音响起。西四街。

她过了一会儿才意识到这个地方，仿佛她心里正想着这个地方，火车就依着她的心意停在了这里。她把笔记本塞进包里。

卡门起身，冲出正在关闭的车门。她环顾拥挤的站台。只能让凯瑟琳等一会儿了，她想。这件事不能等——她需要答案。

她需要同哈维谈谈。她等不到明天早上了。

当她从地铁站出来时，暴风雨已经过去，取而代之的是瑟瑟的寒风和灰暗的天空。卡门哆哆嗦嗦地一路西行，从韦弗利宫街拐进克里斯托弗街——朝着哈维住的大楼走去。

她走进大楼前厅，扫了一眼住户名录上的名字，按下了6G住户的门铃，旁边写着：斯特恩，H。

没有应答。

她等了一会儿，又按了一次门铃。这次时间更长，嗡嗡的声音让她烦躁，就算她松开了手指也不会停下来。

还是无人应答。

大厅的门突然打开了，卡门惊得微微一跳。一个穿着皱巴巴灰色西装的男人从她身边匆匆走过，他们的目光没有交汇。这个人似乎很着急，卡门心想。她在大厅门关上之前抓住了它，溜进了公共区域。哈维住的这栋楼很难给人留下什么印象——第二次来访也没有改变卡门的这个看法。大厅里空空如也，只有邮箱附近的一堆盒子和一只向黑暗处窜逃的蟑螂。看到蟑螂并没有让卡门紧张。纽约的虫子没有迈阿密的蟑螂吓人。她按了电梯向上的按钮，无视偶尔的颠簸和刺耳的尖声，坐电梯到了六楼。

她走出电梯，在头顶微微闪烁的灯光照耀下向右转，朝走廊尽头哈维的公寓走去。尽管下班已经很久，但楼里依旧寂静无声，仿佛是一栋废弃的建筑——远处什么地方的收音机里传出的尼尔·扬的《君子好逑》是卡门唯一能听到的声音。她敲了几下哈维的房门，等了片刻。她又敲了一遍。几分钟后，她又敲了一遍。

"他妈的。"卡门嘟囔着。她正准备转身去见凯瑟琳,手握住了门把手并转动一下,以为会如平常一样遇到阻力。

门开了。

> 有时候，笨办法……

SKA-RQSH!

> ……是唯一的办法。

> 厄普顿的公寓空无一人。

> 寂静无声。

> ……西蒙？

> Come out come out Little LYNX MR.VOID awaits!
> 快出来，小山猫，虚空先生等着你！

> 也许不是。

> 也许他刚好不在家……？

山猫是否来得太迟了？虚空先生是否将赢得最终的胜利？
不到三十天后，胜利漫画即将揭晓答案！
亲爱的读者们，敬请期待。

选自一九七五年《传奇山猫》第六话"浴火炼就"——编剧：哈维·斯特恩；绘画：道格·德特默；文字：托德·莫雷利；编辑：里奇·博格；总裁/CEO：杰弗里·卡莱尔。胜利漫画出版。

第十四章

门"吱呀"一声向内打开,卡门感到全身一阵刺痛——从握住门把手的手指到脚趾。有什么地方不对劲,而她不确定自己是否想要弄清楚。

她悄悄地踏入门内。

"哈维?嘿,是我,卡门。"她提高嗓门,好让声音传遍整个小公寓。只要他在这里,只要他醒着,就一定能听到她的声音。"我来看看你……聊聊山猫的事。哈维?"

依旧没人应声。

厨房和小办公区域的灯是亮着的——跑了气的啤酒和旧书的味道弥漫在公寓里。她告诉自己应该转身离开。她应该出去,等待哈维联系。他不在这里,仅此而已。为了消除疲劳和宿醉他在家憋了一天,这会儿出去了,可能是去吃个比萨,或者去喝一杯。什么都有可能。

但卡门感到好奇,她总是很好奇。她心想,自己已经走了这么远,为什么不试试看能有什么发现呢?公寓似乎和她上次看到的一样,杂乱拥挤,堆满了书和唱片。她看到地下丝绒乐队的第一张唱片——封面画着安迪·沃霍尔的香蕉的那张——从桌子旁的一堆唱片中露出来。书架上,卡门几天前刚刚抽出来过的那本克莱尔·摩根的《盐的代价》的书脊突出来。一切都和她离开时一样。那么,为什么她此时感觉如此毛骨悚然?她狠狠地咽了一口口水,强忍着转身离开的冲动。想要忽略胃里不断增强的焦虑感,想要去和凯瑟琳共进晚餐的冲动。

她穿过狭小的客厅,再次叫了一声他的名字。她仍然蹑手蹑脚,好像一个入室行窃的飞贼——或者像他们创造的漫画女主角,在夜晚踮着脚奔走,寻找正确的线索。但二者毕竟不同。这是真实生活,而且卡门吓坏了。

进入房间之前,她就看到他躺在床上。

他仰躺着,只穿了一条深蓝色的短裤。卡门顿时为自己这样闯进他的公寓,看到刚刚经历了一个难以想象的夜晚,正在床上熟睡的样子而感到非常羞愧。但是,当她迈步走进房间,目光继续扫视他时,这种感觉消失了。

他额头上的弹孔乍看似乎是假的,仿佛哈维不知怎么知道她要来拜访,故意开了一个残酷的玩笑。额头看起来像额头正中有一个浓重的红点,但她知道那是真的弹孔——即使她没看到顺着他的额头向左流到乱糟糟的床上、沾满了他的脸颊和脖子的暗红色的血。

她捂住了嘴,生怕尖叫声会在整个鬼魅般空荡的大楼里回响。

他看起来那么平静,她想。他闭着眼睛,身体放松。她可以轻易地欺骗自己无视眼前的真相:枪伤和那道血流。他死了。

她慢慢后退。转身时她摔了一跤,发疯一般地飞奔起来,渴望找到支点、赶快逃离。她感到心脏剧烈跳动,像锅炉里的铆钉机;又像一头急于挣脱、猛烈挣扎的怪兽。

她跑回电梯口,手掌拼命按着向下的按钮,大脑却一片空白。电梯门打开了,她猛冲进去,双臂抱在肩上,试图像毛毛虫那样用自己的身体把自己包起来。电梯门在她身后关闭的一刻,她瞥见哈维的一个邻居猛地打开房门,四处张望,好像听到了什么巨大的声响。

直到这时她才意识到,自己一直在尖叫。

第十五章

她一路狂奔。

跑下哈维公寓楼前的台阶，听到自己的工作鞋发出"咔嗒"声。

哈维。

她感觉到肺部急需吸入尽可能多的空气，魂不守舍地沿着克里斯托弗街向地铁的方向走去。只要能远离现在这个地方，不管去哪儿都好。

哈维。

走下地铁阶梯时，她感觉肩膀撞到了什么东西——是个人吗？她匆匆将车票投入检票口，推开人群，听到了身后的咒骂和困惑的言语。她必须离开这里。她必须马上逃跑。

哈维。

哈维死了。

后来的事她已经记不清了。她不记得自己为何没去餐厅，而是坐地铁去了市郊；也不记得手上那道伸手想要拉开公寓大门时仍滴着暗红色血液的奇怪伤口是怎么来的。卡门只觉得沉重，仿佛一个蜿蜒爬行的黑暗力量紧紧缠绕着她，她每呼吸一次，它就缠得更紧。她不记得自己换乘过——从上城区到L线，然后再换到去往上城区的六号线——驱动她的只是模糊的肌肉记忆和本能。

到达公寓时,她喘着粗气,浑身冷汗,视线也模糊不清。

"现在怎么办……现在怎么办?"她自言自语地小声嘀咕着,悄悄走进了公寓。"哦,天哪……哈维。"

她想报警。但这个想法在脑海中变得清晰起来的一瞬间,她就知道自己不能报警。那种恐惧,之前的震惊,又回来了,在她身上蔓延开来,就像一张甩不掉的厚重蜘蛛网。

但是她必须这么做。

她感觉为自己的躯壳所困,无助地看着自己原路折返——笨拙地走出房门,走向公寓出口,手上的伤口再次引起了眼睛的注意。她好似被催眠一般走上大街,在公寓西边几个街区远的地方找到了一座电话亭,旁边紧挨着一家破败的小杂货店。她走进狭小的电话亭时看到杂货店的霓虹灯闪烁。她抓住电话亭的扶手,看了一眼自己的手:它在颤抖,干涸的血迹凝固在上面,模糊成一片。她拨出电话,等待着。一个女声——平静、令人安心——在电话里问卡门发生了什么紧急情况。

"是……有具尸体,"卡门说道,"有人死了。"

"女士,在哪里?现在有人受伤了吗?"

"他死了。"卡门边说边努力忍住抽泣,她的声音因而变得含混不清。她意识到自己得马上挂断电话。她不知道这通电话是否录了音。但这通电话她不能不打。她不能把哈维留在那里腐烂。"一个年轻男子——他被枪杀了。"

没等接线员接话,卡门就一口气说出了哈维的地址。

"求求你,派人去找到他,"她说道,"拜托了。"

"你叫什么名字,女士……?"

卡门挂断了电话。

她走出电话亭、走进纽约夜晚湿润的空气中时,感到自己的胃里翻腾不止。她重新回想起几个小时前走在以小说命名的韦弗利宫街上的时刻。她正走向哈维的公寓，而哈维的尸体在那里等待着她。她仍然能看到林荫道，老式街灯以及落叶覆盖的人行道。再往远处看，韦弗利宫街最终会与第五大道相交。卡门对于那一带的了解不亚于她对这个城市的其他任何一部分，仿佛那就是她自己所在的社区一样。但现在，那个地方被污染了——有冤魂在那里游荡。她摇了摇头，试图摆脱绝望的感觉，或者抹去刚刚发生的事。她靠在杂货店的外墙上，闭上了双眼。

她倏地转过身，脸靠在小杂货店满是尘垢的墙上，在附近一盏路灯和店铺招牌的照耀下呕吐了起来。她听到自己发出的奇怪声音以及伴随而来的呜咽声，感觉自己开始失去控制。

她用外套袖子擦了擦嘴，开始朝公寓走去。她需要回家，她想回家。她不想待在这里，不想待在到处都是混凝土大厦和阴暗小巷的黑暗潮湿之地——她想回家，回迈阿密。感受阳光温暖着她的脸，而不是像现在这样——仿佛这个世界正在变得越来越小，越来越紧，随着每一次呼吸迫使她不断收缩，直到完全叠进自己的身体中。

跌跌撞撞走进公寓的那一刻，那段历历在目的记忆撞开其他一切，像一束强光冲进了她的视线。她就在那里，站在父亲身后。深夜，他的轮廓依稀可见，但细节无法辨认。另一个男人缓缓站起身，一只手捂着刚刚被卡门的父亲击中的下巴。细节开始如梦境般慢慢浮现：在那里一切都感觉真实而美好，并且时间流动不定。那个男人对她说了些什么。她那年不过十二岁，穿着一件新裙子。她和爸爸从商店走回家。被阳光炙烤的灰色人行道上放着牛奶瓶和橙汁盒子，一摊柔软的白色液体慢慢地蔓延开来，浸湿了纸袋。刚才他们走近时，这个男人走下人行道凑了过来，卡门觉得他谦和有礼。她没听到他说了什么——不过她也不需要。她看到了他的表情。即使只有十二岁,她也知道要小心男人:年长的男人。妈妈警告过她。爸爸警告过她。他们都有所图,卡门,明白吗?一定要照顾好自己。

但是爸爸听到了,他立即放下袋子,娴熟地用左拳狠狠地打在那个男人的脸上。那人应声倒地,发出一声凄厉的尖叫。他们把忘记的杂货留在了人行道上,加快脚步往家跑。爸爸每走几步就回过头来看看那个男人有没有跟着他们。

"你为什么这样做,爸爸?"卡门问道。

你不害怕他报警吗?

爸爸轻轻地抚摸她的背,从她记事起他就一直如此。温柔,却有分量。他是一个高大而强壮的人,不怒自威。

不用担心,女儿。他不会叫人的。她试图把这件事放到一边,她渴望马上回家,上楼回到自己的房间,读一本《贝蒂与维罗尼卡》或者《美国队长》的新刊。她渴望忘记这一切。但是那个时刻却永远烙印在她的记忆中。现在,她感到自己被传送回去,重新变成了那个担惊受怕的女孩,重新回到了像花白头发的街头义警那样不相信法律、只相信自己。

她发出一声哽咽的抽泣,终于再也忍不住,一头栽倒在小床上。终于回到了家,她可以打开心扉,做真正的自己。随着感情和思想的波浪翻腾起伏,直到精疲力竭、无力思考。

杀死哈维的会是谁?

答案是,她不知道。那个和他争吵的人?老情人?抑或往日的对头?卡门意识到,除了办公室里的闲聊和抽烟时的调笑,她其实并不了解哈维·斯特恩。这个走进她的公寓、改变她生活的男人到底是一个什么样的人?今晚,她无法回答这些问题。

她闭上眼睛,没过多久就穿着被雨水浸透的工装睡着了。枕套蹭花了妆。她没有听到二十分钟之后一遍遍响起的电话铃声,也感觉不到几个小时之后莫莉给她盖上了一条被单。

第十六章

"卡门?卡门?醒醒,你上班要迟到了。"

卡门感到有人轻轻摇晃她的肩膀。她睁开眼睛,看见是莫莉,穿着那件在她看来可以当作睡衣的长袖黑T恤。莫莉脸上还留着妆,说明演出结束后晚归,并且演得并不顺利。

"卡门?"

卡门点了点头,坐在床上,用手掌擦了擦脸颊。她匆忙打量了一下自己。她穿着衣服——还是全身工作服。发生了什么事?她是不是跟凯——

然后她想起来了。

"你还好吗?"莫莉问道,"我到家的时候你人事不省,就好像拒绝醒来一样。我以为你喝多了,睡一觉就没事了,可是……我不知道……"

莫莉的声音越来越小,一切又重新浮现在卡门眼前:仰躺在床的哈维和他额头上那个血色红点,她走近卧室时内心涌起的恐惧,以及尖叫着从他的公寓里跑出来时那吞噬她的惊慌。

她用力压下内心的情感,这才开口说话。

"现在几点了?"

"快八点半了。"莫莉说。她盯着卡门起身,表情充满关切。

"趁你还在——"

卡门回过头来。

"什么？"

"这很奇怪……可我回家的时候，电话发疯一样响个不停，"莫莉说着，眉头皱成一团，"有人一遍遍打电话。你知道，只有你确定家里有人的时候才会那样做。"

"是谁打的？"

"她说她叫凯瑟琳，而且天哪，她气急败坏，"莫莉说，"说什么你有计划，说什么她不应该被这样对待……义愤填膺——听到我的声音时，她听上去几乎像是吃醋了。"

"该死，"卡门边说边走向小浴室，"我稍后再告诉你，好吗？谢谢你叫醒我，对不起，我得走了。"

"好的，没问题。"莫莉说。此时，卡门关上了浴室的门。

卡门趴在水槽上，看着面前脏兮兮的镜子。她的睫毛膏脱落了，黑色的头发乱七八糟地支棱着，肮脏地缠在一起。她的眼睛看起来困倦而且有瘀伤。她的口红已经褪色，但鲜红的颜色仍然清晰可见。如果不是亲身经历过那个夜晚，卡门会以为自己是一夜风流或是狂欢作乐后跌跌撞撞地回了家。

"天哪，我甚至什么都没干就搞成了这副尊容。"她自言自语地说着，匆忙脱衣并打开淋浴。公寓的热水不是很稳定，她祈祷今天早上不会出问题。

她完全忘记了与凯瑟琳的约定，不过她有充分的理由。凯瑟琳被放鸽子之后的反应也证实了卡门的想法，即使凯瑟琳声称自己已经改变，她仍然是凯瑟琳·霍尔。这意味着她期望得到她想要的东西——尤其是当她礼貌地要求时。

卡门裹着一条毛巾走了出来。她并不亏欠凯瑟琳。她感到了压力，同意共进晚餐，但那又怎样？

然后她想到了哈维。他躺在那里看上去是多么平静，就好像几分钟之前刚刚闲庭信步走进房间，躺倒在那张薄薄的床垫上一样。当有人进来开枪时，他正在午睡吗？卡门看到的是真实的吗？她希望不是。

答案来得很快。尽管睡过头了，卡门仍然准时到达——这通常意味着她第一个出现在办公室。只不过她发现卡莱尔佝偻在他的办公桌前。他注意到她走进来，示意她进去。他的脸色看上去十分苍白。

"又来得这么早？"卡门试图保持轻松。

"请坐，卡门。"卡莱尔轻蔑地挥了挥手。这时，她注意到了他的疲惫：青黑的眼袋，沙哑的声音，脸上轻微的髭须，平日熨烫平整的衬衫上的褶皱。他今天状态很差。卡莱尔可能从事的是出版业，但他非常注重外表。他很虚荣——但今天有些反常。

"发生了什么？"

卡莱尔清了清嗓子。这时，卡门意识到他并不是悲伤或难过——而是压力很大。他是否担心哈维死亡的后果，对他的出版大计有何影响？她把这个想法赶出了脑海。她无法想象有人会那么冷酷无情。她希望她的直觉是错误的。

"是，啊，是斯特恩——哈维。你知道，你的——"他说到这里，结巴了一下，"让我重说一遍：哈维·斯特恩，编辑部的。他昨晚被发现死了——被杀了，他死了。"

卡门惊得倒抽一口凉气，这是她真实的反应。这是真的，她想到这里，双手紧紧扣在一起。她感到泪水喷涌而出。无论她曾有过多么离谱的幻想、多么奇怪的想法——它们让她眼见的一起成为高烧时的迷梦，一如《奇异博士》或《术士》中的场景——如今都已一一消失。取而代之的是黑暗而危险、如混凝土般沉重的现实：哈维·斯特恩已经去世了。

"哦，我的天哪。"卡门用手捂着嘴巴说道。在坐下之前的几秒钟里，她以为自己得通过表演悲伤才能不被怀疑。但她没有预料到，自己在严酷的现实面前全无还手之力。

"发生了什么？我的天哪。"

卡莱尔摇了摇头。

"毫无头绪。"他说。她看见他的视线飘到了桌子上的一大堆文件上。"有人闯进他的公寓，然后，他就被杀了。死在了床上。天哪……"

他停了一下，目光仍停留在文件上。卡门意识到那是脚本：《传奇山猫》的脚本，那些她写的、哈维匆忙修改后提交给卡莱尔的脚本。她感到自己的脑袋嗡嗡作响。

"你见到他了吗？"卡门问道，她的声音听起来遥远而嘶哑。"他交这些东西的时候？"

卡莱尔叹了口气，才开口答道。

"见到了，但也不过一分钟，"他说，"说出来你可能不信，我周末也见过他。马夫·沃夫曼和伦·温在格里家玩扑克，正好差个人——你认识他们吗？他们是——"

"我知道他们是谁。"卡门利落地打断了他。一般情况下，谁要是讲一个跟漫画圈大佬相处的趣事，总能引起卡门的兴趣。但现在，她急切地想知道哈维在他被杀的前一天跟卡莱尔做了什么。"还有谁在场？"

卡莱尔扬了扬眉毛，然后继续说道：

"就像我说得那样,还是那几个人。"他如数家珍地列着人名,无法掩饰回想起那些时刻的兴奋,即便只有像他和卡门这样的漫画产业内部人士才能明白。"但中途我们不得不叫托尼·伊莎贝拉进来,因为哈维突然起身离开了,闹出了大乱子——非常奇怪。"

"他那时看起来还好吗?"卡门问道。

"你听着这个意思感觉他当时好吗?"卡莱尔说,"轮到他出牌了,他突然僵住了——一共也没打几手。他突然站起来说他得走了。说他得跟什么人聊聊。他一直道歉,但我们基本也玩不下去了。我怀疑他们不会再邀请他了。我的意思是,那些可都是大人物——"

卡莱尔似乎突然意识到他正在讨论一位刚被谋杀的人,摇了摇头——即使像杰弗里·卡莱尔这样自我陶醉的人也有极限。

"算了。"卡莱尔站起来说。尽管动作很轻,但他的身体似乎变得松弛下来,仿佛刚跑完马拉松却没喝一口水。他一只手撑着桌子。"你看,卡门,这件事令人痛心。你知道的,他是个好孩子:心地善良,工作努力。我知道你们是朋友。我很抱歉,好吗?"

卡门点了点头。

"谢谢。"

他现在俯在桌子上,低着头,来回摇晃着。她从未见过他这样:困惑,失去了自信。他这副样子令人不安。他终于说话了,却没有直视她的眼睛。

"我还没告诉员工们,可能暂时不会。我不确定我能不能做到。我可能需要你的帮助,"他说,"警察今天稍后会来。我需要你负起责任——他们要什么,你就给他们什么。问询用的会议室、人名、地址——任何东西。一定要尽力配合。"

"当然,当然。"

二人沉默了片刻。感觉像过了好几个小时，但实际上可能只有几秒钟。卡门又瞥了一眼那一摞脚本。

哈维啊，你干吗这么快就把它们交上去？着什么急啊？

卡莱尔沮丧地长长地叹了口气。

"他是我们自己人。"他说。

这是卡门听到卡莱尔说过的最真诚的话。

无论卡莱尔是否知道，这个秘密已经泄露了。人们议论纷纷。卡门一坐下来就知道了。仿佛所有人都同时转过头来看她——他们的目光中充满疑问，并渴望她能分享一些信息。他们很担心。尽管哈维在胜利漫画工作时间不长，但他已经交了几个朋友。他为人友善，还是一位漫画忠实读者。他喜欢漫画，对这个领域的知识堪称百科全书。他能告诉你超人的社会保障号码，还能说出蝙蝠侠漫画里"零度先生"第一次变成"急冻人"的时间，原版绿魔的传说他更是倒背如流。或者，至少看起来是这样的。在许多方面，是他的热情维持了胜利漫画的活力。漫画尽管令人兴奋，但也不过是工作。而很多工作都枯燥乏味——加班、尴尬的电话、发票、邮件标签还有截止期限。压力大，报酬低，满足感转瞬即逝。这一点卡门可以从年轻员工进门时的表情上看得一清二楚。卡莱尔发号施令时，她看到了他们在翻白眼。对他们来说，工作只是生活中的另外一个问号，另一个动荡时代的标志。这座城市正朝向财政崩溃猛冲过去。地下气象员的炸弹在国务院引爆[①]，前

[①] 地下气象员（Weather Underground Organization，WUO），美国极端左派组织，其前身美国大学生民主会成立于一九六九年，于二十世纪七十年代向美国政府"宣战"，先后在五角大楼和美国国务院实施多次炸弹恐怖袭击。

政府官员被判滥用职权，不可饶恕的血腥越战打打停停。这桩桩件件都足以让人怀疑自己，怀疑世界前进的轨迹，质疑这一切是否真的"都会好起来"。所有这些加在一起，影响非比寻常。它让卡莱尔对出品超支的定期抱怨成了不咬的虱子、不愁的债。漫画书市场的崩溃只是这逐渐失控的世界的背景噪声。

市场疲软堪称雪上加霜。对很多人来说，漫画只是在没写出电视剧或者小说——甚至电影脚本——这种"真东西"时的一种消磨时间的方式。它本身算不上一个职业。对作家来说，写漫画脚本不过是练手；要是换成粉丝，只要写这些超级英雄的冒险故事能让他们靠近斯坦·李等，自己搭钱也愿意。可现在，无论什么样的漫画都是一样销量低迷。员工士气更是低落——卡门知道不止胜利漫画一家如此。漫画书吸引不了读者。无路可走。漫画书会像赋予其灵感的通俗小说一样消失吗？卡门并不这么认为。但她也无法确定。她有时会和哈维谈到这件事——当他们分享一支烟或者一杯清淡的黑咖啡时，或者当他们处理急活儿的过程中站在开放工区旁边稍作喘息——这样的时刻，你甚至可以思考一下你周围的世界以及这一切的意义。

但是现在他已经不在了。

她以手掩面，仿佛化身成穿越星际、观察人类的魂灵，正从半空中俯视自己。泪水并未落下，尽管她也没有指望它们会。她筋疲力尽，内心纠结，心里仿佛压了一块沉重的巨石，却又怅然若失。事到如今，他们的作品将会怎样？她是否应该冲进去告诉卡莱尔真相，告诉他是她帮哈维创造出了那个即将推出的新人物？不行。她足够了解卡莱尔。他沉默寡言，卖力工作，以自我为中心，也容易抱怨。他不喜欢别人对他撒谎，更不喜欢被人愚弄。这是他最大的弱点——就像氪石之于超人或者辛辣食物之于蜘蛛侠。这种真相大白会让他陷入狂怒。更何况他不是什么器量开阔之人。不出几分钟他就会把这本书搞砸。不，卡门必须坚持下去——这意味着保守秘密，直到他别无选择，只能让她写这本书。当然，前提是有人愿意读它。

但是卡门忽然想到，被欺骗的是她。而且她不知道为什么。

她猛地站起身，匆忙拿起自己的包。她得抽支烟，透透气。她需要呼吸。当她绕过桌子时，感受到卡莱尔的目光正注视自己。她回头扫了一眼，没有看到生气或者质问的怒视，而是满眼同情。他向她点了点头，然后继续看起了桌子上的东西。

走去电梯的路上，里奇·博格拦住了她。他看起来憔悴而瘦弱，眼白微微发粉。与其说他是走过来的，倒不如说是拖着步子挪了过来。她抑制住了想要转身朝相反的方向逃跑的冲动。

"是——是真的吗？"

卡门没有回答。她能说什么呢？

"哈维那件事，"他问道，"他们说的是真的吗？"

"我不知道他们在说什么，里奇，"卡门小心翼翼地缓缓说道。眼前的男人好像突然颓废了下来，她尽力不让自己显得尖酸刻薄。"何况你想问的那件事，即便我想说也不能说。"

他垂头丧气，看着脚上棕色的鞋子，以及沾了污渍的毛呢马甲和起皱的灯芯绒裤子。

"我告诉他要小心……"博格自言自语道。卡门突然停了下来。

"什么？"

"哦，没什么，我确定——他是个好孩子，你知道的？一贯上进。"博格说着，望着远方，浓密的灰色胡子掩盖了他嘴部扭曲的表情。"我一遍又一遍地告诉他，要顺其自然，欲速则不达。只要你工作做得好，总会有人注意到的。但他不想等。他就是不想等……"

没等卡门问出另一个问题，博格已经转过身，拖着沉重的脚步向编辑部走去。她看到其他的编辑和制作人员——珀丁、康罗伊、哈恩、马林和特鲁尼克——都用一种渴望而期待的眼神注视着她。卡门恨不得立刻忘掉这个场面。她看到了他们每个人看到博格的表情后做出的反应。卡门没有证实任何事，但她也没有否认。

她向电梯走了一步，这时电话响了。她转身接起电话，然后坐了下来。

"你去哪儿了，卡姆？"

凯瑟琳。

"我正上班呢。"卡门平淡地说道。她不需要这样，也不想要，从来没想要过。

"我们约好了的。"

"好吧，有人死了。"

"嗯，我猜我应该说很抱歉，可是……你就不能打电话给我吗？"凯瑟琳的声音在耳边喋喋不休，每一个音节都带着轻蔑。"你就不会通知我吗？这是要报复吗，还是——"

卡门挂断了电话。她没有预料到自己会这样做，但感觉很好。凯瑟琳主动回到了她的生活中。明知那里有地雷，但仍然想要穿越战场。那是她自己的事。卡门重新朝电梯走去。

选自一九七五年《传奇山猫》第六话"浴火炼就"——编剧：哈维·斯特恩；绘画：道格·德特默；文字：托德·莫雷利；编辑：里奇·博格；总裁/CEO：杰弗里·卡莱尔。胜利漫画出版。

第十七章

"他们来了。"卡门听到卡莱尔说这话的同时,感觉到他轻轻拍了拍自己的肩膀。"他们"只可能有一个意思——警察。她站起来,整理了一下自己的衬衫和黑色长裙。她看到他们正往这边走过来。一个上了点年纪、身材敦实的黑人女性,后面跟着一个二十多岁、高个子的制服警察。那位女士似乎很放松,面带微笑地环顾办公室,带着一种在卡门看来大多数成年人三十岁时就已经抛弃的好奇心。

见两位客人走近,卡莱尔上前挡在他们和卡门中间。

"警探,这位是卡门·巴尔德斯,她会协助你们处理后勤事务,"卡莱尔说,"她是我的秘书。如果我们按曲线分数评分的话,她的工作相当出色。"

"这位是我的老板,喜剧大师。"卡门冷淡地说。卡莱尔想要反唇相讥,但想了想还是没开口。

那位女士挑起一边眉毛,伸出手。

"玛丽·哈德森警探,"她说,"这位是伊德尔森警官。他是陪我来的。"

卡门握了握她的手,示意他们朝胜利漫画办公室的后面走。

"我们准备了一个会议室。"她说。她的内心正痛苦地翻江倒海，却仍要保持语气平静。他们知道什么？他们会问什么？她是不是担心他们在毫无头绪中找到线索？如果她现在坦白是她发现了哈维的尸体，并且他们发现她曾和他一起创作山猫的漫画，那么卡门会不会也成为嫌疑人？她咽了口唾沫，继续说道，"告诉我你们想要和谁谈，我可以找他们过来，如果你们需要食物或咖啡，也尽管告诉我。"

"很好，感谢你的盛情。"哈德森说。她跟在卡门身后，从工位间的过道穿过。对于那些旁观之人，她熟视无睹。这样的场面她早已习以为常。"今天忙吗？"

"哦，一般吧，"卡门回过头看了一眼，"老实说，我觉得每个人都有点震惊。"

"是啊，是啊，完全理解，"哈德森说，原本微笑的脸渐渐变得愁苦，"人有旦夕祸福。"

卡门打开一扇门，示意他们进去。

"如果你们需要什么，请告诉我。"她对已走进那间凌乱闷热房间的二人说。

哈德森立刻开始移动箱子，在一张主桌上清理出一片空间。她麻利地拉过一把椅子，放到了卡门眼中警探座位的对面。

"哦，好的，放心。"哈德森说着，从裤子后面的口袋里拽出一个小笔记本。她用下巴示意了一下那把椅子。

"您想让我先请杰弗里进来吗？还是别人？"

"不，不，不用。"哈德森说。

卡门没有回应。

哈德森等了一会儿才开口。

"你是现在坐下，还是等着我给你发一张雕花请柬？"

哈德森微笑着看着卡门。卡门想不起最后一次在这个房间里开会是什么时候了。卡莱尔不喜欢讨论，更不用说争论了。他认为这在出版业中行不通。尤其如果你想拥有一个富有远见的领导，这些完全都是胡扯。然而，此时此刻，卡门坐在那里，看着这个面带顽皮笑容的女人，感到闷热，她只后悔自己之前没有多给这个房间通通风。她红扑扑的脸上很快就会渗出一层汗珠。这就是哈德森想要的吗？想让她措手不及？她想错了。

"你来自迈阿密，是吧？"

"是的，我在那里出生长大。"卡门带着干笑说道。

"我认识那里的一位凶案侦探，佩德罗·费尔南德斯，"哈德森心不在焉地挠了挠下巴，"是个好警察。我一直想在那里退休，带着我女儿一起——有朝一日也许可以。"

卡门没有回应。她知道这是寻常闲聊。她等待着。

沉默持续了片刻。卡门抬起头，注意到哈德森正看着她的手。

"你受伤了？"探员问道。

卡门下意识地遮住了左手上的绷带，绷带下面是她匆忙冲出哈维公寓时不知怎么弄伤的。

就在发现他之后——发现他的尸体之后。

她试图敷衍过去，微微惊讶地看着绷带，但她知道自己演砸了，从一开始就让场面变得尴尬。

"哦，这个啊，没事——小意思，"卡门说道，"我就是有点笨手笨脚的。太傻了。"

哈德森点了点头。她看起来想追问，但最终还是决定暂时放过。

"你跟死者熟悉吗？"哈德森低头看着她的笔记本。

"我们是同事，"卡门说，"不时会聊天，大家跟关系不错的同事都会这样。"

"同事，好的。"哈德森说着点了点头。卡门听到身后的伊德尔森挪了挪脚。"就这些吗？没有别的什么交际？没有约会过？没一起出去玩？"

"没有。"

"例行公事，你懂的，"哈德森说道，显然她注意到卡门简短的回答，"每个问题都得问到。"

"完全明白，"卡门回答，稍微往后仰了仰，"我完全配合。"

"太好了，"哈德森说道，"我们正需要你的配合。任何细节都会有所帮助。比如，你有没有——你看，我知道你刚才说没有，但我只是想确保万无一失——你有没有在工作之外和这个男人相处过？在非工作场合？也许是喝杯酒？一起吃饭？演唱会？有过吗？"

卡门咽了口口水。她试图淡化这个问题，但她知道哈德森已经注意到了。该死。

"我们——嗯，不，我是说，我们会在工作时一起抽根烟——"

"卡门，你看着是个聪明人，好吗？"哈德森说道，身体向前倾，手掌压在桌子上。"所以拜托你，不要试图骗我。我说的不是抽空抽根烟或者喝咖啡闲聊。我说的是，在你们不工作的时候一起出去玩。你明白了吗？"

卡门点了点头。

"不，没有——工作之外没有联系。"她说道。她讨厌撒谎。讨厌自己淡化了他们之间的友谊。但是她又有什么选择呢？她很害怕，甚至已经远远超出了逻辑的范畴。"我们其实不是朋友，好吗？我的意思是，他离开了我很难过——但我们只是工作伙伴。我们会在公司的排球比赛上见面，下班后也会跟其他同事一起去酒吧，但从来没有独处过。"

哈德森发出了一个短促的声音。

"我懂了。"她说道。

卡门双手交叉放在膝盖上。她能感觉到自己的手开始颤抖。

"他来你家算不算？"

卡门感到整个身体抽搐了一下，眼睛睁得大大的。

"什么？"

"我听几个事发几天前曾跟死者聊过的人说，死者告诉他们要去找你，"哈德森装作糊涂的样子说道，"可能是个误会吧？"

"不可能。"

"什么不可能，亲爱的？"哈德森说着，第一次与卡门目光交汇。"是一个精虫上脑的男人会向他的朋友吹嘘说他要去找单位的漂亮女孩，还是你撒的谎会被拆穿？你知道我相信哪个吧？"

卡门清了清嗓子。她觉得自己仍然有出路。她可以摆脱这个麻烦。

"我不知道他会来，"卡门说道，她的话沉重而含蓄，"我不知道他怎么会知道我的地址。"

"哈，这太愚蠢了。这个男人没有事先电话联系，就这样突然出现？真是勇敢，"哈德森说道，"这种手法如今已经没那么浪漫了。他想干什么？"

"他想谈谈，"卡门说道，看着自己的手。她感觉双手湿漉漉的，拼命忍住想在裙子上擦手的冲动。"他想谈工作上的事。"

"什么工作上的事？"哈德森问道。她似乎提起了兴趣，加快了语速。"他专门查到了你的地址，登门拜访，有什么重要的事呢?"

"他喝醉了。"卡门说,"我不知道。没有什么大事。只是办公室里的闲言碎语。然后他……嗯,然后——"

哈德森等待着,眼睛紧盯着坐立不安的卡门。

"他向我求爱。"

"果然,我就知道,"哈德森说,"他留在你家过夜了吗?"

"什么?不,不,根本没有。"卡门说,声音中带着真正的愤怒。她试图走钢丝——既要说出大致真相、不能说谎,但同时又要隐瞒他们合作的作品:他们的书。隐瞒得越久越好。她节节败退,但这一切还没有结束。她忽然想起了哈维——她在街上看到他那天,他那憔悴而疲惫的脸。绝望和低级的恐惧,就像被人用枪口指着。卡门突然意识到,自己同样害怕。她担忧的不仅是她的书和漫画梦想,还有她的生命安全。"我把他赶走了。就这样。"

"就这样。"哈德森说。这不是一个问题。她在笔记本上记下了一些东西,叹了口气。"这太奇怪了,即使他那天喝醉了——从我掌握的信息来看,当然我对这个行业也不熟,可是……这个小伙子相当温和,可以这么说吗?就好像,是克拉克·肯特那个类型的。这个安静而孤独的伙计喝醉了。没关系,人们会喝酒。然后他决定冲进你家,对你有所行动,然后礼貌地离开——但却什么也没说?"

卡门犹豫地摇了摇头。

"不——我是说,是的,就是这样,"她说,"他喝醉了,我说过了。"

"我记得。"

"他想聊天,想一起玩,所以我给他倒了点咖啡,"卡门说着——继续走钢丝,"但是之后他试图……他试图吻我。我很生气,告诉他离开。就这样结束了。"

"然后你去了他家?"

"什么?没有,我没去,"卡门说着,身子向后仰,她的惊讶是真实的,即使她知道哈德森想问什么,"我没有去。"

"卡门,我再给你一次机会,"哈德森说,"你看起来是个非常好的女孩,聪明,非常漂亮。我敢肯定,你的同事们平时嘴上没少欺负你,对你说一些粗鄙而恶毒的话。这可能会让你感到疲惫不堪。我现在都记不清了,因为我现在已经老了,但我知道你可能一直在经历这些。但即使是漂亮的女孩也会犯错,对吧?也许你也喝醉了。然后你决定,为什么不呢?我认识那个家伙。他近在眼前。让我们好好玩一场吧。"

"不,我没有——"

"好吧,我来慢慢地解释给你听。你可以根据你对死者的了解,帮我提供一些案件的细节。"哈德森说。她的话语如此轻松,以至于卡门必须在脑海中重复一遍,才能理解她的意思。"现在,房东说他在受害者——哈维的——尸体被发现之前听到了尖叫声。之后不久,911接到一位女士的电话,说她的朋友死了。你有没有想过那是谁,因为,你知道——那不可能是你吧?你的朋友和很多女人一起出去玩吗?只有你没有,对吧?"

卡门想要回答,但哈德森举起手示意她安静。

"让我说完,"哈德森说,她的声音中带有卡门以前从未听过的坚定。"我不想再绕弯子了,因为我可以看出这让你感到不安,而我们不想那样。所以,就是这样——那个进入你朋友公寓的人要么有钥匙,要么哈维·斯特恩是纽约市最蠢的人,根本没锁门。我觉得这很荒唐。无论如何,杀手进来了。他知道这个地方,也知道这个人在哪里睡觉。杀手快速侦察，找到他正在打瞌睡，然后——"

她盯着卡门，手指像枪管一样指着她。

"砰，"她说，"我们的男主角就这样死了，毫无疑问。凶手离开，枪声被城市的各种噪声掩盖。我遗漏了什么吗，伊德尔森？"

哈德森的同事没有说话。

卡门感到一阵恶心袭来，她紧紧抓住桌子。哈德森的眼睛注视着她的手指。警探知道自己正在接近真相。

"你看起来是位非常善良的女士，一位真正遵纪守法的好公民。我不是说那是你干的，"哈德森轻松地耸了耸肩，"但是破案要有证据，你知道吧？你看过电视，对吧？就是那样。如果我没有证据证明其他人在那间公寓里，我就得从非常确定当时在场的人开始。你明白我的意思吗？"

卡门点了点头，试图保持超然，试图让这看起来很正常。但她也感到灵魂仿佛出了窍，她像是故事的旁白一样俯视着自己——她意识到警探已经把她逼到了绝境。

"所以帮我个忙，姑娘，"哈德森向前探身说，"你和这个男人睡觉，然后感到羞愧。该死，如果我有你这个长相，我也会这样。我的意思是，哈维长得还可以，但你是满分美人。我们都会犯错。所以，你醒来之后想了想，突然觉得，该死，我得把这件事扼杀在萌芽状态。我不想让这个男孩——这个男人——迷恋上我。这是个错误，你知道吗？所以，你去了他的公寓，因为你看——你瞒不过我，你要么知道他住在哪里，要么很容易就能找到。你是老板的秘书。他所有的秘密你都了如指掌。所以，是的，你去了这个男人的公寓，你想让他轻松快速地接受现实——不要有任何麻烦。但是，等待你的不是一个哭着喊着求你给他一次机会、让他成为你梦中情人的大男孩,而是一具尸体。然后你尖叫着冲出了公寓,还伤了手。伤得很重,你甚至不知道是怎么伤的。因为虽然你很坚强,但你从未见过那样的尸体,也从未见过那样滴着血的弹孔,"她停顿了一下,"我说得对吗?"

卡门站起身来,伸出一只颤抖的手指指着哈德森。她从钢丝绳上跌落。地面越来越近,她感到头晕目眩,感到愤怒。

"不是那样的,"卡门说,声音颤抖着。这时她感到泪水滑过脸颊,她知道自己已经输了,但她不在乎,"到此结束吧。"

她转身离开,但在离开之前仍然听到了哈德森的告别语。

"我说结束才结束,"她说,"还早着呢。"

第二部分　事实真相

第十八章

卡门走入夏日清晨,进了杂货店,店门发出"叮咚"的声响。这个夏天有点反常,下雨天比高温天还多。莫莉告诉卡门,六月是一个转折点,高温多湿,预示着七八月将有更多阴雨天气。卡门不喜欢这种天气,纽约的夏天潮湿而黏腻,与她家乡永远温暖、有海风的热带夏天大相径庭。这个季节感觉紧张而忙碌,而媒体报道的全是一些坏消息。

卡门瞥了一眼小报头条:福特总统在下飞机时滑倒了。城市正在财政破产的边缘摇摇欲坠,银行里的钱不足以支付即将到期的欠款。专注于眼前的事物本来就很难,而在纽约这样必须时刻保持警觉才能生存的城市更是难上加难。每个人都在苦苦挣扎,而且感觉情况不会很快好转——如果还有希望好转的话。

卡门拿了一只篮子,一边朝着小店深处走,一边往篮子里放了几样东西:面包、几个苹果、一提六听装啤酒。她不经常在家吃饭,但从小就被教导要在冰箱里装满食物,于是这种矛盾一直持续到她长大成人,即使如今在纽约独居也是如此。再说,她知道莫莉不怎么吃东西,她对那个任性的室友怀着一份母爱般的关心。

她走向收银台时,看到两个女孩蹲在杂志摊旁边。她们看上去大约十岁,不过卡门看小孩的年龄总是不准。引起她注意的不是孩子们,而是她们手里拿的东西。左边的女孩,个子较小,长着红色长发和明亮的绿色眼睛,怒气冲冲地看着她的朋友,手里握着一本漫画书。

"神奇女侠很无聊,好吧?你明明知道的,"她说,吐沫星子乱飞,"完全是瞎编乱造的,温妮。"

温妮摇了摇头,看起来更像是失望的父母而不是一个还不到十三岁的孩子。

"那又怎样?山猫更酷吗?它才出了不到三期,玛莎,"温妮说,"我们不知道它是不是能一直好看。"

"她敏捷、强壮、聪明——她像蝙蝠侠或者夜魔侠,但是,我不知道,她比他们还好——她感觉像一个真实的人。"玛莎说,把漫画递到温妮手里,"看看这个。真的。她对抗的这个叫虚空先生的人是个罪犯头目。她用真实的身份查找他的动向,然后化身英雄给他当头一击——特别刺激。"

就在此时,两个女孩同时转过头来看着卡门。她站在几英尺外,陶醉不已。过了一秒钟,她才意识到自己被发现了,但她并不在意。

"哦,对不起,我只是——我在那个公司工作。"卡门说着,指着温妮手中拿着的《传奇山猫》第三期,这一期也是道格·德特默绘制的。他那电影化风格在封面上体现得淋漓尽致:封面的人物特写中,山猫被一只神秘的手按在墙上,她拼命地挣扎着想要脱离那个恶棍的控制。"那些漫画是我们公司制作的。"

女孩们似乎无动于衷,仿佛卡门要向杂货店老板举报她们俩蹭书看似的。她后退了几步。

"我很高兴你们喜欢山猫,"卡门心不在焉地把手放在胸口,

"这很重要。"

卡门走到外面,既尴尬,又渴望独处一会儿,回味一下刚才的见闻。走到离杂货店半个街区的地方,她才意识到把篮子落在了漫画书展示架旁边的地上。她摇了摇头,继续沿着东七十二街往前走。这种矛盾的情绪——看到女孩们阅读她写的漫画,却又忘记了自己走进杂货店要干什么——驱使她一路向西,途径达科塔大楼,走上西区高速公路。她宁愿这样,也不愿尴尬地走回商店。

她眯着眼睛看太阳。在纽约糟糕的天气到来之前——雪、泥浆和所有迈阿密女孩只在电视上才能看到的东西——她还有一点时间。此时距离哈维被杀已经过去三个月,但几乎没有什么改变。玛丽·哈德森警探仍在调查此案,虽然她到访胜利漫画办公室的次数越来越少,待的时间也越来越短。卡门可以看出她陷入了困境。但是她没有停止调查卡门,尽管调查的方式变得更加隐晦。哈德森很聪明,是个踏实的人。她会按下每个按钮,以找出那个奏效的组合。她会破解密码是迟早的事,这让卡门感到担忧。哈德森最终会发现真相。问题不在于真相——卡门除了去哈维的公寓然后逃走之外没有做任何事。但现在谎言已经大过了真相。她隐藏了一些东西,这才是比她没做什么更加棘手的问题。人们评论尼克松的那句话是怎么说的来着?重要的不是罪行,而是掩盖罪行。

卡门感到好奇,那两个年轻女孩对于她们钟爱的漫画背后的恐怖故事,究竟有多少了解。她们是否知道,《传奇山猫》背后的脚本作者——不对,是联合作者——已经死了。她想知道哈维对这本书突然走红将作何反应。第一期问世之后,该系列就超过了《化身侠》,成为胜利漫画最畅销的书。这部好评多到令卡门都感到震惊的作品还将道格·德特默从默默无闻的深渊中拉了回来，让他的职业生涯重新焕发生机。如今，他的名声已经不再囿于圈内。五十二岁高龄的他重获新生。虽然这本书的销售量还不足以引起漫威或DC的注意，但它正在成为胜利漫画的当家产品。德特默的作画是其中的重要原因。卡门甚至听到卡莱尔抱怨说要让德特默继续为这个系列工作，但她不确定这座城市是否还有其他机构能够容忍这位特立独行的古怪艺术家。

卡门为哈维感到高兴，为他们的想法感到高兴。但她也感到一种空虚：仿佛她的身体少了一只胳膊或者一条腿一样。她眼睁睁地看着自己的故事逐渐展开，却无法参与其中——甚至无法谈论。克劳迪娅·卡拉——山猫——不单是哈维的作品，也是她的创作，但这一点没人知道。卡门知道她可以走进卡莱尔的办公室，把那一笔记本的点子扔给他，对他坦白相告。但图什么呢？如果她那样做，定然会被解雇，最终还是没法参与编写以她创作的角色为主角的故事，值得吗？

她知道在这方面自己并不孤单。她不仅听过业界所有类似的恐怖故事，很多事更是亲眼所见。杰克·柯比是漫威许多最受欢迎角色的共同创作者，然而斯坦·李却收获了大部分荣誉。况且，这些角色的所有权无疑是归公司的。你做了工作，出售了你的点子，然后你的点子就跟你没关系了。也许有一天，情况会有所不同。但是卡门不确定。短期内，她只能远远地看着她珍视的作品度过它的一生，就像一个母亲窥探留在朋友家门口的孩子一样。更糟糕的是：时间正在流逝。可她距离找到真相——哈维为什么要赶着把那些脚本交给卡莱尔——依然遥远。

她到达了公寓楼，并向着光线昏暗的楼梯间走去。她听到脚下的楼梯吱吱作响。她需要思考一下。

哈维重新编写了卡门为山猫写的六个脚本，整合了他们讨论出的想法，并添加了一些他似乎十分中意的要素。他改稿的速度近乎非人。但成品毕竟只有那一堆。《传奇山猫》第三期现在已经出版，第四期正在绘制中。几个月后的第七期即将迎来新的脚本作者。卡莱尔会选择谁？卡门能否做些什么，让他意识到应该给她一个机会？

当她到达公寓所在的楼层时，听到一阵匆忙的脚步声在走廊上越来越远。她试图跟上，却只看到一个高大的人影拐弯进了走廊另一端的楼梯间。卡门感到一阵静电般的刺痛在身上扩散开来。

卡门十分确定那是一个女人，但不是莫莉。无论是谁，那人都没有料到卡门会往这边来。她走到自家门口，打开了门。她等了一会儿，手握门把手，等着那个人回来自报家门。房门向内打开，露出了穿着浴袍、嘴里还叼着一根粉色牙刷的莫莉。

"你要进来吗？"

卡门走了进去。

"我还以为你要去买牛奶呢。"

"我把东西落在店里了，"卡门坐在床上说道，"说来话长。嘿，你没有注意到走廊上有人吗？"

"你刚才不是在走廊上嘛，"莫莉走向浴室，"你……看到了吗？"

"我想是的，"卡门抬头看着她的室友说道，"但当我到那儿的时候，那人就跑了。"

"也许是你可怕的前任。"莫莉开玩笑说。

她当然是在开玩笑，但这话却让卡门陷入了思考。自从几个月前挂断电话后，就再也没听到过凯瑟琳的消息了。卡门以为她可能已经回到迈阿密，回到了尼克身边。但是有没有可能凯瑟琳还在这里？

她并不为错过那晚的晚餐感到内疚。当时她刚刚发现她的朋友哈维死在自家卧室里。她没有想和凯瑟琳谈论这件事的欲望。很长一段时间以来，凯瑟琳是她最不想见到或想起的人。她对错过约会的反应就证明了这一点。

那么卡门为什么还会想起这件事呢？

她听到浴室门关上和花洒出水的声音。卡门躺回到床上，闭上眼睛，任由思绪把她带到另外一个时空。

她几乎在凡尔赛餐厅服务员出现之前就闻到了烤牛排的香味。她看着他把盘子放在她面前。这家餐厅开业充其量才几年，但已经成为迈阿密流亡社区人们的汇聚之地。对于这些身在异国的人们来说，这里是故乡生活的一个延伸。无论是食物、音乐还是人们的交情——都有家的感觉。即使对于少小离家、更像美国人而非古巴人的卡门也是如此。来这里是凯瑟琳的主意。"我想体验你的世界——看你说你的语言，吃你的食物，体验一切。"

卡门讨厌她说这种屁话。

但那个晚上其他的一切都感觉很特别。就像她们的关系升级成了更为实质性的阶段，而不仅仅是偷吻、在尼克不在家时偷偷去凯瑟琳的公寓拜访或者和她的朋友们一起看足球比赛。卡门意识到，她们已经这样兜兜转转好几个月，但从未外出共进晚餐。她们喝过酒，喝过咖啡，吃过快餐，但从未约会过。

当然，她们不可能公开这件事。迈阿密不是那种城市。古巴文化也不是那种文化。卡门早在与凯瑟琳结识之前就逐渐认识到了这一点。

当晚前半段感觉几乎像魔法一般——就像她们一起跨越了某

种想象中的门槛，彼此之间的关系又更深了一步。

不过在卡门的记忆中，也是从那晚开始走下坡路的。

从卡门钻进她的车开始，凯瑟琳就烦躁不安。去餐厅的路程大部分时间都在沉默中度过。卡门问了一两次是不是有什么问题，但凯瑟琳只是耸耸肩或简短地回一句"没事，别担心——让我们尽情享受今晚吧"。

当她们到达餐厅并点好餐后，凯瑟琳似乎平静下来，适时地微笑并询问卡门这一天过得怎么样。但感觉很敷衍和机械，好像她只想让这一切结束——尽管她知道这对卡门意味着多少，卡门也认为这对她意味着很多。

"你今天很安静，"卡门说着，把一块玉米煎饼塞进嘴里，品尝着奶油的味道，"感觉就像我在独自用餐。"

凯瑟琳笑了，那是一个没有幽默感的、疏远的微笑。当你面对车管所职员或者受了气却要忍气吞声时露出的笑容。这让人感到刺痛。卡门想，这是谁？这个甚至似乎不想出现在这里的女人？她发觉自己开始生起气来。

"是因为尼克吧？"卡门问道。

凯瑟琳微微抬了一下眉毛，然后她似乎强迫自己恢复了平静、漠不关心的表情。

"是的。"她说。

"你想谈谈吗？"卡门伸出手，放在她的胳膊上，"我在这里。如果你不高兴，可以说出来。你不必假装自己很开心。"

"不，我不想谈论这件事，"她说着，每个词都像是击打在卡门的肩膀上，"请不要提到他。"

卡门感到自己的情绪开始沸腾。几个月的秘密、否认、未接电话、迟到，凯瑟琳开着车绕来绕去，在离卡门家几个街区的时候就把她放下。她受够了。卡门并不是被蒙在鼓里，她知道这意味着什么，但她的心却不愿接受现实。在认知与感觉的争夺中，迟早会有什么东西崩溃。

"那我们就假装他不存在。"卡门抽回了手，"就像我们只是两个下班后在一起吃晚餐、完事各回各家的朋友一样？我想和你在一起，好吗？我愿意等待，我知道这对你来说很难——"

"你不知道。"凯瑟琳说着，声音低沉，眼睛四处乱瞟。那个没有幽默感的浅笑仍然挂在她的脸上——好像打破它就会将她拉回现实。"你不知道我面对的是什么，我必须做什么，我应该怎么做。"

"那你告诉我啊。"卡门提高了声音。

坐在后面一张桌子上的一位老妇人回头瞥了她们一眼，惊得嘴巴微张。卡门怒视着，吓得那个好管闲事的女人转过身去。她想，这就是神奇女侠的感觉吗？意念移物？

凯瑟琳歪了歪头，好像试图从稍微不同的角度看卡门。

"我想我得走了。"她说着，嘴唇紧抿，露出一种奇怪而不安的表情。她是怒火中烧吗？快哭出来了？

她站起来，把餐巾轻轻地放在未动的餐盘旁边。

"等等，不要，为什么要走？拜托，你为什么这样？"卡门说着，为自己刚才的话感到羞愧，但却拼命地想抓住一些残余的希望。希望这个夜晚——它将意味着如此之多——仍然可以被挽救。"凯瑟琳，拜托，坐下来。"

她感觉到凯瑟琳的手环绕着她的胳膊，手指紧紧地掐着她的手腕。没等她反应过来，没等惊讶发挥作用，她已经感觉到凯瑟琳的指甲深深地刺进她手掌附近柔软的肉中。她发出了一声轻微的尖叫——像一只被捕获的动物。只是惊讶，她想。但不是，她感到疼痛。凯瑟琳弄疼她了。

"我要走了,"凯瑟琳说,"不要打电话给我。不要来我家。"

"放开我——"

"这件事还牵扯到另一个人,"她咬牙切齿地说道,脸上那浅浅的假笑早已消失,取而代之的是露齿的怒容,"而需要离开的那个人,是你。我已经结婚了,好吗?你为什么不能接受呢?"

"你弄疼我——"

卡门还没说完,凯瑟琳就松开了她的手臂,好像处理一块没用的破布、一个麻烦一样把她推开。卡门环顾四周,感觉晕头转向,好不容易才找到出口,快步走过去。卡门看着自己的手臂。那些将变成瘀血的痕迹。凯瑟琳的指甲在她的皮肤上刻下的深红色线条。它们很快就会出血,她想。之后,它们便会结痂。

卡门享受这种痛苦。她用自己的手包裹住受伤的手腕,感受到脉搏的跳动,透过所爱的人造成的痛苦,保持着她的生命力。

但她无法在这种痛苦中找到庇护。不。她的脑海里响起了同样的话语,一遍又一遍地敲打着她的脑壳。一遍又一遍。

我怎么卷进了这么个烂摊子?

"地球呼叫卡门,你在听吗?"

卡门眨了眨眼睛,看到莫莉站在她面前,穿好了衣服,深色的头发裹着一条蓝色的毛巾,晨光从她身后照过来。卡门盯着室友看了一会儿。她的古铜色皮肤和棱角分明的五官。她那双深色的大眼睛。卡门感到奇怪,迷茫而失落。为什么她要让自己陷入那个记忆的深渊,去重温那些和凯瑟琳在一起的时光?

她感到一丝宽慰,至少暂时如此。凯瑟琳走了。重聚的诱惑被哈维的死打乱,这是最好的安排。她心里已经有足够多的事要想,手上也有足够多的事要处理。

"嘿,没事,抱歉,"卡门站起来说。她离莫莉只有几英寸远,莫莉用一种困惑而期待的眼神看着她。"我——我要想的事太多了。"

"看起来是这样,"莫莉退了几步,"还在挂你朋友的电话吗?那个警察还在找你麻烦吗?你知道你不必再和他们说话了。除非他们有新的消息要告诉你,对吧?看起来他们只是在原地打转。"

"你说得对。"卡门心不在焉地说。她看了看手表。该去上班了。这一日之始已经够糟了——既没买到杂货,也没得到宽慰。但她的思绪一直不断地回到那家杂货店,想起那两个女孩。

她们在争论漫画,这本身就是一次胜利——两个女孩为了两个出自主要面向和她们同龄的男孩创作的漫画中的超级英雄谁更厉害而争论不休。其中一个英雄是她创造的——当然,是和哈维一起创造的,而道格·德特默赋予了这个英雄鲜明极简的线条,这两者都不能忽视。但卡门同样不能被忽视。这部作品能引起读者的共鸣,也有她的功劳。

但功劳没有她的份。她为山猫付出的辛劳,无人知晓。脚本是哈维提交的,她做的工作就成了他的功劳。他甚至没有问过她。没有人会知道。很快,卡莱尔就会被迫做出一个决定:找到下一个写手来写卡门创造的主人公的冒险故事——他可能已经做出了决定。

卡门环顾局促拥挤的小公寓,看到迈阿密生活的残留与她正在这里建立的新生活交织在一起。她搬到纽约,不是为了成为自己职业生涯的旁观者;她不想成为一个脚注,更不想被人当枪使。

她听到莫莉倒吸一口气,一口锅随之在厨房地板上发出"咣当"一声。这个声音把她拉回了现实,拉回了眼前的问题上。她抓起手包,向莫莉匆匆挥了挥手,然后冲出家门。

卡门可以耐心等待,但她从不坐以待毙。这一点现在也不会改变。然而,问题仍然是:她能做什么?有没有办法拯救这个角色,这个她生命的延伸?

卡门·巴尔德斯即将发现答案。

第十九章

一个出版社的运作周期像月亮圆缺一般循环往复——随着截止日期的临近，节奏不断加快，到截止日期时到达高峰。宁静的低谷通常会比预想中多一两天，接着就是另一轮越发慌张的忙碌，直到整个循环重新开始。卡门已经习惯了胜利漫画办公室里的特殊节奏，当拿着卡莱尔的咖啡走进办公室时，她不得不忍住举起一根手指来测量一下办公室里的哪个区域空气温度更高的冲动。

当看到制作工人们已经带着胶水、针管笔和刷子早早地到来，正仔细查看画稿时，她就感觉大事不妙。她听到特鲁尼克低声下气地恳求再给他几分钟，以便确保《自由联盟》的新一期杂志按计划发布；她看到马林的身影急匆匆地穿过办公室的后面，手持X-Acto刀片，试图改正新一期《黄昏》中可能破坏整组镜头的作画错误。卡门喜欢这种喧嚣。她喜欢看着事情一点点陷入混乱，并在最后一刻开花结果、凝聚出艺术。这让她想起了编大学校报时通宵达旦的日子。她不是为了加班而加班，而是为了确保到周三上午的截止期限能把报纸送到同学们手中、狂饮啤酒喝咖啡的彻夜狂欢。卡门意识到，那种刺激感是一样的，只不过他们现在写的不是越南战争抗议或是腐败的学生会选举，而是关于城市义警、外星战队或者人间之神的四色冒险故事。

她走进卡莱尔空荡荡的办公室,把他的咖啡放在桌子上的一堆文件旁边,确保留出足够空间,防止她那一向笨手笨脚的老板打翻。她听到一声清嗓子的声音,转过身去。

他看起来很糟糕。双眼下又是青色的眼袋,领带勉强打了个结,白衬衫领子上还有一道蓝色的污渍。他看上去甚至站都站不稳,好像刚刚和绿巨人打了十二回合,勉强幸存。

"昨晚没睡好吗,老板?"她问道。

卡莱尔看着她,眼睛一下子焕发出生机;他茫然而本能的皱眉突然变成了明亮又狂热的微笑。

"才没有呢,卡门。"卡莱尔说着,绕过她把夹克扔到椅子上。他在自己的座位上坐下,然后转向卡门。"实际上,我觉得我可能解决了我们的山猫问题,卡门。"

"山猫问题?"

"别装傻,你装不像。"他低声咕哝道,"我们需要找到一个人来写这本书,这件事你跟别人一样清楚——如果照着这种势头再出几期,咱们公司就火了。人们都喜欢化身侠,对其大加赞扬——可偏偏叫好不叫座。但人们对这个什么山猫却念念不忘,热烈讨论。她或许卖不出像漫威或者DC那样的销量——但她是个大热门!"

卡门微笑着。她感到自己的脸颊发红,但她不在意。

卡莱尔拿起一支铅笔,在桌子上敲了敲,目光盯着卡门。

"那么?你不想知道我是怎么做到的吗?"

"做到什么?"

"解决问题啊。你在听我说话吗,卡门?我找到了一位编剧,"卡莱尔说,脸上露出了意味深长的笑容,"而且这个人很厉害。"

"梅纳德？"卡门小声问道。如果卡莱尔找的是他们公司最顶尖的编剧，她还能理解和接受；尽管，那仍然会让她心痛。对这一点她非常肯定。"你认为他能应付每个月写两本书吗？我的意思是，漫威的沃尔夫曼能写六本书。"

"不，不是梅纳德——那个吉姆·莫里森的拙劣模仿者会毁了这本书，绝不可能，"卡莱尔嘲弄地挥舞着手臂指向卡门，"请你认真一些。不，我找的这个人比梅纳德更优秀，他不是大名鼎鼎的人物，但他是真正的专业人士——我们完全可以信赖他。他会让这个系列维持正轨，让我们看看这个想法到底能走多远。"

卡门感到自己的心开始沉了下去。

"那是谁？"

"詹森，马克·詹森。"卡莱尔骄傲地说。他靠在椅子上，双手合拢抱在脑后。"你认识他，对吧？我记得他从没来过办公室，但我们以前和他合作过。他还给 DC 写了几个故事。他真的是个伟大的情节设计者——我认为，他是最好的之一，而且他有自己鲜明的风格。我认为他能把这个系列提升一个高度——让它超越现在这些，斯特恩夹带进去的那些宗教、左翼宣传的私货，你也看到了，对吧？只需把角色带回它的根源。当然，我还要感谢哈维呢。"

"哈维？"

"是的，他在最后一页的背面给我留了一张便条。很简短，几乎看不清，但是上面写着'系列续作请交给马克·詹森'。卡门，你能相信吗？这就是命运啊。这个可怜的男孩想让这位才华横溢的老将接过他的火炬。想象一下媒体将如何报道这件事？《时代》杂志将刊登对我司的长篇专访，讲述我们如何重新定义——"

卡门听不下去了。她的大脑开始失控，简直不敢相信自己的耳朵。她感觉自己创造的角色被拉扯着，离自己越来越远。先是哈维自作主张改写了她的六个脚本，甚至没有考虑过她的想法，也没有给她修改的机会。她曾怀疑，他的死是否减轻了她对他的愤怒——然而并没有，余烬未灭，想到詹森更让她怒火重燃。她被哈维利用了。他窃取了她的想法，涂刷了一层陈词滥调，然后完全将其归功于自己。

听着，和哈维在一起要小心，好吗？

玛丽昂的警告回荡在她的脑海中。是什么意思？而事到如今，卡门对于那个仿佛她身体一部分的创意几乎完全失去了控制，现在又能做什么呢？

她知道山猫不是她的。卡门明白，即使在最好的情况下，自己也有可能会失去控制权。她已经尽力做好了心理准备，但现在她感到他们的创造正走向另外的方向：一个扭曲而错误的方向。

她甚至从未见过詹森——她猜他是少数几个愿意等待支票到来的自由编剧之一，但她读过他的作品。他写脚本的速度的确很快——但质量一直惨不忍睹。一些人可能会争辩说，他怀才不遇，总是在赶急活儿、擦屁股，但从未有机会真正在一本书上大放异彩。但卡门知道这是胡说八道。卡门刚到胜利漫画时听说过一句话——如果一个自由撰稿人具备快速、友善和优秀中的两项，那么你就很幸运了。詹森只有快速。他的文笔最好时也及格不了，办公室里没人知道为什么他竟然还有活儿干——除了"快"这一点优势之外。卡门知道哈维曾经几次找詹森救场，而正因如此，哈维竟然会专门留字说明自己多么希望詹森接过山猫的脚本创作，这让卡门大感不解。同样令人迷惑的是，卡莱尔竟然还能像鸡舍里的公鸡一样趾高气扬。这个决定到底好在哪里啊？

"你在开玩笑吧?"

卡莱尔愉快的神色变成了任性的怒视。

"有什么问题吗?"

"你和别人一样清楚——詹森的作品是垃圾。"卡门说。她感觉越来越热,感觉话比平常更快、更愤怒地脱口而出。"他是我们的玻璃外壳。遇到紧急情况就尽管打碎。但这次根本算不上紧急情况!我不动脑子就能想到好几个能把山猫写得很好的编剧,"她停了一下,"我靠,让我上都比他好。"

"够了,"他说,"我不喜欢你说话的语气,卡门——何况,我们已经谈过这个了。无论如何,我已经做了决定,好吗?你出去吧。"

卡门僵在那里。尽管卡莱尔一贯轻蔑暴躁,但她总觉得他们之间有某种联系——一种相互尊重的关系。他可以很轻率,但有些界限他不会跨越。他不会公然对她不尊重或者贬低她。但他现在已经这样做了,像对待一个碎嘴老妈子一样想把她打发掉。

当她转身要走时,听到他咕哝着什么,但随着门"砰"的一声关上,那些话都被关在了房间里。

她的鞋子在办公室的油毡地面上发出嗒嗒声,应和着脑海中的脉动。那单调的尖叫告诉她,必须做些什么来解决这个问题。

有什么地方非常不对劲,卡门知道,唯一找出问题的方法就是追溯哈维·斯特恩最后的足迹。

"是谁杀了你,哈维?"她走近办公室另一端的墙壁,轻声自语道。高耸在头顶的是一张巨大的海报,一位身着蓝黄相间制服的义勇英雄盯着卡门,她靴子和袖子上的豹纹图案闪闪发光,她戴着面具的眼睛和冷笑告诉你这位英雄不好惹。她强悍,老道,独立。

卡门知道她已无法挽回她朋友的生命。她知道她应该为他的背叛而恨他,但哈维·斯特恩已经死了。如果可以,她愿意挽救一些他们共同创造的东西——即使她暂时还不想原谅他。

她必须解开眼前的谜题,而且越快越好。

《传奇山猫》全靠她了。

第二十章

她找到里奇·博格的时候,他正要拿出一份看起来有些潮湿的三明治和一瓶可口可乐,准备吃午餐。听到她轻轻的敲门声,他似乎有些恼怒;但一旦意识到是卡门,他的不悦就消失了。尽管他们是读书俱乐部的朋友,但卡门的出现仍然让人感到恐惧。她想,这就是身为老板心腹的好处。

"嘿,是你啊,卡门。"他说着,不情愿地放下手中的三明治看向她。

"我不会占用你太长时间的。"卡门说着关上了门。

博格困惑地撅起嘴。这是一家漫画公司。很少有关门会议,除非要裁人或者公司遇到了财务问题。这两种情况都时有发生,但大部分工作都是编辑大喊大叫着指挥着办公室外的职员完成的。关上门会妨碍工作的顺利开展。

"一切顺利吗?"博格问道,"唰"的一声把三明治放在桌子上。

"我想是的。"卡门说着,试图弄清楚自己为什么会毫无计划地走进哈维的老板的办公室。

与卡莱尔的对话让她感到恍惚。她对马克·詹森这样的人将要执笔克劳迪娅·卡拉的冒险感到非常不安,想到此她就心生厌恶。詹森不但是个笑话，而且是个淫秽、愚蠢、厌女的笑话。他的脚本中充斥着粗俗的双关语和无聊的暗讽，那是所有编辑的噩梦——唯一的优点就是他粗制滥造的速度还挺快。

"我只是想关心一下你，"她轻声说道，试图表现出真正的关心，"我知道自从……自从……哈维那件事发生，已经过了几个月了。"

博格缓缓地点了点头，仍然没有真正理解卡门来访的原因，但显然对她的关怀表示感激。

"好吧，我很感激，真的，"博格说着，低头看着桌子，"他是个好孩子。我只是希望警察知道得更多一些，你知道吗？已经过去几个月了，什么都没有发生。我知道你和他们有过不愉快的对话，但在我看来，那个名叫哈德森的警探似乎很能干。所以，连他们似乎也无法推动事情发展，这真的很让人沮丧。"

卡门点了点头。博格的情报她并非没听过，但它更为新鲜，而且也证实了她的想法：哈德森遇到了瓶颈。尽管她经常向卡门索要更多细节，但她最终仍然一无所获。卡门认为，无论凶手是什么人，都非常周密地掩盖了行踪。

卡门犹豫了一下，不确定是否应该说些什么。

然后，她脑海中出现了哈维邋里邋遢的身影——他手臂下夹着一堆脚本走进卡莱尔的办公室。那些脚本是她写的，写的都是她的想法，却只署了哈维的名字。

她下定了决心。

"我想问问你有没有和卡莱尔谈过山猫的事。"卡门说。

她必须小心谨慎。对于博格而言，卡门虽然和他有着读书俱乐部的轻松关系，但她此次前来的身份是卡莱尔的代表。如果她说错话，博格定会起疑。他已经在胜利漫画待了一段时间，比大多数人更了解这里。

"今天没有，"博格说，语气中带着些许迷惑——抑或担忧？"我知道他想要定下接手人选，所以我推荐了几个人。我希望他会考虑我的建议。但你知道杰弗里——他想要自己做出决定。"

卡门点了点头。

"如果你不介意的话，你会选谁？"她的声音低沉而神秘。博格心照不宣地微笑着回答。

"你在打听八卦吗？"他说道。卡门暗自骂了一句。博格不是新手。"你应该比我更清楚啊。他确定人选了吗？我想知道。毕竟他们交的稿都得我来整理。"

"公平的交易，"卡门咧嘴一笑，"那你先说。"

博格耸了耸肩。

"好吧。嗯，这是我们的畅销书，何况哈维，呃……哈维已经去世了，应该安排我们顶尖的编剧来续写。所以我想梅纳德可以试试。我还提出了其他几个人的名字，包括哈特、波斯特、科斯比、罗赞、罗森博格，还有艾伦·阿尔默，就是写《微面》那个——你知道的，如果这些人能得到机会的话，作品质量有望进一步提高。我不知道他会选他们中的哪一个，但这对于他来说总是个赌博。我知道他讨厌梅纳德的脚本，但粉丝们喜欢《化身侠》，简直如痴如醉。"

博格的话只对了一半：那些读了《化身侠》的粉丝们确实喜欢，但问题是这部作品的读者并不多——毕竟胜利漫画的作品销量都不高。"山猫"卖得比该公司以往任何作品都好就是明证——但就算这样，"山猫"的销量距离漫威和DC的随便什么作品仍然有十万八千里，报刊亭销售的收入微不足道。现在，《化身侠》稳居第二，但感觉可有可无。人们是多么容易遗忘，卡门心想。

"这件事一定要守口如瓶,"卡门说,她表情冷静,不带一丝情感,"好吗?如果我听到这件事回到我这里,我会毫不犹豫地让你的生活成为地狱。"

这并非空言恫吓。卡门虽然"不过"是卡莱尔的秘书,但她有很多方法可以让一个员工难受——什么发票过期,与印厂沟通不畅,对分销商发货延迟……卡门永远不会做这些事,但博格不需要知道这一点。

他皱起眉头,一脸难以置信,但卡门可以看出他明白了。他必须理解。

"听着,我当然不是个爱打听办公室八卦的人,"博格推了推鼻梁上的厚眼镜,"我很感谢你告诉我这个消息。不过,现在我开始担心,是不是我之前推荐的那些非常优秀的人选,卡莱尔一个也没选上。我是说——"

"是詹森,马克·詹森。"

博格张大了嘴。她甚至可以看到他白齿位置上的一颗假牙。他沉默了几分钟。

"里奇,你——"

"你在开玩笑,对吧?你是在跟制作组那些人玩大冒险吗?这他妈一点也不好笑啊。"

卡门举起一只手。博格的声音越来越高,她不想让事情失控。她需要信息。

"我希望我是在开玩笑,"她轻声说道,"我只是想提醒你。我还想问问——你是否推荐过他?"

"没有,我干吗要这么做?詹森是个废物,"博格摇摇头,"他写的东西幼稚可笑。为了那种东西劳心费神根本犯不上。你改他的稿子花的时间,跟找一个正经编剧重写一遍一样长。我不明白为什么卡莱尔一次又一次吃这个亏还不长记性，这真是疯了。"

"等等，什么？"卡门问道。她的计划已经泡汤了。她没有预料到这种情况。

"你比我更清楚，"博格透过眼镜的上缘看着她说，"詹森分到的工作比其他更有能力的编剧都多。他是'清洁工'，我们的万能工具。并不是因为我们中的任何人喜欢他；而是因为，不知道出于什么原因，你的老板就是要用他。"

卡门等了一会儿。博格当然是对的。但这连接了卡门之前不知道的点。助理编辑的发票都会交给她。是的，詹森的工作量相当大——但卡门认为所有的创意决策都来自卡莱尔和博格。她也知道卡莱尔占主导——并且经常直接点名。但她之前以为，詹森之所以能得到工作，只是因为他出活儿快，而不是因为质量。但是博格似乎在告诉她，是卡莱尔命令大家使用这位自由职业编剧。

卡门乘胜追击。

"你认为哈维想让詹森接手吗？"

博格对此嗤之以鼻。

"什么？那是他最后的遗愿吗？这太荒谬了。哈维受不了那家伙的作品——每次卡莱尔雇詹森来填补空缺，哈维都会猛烈批评。他为此差点和卡莱尔正面冲突，"博格心不在焉地推开了三明治，"他讨厌那家伙，他甚至从未见过他。没有人真正见过他。他甚至不屑来领取他的支票。我仍然能听到哈维关于这件事的唠叨声——'这不值得，里奇。如果你让我写，故事会更好。'我曾经认为这只是哈维想要上位，但后来他递给我一份詹森寄来的脚本，我的眼睛差点瞎了：搞性别歧视的垃圾。何况，我们制作的是漫画书，我知道这不是什么高雅艺术。见鬼，谁知道五年之后我们是不是还干这行——但我们至少——至少我会追求一定的质量水平。在这点上,马克·詹森跟我们不一样。"

卡门站起来。

"守口如瓶,好吗?当你听到这个消息时,装作惊讶。"

博格点了点头。

"相信我,我会把它从我的脑海中抹掉,"他说着,拿起三明治仔细检查,"我甚至有点怨恨你告诉我。"

卡门耸了耸肩。

"真相总是伤人。"她边说边走出他的办公室,没有关门。

在从博格的办公室返回她的桌子的路上,她看到了哈维的工位。他对面是制作助理特鲁尼克——他出去吃午饭了。卡门瞥了一眼哈维的旧桌子,它几乎还是哈维出事前的样子。卡莱尔总想节省开支,所以他还没有招新人进来填补哈维的位子——也就没有必要清理他的桌子。由于案件仍然未解决,卡门觉得哈德森或许需要重新搜查取证。

卡门在哈维的工位旁徘徊了一会儿。

她意识到自己不能在这里待太久——至少现在在众目睽睽之下不行。但她扫视了一下哈维桌上的物品,然后她看到了它——那是一份《灰狼》出版前审校的排版稿,拥挤的封面上画的是外形似狼的主人公愤怒吼叫的面孔,那几个字就用红笔写在页面的空白边缘。这期已经发行了。这从另外一个角度说明:哈维已经离开有一段时间了。

图页下面是哈维那笨拙而短粗的字体:去找 DD。

她回到她的桌子,那条笔记在她的脑海中飘荡。

当她坐下来时,一个计划开始形成。"DD"当然是道格·德特默——"山猫"的画师。但哈维知道吗?没等德特默拿到脚本,他就已经去世了。卡莱尔告诉哈维画师的人选了吗?或者哈维去见道格·德特默还有其他原因？卡门瞥了一眼卡莱尔的办公室。他正靠在椅子上打电话，对着俯瞰第二十三街的大窗户比比画画：标准的下午例行公事。

她翻了翻桌子旁边文件柜里存放的自由职业员工的雇佣合同，终于找到了地址。她站起身，向卡莱尔做了一个手势——似乎是说我马上回来。他忙着打电话，没有多想，摆手示意她快去。这正中她的下怀。卡门拿起包离开了。

德特默的工作室在下东区，位于拉德洛街和利文顿街的交汇处，楼下有一家名为Iggy's的酒吧。相对于拐过一个街角的柏威里街那贫民窟一般的外观，这个地区按纽约市的标准算比较安静——是一个人与人之间关系紧密的移民社区。见卡门左顾右盼地打量门牌，四个孩子大睁双眼警惕地看着她。他们站在一栋破旧的大楼旁边，上面已经褪色的"利文顿酒店"招牌在暮光中闪烁。街上人流稀少；卡门看到有几个人在商店前浏览，但远算不上熙熙攘攘。出于不言自明的原因，卡门很少来这么靠南的地方——但此行感觉很重要，仿佛卡门的最后一根救命稻草。

道格·德特默是一个有污点的传奇人物：才华横溢，却口碑存在争议。酗酒成性，艺术大师，难以相处，天才，难缠，开创者。

每个和他打过交道的人都有一个战争故事，而这些故事随后又成了新的传说。据传他曾先后师从伯纳德·克里格斯坦、格雷厄姆·英戈斯和杰克·科尔等大师，然而每一段关系最终都不欢而散。因DC漫画中《超级英雄军团》而闻名的新星戴夫·科克拉姆曾短暂跟随德特默学习，但仅仅在几个月后就离开了。

卡门按下了字体潦草的"德特默工作室"标牌旁边的门铃按钮。她等了一会儿，正准备再按一次，突然听到"啪"的一声静电声。喇叭另一头的声音沙哑而镇静。

"在呢。"

"呃,你好,德特默先生吗?"

"哪位?"

"我是卡门·巴尔德斯,来自胜利漫画,"她说,"卡莱尔让我来找您。"

安静片刻。她听到了一声刺耳的咳痰声。

门开了,卡门走了进去。她注意到电梯上贴着粗糙的"停用"标志,于是走楼梯上去。暗淡而潮湿的台阶上散落着垃圾和灰尘。卡门试图把注意力放在目的地上,不去考虑那一阵阵窸窸窣窣的声音究竟是虫子、老鼠还是别的什么东西。她到了六楼,转动了门把手。门没锁。

她不确定自己预想中这个地方应该是什么样子,但显然与眼前不同。空间很大——随意摆放着画桌和椅子。这里感觉几乎和胜利漫画的办公室一样大,只是空无一人。满得快要溢出来的垃圾桶里装着瓶子。远端的墙边放着一张落满灰尘的褐色沙发,而就是在那里,她看到了这房间里唯一的生命迹象——一个高大瘦削的人躺在那里,双臂遮住了脸。这就是伟大的道格·德特默吧,她心想。

德特默是那种其他画师都津津乐道的艺术家。他太出色了,他的线条像亚历克斯·托思这样的大师——干净利落,曲线自然。他的构图充满活力,他对细节的注重令人着迷;而他在作画过程中会刻意回避使用多余的交叉影线或者没有必要的闲笔,令人更加印象深刻。

卡门小心翼翼地向前迈了一步。德特默动了一下。卡门心想,你刚把我放进来就昏迷不醒,这是有多难受啊?她以前接触过醉鬼：主要是她的父母。这就是为什么她对自己的饮酒量十分注意。她虽然不是医生，却明白酗酒的习惯至少部分来自遗传。她不想陷入那个深渊。

尽管几乎所有人都喜欢德特默那令人难忘的独特风格，尽管他作为画师和设计师的技能在过去二十年里只是名义上有所下降，但时间终究没有饶过道格·德特默。他与查尔顿、沃伦、质优和布尔沃克的合作已经结束，只有胜利漫画还愿意忍受他的废话。卡门怀疑，如果《传奇山猫》没有成为相比之下的热门作品，这份他硕果仅存的合作关系也将难以为继。

德特默的动作此时显得清醒多了，他坐起来，一只手滑过头秃秃的头顶。即使从远处看，他仍然显得憔悴邋遢。卡门向他走去。硬木地板上她的脚步声证实了他醉酒的大脑几分钟前无法意识到的事——工作室里还有其他人。

"德特默先生？"卡门慢慢地挥手问道，"是我——卡门。胜利漫画的。"

德特默站起身，像僵尸一样摇摇晃晃地朝她走来。她终于看清了他那张清瘦的脸，以及他身上穿着染了墨迹的白色Polo衫和皱巴巴的灰色牛仔裤。他没穿鞋，颤颤巍巍地戴上了一副单薄的眼镜。

她看了一眼他身后沙发旁边的小冰箱，还有放在窗台上的牙刷和杯子。看来这不仅是德特默经营工作室的地方，也是他的住所。如她所见，他是单打独斗。

"卡莱尔派你来的？"德特默声音嘶哑地问道。他现在离她只有几英尺远，摇摇晃晃。据卡门所知，他今年五十多岁，但看样子有七十多岁。

"是的，他想确认一下——"

"别跟我扯淡,甜心,我可不是昨天才出生的。"

卡门愣住了。

"他想确认下一期的情况。"她坚定地说。他的表情没有改变。

他发出了嘶哑而毫无幽默感的笑声。

"那期已经画完了。我几天前就寄出了——你们应该已经拿到了。"

卡门长长地叹了一口气。

"好吧,被你识破了,"她说,"我今天来不是奉了卡莱尔的命令。是我需要和你谈谈关于哈维·斯特恩的事。"

德特默只回了一声"哈",然后转身示意卡门跟着他走。她跟了上去。他带她进了工作室里唯一的一个房间——在她看来,那也是这里唯一定期打扫的地方。

和工作室里其他空空荡荡的地方不同,这间办公室非常整洁——墙上挂着镶在相框里的原创画作和各种奖项的证书,周围环绕着动画画面和图片。她意识到这是道格·德特默事业的圣地。卡门看到他为EC《恐惧的栖所》画的恐怖故事中的一页。德特默和EC漫画创始人比尔·盖恩斯的合影,照片上的二人无忧无虑地笑着,谁知短短几个月后他们共同建立的漫画帝国就开始土崩瓦解。还有一幅镜框装裱的他为《花花公子》创作的滑稽漫画和他参与绘制的《复仇者联盟》年刊中的几页。还有一些她不认识的失败卡通片的角色设定稿。这里就像一座陵墓,等待着法老去世。

"这太棒了。"卡门说着,靠近一幅山猫的原画。她喜欢这一页,从看到它的第一眼就喜欢上了。上面画的是女主角跳出公寓窗户、寻找记者西蒙·厄普顿,但她发现她的敌人虚空先生在镜子上用血写下的留言。卡门对德特默巧妙运用阴影,以及色彩潜移默化地影响页面情绪的手法感到惊叹。她看着这幅画,感到自己的眼睛湿润了。她又一次想起，这一页上有一部分是属于她的。她需要把它找回来。

"那是个好故事，"德特默说着，一屁股坐在办公椅上，"那个脚本……很不错，很特别。我接这活儿完全是冲着这个脚本。我差不多该退休了——要么就是被迫停业。但当卡莱尔打电话来说这件事时，我不得不答应。不过，这个本子读起来不像斯特恩的风格。"

卡门转过头看着他。

"你是什么意思？"

"我读过斯特恩以前的作品。算是……还不错，"德特默微微转过头，直面卡门好奇的目光，"不过也就那样。谁的能耐大小有时一眼就能看出来。他永远只能是一个合格的编剧、一个非常努力的好人，但也就不过如此了。每次我见他，他都会不停地说想要一起合作——想要来看我的工作室，说什么'谈谈工作'。他的态度让我高兴，但也给我一种绝望的感觉。因为人们喜欢他、想要帮助他，而不是因为他是什么冉冉升起的新星。但是这个什么山猫的脚本……感觉，嗯，怎么说呢。就像是……"

德特默还没说完，就剧烈地咳嗽起来。当咳嗽结束时，他似乎有些恍惚——他的思路被打乱了。

"你还好吧？"卡门问道。

他用胳膊擦了擦嘴。

"没事，我没事，"他说，"说说你找我什么事吧。我可没时间瞎聊。"

"我来之前你好像也没有多忙啊。"

"我有我的日程安排，我按照日程表安排我的工作。"德特默站起身，走近卡门。他的动作并没有威胁性，但她感到自己在狭小的办公空间里有些紧张。"那么,告诉我——你有何贵干?我知道哈维那个小伙子被杀了。但就像我说的,反正那个脚本也不是他写的——至少精华的部分不是他写的。你知道真正的作者是谁吗?"

"哦,我不知道,我的意思是……"她支吾着。她完全不认识这个人,但是向某人坦白——即使是面对这个怀才不遇的可怜人——是无法抗拒的诱惑。"我觉得那就是他写的。"

德特默摇了摇头。

"所以他骗了卡莱尔,是吗?那个狡猾的浑蛋从来都不像他自认为得那样聪明,"德特默说,"我倒很想跟斯特恩的那个帮手握握手,因为——你看见那个了吗?"他指着挂在墙上的山猫的画页,"那才是特别的东西,那种东西才配得上我这样的艺术家。"

德特默说完从她身边走过。卡门永远不会记得是什么驱使她这样做,或者为什么这样做,但即使在随后发生的悲剧之后,她也从未后悔。

她突兀地伸出右手。德特默盯着她的眼睛,脸上露出微笑。

他握住了她的手。他的皮肤感觉很冷很粗糙。卡门努力克制住想要抽回手的冲动。

"我就知道。"他说。

"我帮助他……我们一起完成的,"她说,身体颤抖,"你是唯一知道真相的人。"

德特默点了点头,疲惫的脸上透露出真实的共情——仿佛一个受伤的士兵打量着刚刚倒在战场上的战友。

"嗯,那就把这个问题解决吧。给卡莱尔打电话,"他说,"你需要参与进来。我想他们已经没有脚本可用了,是吧?"

卡门张了张嘴,想回答,但犹豫了。虽然德特默看似酒醉,但他仍然察觉到了。

"等等，他已经找到人了？"德特默问，"那个狡猾的家伙。他找的是谁？梅纳德？还是像伊莎贝拉这样的奇葩？"

卡门试图说话，但话语卡在了喉咙里。她摇了摇头。

"那是谁？"

"詹森——马克·詹森。"她轻声说。德特默的表情迅速从真心的好奇变成了近乎失控。

"詹森？那太荒谬了，"他说着，踱过卡门身边，向办公室门走去。"詹森？"

"是的，你认识他吗？"卡门问，"你见过他吗？"

"见过他？"德特默咆哮着，脸上露出狂乱的笑容，"你见过他吗？有人见过他吗？"

卡门试图回答，但德特默已经冲出门去，而且越走越快。

她跟着他。他在房间里来回踱步，手臂挥舞着，试图消化她带来的消息。在她反应过来之前，德特默已经从他的画桌上抓起了一堆铅笔和尺子，将它们扔到了房间另一边，发出撞击地面的声音。然后他抓起桌子一把掀翻，看着墨水和纸张相互碰撞，像枪击后的血液一样洒了一地。他踢着桌子，一遍又一遍喃喃咒骂着"詹森，该死的詹森"。

他突然停住了，似乎才想起房间里还有其他人。卡门看着他猛地转过身来，表情紧张而尴尬。

"你该走了，"他说，每个词似乎都很吃力，"我需要思考。想想下一步该怎么做……关于一切。好吗？"

卡门点了点头，小心翼翼地后退。

她想伸手，放在他的肩膀上，或者做些什么——但那个莫名咬牙切齿、痛恨一切的男人已经一溜烟地消失了。在他越发激烈的怒气中，她走向出口，尽可能轻声地关上了工作室的门。

走下楼梯时,她本以为自己应该感受到其他情绪:担忧、焦虑、恐惧;但实际上,她意识到自己感受到的是兴奋和宽慰。她终于与某人分享了真相。虽然这个人她几乎不认识,而且显然情绪不稳定;但他是她的同事——有人知道了。无论发生什么,这个消息会传出去的。

无论是走在回去的地铁上,还是走在从六号线的车站到她家的路上,卡门都尽情地享受着当下的一刻。打开房门的一瞬间她依然沉浸在欣喜当中,却突然感觉到似乎有人在暗中盯着自己。

第二十一章

住在纽约的这几年,卡门曾去过几次偌大的科莫多尔酒店[①],但从未像这样。在卡门看来,科莫多尔酒店很有"老纽约"的感觉,即使在这个城市居住时间不长的她其实并不理解这意味着什么。她不确定给她这种感觉的,究竟是与酒店同名的科尔内留斯·范德比尔特海军准将那尊生锈的古板塑像,还是遮蔽酒店入口处上方已经褪色的巨大遮阳棚。不管是什么,它都有些分量——就像一个更大的拼图中的一块,恰好嵌在中央车站的核心旁边。但是,这家酒店已经过了它的黄金时代,有传言说这座老旧的建筑正在亏损,很快就会被关闭。

一向宽敞明亮的大堂如今感觉狭窄拥挤,被桌子、箱子和游人占据了大部分空间。她不想走进大门,毕竟她不喜欢人多的地方。如果是值得一去的地方,她会鼓起勇气——比如一场精彩的音乐会或是舞蹈俱乐部。但她从未见过这样的情景。这些人不是来看摇滚歌星演唱会或政治集会的——他们为了漫画书而来。

"你们这行不是已经死了吗?"莫莉说着,拉着卡门的手臂往人群里扎。

[①] 原文为"Commodore Hotel",其中 commodore 字面意思是"海军准将"。

"我从来没说过这话。"卡门回答道。她的手臂和莫莉的手臂挽在一起，跟随着她的室友穿过人群。

卡门退了一步，抓起一本活动手册——封面是角色创造者杰克·柯比绘制的漫威经典角色、闪闪发光的太空英雄银影侠。

"那是谁？"莫莉问道。

"银影侠，"卡门说着，无法掩饰她声音中的轻蔑，"拜托，莫尔。"

"姑娘，你知道我不看你们那些穿紧身衣打架的破故事，"莫莉不屑地挥手说道，"我来是因为你需要一个伴。于是我就来了——作为你的同伴。"

卡门戳了一下她的肩膀。莫莉假装疼痛，然后笑了起来。

哈维曾经向卡门介绍过漫画艺术博览会——这场纽约最传奇的漫展由当地的一位教师菲尔·苏林主持，并且规模每年都在扩大。漫画爱好者在此聚集，与从事漫画销售的同好见面，与他们喜爱的作品背后的创作者互动。进入会场没多久，卡门已经发现了不少大人物——比如长期任职于漫威的编辑和编剧伦·温，还有他身边沼泽怪物的画家伯尼·赖特森。在粉丝圈名声大噪、部分作品在展会现场发放的年轻DC助理编辑保罗·列维茨。作品颇丰的漫威编剧罗伊·托马斯。以及"国王"本人——杰克·柯比。她知道柯比会来——他被安排与杰克·吉布森一起参加座谈会，后者是通俗漫画英雄"暗影"的创作者。他们都是大会的荣誉嘉宾；但能一睹这位活着的传奇的风采，让这一切变得更加真实。

卡门看了看手表。距离座谈会还有几个小时，只要能找到路，她还有时间到处逛逛。这个区域是一片桌子的海洋，很多经销商会把旧漫画摆在这里。一个全新的市场正在诞生，卡门心想。当她还是个孩子时，要么漫画一出版就买入，要么就彻底错过了——根本没有机会搜索过刊。也许你运气好，可以找朋友或玩伴交换过刊，但就像报摊上的其他东西一样，一期漫画的生命寿命总是有限的。错过了就是损失。但卡门此次来也是为了追星，而她此时已经瞥见了一些漫画明星的风采，比如带有浓郁宇宙色彩的角色"术士"的编剧兼画师吉姆·斯塔林。

她在会场远端角落的一张小桌子前停下，桌子后面坐着两个看上去不到十六岁的孩子。他们的桌子上堆满了标记清晰的盒子。卡门在一个盒子里随意翻找着——发现了许多她留在迈阿密的漫画，为了得到这些漫画她甚至愿意去杀人。行星吞噬者在《神奇四侠》中的首次登场，斯坦·李和史蒂夫·迪特科的史诗巨作《超凡蜘蛛侠》"主谋传奇"第一期，美国正义联盟在《蝙蝠侠：英勇与无畏》中的首秀，以及闪电小子在《闪电侠》中的初次亮相。这些孩子怎么知道在哪里找到这些漫画的？她想。

"需要帮忙吗？"一个男孩问道。

"哦，不，我只是随便看看。"卡门说，但她停下了。她心想，自己毕竟是一名专业人士。她伸出手。"我叫卡门。我在胜利漫画工作。"

两个孩子似乎印象非常深刻。尽管卡门感到莫莉在身后用膝盖顶她的腿逗她，但仍努力保持严肃。

"哇，很高兴认识您，女士，"年龄大一点的男孩伸出手来握手，他的棕色发梢在头上飞舞着。"我叫格雷格。这是我的朋友乔伊。我们住在长岛，但只要菲尔给我们一个桌子，我们就会来参展。"

"很高兴认识你们。"卡门说。

"那你在胜利漫画做什么？"乔伊问道，他尖尖的脸上露出了好奇和渴望的表情，"你认识杰弗里·卡莱尔吗？"

"当然。我是……他的一名编剧。"卡门说。

"哦，太棒了，"格雷格说，声音里带着一丝怀疑，"你写过什么？可以问吗？我的意思是，胜利漫画所有的作品我都买过，我不记得有女编剧。"

卡门皱了皱眉头。她刚才说得有点过头，现在反受其害。

她收回手，点了点头。

"很高兴认识你们。"她说。

男孩们似乎很困惑，但出于礼貌没说什么。他们欢快地挥手目送卡门离开，莫莉跟在她身后。

"那是怎么回事？"

"我不知道，我觉得那样说没什么问题。"

满脸好奇的莫莉突然被什么东西吸引了注意力，看向了卡门的背后。

"嘿，我看那边站着的是你那个吓人的老板吧？"莫莉指着会场另一头，"正和一个看起来像酒鬼的家伙聊天？"

卡门随着莫莉的手臂转过身去。没错。卡莱尔在会场的另一个角落里，看起来兴高采烈，一手拿着一杯朗姆可乐，另一只手举着，好像他正在指挥纽约爱乐乐团。另一个人抬头看着他——卡门花了一会儿才意识到他是谁，因为上次她见到他时，她极力避免与他的红眼对视。

史蒂文森，卡莱尔的酒友。

这时卡莱尔好像感觉到了她的目光，转过身来，开心的表情突然变得严肃又尴尬。他示意她过来。史蒂文森的微笑变成了一副冷嘲热讽的表情。卡门点了点头。

"我得去排练了，"莫莉说着，目送卡门走向那两个男人，"你没问题吧？"

"嗯，没问题，"卡门用一种假装阳光的声音回答道，"待会儿再见。"

她真的不想跟杰弗里·卡莱尔或他的走狗史蒂文森说话。虽然这个会议与工作有关，但感觉像是她个人的冒险：她不喜欢把这两个世界混在一起。但或许她现在需要这样做。

她走到卡莱尔和史蒂文森面前时，两个男人又开始了愉快的谈话。二人转过来面对她之前卡莱尔说的最后一段话被她听到了。

"……然后那个女孩告诉我，'不，先生，这不仅仅是漫画中的形象，也成了成人明星。'"卡莱尔憋着笑说，"我问她，'好吧，小姐，你是指不是儿童的演员吗？'然后——丹，说真的，我告诉你，她看着我就像我长了第三只眼睛一样。然后这个女人说，'不，先生，我是指色情明星。这个派对是一个色情和漫画的派对。'"

史蒂文森笑了，他的笑声像打嗝一样富有韵律，笑得全身颤抖，在卡门看来，仿佛一只肥胖的啄木鸟。

她的老板举起手，仿佛想说"请等一分钟"，然后继续讲话。

"那场派对真是疯狂，丹，完全疯狂。然后我转头看到了格里·康威，他看着我好像世界都颠倒了，"卡莱尔每说一个词就咯咯笑一声，"我跟你说——"

"嘿，老板，"卡门厌倦了沉默地站着，"你好吗？"

"啊，卡门，你好啊。你认识丹·史蒂文森吧？"卡莱尔引荐他的朋友说，而后者似乎微微蜷起了身子。"他在很多地方都编辑过漫画。我们认识有一段时间了。"

"是的，我认识史蒂文森先生，"卡门冷静地说，"事实上，我们不久前还交谈过。"

史蒂文森避开了卡门的目光，但卡莱尔立刻注意到了。在他们共事的短暂时间里,他们已经熟悉了彼此的习惯和情绪。他能感觉到她很生气。

"是吗?"卡莱尔问着,向史蒂文森斜眼瞥了一眼,"你们谈了些什么?"

卡门知道自己本可以就此打住。可以在这里刹车,让日子变得轻松一些。但她不是那种人。

"那天史蒂文森先生来办公室找你,老板,"卡门说着,略微挑起一只眉毛,"他看起来——嗯,就像现在这样——喝醉了。但当时他显然比现在更生气,他似乎不接受你不在公司。"

史蒂文森挺直肩膀,终于面对着卡门,脸上扭曲成一副卡门永远不会忘记的痛苦表情。

"这样说就不公平了,这位年轻的小姐,"他说着,声音听起来空洞而沙哑,"我们确实有点分歧,我——"

"我们没有分歧。我的老板不在,你却不肯离开。所以我威胁要打电话——"

卡莱尔挥舞着胳膊,像裁判分开两个不肯放手的拳击手。

"够了,好吗?够了。"他说着,试图保持轻松愉快的声音,但显然很沮丧。"卡门,你来这里干什么?想跳槽吗?"

卡门拼命克制自己不要翻白眼。

"只是享受我们这个疯狂的行业,"她说,"趁着它还健在。"

"那是肯定的,"史蒂文森咕哝着,"漫画正在死去。这些人现在制作的东西——不过是些废话连篇的垃圾。你知道吗?你不能把通俗小说变成文学。只要做你自己,接受你的位置,好吗?"

卡门看着这个邋遢的家伙,感觉毛骨悚然。

"祝你愉快。"她说完就离开了。两个男人轻声嘀咕了几句,她没有再试图弄明白他们在说些什么。

她漫步在主通道上，两边是桌子和色彩缤纷的展示品，但卡门觉得这一切都模糊成了一团。无论她曾多么希望在这里找到灵感——在漫画书的粉丝、读者、编剧和画师当中——那份灵感已经荡然无存。她仍然感觉自己是个外人。她热爱这种媒介，想与其他才华横溢的人一同创造，却仍然无法踏入大门。尽管她对山猫这个她与哈维共同创作的角色视若珍宝，但她无权对山猫提出任何主张。除了德特默，没有人知道真相，卡门也不知道是否有人会相信她。卡莱尔会相信她吗？现在的漫画行业会相信她吗？

她感觉到有人从身边经过，肩膀撞到了她的肩膀。卡门转身看去。

"哦，嘿。"那个女人说。她看起来眼熟，长长的红发勾勒出一张天生丽质的脸庞。"你好啊？"

卡门看了一会儿才认出她。原来是玛丽昂·普莱斯——哈维的老朋友，卡门在排球比赛上认识的那个女人。

这次会面让卡门出乎意料地感到宽慰，不过心里却十分受用。看到一个友善的面孔，见到一个她至少曾经与之交谈过的人，缓解了她与史蒂文森之间尴尬交流后的紧张，让她感到安定下来。

"哦，嗨，嘿，"卡门挤出一个微笑说，"见到你很高兴。"

"我是玛丽昂，"她拍了拍卡门的胳膊，"卡门，对吧？哈维的朋友？"

卡门点了点头。哈维这个名字的意外出现让她吃了一惊。

"嘿，你还好吧？"玛丽昂问道，"我知道哈维也是你的朋友，对吧？"

"是的……"卡门没有继续说下去，而是放眼环视了一圈在场的漫画迷、从业者以及相关人员。她感到与眼前的这一片繁华格格不入。她能找到归属感吗？她还有机会跟别人谈论自己的作品吗？

她感到有人在拉她的手臂，转过身去看到是玛丽昂正拽着她走。

"嘿，等一下——"

"放心吧，跟我来，"玛丽昂说着，满脸打趣的表情，"你要离开这里。我要喝点东西。能找到什么事让我们都满意吗？"

卡门任由玛丽昂拽着自己离开了科莫多尔酒店——离开了她极度渴望接近但仍然感觉与之相距甚远的这个花花世界。她们走出大门的一瞬，纽约混浊的空气迎面扑来。玛丽昂带着狡黠的微笑，领着卡门沿街往前走。二人目光相遇，卡门感到她们之间产生了电荷——就是那道把比利·巴特森变成惊奇队长的闪电。卡门望着徐徐关闭的酒店大门，想着自己这样离开会错过什么——那些她本可以与之发生联系的名字和面孔。但随着她离这座破败的酒店越来越远，所有这些担忧似乎逐渐烟消云散。

第二十二章

她们没走多远。

玛丽昂径直穿过街道,来到了一个破旧而褪色的"酒吧"标牌前。在卡门看来,那块牌子既是"脏乱差"的证明,却又让人觉得"完美"。

她们走进了昏暗的无名酒吧,一股凉爽的气流扑面而来,说明午间时段客人不多。中央车站的喧闹已经消失,被她们周围隐蔽的昏暗气泡隔绝在外。经过主吧台往里走,有很多空荡的方桌,她们找了一张在凳子上落座,服务员冲她们点了点头。卡门不确定,但听起来她和玛丽昂走到脏兮兮的座位和吧台时都叹了口气。看来她们都迫不及待地想逃离那个会场,即使她们自己还没有意识到。

"今天忙吗?"卡门试图打破沉默。她意识到自己并不了解面前的这个女人——哈维是她们之间唯一的脆弱联系。

"哦,还好,"玛丽昂说着,在她的小手包里翻找着,"我尽职尽责,跟路易丝一起在沃伦的展位守了一个小时。然后吉姆放我们自由了。让我去'交流交流';于是我'交流'了五分钟,然后就碰到了你。"

她抬起头,冲着卡门微微一笑。

"你出现得正是时候。"

"我也觉得。"卡门说着,试图保持语气轻松。在她感到需要再说些什么之前,玛丽昂已经朝吧台走去。

"你喝威士忌吗?"

"一杯啤酒就好。"卡门说。

玛丽昂对此嗤之以鼻。

"拜托,我请客——这里没有臭男人。我们在这里不必假装成他们,"她说着,指了指这个空荡荡的酒吧,"这里只有我们两个女硬汉。"

卡门笑了,笑声里充满了释然。玛丽昂说得对。这不是展会的延续,也不是她们的日常工作。她不认识这个女人,但重要的是,她和卡门之间的共同点比她在科莫多尔酒店认识的大多数人都多。

"红方加冰,如果他们有的话。"

玛丽昂摇摇头。

"那不行。"她说着,走到吧台,背靠着长长的、破旧的木制镶板。"不喝黑牌我们就走人。"

卡门点头笑了笑。

"你说了算。"

卡门看着玛丽昂点了酒——她的姿态轻松自如,无忧无虑,没有压力。卡门感到了一丝嫉妒。她以自己的冷静和高傲为荣,必要时可以与人保持距离;但这也是一种防御机制,一项在多年隔绝外物的过程中学到的技能。如果她不表达自己的感受,她就不必考虑它。更好的是——没有人会问。

玛丽昂回来了,将卡门的那杯酒推到她面前。她抿了一口,感受着液体温暖了她的口腔和喉咙。感觉很好,她正好需要这个,需要从过去几个月中一直纠缠她的各种感受和想法中解脱出来。山猫、哈维、她的工作、凯瑟琳、她的爸爸——一波未平，一波又起，反正总是不消停。能与一位迷人的女人一起小酌，让人心旷神怡——哪怕只有片刻也好。她感觉自己的灵魂终于暂时摆脱了皮囊的牵绊。

"是不是好一些？"

玛丽昂的问题让卡门从思绪中抽离，回到了现实。

"什么？"

"黑牌。"玛丽昂说着，对卡门投以疑惑的眼神。

"哦，是的——好多了，"卡门说着，又喝了一口，"口感更饱满，我猜。是这么说的吗？"

"哦，我不知道，我不是威士忌行家。文学、漫画、音乐，这是我引以为豪的领域。"玛丽昂说着，低头看着自己的杯子，"但是说起品酒？你给我什么我就喝什么。不过如果是我买单，我会选烈酒。可惜在纽约，只靠漫画公司的工资喝不了几杯。"

"你不是本地人吧？"

"不，我在旧金山出生，"玛丽昂说，"几年前我来到这里，在布尔沃克公司工作。我不能说我后悔了，但这两个地方显然不同。"

"你的意思是？"

玛丽昂仰靠在椅背上，仿佛想要好好打量卡门。

"我不是主流漫画迷，我猜这让我听起来像是个势利小人，但我真的不在乎，"她笑着说，"我靠编杂志起家，以及围绕一些实实在在的东西写文章、画漫画，比如来月经啊、约会啊，真实世界的东西，明白吧？可能有点像穷人版的崔纳·罗宾斯？[①] 她是我

[①] 崔纳·罗宾斯（Trina Robbins, 1938— ），美国漫画家、作家、历史学家，是一位推动漫画行业深刻变革的女性主义者。

非常敬佩的人。但我写的和画的都是真实的事——发生在活生生的人身上的事，我一起床就会想到的事。而不是关于男性青春期的幻想——不谙世事的男人们穿着紧身内衣互相拳打脚踢。我从来不喜欢那种书。现在还是不喜欢。至少在沃伦，我们不会出很多超级英雄的漫画。"

卡门耸了耸肩。她以前听过这种话。虽然表达的方式跟玛丽昂不一样，但殊途同归——就是有人看不起漫画，尤其是超级英雄漫画。他们认为漫画会侵蚀你的大脑，或者浪费你的时间；但对于卡门来说，情况恰恰相反。她靠阿奇·安德鲁斯以及贝蒂与维罗妮卡学会读英语，十岁左右时开始欣赏斯坦·李那歌剧般的《银影侠》的文学抱负，高中时则为《闪电侠》中宇宙跑步机以假乱真的科学想象而惊叹。漫画深入她的血液，她不想有任何改变。

"我冒犯到你了吗？"玛丽昂问。

"不，那是你的看法，"卡门说着，一根手指在玻璃杯的边缘轻轻地划动，"我只是跟你有不同的看法。在我看来，这取决于你如何使用这种媒介——"

"'媒介'？看你说的，"玛丽昂生硬地笑着，"这是漫画，姑娘。人们制作漫画就像做比萨一样。你认为有人试图创造高雅艺术吗？那些真正有艺术追求的人只是暂时在漫画行业韬光养晦，等待时机。"

卡门愤然反驳。

"我认为，漫画并不都是垃圾。你可以看看《化身侠》，或者哈维在传奇山猫这个项目中做的工作……"

提到哈维，两个人都僵住了。在漫展上提到他的名字之后，两个人似乎都尽量避免提到他，以免让她们之间刚刚建立起来的友谊因此受到诅咒。但现在，这个话题再次被提起。

"他在传奇山猫中做的工作怎么了?"玛丽昂问道,直视着卡门,脸上现出期待的神色。

卡门喝了一大口酒,逐渐兴奋,头脑少见地激动了起来。

"在他……在他,呃,去世之前,你曾警告过我,"卡门说,"就是排球赛的时候。你那时是什么意思?"

玛丽昂转过头去,沉默了一会儿,然后又转回来,与卡门对视。

"我想我确实警告过你。听着,我喜欢你,"她说着,伸出手,放在卡门的手臂上。那种感觉温暖而熟悉。"所以我不会糊弄你。但我也不必告诉你我所有的秘密。"

玛丽昂挺直了身体,卡门一度以为她这就要离开,但玛丽昂却把手伸进了她的手提包,拿出一盒百乐门。她把烟盒递给卡门,卡门拿了一根。

玛丽昂点燃手里的烟,将它递给卡门。卡门用点着的烟给自己嘴里那根点火。谈话的暂停有所帮助。卡门感到更加自在了,烟也起了作用。

"不只是哈维,"玛丽昂说着,向卡门吐出一团烟雾,"你明白吗?"

卡门没有动,也没有说话。事实是,她不明白。无论是她这句话的意思,还是她所指为何事。

玛丽昂挥手叫酒保上酒。他点点头,转到吧台后。仿佛转瞬之间,她们的空杯子就被换走了。卡门的头有点晕。她酒量还行,但一般也仅限于几杯啤酒或者一点红酒,还得慢慢喝。她不是那种能在酒吧里喝个没完的海量之人。玛丽昂就像是一只趴在毛毯上的猫——舒适,困倦而饥饿。

"你还单身,对吧?没有固定男友?"玛丽昂问道,眯着眼睛看着卡门,仿佛在试图看透她,"在胜利漫画工作一定不容易吧。"

"大概跟你差不多,"卡门敷衍地说道——她忍不住有些咬牙切齿,"对吧?"

玛丽昂点了点头。

"沃伦的大多数男人都知道不要靠近我,"她带着狡猾的微笑说,"我会咬人的。"

卡门等了一会儿才开口。

"我不确定你想问我什么。"她说。自动唱机正在播放令人恼火的音乐——麦卡特尼的《乐团上路》,吉他声分散了她的注意力。

"我什么也不想问,亲爱的,"玛丽昂说,"我只是说,对你来说一定很难。一个有吸引力的、聪明而独立的女人,被迫与一群精虫上脑、以为任何东西都应该轻而易举得到的男人共事。这不就是杰弗里·卡莱尔的缩影吗?"

"我知道如何应付,"卡门对自己点了点头,"你要早点揭露他们的行为,然后他们就会学乖,学会离你远一点。"

"对,可然后你就成了'冷酷的婊子'或者'自大的荡妇',"玛丽昂说,"甚至更糟。你会因为不想和同事们一起玩或者约会而被排挤。真是烦人。我每天至少后悔一次搬到这里——通常是在和公司里某个讨厌的人同乘电梯之后。"

"那你为什么搬到这里?"

"我在西部时做了很多酷炫的事——我所在的团体做出了很多极富创意的好漫画,"玛丽昂说着,喝完酒后略微皱了皱眉头,"但是我没有赚到任何钱。我当时和一个男人住在一起,那时候我觉得……怎么说呢,我觉得是时候离开了。我酗酒、大量吸食大麻,只是为了让自己麻木。但那不是真正的我。我喜欢忙碌,喜欢创造。几年前我在纽约遇到了哈维,他上气不接下气地打电话给我——他经常那样——唉，应该说是从前经常那样。他说布尔沃克漫画需要一名编辑，而我会成为他的上司。想象一下如果你的老板是你招来的，那将是多么神奇的事啊？我从来没有想过我会制作人们真正会阅读的漫画，更不用说像他们那样冲着梵蓓娜[①]流口水了。但我想做点别的。"

卡门对玛丽昂口中的哈维太熟悉不过了。她的思绪回到了那个醉醺醺的男人出现在她门口的时刻，他的眼神狂野，其中闪过的想法后来将融入山猫的创作当中。那只是他的本性，还是他为了得到自己想要的东西而故意表现出来的？

"在布尔沃克工作是什么感觉？"

"一团糟，完全的灾难。"玛丽昂说着，又点了一轮酒。

她们已经喝到第三轮了？还是第四轮？卡门已经记不清了。酒吧里播放的音乐也与刚才不同。有几个人走了进来。她不确定现在是几点。她觉得自己的舌头又粗又重。她想起身去洗手间，但这个想法似乎太累人了。

"那个地方的老板十分不靠谱，"玛丽昂说，"他把所有积蓄都用来开出版公司。在那之前，他在很多地方担任过编辑，他经营过一个包装公司——不过那是很久很久之前的事了，那时，漫画公司外包还会找艾斯纳工作室这样的地方。他们拿到报酬，然后必须生产一定数量的页面，然后交给国家印刷或者时代印刷。这是当时的流程，直到出版商砍掉了中间商环节。他四处跳槽做编辑期间，他的品位引起了大家的广泛质疑，于是他被弃用。他认识各种自由职业者，知道如何制作漫画，但没有人再买他的作品，也没有人想和他打交道。所以他决定自己包装、印刷和销售。除

[①] 梵蓓娜（Vampirella），同名漫画作品的主人公，是一个穿着暴露、身材性感的吸血鬼美人。

了没有人教他如何经营一家公司，或者做他没有第一手经验的事。所以，我去的时候以为只需要我解决一个小问题——结果我发现我要拯救的是一艘潜艇，而我手里只有一个漏水的桶和几张餐巾纸。"

她在桌子上熄灭了烟。卡门瞥见酒吧招待沮丧地摇头，然后玛丽昂继续说道："真是奇怪。我的意思是，那会儿的本子都是编辑们写的，不是因为我们很厉害，而是因为我们需要钱，"她说，"我们会创造出这些名字，这些笔名，然后用它们写作，但支票当然还是归我们自己。哈维也知道这一点，他在我正式上班之前就教会了我这个。虽然这看起来不太靠谱，但我也需要钱。即使你只背着一个小背包、带着几美元就来了，但从加州搬到纽约也是很贵的。没干几天，我就知道这个地方要完蛋了，所以它成了我换工作的跳板和房租来源。"

玛丽昂的话让卡门懒散的神经突然精神了起来。她的眼皮眨了几下。

"哈维做了什么？"卡门问道。她想知道更多，想问一个更有思考的问题，却不知道应该怎么措辞。这种简单的言辞效果毕竟有限。她想喝水，想回家。

"哈维？"玛丽昂问道，"他和其他人一样被卷入其中。他想干一番自己的事业。他知道这艘船正在下沉，正因为这个我们才像疯了一样交脚本。"

卡门感觉自己睁大了眼睛，仿佛看到一片片线索浮在眼前——就像一张巨大的世界地图上，自由漂浮的各大陆板块正在逐渐靠近，组成别的什么东西——一幅更大的画面。

"卡门？"

她抬起头。玛丽昂面露关切。她的手再次放在卡门的手臂上。

只是这一次抓得更紧了。

"你还好吗,孩子?"

"对不起,我刚才可能走神了。"

"你需要再喝一杯。"

"不,不,我不需要。"卡门说。她感到头晕眼花。她得走了。但她还有一个问题。是什么来着?"我有——"

"你住哪里?我送你回家。你喝醉了。"

"不,等等,后来又发生了什么?"

"什么发生了什么?"

"布尔沃克,"卡门说,她的声音听上去嘶哑而迟钝,好像嘴里塞了一大堆纱布,"后来怎么样了?"

"倒闭了,它没等到任何一个脚本——或者任何一个想法——印出来。"玛丽昂说,好像这件事世人皆知。"我们事先都不知道。有一天,突然就关门了。"

"哈维怎么样了?"

玛丽昂扬起一只眉毛。

"哈维,哈维,又是哈维,"她说,"我知道你也想念他。但那时他已经离开很久了。他在公司倒闭前几周就被解雇了。我永远无法从他那里得到一个明确答案。"

卡门没有回答。她把一只脚放在地上,试图让自己保持平衡,让酒吧停止旋转。她们喝了多少轮了?

"别提他了——你怎么样?"玛丽昂说,她似乎没有看到卡门晕头转向的神情。也许她也喝醉了?"他显然对你有意思。"

"谁?"卡门问道。她的注意力只能放在玛丽昂身上片刻,否则立马就会失去平衡。"哈维?"

"是啊,不过,他一心专注于事业——要在漫画界有所成就——竟然还有时间陪别人，真的让我非常惊讶。"玛丽昂看着自己的腿说，"他总是在寻找往上爬的机会，你知道吗？爬上那个阶梯，得到那个机会。我不忍心告诉他根本没有什么机会。漫画就是条死胡同。"

卡门看着玛丽昂的表情变化，从豪饮威士忌的欢快、自在，变得忧心忡忡、满眼悲伤。仿佛就在她的眼前变形。

"我得走了。"卡门说着，摇摇晃晃地起身离席。她把手伸进手提包里，在桌子上拍了几张钞票，然后向出口走去。玛丽昂抓住了她的手臂。

"别走，"她说，"我们才刚来。"

卡门闻到了她呼出的酒气，混合着她浓烈的香水味道。卡门看到了玛丽昂眼睛里疲惫的神情——一种失落的神情。仿佛她曾经经历过许多这样的夜晚：原本充满无限可能，最终却只落得在差劲的酒吧里独自浇愁。

玛丽昂凑了过来。卡门及时转过脸。

"我得走了，"卡门再次说着，向后退了一步，精神稍感振作——至少暂时如此，"再见。"

她没有回头，也没听到玛丽昂希望她留下再喝一轮的简短请求。

卡门走出酒吧，感觉傍晚清新的空气仿佛正在嘲笑她。她甚至预感玛丽昂会跟着出来，强行挽留她。想到这里，卡门加快了脚步，肚子里的威士忌不停翻涌，周围看不清的建筑和人流嗖嗖地从她身旁掠过，她只能靠着直觉闪转腾挪。

玛丽昂曾想要亲吻自己。卡门对这一点心知肚明。曾经想要感受到她的嘴唇，回忆起那些轻松平和的时光——至少比现在轻松得多。回忆起她与凯瑟琳在迈阿密酒吧漆黑的卡座里十指相扣、贴唇热吻，以为无人注意、实则是全场焦点的日子。甚至还有陪伴她们度过在一起的最后那段混乱时光的一间间廉价而简陋的机场酒店客房。

卡门踉跄着走下六号地铁站的台阶，一只手划过肮脏的墙壁，以保持身体的平衡。她摇了摇头，甩开脑海中过往的一幕幕。她感到一股能量在身体里涌动——一股她在迈阿密时为了避免痛苦而一直压抑、无视的欲望。愤怒：这种能量感觉很好，强大有力。仿佛她在沙堆中翻捡筛选，最终找到了一件坚实可靠之物。只不过，这种感觉是有代价的。

昔日的刺痛至今记忆犹新。

"你不知道这是什么感觉，好吗？"凯瑟琳坐在她破旧的车里说道。她双手紧握着方向盘，刚刚在争吵中流泪的双眼通红。"我不能随便做我想做的事，好吗？我没办法跟你一起吃晚饭，也没办法你想什么时候玩我就陪你玩，好吗？我有要尽的义务。我有家庭。"

家庭。

卡门记得，那一刻她痛恨自己。她痛恨自己的胃翻腾搅动，她的身体终于意识到了她的大脑几周前就已经得出的结论。

问题不仅仅在于凯瑟琳是有夫之妇——卡门知道这一点——问题不仅仅在于尼克占据了卡门无法涉足的位置。尤其是对于婚外恋情而言，这些不正当的邂逅再正常不过。不，还有别的事，还有别的人：是一个孩子，她有一个孩子。

地铁的呼啸声似乎把卡门从回忆中惊醒，她的脚像自动驾驶一样在车站里移动着，她的思维被长久以来埋藏的记忆麻痹。

卡门跌跌撞撞地走进了地铁车厢。她感觉到肩膀碰到一个高个子男人，对方低声嘟囔着什么难听的话。一声熟悉的叮咚声响起,车门在她身后关闭了。卡门瘫坐在座位上。她不想坐得太舒服,想要尽量保持清醒。她必须回家。

她向后仰,头触碰着椅背,响起了熟悉的咚咚声——又一段记忆浮现在脑海。卡门希望永远消灭掉的另一部分。但这一次,那声音并未停止——她又陷入其中。

咚。

咚。

咚。

拍击声,凯瑟琳的拳头一次次砸在仪表板上的声音。车随着每一次击打而颤抖。她脸上的表情——纯粹的愤怒、愤怒和仇恨的眼泪,那刚刚被吻花了的妆容给她疯狂的表情增添了一丝小丑般的光泽。

"你有孩子?"

这个问题终于问出来了。本该早点问出来,但现在卡门感到不好意思,为自己的问题、为打破她们之间本来非常愉快的夜晚而感到羞愧。经过了那么多尴尬而生硬的幽会之后,她们终于度过了愉快的一晚,至少比凡尔赛餐厅那顿不欢而散的晚餐要好。卡门本以为她们的关系正在修复,但这一切都烟消云散了。只留下凯瑟琳的拳头砸在仪表板上:咚咚咚。

"你这个贱人,你他妈的贱人,"她说,既是在对卡门说,也是在对自己说,"你怎么能问我这个问题?你怎么能让我做选择?"

一切似乎都在那晚串联到了一起。那个卡门打不到车、只得步行回家的夜晚。那个卡门无论说什么凯瑟琳都不听、只得下车的夜晚。卡门在凯瑟琳手提包里翻找烟时发现的奇怪药丸。无论卡门喝得多快,凯瑟琳总是领先她两杯。每次她们外出时那些匆匆的电话——无论是在餐厅还是酒吧的付费电话。

"我在路上……是的,我知道这对你来说是什么感觉……不,不。你知道我不想那样……不要那样。不要让他接电话……拜托,尼克。不是那样的。我必须工作。"

咚咚咚。

"为什么?"凯瑟琳哭喊着,闭着眼睛,额头贴在方向盘上。她的手指关节发红,无力地放在膝盖上。"你为什么不能就顺其自然呢?这还不够吗?你想干吗就干吗,想见谁就见谁,这样还不够吗?"

照这话的意思,不是凯瑟琳在背叛她的丈夫,而是卡门对凯瑟琳不忠。任何理智的人听到这话都会冷嘲热讽地大笑起来。但对正处于扭曲偏执状态中,由伯德路从科勒尔盖布尔走向韦斯切斯特的卡门来说,这话足以让她崩溃。这证明了她们之间的鸿沟远远超过她的想象。可能大到无法跨越。

也正是因为这个原因,她崩溃了。她记得自己俯下身子,胆汁和呕吐物从她嘴里喷涌出来,洒在路边。灼热的液体拍打着混凝土,在她脚边溅出斑点。

她没有喝醉,却感到恶心。她左右为难。卡门意识到,这不是她期待自己成为的样子。我们越是随波逐流,就越会给自己找借口。越找借口,就越是迷失自我。

她的视线重新聚焦。她并非头昏脑涨地在迈阿密游荡。她此时在纽约——烂醉如泥。她用手心揉了揉眼睛,强撑着向前走。远离过去。过去这招一直管用,为什么现在不行了呢?

卡门摸索着找钥匙,却听到它们掉在脚边,在她纽约公寓的门厅地板上发出叮当声。她做到了,她总能做到,她想。她能照顾好自己,无论别人说什么,无论她伤害了谁。她是个幸存者。她不需要帮助。

她把钥匙插进锁孔里，回想起那晚自己站在迈阿密家门外，手也放在同样的位置，泪流满面，双脚酸痛、磨起了水泡，她的全身因激烈的愤怒、羞耻和爱情而颤抖。

她知道母亲就在门的另一边。她知道自己可以一五一十地向母亲倾诉，将前因后果和盘托出。她也知道，一切都将变得不同。就像悬念故事的最后一页——红骷髅，纳粹战犯、美国队长的宿敌，手持几乎全能的宇宙魔方，与那位爱国英雄互换了身份。我们的英雄被困在宿敌体内，如何才能获胜？

卡门走进公寓大门的那一刻，看到了那个身影。这一切似乎都太完美了。仿佛过去与现在密谋策划了一场如此强大的、令人陶醉的事件，即使是卡门也无法抵抗。当卡门走近，那个身影转过身来面对她。羞涩、犹豫、美丽、鲜活，就像卡门用意念把她带到了纽约，让她远离迈阿密和一切的过往。

凯瑟琳注意到卡门向她走近，她的脸上浮现出了笑容——取代了那似乎已经刻入她形象的恐惧和焦虑。

"我离开他了，卡门。"她低声说着，越说声音越轻。卡门伸出双臂，环抱住她。

然后卡门吻了她，感觉就好像什么都没有改变，仿佛她们理想化的版本——她们都憧憬幻想并试图创造出来的一对——又回来了。这感觉很自然、很好，令人安心，将这座城市的恶臭以及卡门的恐惧和遗憾一扫而光。只剩下这个女人，这个她曾经憎恨、害怕并时而爱着的女人，就像神的礼物、一个误入凡尘的仙女等待着她。

卡门仰起头，仔细看着凯瑟琳，她的手指轻轻地沿着卡门的脸颊滑动，好像要确认这一切不是梦境，这一切都是真实发生的。

"我离开他了。"凯瑟琳说。

第二十三章

卡莱尔低沉嘶哑的吼声穿透了紧闭的办公室门。

"卡门？卡门？请进来。"

每个音节似乎都对应着卡门头部的阵痛，即使已上班几个小时，那久久不散的剧烈宿醉仍像粘在鞋底上的泡泡糖一样纠缠着她。她不习惯这种感觉。平时，她对自己的身体拥有完全的掌握。喝上几杯，回家，喝点水，早早上床睡觉：她掌控着自己生活的节奏。这种喝醉后跌跌撞撞地回家，然后抱着前任一头扎到床上的生活，是她绝对不适应的。这无疑是个错误。到底有多糟糕还有待确定。

卡门长叹一声，起身朝卡莱尔的办公室走去。

他站在门口，左手握着门把手，脸色越来越红。

看来情况非常糟糕。他甚至没办法坐着等她走进办公室。

"出什么事了吗，老板？"卡门问道。她刚一走进去，办公室的门就关上了。

他没有回答，默默走到桌子后面，双拳紧握。

"他不干了。"

卡门刚想接话，卡莱尔就先开了口。

"那个自大的失败者德特默，他不干了。完全没有任何预兆，也没有任何理由,一句解释也没有。他估计今天早上一开门就来了,当时我还没到,他放下最后一期就走了。"卡莱尔说着,指向一摞德特默刚完成的山猫画稿。卡门抑制住了多看几眼的冲动——她会找时间专门欣赏他的绘画技巧。"他还厚颜无耻地附了一张便条——'我不干了'。就这样。没有别的,连句'感谢您给我这个机会'都没有,一句客气话都没有。我就得到这么几个字,你看到了吗?这就是我这么多年来支持那个懒散酒鬼得到的回报。没人愿意理他的时候,是我让他活了下来。"

"抱歉,我——"

卡莱尔好像完全没有意识到卡门在房间里。他必须要发泄。他必须要发泄这种愤怒,否则他会被它吞噬。

"我为他做了那么多,"他摇了摇头,"没有人愿意理他,他有毒。他乞求我给他工作。现在他觉得胜利漫画不够好了?人怎么能这么快就忘恩负义。"

"也许我们应该暂停这个系列。"卡门说着,加快了节奏。宿醉给了她平时没有的勇气,仿佛她本来的能力发生了变异。也许这是一个她可以利用的机会,她心想。"或许是事情发展得太快了?现在不单要把编剧换成詹森,还要换一个新的画师——变动太大了。"

卡莱尔冲她挥了挥手。

"卡门,你觉得我要是遇到点事就惊慌失措,能活到现在吗?你就没跟我学到点什么?你不能简单地暂停一个系列——那根本不是一个选项。"卡莱尔说着,转过椅子看向卡门,"我三十五分钟之前已经打了电话[①]。"

[①] 原文 make the call 还有"作出决定"的意思。

卡门感到自己的胃一阵翻滚。

"电话？"

"是的，我打给了史蒂夫·廷斯勒，"卡莱尔说着，双手抱头仰靠在椅背上。"他认识詹森。他们在 DC 合作过几本战争漫画。在那之前，我想他还做过几期的《少年泰坦》和一些优质角色。他画得又快又好。"

"他确实很快。"卡门说着，没有掩饰自己的情绪。

"你有什么建议，亲爱的？"卡莱尔说着，他似乎真的很好奇。就像他刚刚赢了一大笔赌注，好奇自己如果再扔一次骰子的话会发生什么。

"詹森是个骗子。廷斯勒也是骗子。你把一本有个性——甚至有魅力——的书变成了烂大街的俗套，老板。山猫是特别的，她有自己的声音。人们之所以阅读它，是因为她与众不同、奇特、新鲜。德特默的画远胜过廷斯勒的。德特默是令其他画师嫉妒的艺术家。如果他能洁身自好，完全能与托特、科尔、伍德甚至柯比并驾齐驱。"卡门说着。她能感觉到自己的皮肤开始发烫，宿醉最后的残留随着汗水蒸发干净。"哈维的故事也很重要——这不只是一个简单的打斗故事。我们关心克劳迪娅·卡拉。我们关心她内心的挣扎和穿上制服的原因。这是一封写给蜘蛛侠、夜魔侠、蝙蝠侠的情书——却又与这些角色完全不同。它感觉很现实，就像是，怎么说呢，可能会真实发生的事。把那本书——我们最好的书——交给詹森和廷斯勒？这样感觉太……我不知道，这种感觉太廉价了。"

卡莱尔笑了——一个没有任何幽默感的恼怒的微笑。卡门知道她刚才有点过分了，她只是不确定是哪句话惹到了卡莱尔。持续的头痛和湿漉漉的手掌让她想不明白。但她定然是说到某个地方时偏离了方向,与卡莱尔发生了分歧。卡莱尔希望别人礼貌地挑战他,而不是这样言辞激烈地对他全盘否定。

"让我告诉你一件事,卡门,既然你直言不讳,那么我也开诚布公。"卡莱尔说。他站起身,朝她走了几步,"漫画就是很廉价。它是一次性的,它的生命是短暂的。漫画是大众化的娱乐,它是面向群众的。它面向的是在药房买糖果、想在去游乐场的路上读点东西的孩子们。它能成为高雅艺术吗?不能。就是没有可能性,够不上那个层次。阅读伟大的作品得到的智力刺激是任何一堆粗糙的插图都无法相比的。但我们可以尝试吗?当然可以。所以,我认为你也低估了我们,低估了胜利漫画的能力。我们正在为詹森和廷斯勒提供一个伟大的机会,让他们的作品能触及群众。让他们有机会能开一开我们最好的车。有机会——在我,在我们的指导和帮助下——将漫画提升到另一个层次。我想我不是一个风险规避者。我放手让梅纳德创造化身侠。

"我给斯特恩自由创作出山猫的机会。我雇用了你,一个没有经验的外行来做我的左右手。我珍视这些机会——既能满足人们的需求,还能用恰到好处的技法吸引另一群观众。但仍然能够击中正确的音符,吸引另一个观众。但这样的机会并不常有。

"在这件事上我们已经陷入了困境,卡门。哈维死了,道格·德特默辞职了。我所能做的就是凭借自己的意志,保证这本书剩余部分的风格和质量,这必须成功。我们不能错过最后期限。我需要有人来创建模板。否则,我们将只能坐在办公室里,花几周时间纠结谁才是接手的完美人选。

"而到了那时将怎样呢,亲爱的?我们早就落后于世界了。漫画——热门漫画——都是昙花一现。或许所有漫画都是如此。你认为我认不清这一点吗?也许某一天我们的分销商就会关门大吉,被漫威或 DC 大肆并购,我们将进退维谷,你以为我没有在为此做准备吗?我已经准备好转向下一件事了。真正有意义的大事。到那时,谁还会关心谁是画《传奇山猫》的合适人选?

"理论上,我同意你。我们应该努力讲述更好的故事。努力确保阅读这些书的人在享受甜点的同时也摄取了蔬菜。但这不能不计代价。看在上帝的分儿上,这只是漫画。现在,山猫是一个让我们头疼的问题。比起激励人心,它更加棘手。我需要人手,我需要人来做这份工作。这样我们才能在不中断火车行进的同时修好轨道。否则,还有什么意义呢?否则我们过不了几个月可能就要求着吉姆·沃伦、卡迈恩·因凡蒂诺、奇普·古德曼、甚至伦·温给我们一个工作了。而且你知道吗?他们一定会断然拒绝。那就彻底完蛋了。"

卡门向后退了几步。

"给我接廷斯勒的电话。我想敲定他的版税并让他看看詹森的第一稿。"卡莱尔说。激情和怒火已经消失,取而代之的只有冷酷的决心。他重新开始处理工作。这就是他们的工作方式。他们会互相激怒,进入某种僵局。除了这一次,卡莱尔寸步不让。卡门觉得,他似乎认为卡门刚刚羞辱了他。

"脚本怎么样了?"她问道。

卡门理解自己的角色。她不是编辑。或许有朝一日,当卡莱尔的宏伟计划得以实施时可以,但现在还不行。不过尽管如此——他从来没有跳过她直接把脚本交给编辑,更不用说给自由撰稿人了。他比她最初认为得更加沮丧。

"打电话给廷斯勒。"卡莱尔说,此时他已经坐回了座位。

卡门走出他的办公室,他没有抬头看她。

她坐在自己的桌子前,宿醉的迷雾逐渐消散。她感到震惊,不再头昏眼花，也不再为昨晚与凯瑟琳在一起的时间或其他事感到头晕。

史蒂夫·廷斯勒的创作十分粗糙、堪称下流——就像是一个十几岁男孩的糟糕涂鸦，那种被父母在床下发现的画作。既毫无技艺可言，也没有任何微妙的细节。在廷斯勒和詹森的手中，德特默为作品注入的细节和质感只能变得僵硬而碎裂。《传奇山猫》已经名存实亡。

卡门一边在档案中查找廷斯勒的号码，一边想着詹森和廷斯勒是天作之合。他们都是对于大多数漫画公司来说已经失去了价值的临时工，却仍能在胜利漫画找到工作。在卡门看来，这真是一种令人沮丧的趋势。

她正要拨打廷斯勒的电话，却突然停了下来。她意识到自己的手在颤抖，感到眼睛开始发红。卡门环顾四周，没有人看她。办公室的喧嚣仍在继续，卡莱尔的关门怒斥引起的骚动已经过去。每个人都在处理各自的工作——马林拿着一摞脚本疾走而过；特鲁尼克仰靠在椅子上，正在与自由撰稿人通电话；哈恩在后面翻看旧刊装订本，寻找可以用来填补页面空白的故事。没有人知道卡门知道的事，更没有人知道她在想些什么。如果她坐视不管，让廷斯勒和詹森接替哈维、德特默——以及她自己——留下的工作，谁也不会知道。

她挂断了手里的电话，重新拨号。这次的号码与刚才不同。

道格·德特默的电话一遍又一遍地响，但没有人接。她花了一秒注意到一个人正在接近她的桌子。此人上次来到胜利漫画办公室时，她曾威胁要报警。

丹·史蒂文森微笑着，他浓重的眉毛遮住了眼睛。至少他这次看起来还算清醒，卡门一边挂断电话一边想。

"史蒂文森先生，"卡门抬头看着他说道，"我能帮您什么忙吗？卡莱尔先生正在开会。"

"哦，我知道，"史蒂文森说着，仍然面带微笑，"我以为他已经告诉你了。"

"告诉我什么？"

"哦，是啊，关于我的新角色，"史蒂文森说着，仍然带着那种愚蠢而自信的微笑，"也许你应该跟他确认一下？"

如果是平日，她本可以让史蒂文森滚一边去。大多数时候，她没时间跟他周旋。但今天她完全不在状态——本来宿醉未消，又与卡莱尔话不投机。她似乎感到危机四伏。

她听到卡莱尔办公室的门开了。

"丹，太好了，太好了，你来了啊。"卡莱尔看着手表说着。他转向卡门："你认识史蒂文森，对吧，卡门？"

"我认识，"卡门说，"我们昨天谈过这个——"

"对，好，他要加入我们的团队了，"卡莱尔说，"我们现在人手短缺，毕竟哈维，呃，不在了——史蒂文森将接手博格的书。他最近太忙了，需要休息一下——别说我没有一颗善良的心。你帮史蒂文森安顿好。"

卡门忍不住张大嘴。这是真的吗？她突然回想起前一天看到卡莱尔和史蒂文森在漫展活动中密谋的情景。他们是在策划这件事吗？

"加入——"

"她会帮助你。"卡莱尔说完转身回了办公室。

卡门转向史蒂文森。

"欢迎来到胜利漫画，"卡门清晰而单调地说道，"我带您去见里奇。"

"你看上去似乎不开心。"

"您并不了解我,"卡门站起来面对史蒂文森,"请跟我来。"

史蒂文森听从了她的指示。

他们经过哈维原来的工位时,卡门感觉到员工们的目光都投向了她和史蒂文森。这一突发状况让整个楼层都安静下来,只剩里奇·博格在办公室里对着电话大喊大叫的声音。卡门已经猜到了他在说什么。卡莱尔不仅强制任命马克·詹森担任《传奇山猫》的新编剧,现在又拉来了廷斯勒和史蒂文森。这些决定卡莱尔都没有征求博格的意见。

她拿起一只小箱子,开始收拾哈维剩余为数不多的个人物品。之前哈德森已经告知卡莱尔,警方已经完成了对哈维工位的搜查,所以卡门可以放心收拾。主要是过时的样张、哈维随手记下的关于截止日期和联系人的笔记,以及一堆足以让储藏室自惭形秽的办公用品。不过,当她清理完大部分物品之后,注意到了另一件藏在深处、不易被发现的物品。

这个笔记本其貌不扬,但是它有什么特质引起了卡门的注意。也许是它的规格——小巧、深蓝色、破旧而弯曲。这个本子用过,而且使用频率不低。它被藏了起来,盖在文件下面,仿佛哈维想让其他人都无法触及。抑或这只是卡门的臆想?

她抓起笔记本,扔进了盒子里。

"需要文具可以从大厅右侧的橱柜里取用。"卡门说,手却一动没动,眼睛也没看史蒂文森,"我想里奇·博格,也就是您的主管,很快就会与您联系。"

史蒂文森冷笑一声。

"博格?不,他不是我的主管,"他说,"我独立工作,只向杰弗里汇报。"

"是这样吗？"卡门转过头看向他。

"是的，我们就是这么约定的，"史蒂文森说着，坐到了哈维的座位上，尽力寻找着舒服的姿势，"有什么问题吗？"

"哦，对我来说没有问题。"卡门转身将箱子拿回她的桌子。她听到史蒂文森说了些什么，但没理他；她要跟他说的话已经说完了。

她还没走到自己的桌子，就被博格拦住了。他看上去情绪紧张，狼狈不堪。

"到底发生了什么？"他低声嘶吼，试图不让声音传到卡莱尔没关门的办公室，"他这是要干什么？"

"你是说史蒂文森吗？"卡门假装听不懂，"你怎么了，他是我们的新编辑。但他只向老板汇报工作。"

博格摇了摇头，然后开始揉着太阳穴。卡门担心这个人会在她面前爆炸。

"我不明白这家伙到底抓着他什么把柄。"博格说。

"嗯？"卡门问道。

"我就是觉得——他到底有什么资格？他配吗？我们可不是什么富裕的公司，"博格看着卡莱尔的办公室问道，"上次和卡莱尔交谈时，我们甚至没有计划要找人填补哈维的职位。说是要节省开支，渡过'难关'。现在我们要雇一个过气的编辑？他待过的最后一家出版商都倒闭了。"

"布尔沃克？"卡门问。

"没错，那是个彻头彻尾的灾难。"博格说，似乎有些心不在焉，"我得跟杰弗里谈谈。我过一会儿找你，到时你过来一下，我还有一本书给你。"

没等卡门说话，博格已经钻进了卡莱尔的办公室，"咣当"一声带上了门。

卡门把箱子放在桌子上,抽出那个小笔记本,塞进手提包里,并在心里默记,要在独处时翻一下。

"你待会儿来吗?"

卡门转过身,看到了年轻的编辑特鲁尼克。

"去哪儿?"

"我们都要去汤米的酒吧,"特鲁尼克说,"我觉得员工们需要宣泄一下情绪。这周太漫长了。"

"这一年也太漫长了。"

特鲁尼克笑了。

"几点?"卡门问道。对她来说,回家回答莫莉的追问、甚至是发现凯瑟琳突然到访,都完全没有吸引力。

"五点过后,"特鲁尼克说,"制作团队大部分人应该都会来。"

"新人也来吗?"

特鲁尼克耸了耸肩。他是个典型的好人,带有中西部的魅力和纯真。他的反应完全如她所料。

"到时候见。"

汤米-马基姆是公园附近的一家酒吧,靠近漫威漫画的办公室。对于其他人来说,汤米只是一间普通的爱尔兰酒吧,有着绿色和棕色的装饰,空气中飘着健力士啤酒和油炸食品的味道,背景中播放着一首不太出名的都柏林人的曲子。但对于卡门和其他试图攀登摇摇欲坠的漫画产业阶梯的人来说,它有更重要的意义。这是一个接头的聚点,自由撰稿人和编辑会在此交流想法、争取漫威的工作。常来这里的还有DC、沃伦的员工以及Atlas/

Seaboard 公司余下的员工——这家公司由漫威创始人马丁·古德曼和他显然不那么有才华的儿子奇普创办，后者于斯坦·李接手亚特拉斯品牌时被扫地出门。

卡门很喜欢这里的氛围，但更喜欢成为某个更大的事物的一部分——当她在汤米时，她觉得自己也是一名编剧，与其他人在同一座矿井里埋头苦干。她觉得或许，只是或许，自己是某种充满活力和创造力之物、某种艺术形式的一部分。

此时空位尚多。她扫视着人头稀少的酒吧，在身边的胜利漫画同事之外看到了几个熟悉的面孔。画师鲍勃·布朗和与他联合创作《夜魔侠》的编剧马尔夫·沃尔夫曼一起谈笑。她好像还看到了编剧、漫威编辑阿奇·古德温递钱给吧台对面的酒保，但不能确定。

"今晚你不喝点酒吗，巴尔德斯？"黑发的制片助理马林拿着一大杯黑啤回到小桌旁问道。

"我想轻松一点。"卡门喝着水说道。

她坐在一张高脚桌旁，周围都是制作部门的年轻一代。他们都是和她一样的梦想家，将胜利漫画的工作视作进入所热爱行业的第一步。她好奇，在公司待了多年之后，他们是否已经变得疲惫不堪。她的左边是特鲁尼克，右边是年纪稍长又有些内向的哈恩。在她看来，这三人连同哈维一起组成了公司的未来。如果有机会，他们完全有可能帮助公司躲开即将到来的行业萧条。

"嘿，你对新来的那个史蒂文森怎么看？"特鲁尼克问道，一口气喝光了杯里的啤酒，"他好像，我不知道——怎么说呢？"

"像个浑蛋？"卡门说道。

桌子边的人笑了起来，引来了周围顾客的注意力。史蒂文森坐在一边，博格是离他最近的同事，却也没跟他坐在一起。才几个小时,他已经成功地遭到所有人的排挤。

"你说得对,"哈恩小声说道,"我不敢相信他是新的哈维。"

"没有什么'新的哈维'。"卡门尖刻的回答让她自己都感到惊讶。哈恩似乎也有些吃惊。

"对不起,我只是——我还是有点接受不了。"卡门说道。三个人点了点头。他们也都在以各自的方式消化这件事。

"我为山猫捏把汗,你们知道吗?那本漫画太棒了,"马林说,"关于谁来接手,我听说了一些疯狂的传言。"

年轻的编辑们转向卡门。通过老板的秘书获得情报是最好的方法,这并不是什么秘密。但卡门不是新手。只要有办法,她就不会参与散播谣言。

"拜托,兄弟们,你们知道我不能谈论这个,"卡门说着,擦了擦杯子上凝结的水珠,"我就是个保险柜。"

"是的,我知道,可是——那本漫画太棒了,"马林说,"太棒了,"他重复着这个词,用近乎滑稽的方式拉着长音,"我没想到哈维会有那样的才华。"

"确实不错。"

说到这里,卡门和她同桌的伙伴们一齐转过头,看到史蒂文森把他的椅子朝他们这边拉近了几英寸。她感到自己的脸涨红了。他是不是听到了他们之前的对话?

"什么确实不错?"哈恩问道,他低沉的轻语几乎淹没在酒吧嘈杂的噪声中。

"山猫。"史蒂文森继续说道,边说边沾着苏打水擦拭着衬衫上一块番茄酱的污渍,"我的意思是,我能理解你们为什么感到印象深刻。胜利漫画从未做过这样的东西。不过,我们也不能假装斯特恩先生创造出了什么新鲜东西。"

卡门感到一阵不快。她刚要开口，但看到史蒂文森的眼睛睁得大大的，充满了渴望，似乎他恰恰等待着这一时刻：一场辩论，一个展示他锋利牙齿的机会。

特鲁尼克抢先一步。

"你想说什么？"特鲁尼克问道，"你对它有什么不满意的？"

史蒂文森在座位上扭动了一下，然后抬起下巴朝特鲁尼克看去，他的眼神因酒精和油脂而显得疏远而涣散。卡门觉得，他的身体状况看上去似乎不太好。他脏兮兮的皮肤上的油光看上去有一种病态的黏滞感。

"我要说的是，年轻人，山猫很可爱，但算不上引人入胜，"史蒂文森说，"她既无法拯救这家公司，也无法拯救漫画。她太安静了。粉丝们不想要复杂的东西——他们想要动作，他们想要悬疑，他们想要色彩和性感魅力，而不是沉重或深思。"

他清了清嗓子。

"别误会，哈维是个好人，是个好编剧；当然，让他和道格·德特默搭档也是天才之举，"史蒂文森说得更快了，听起来几乎喘不过气，"但这些都没什么意义。如果换成我，我每完成一期就会问自己，'谁在乎呢？'这个故事缺乏好故事的魅力。"

卡门再也忍不住了。

"是吗？"她说，"有什么问题吗？她没有很酷的能力吗？她不够性感吗？她的胸部太小吗？还是因为你翻页时感觉不够兴奋？"

她的攻击似乎让史蒂文森感到惊讶。他低估了她。

"啊，原来你是山猫的读者，巴尔德斯女士。"他说着，咧嘴笑了。

"是你找上我们的。"她一说出口就立刻后悔了。她很生气。

她讨厌自己发怒。她想成为冷静的布鲁斯·班纳，而不是他那个绿色皮肤的第二自我。只不过现在为时已晚。"我们刚才本来好好的——"

"这不是一个工作聚会吗？这不是让我结识同事们的机会吗？相反，我被排斥、被讨厌，我只来了一天啊，"史蒂文森说，声音中带着一丝假装的愠怒，"只是因为我分享了我对斯特恩平庸的——好吧，让我重新说一下——缺乏原创性的故事的看法。"

"缺乏原创性？"卡门问道。

特鲁尼克已经离开桌子去拿另一罐啤酒了，马林则去了洗手间，只剩下哈恩见证着这场越来越激烈的争执。

"你没听错，"史蒂文森说着，有些颤抖地站起身，"斯特恩是个好孩子，但他不是思想家。他没什么独树一帜的观点。那些故事我早就读过。"

他抓住卡门面前桌子的边缘，慢慢地向她俯身。她闻到他的陈年古龙水，他塞进嘴里的炸物、廉价威士忌以及汗湿的体味。她没有掩饰自己的厌恶。

"我该走了，现在已经过了我的睡觉时间了。"他说，笑容变成了色眯眯的嘲笑，"不过，如果有个身子暖和的人送我上床就更好了。"

史蒂文森突然发出痛苦的惊叫，手抓着桌子弯下了腰。卡门这才意识到她的高跟鞋踩到了史蒂文森的脚上。她听到哈恩猛吸一口气。

"你这个小贱——"

卡门没有犹豫，抓起手包搭在肩上，一把推开史蒂文森。她经过哈恩身边时，听到他脱口喊出一声："我靠！"还在酒吧里的几个同事目送她离开。

她走出门外,紧握双拳。她感觉到指甲深深地嵌进了自己手掌里。她低头看着自己的手,红色的印记划过她苍白的皮肤。

第二十四章

她走到东五十七街的拐角处才打开手包，拿出了哈维的小笔记本。

上面的每一页上都写了字——有随手的涂鸦，有写了一半的购物清单（牛奶、啤酒、冷切肉、除臭剂），有不明意义的提醒（与JC谈论项目或者确认\$\$），以及卡门觉得只有哈维才能理解的指令（只借好东西！）。但是让卡门行动起来的不是哈维写的内容，而是当她翻阅笔记本的页面时掉出来的东西。

正常情况下，卡门可能会错过它；但现在与哈维相关的一切都充满了意义和可能性，所以这张票根不仅仅是一张纸片。她把票根翻过来，看到几个乐队的名字上方印着几个深浅不均的字母，应该是活动场地的名称：CBGB——电视乐队与帕蒂·史密斯。卡门记得这场演出。好吧，应该说她记得自己错过了这场演出。当时哈维邀她同去，但卡门推辞了，只是后来听到莫莉对这位"音乐诗人"的赞扬，她才知道那天晚上那个女人给观众留下了深刻的印象，并就此开始了更长时间的驻唱。而当晚恰恰也是理查德·黑尔退出乐队之前随同电视乐队演出的最后一晚。那天是三月二十三日。从莫莉告诉卡门的内容来看，CBGB只开了几年，但很快就成了东村的乐队演出场所。自从默瑟艺术中心一九七三年关门后，演出新歌的乐队就无处可去了。于是希利·克里斯塔尔[①]的酒吧应运而生。哈维在他遇害前一周去过那里吗？时隔三个月，这个场地能够提供某种线索来解释发生在他身上的事吗？

她对此感到怀疑，但这是她唯一的线索。她拿着皱巴巴的票根向左转进了莱克星顿大道，过了一个街区找到了付费电话。她快速拨打了号码。

"嘿，"她气喘吁吁地问道，"你今晚有安排吗？"

走向CBGB的入口时，那个写着歪斜红色字母的灰白遮阳棚似乎在朝她们招手。卡门感觉到莫莉紧紧握住她的手。还没将入场券交给门卫，便已经能感受到小小的舞台上低音电吉他的脉动。莫莉朝着看门的那个头发乱糟糟的大学生会心一笑。刹那之后，她们进入了另一个世界，一个充满污垢和汗水的世界。褪色的米色墙壁和廉价饮料配上威胁性的眼神和未被开发的能量。卡门感觉她们仿佛穿过了一团浓浓的烟雾；烟草、洒落的啤酒和灰尘的气味混合在一起，形成了一种令人陶醉和激动的感觉，一种全新的感觉。人群涌动，人们朝不同的方向移动、喊叫、大笑、亲吻、争论，似乎是一个庞大的有机体，不似卡门以往所见的任何东西。卡门感觉自己像是入侵的病毒，试图在未知的黑暗中继续前行。

卡门听到乐队主唱唱着法语歌，但她确定自己听错了。他们在为卡门认识的雷蒙斯乐队暖场；后者是一支来自皇后区的外形冷酷的四人乐队，他们用一种她从未体验过的沉醉和热情演奏着三和弦曲调。卡门看着这个三人组，感觉自己仿佛置身于另一个

[①] 现实中，希利·克里斯塔尔确为CBGB酒吧的创始人和老板，于二〇〇七年病逝。

星球。主唱身形高大瘦长、动作笨拙而僵硬，手腕在吉他弦上来回摆动。鼓手则与他完全相反，脸上带着欢快的表情，维持着持续而有力的鼓点，支撑着歌曲的节奏又不会给人以喧宾夺主之感。乐队真正的引擎就站在他面前：身形小巧、清新可人。那个女人的深金色头发剪成了假小子的发型，但毫无疑问，乐队有一位女低音吉他手——而她的表现不亚于卡门曾经听过的任何人。

"她很棒，对吧？"莫莉在卡门的耳边轻声说道，呼出的热气喷进了卡门的耳朵。

卡门转过身去面对她的室友。

"是的，他们与众不同——但这很酷。"卡门说着，回头看向乐队，她们的视线被那些为了雷蒙斯乐队兴奋呐喊的人群挡住了。

"现在我感到不那么孤单了，"莫莉说，"在这里表演很难——在男人面前表演，和男人同台表演。当每个人，从看你演奏演唱的观众到你自己该死的乐队里的同伴都想把你撕碎时，单单是保持镇定就已经非常困难了，你知道吗？"

卡门对此略知一二，但她不愿了解。

"大宪章在这里演出过吗？"

卡门当然看过他们的客厅排练、地下酒吧演出以及地下展演，却从未在 CBGB 看过。

"没有，但我们正在尝试。"莫莉扫视着这个被汗水和啤酒浸透的局促房间，音乐的跳动使俱乐部里的一切都以自己的频率振动，"你说你的朋友被枪杀之前来过这里？"

莫莉的话让卡门为之一震。令人震惊的说法——"被枪杀"——让人不安，提醒她来这里并不仅仅是为了打听一些关于她朋友的八卦，而是真的要努力破解他的死因。但她为什么要这样做？她心想。因为她关心哈维吗？在某种程度上是的。他是个好人：乐于助人，心地善良。但她这样做是因为她想弄清楚如何向卡莱尔揭露有关山猫的真相吗？她认为这个问题的答案与哈维的死有关联吗？她不确定，她可能永远无法确定。

"卡门，你忘记你为什么来这里了吗？"

卡门转向莫莉，给了她一个心不在焉的微笑。

"没有，抱歉——我刚才走了一下神。"她说，"不过你说得没错，他来过这里，他看了帕蒂·史密斯。"

"对，那是三月份。"莫莉看着台上的乐队点点头。她看他们的目光与平日不同，那是卡门不会有的举动——捕捉吉他和弦的变化、鼓的节奏和各种乐器之间的协作。她在观察自己的竞争对手，试图弄清楚他们有什么是大宪章所欠缺的。

"那也是她最初的演出之一，"莫莉说，"她太棒了。"卡门看着莫莉，她的每一丝情感都挂在脸上——她眼中的兴奋，她描述史密斯首演时微笑的嘴角。

莫莉突然举起一只手，指向吧台。

"你看见那个人了吗，有胡子的那个？"

"看到了啊，"卡门顺着莫莉的目光，"看着邋里邋遢的那个？"

"这里面邋遢的人可太多了，卡门，不过就是那个——卷头发的那个。"莫莉说，"那就是希利，他是这里的老板和经理。如果这里有人知道什么，那一定是他。"

莫莉抓起卡门的手，领着她穿过人群。她们十指紧扣，顶着周围人肘部、肩膀和膝盖的撞击，挤过手舞足蹈的众人。

卡门感觉自己沾了一身污垢，但并不在意——台上的乐队演奏的音乐韵律十足、深入人心，似乎将她和小酒吧里的每个人都推到了一起。这是一种释放，她非常需要这样的时刻——一个放松自己、感受周遭的机会。当她们到达场地另一侧的吧台时，她虽然没喝一口酒,却已经随着音乐摇摆起来。

"希利,嘿,是我,莫莉。"莫莉朝那个年长的男人挥手打招呼。他注意到了她,开始缓慢地靠近。莫莉微微向后仰身,要跟卡门交代两句。"让我跟他谈谈,好吗?他认识我。"

"当然可以。"卡门说。

"莫尔斯,你好吗?"名叫希利的男子说,声音低沉而沙哑。卡门能闻到他嘴里微弱的啤酒味。"这位是你的朋友?"

"这是卡门,"莫莉指着身后的室友说,"有几个问题想问你,如果你有时间的话?"

"听着,莫莉,我喜欢你——我也很喜欢你们的乐队,"他说着,稍微举起手来,仿佛试图缓和即将到来的打击,"但我的时间表已经排满了——那些乐队,什么电视、金发女郎、传声头像,他们都特别棒。我既不能把他们推掉,也不能把雷蒙斯乐队——"

"不,不,不,我要问的跟大宪章没关系。"莫莉说道。卡门注意到她朋友脸上透出略微尴尬。"不是这个,好吗?我只是想问你关于那天演出的事——你还记得三月二十三号帕蒂·史密斯的演出吗?"

"我朋友哈维那天晚上在这里。"卡门插嘴道。她靠向莫莉,想吸引希利的注意力,感觉莫莉的目光在盯着她的脖子。"我不知道那天晚上,呃,有没有发生什么值得注意的事?你还记得吗?"

"你是在问我有没有见过你的朋友?"

"不是,不过如果你见过他,那会很有帮助。我正试图搞清楚他那些日子在干什么。"

"什么?他死了吗?"希利说道,发出一阵尴尬的笑声,"这是什么问题?"

"他确实死了,希利。"莫莉站直了身子。他们基本上是在朝着对方喊叫,试图压过震耳欲聋的音乐声。"卡门戴上了她可爱的侦探帽。警察不知道到底发生了什么,而死掉的这个家伙是卡门的朋友。"

"该死,对不起,"希利羞怯地说,"我——我不知道。我当时主要在看舞台,就像俱乐部里的其他人一样。我们都被迷住了。"

"还发生了其他什么事吗?有什么奇怪的事吗?"卡门问道。她能听到自己声音中的绝望,并为此感到羞愧。她心想,为什么会认为在这里能找到什么?

希利挠了挠下巴。

"你的朋友长什么样子?年轻吗?"

"高个子、瘦瘦的、黑色头发、戴眼镜。"卡门说。希利现在就在她旁边,她却几乎对着他的耳朵大喊。这种感觉既亲密又奇怪。"算是挺安静的?"

"嗯,好吧,如果我们想的是同一个人,那么那晚他可并不安静。"希利说。

"怎么了?"莫莉问道。

"那晚非常吵,你们可以想象,而且一直到很晚——每个人都在庆祝帕蒂演出成功。但这些夜晚通常是安全的,因为每个人都在庆祝,享受蹦迪的快乐,"希利说,"但我们打扫的时候,有两个人——一个年轻人,外形像是你描述的那个朋友;另一个年长一些,有点看不清样貌——开始互相大喊大叫。我听不清他们在争什么,但那个年轻人似乎很慌张,一直告诉那个人别打扰他,别跟踪他。"

卡门张大了嘴巴。

"他们还说了什么?"卡门抓住了希利的胳膊问道。他轻轻地挣脱了她。"他们还说了些什么?"

"我让几个人分别把他们请出去,你明白我的意思吗?这样场面就不会闹大,我也不会被罚款。反正那个上年纪的家伙挺好说话的,开始往外走,可那个年轻的——天哪,他可真能喊。你应该听听。"

没等卡门发问,希利便继续说道。

"他一直在说'别管我,别管我',还说'我没欠你们什么——那是我的!一直都是我的!',"希利清了清嗓子,继续说道,"最后,他开始高声地胡言乱语,说些狠话。"

"比如什么?"卡门问道。

希利停顿了一下,深吸了一口气,好像在想办法尽量推迟他必须说的话。

"呃,他一直在尖叫,"他说,"就是不停尖叫,你知道吗?说什么'如果你想要它,就得杀了我,好吗?你杀了我才行'。"

第二十五章

希利挥了挥粗壮的手臂，手指指向入口处一个模糊的身影。

"那个人可以帮到你们，"他说着，用下巴示意着，"那晚就是他跟你的朋友在一起。"

卡门转过身。那个模糊的身影现在看起来更加清晰了：一个瘦高的男人，留着黑色短发，穿着宽松毛衣，戴着一副笨重的墨镜。他似乎注意到了希利的突然关注。

"嘿，"卡门说着，从吧台凳上跳了下来，朝那个男人走去，"嘿，等一下……"

男人没有等。

他飞奔而逃。

"卡门，等等。"莫莉说着，但卡门没有理会。她可以听到希利在说些什么，但也仅限于此。下一刻，卡门意识到自己正飞奔出CBGB，男人的运动鞋在鲍尔利街潮湿的水泥地面上发出响亮的声音。卡门追了上去，但她知道自己毫无胜算——那个男人跑得很快，好像习惯了这样的追逐。他在东一街左转时回头瞥了一眼卡门，发现她在追赶自己。

"给我滚开，这位女士。"他喊道，然后将注意力转向他面前的小巷。

卡门加快了速度。她并非慵懒迟钝之人。虽然她平时不常锻炼，却很健康——这是快速代谢和高中时期多年的越野跑带来的好处。然而，当接近小巷的时候，她犹豫了一会儿，但那时已经太晚了。

她感到自己的手臂被拉进漆黑之中，然后后背就撞上了被雨水打湿、冰冷坚硬的墙壁。接下来又有一股寒意袭来，只不过这次是在她的喉咙——一把锐利的小刀此时离她的脖子只有几厘米远。瘦高男子呼出的热气喷在她的脸上，他瞪大的双眼和狂乱的眼神几乎深深地嵌入了她的脑海中。她试图说些什么——她能感觉到嘴巴张开，却完全发不出声音。

"你到底想干什么？"他诘问道，"你是谁？干吗像这样追着我？"

他拿着刀的手稍微收回了一点，卡门发出了一声短促的哀鸣。她定了定神，这才开口，却仍然声音嘶哑，语不成句。

"我——我的朋友，你，啊，你认识他。"她说着，试图找到恰当的词汇，却一时语塞。她感觉自己头顶上有一个巨大的钟在滴答滴答地走着，时间不多了。"哈维，哈维·斯特恩——"

那个男人的表情慢慢地从惊慌的愤怒变成困惑，最后变成惊讶。卡门心中好奇，如果情况不同，她该如何解决这个局面。比如说，如果她不是那个急于破案的闯入者卡门·巴尔德斯，而是她自己创造的传奇山猫克劳迪娅·卡拉呢？卡门想象着自己的膝盖向着男人的肚子猛烈撞去，然后是一连串拳打脚踢，每一次都将那个暴徒推得更远，直到他的身体猛烈撞向了一堆半空的垃圾桶，他的头猛地撞在其中一个垃圾桶上，令人满意地发出一声响亮的"砰"。

"哈维？"对方的问话把卡门拉回了现实，"哈维？"

他又自言自语地重复了一遍那个名字，然后收回了刀。

"怎么，你是他的女朋友？他还好吗？"

他的关切似乎是真诚的。当他退后时，卡门感到自己恢复了平衡。她向左挪了几步，二人仍然四目相对。

"他是我的朋友，"她说，"曾经是。"

"曾经是？"

"他死了。几个月前被枪击身亡。你那天晚上在CB看到他的时候——那是他被害的前一周。"

"该死！"那个男人看着自己的手，喃喃道，"天哪！哈维？那个孩子连苍蝇都不会伤害。"

"你是怎么认识他的？"卡门问道，歪着头与这个暴力的陌生男人对视。他似乎正在快速经历悲痛的五个阶段。"你是谁？"

"我？我谁也不是。"那个男人耸了耸肩，好像他刚才没有把刀架在卡门的脖子上一样，"我是说，我是在夜店之类的地方认识哈维的。"

卡门向他走去。他似乎被她的举动吓到了。他们俩都心惊胆战。

"哈维被谋杀了，"她说，感觉自己的声音变得冰冷无情，"警察不知道发生了什么。你在他被杀之前不久见过他。你不觉得他们想跟你谈谈吗？"

卡门知道这个威胁是有风险的。这个男人很容易就能制服她，甚至能像刚才那样重新把刀架在她的喉咙上。但她心想，自己毕竟已经走了这么远，好不容易在黑夜中追到了这个神秘的男人，她不会让这个线索溜走。

"我谁也不是，好吧？我只是卖给哈维一些东西——没什么大不了的：大麻、药片、一点点海洛因，但不多，"他说，"我会惹上麻烦的，所以我不想让你在我身边刺探，或者把我的名字告诉警察——"

"反正警察根本不相信我，"卡门急于与这个可能知道哈维·斯特恩遭遇的男人建立某种联系，于是撒了个谎，"我正在……正在独立调查。我想查出他遇到了什么事。他的敌人是谁。"

卡门朝着那个男人伸出手。他敷衍地握了一下她的手，他的手心滑腻腻的。

"我叫卡门。"

"我是安迪。"他说着，把手滑进口袋里，仿佛想把那只手藏起来。

"很高兴认识你，"卡门说着，整理了一下衣服，"我相信你是个好人，但你刚才确实拿刀对着我——所以，我们能找个地方谈谈吗……一个亮堂点的地方？"

"好的。"安迪说着，四下张望，好像在防备会突然活过来的阴影对他施以攻击，"不过得你请客。"

他们向北走了几个街区，走过布道所之后，决定在圣马可街上一家名叫斯特龙波利的小餐馆里吃一美元一块的比萨。这是那种在纽约随处可见的比萨店——柜台里摆放着一排排热乎的比萨，有的缺了几角，店员心不在焉地看着顾客琢磨要哪一块。现在已经太晚了，吃正餐不合适，卡门也不太敢和这个自称"安迪"的男人喝酒。他们站在柜台旁冷清的角落处，看着醉酒程度各不相同的人们跌跌撞撞地从他们身旁经过，到柜台前点餐——大多数人通常拿到热气腾腾的比萨之后便塞进酒还没咽利索的嘴里，又跌跌撞撞地退出门去。这个地方飘着一股番茄酱和烤面包的味道，还有一点松树油的香气。

"好了，你也吃了东西——现在跟我说说吧。"卡门把手中巨大的芝士比萨放在油腻的托盘上。"哈维的毒品都是从你这儿买的？"

"嗯，如果你想这样看的话，我们是这样的关系。但我也喜欢把他当成我朋友。"

"你们俩除了进行毒品交易之外，有没有一起玩过？"

"嗯，其实没有，不过——"

"好的，所以你就是给他提供毒品的人，没关系。"卡门说。随着夜越来越深，她感到越来越不安。她意识到她把她唯一的朋友留在了CBGB，也不确定安迪的信息会把她带去哪里。"给我讲讲那天晚上——在酒吧。你还记得什么吗？"

"不记得了，真的不太清楚。我不在乎那些的，你懂的吗？哈维想买毒品，所以他打电话给我。我们有一个暗号——本来很简单的事，他总是搞得像什么秘密行动似的——毕竟我就是干这个的，伙计。我就是卖毒品的，"安迪说着，摇摇头，仿佛哈维就在他身边跟他说话，"这又不是什么菲利普·马洛的侦探小说。但他会打电话说，'嘿，老兄，我需要几个苹果，如果你有的话，可能还需要一串香蕉。'苹果指的是可卡因，香蕉指的是海洛因。不过他其实很少吸海洛因。哈维有点墨守陈规。他最近要这些硬货，我想他最近肯定压力很大。"

哈维吸食或注射海洛因，这样的场景让卡门感到陌生。即使在最糟糕的时候，他也永远看上去一本正经、不为所动。但她想，人们可能也会这样看待她。你永远不知道别人独处时在想些什么。

"那天晚上你见到他时，他是什么样子？"

安迪咬了一口快要吃完的比萨。他慢慢地嚼着，品尝着食物。卡门好奇，这家伙平时伙食到底怎么样。他很瘦，然而似乎并非有意保持身材。他的瘦弱来自饥饿和生活上的误入歧途。她瞥了一眼他的手臂，靠近静脉的皮肤上有许多愈合阶段各不相同的针孔——看来这家伙是以贩养吸。

"我想他似乎有点紧张，说话飞快，四处张望，"安迪耸耸肩，"不过我们交易完毕之后，他立即就平静下来了。他想跟我待一会儿，聊聊音乐——我的意思是，那天有帕蒂·史密斯的演出，我们全都如痴如醉。太棒了——那个嗓音，她的气息，她掌控了整个空间。于是我们就站在那里，嘴巴张得老大，看着这个女人和她的乐队。这时我看到有人撞了哈维一下。我以为只是不看路的白痴，但哈维似乎认识他。"

卡门慢慢地靠近。

"他长什么样子？"

安迪低头看着柜台，他那饱经沧桑、带着疤痕的脸上挂着愁容。

"他年纪挺大的，我只记得这个——也没有那么老，但绝对不是那种会来CB的人，你知道吗？像个父亲，"安迪说，"但我没看清他的长相。哈维紧接着转身冲到那个人面前，大喊着推搡他，让那个人滚开。起初我以为只是那人把酒洒在了哈维身上，但后来似乎是，我不知道——"

"什么？"

"好像他们认识对方……好像他们讨厌彼此。"

卡门决定步行回家，尽管天色已晚，尽管她有从鲍尔利走到上东区漫步纽约城的想法；她希望莫莉没有做出同样的选择——她需要时间思考，消化安迪所说的其余部分。

哈维已经死了。卡门无法改变这个事实。即使她明天走进哈德森的办公室，告诉她所看到的一切，他们也不会更接近凶手。那么她现在在做什么？自己侦破这起谋杀案吗？还是另有更自私的原因？她是否担心，枪杀哈维的人接下来的目标就是她？卡门不得不承认这是她如此行事的部分原因。不久，詹森和廷斯勒将提交他们的第一期《传奇山猫》，她的角色将会消失，变成企业生产的无聊东西。她将泯然众人，不再独一无二。想到此，卡门感到恶心。

但她也知道，如果卡莱尔得知她私下里与哈维创作了"山猫"的真相，或者如果他认为卡门试图趁哈维去世的机会浑水摸鱼、参与创作，那么他一定会当场解雇她。若无真凭实据，她的话在卡莱尔眼中就没有任何分量，而卡莱尔的看法在胜利漫画才是最重要的。

卡莱尔讨厌很多事，但他最痛恨被愚弄。她对他撒了谎，还欺骗过他，卡莱尔对此绝不会容忍。那时她将毫无转圜的余地。没有证据证明卡门创造了任何内容，即使卡莱尔对此心知肚明。

不行。卡门需要证据。不仅要证明哈维到底出了什么事，还要证明他们之间的合作关系。她自己的笔记是不够的，哈维父上去的脚本也帮不上忙——它们正是问题本身。上面只署了他的名字。她带到哈维公寓的原始稿件可能也已经消失。抑或它们还在？卡门也感到好奇。如果她想有任何机会，她就需要向卡莱尔证明，山猫不仅是哈维的作品，也是她的作品，因此最好的办法就是让她接手脚本创作。

这并非没有先例。卡门知道胜利漫画在为女性创造创意机会方面是一个异类。琳达·菲特为漫威写下了《猫》；拉蒙娜·弗拉登已经在DC画了十多年，与同事合作创造了元素混合的英雄元素人；路易丝·琼斯在沃伦工作——这只是其中几例。但卡门被困住了。她不能辞职,也无处可去。她绝对不能回迈阿密,必须设法破解困局。

这些想法充斥她的脑海。她朝着公寓每迈出一步,这座城市黑暗、尖锐的角落似乎就向内弯曲一点,仿佛在针对她、质疑她。

如果安迪的故事可信——除了毒品交易确有其事之外,卡门没有理由怀疑他——有人一直在骚扰哈维。这与她目睹哈维被杀前几个小时看到的情况相吻合。但为什么?

她的脚疼了起来。她叹了口气,在附近的长椅上坐下,中央公园里长长的枝丫悬在她头顶上。九月的黑夜似乎将卡门包裹,步行时的温暖已被早秋的寒意消除。她揉了揉眼睛,深吸了一口气。

"我想要什么?"

她几乎被自己的话吓了一跳,她的声音在纽约的夜晚中回荡,是她的大脑传达给耳朵的信息。

她不知道答案。她想不清楚,但她知道其中的一部分。不过她的话里还隐含着另一种东西:一段她试图用新的经历和朋友,以及在另一个远离家乡的城市拼凑起来的生活掩盖的黑暗混沌的记忆。

"这是你想要的吗,小女儿?"

她可以看到她的父亲坐在他们宽敞而不舒适的沙发边缘。俗气的布料在客厅的淡淡光线下变得黯淡。那时已经很晚了,卡门刚回到家。凯瑟琳的拍打声仍在她脑海中回荡。她的脸上满是泪水,她的脚起了水泡,她的手在发抖。

她知道自己不该开口,尤其不该对妈妈吐露心声。毕竟母亲是卡门永远无法理解的女人——她们没有共同之处。母亲接受了自己的角色——家庭主妇,厨师,家庭保姆和热心的照料者。安静，虔诚，有礼貌——至少在清醒时是这样的。她受到许多人爱戴——除了卡门。好吧，她爱她的妈妈——她知道，在某种程度上，自己是另一个时代的产物，但母亲不理解她。卡门喜欢书，喜欢说出自己的想法，喜欢随心所欲；当然，她很负责任，也很谨慎；但她不甘人后，更不会屈居一个男人之下。

这种分歧制造了摩擦。卡门想要开辟自己的领地——在母亲看来，她此举要牺牲的不仅是传统，还有某种金科玉律——这导致她与克拉拉·巴尔德斯疏远到几乎不再交谈的地步。卡门等待时机，并不断存钱。她知道，总有一天，她会搬出父母家，拥有自己的家。在更为狂野、更为自由的时刻，她甚至梦想与凯瑟琳分享一个空间——那时凯瑟琳也将摆脱她的丈夫（还有儿子！）；但卡门也是一个现实主义者，不会长时间沉浸在美梦成真的幻想中。

她腰酸腿疼，脚后跟因长时间的步行而剧痛。她累了。此时的她孤身一人站在纽约的一条荒凉的街道上，距离中央公园那一片绿色的旋涡只有几英尺远。她太累了，根本无法重温昔日的那一切。

但是为什么？这个问题似乎再次浮现。

为什么她决定在那时向母亲坦白？她真的那么软弱，那么无助？她的母亲——这个她曾经诋毁和忽视多年的人——仍然保持着强大的能量。母亲熟悉的举止，母亲的气味，母亲的感情，母亲整个人——对卡门来说，都充满了温暖和安全感。在那一刻，向母亲解释为什么自己独自一人在半夜从科勒尔盖布尔走到家中，并向母亲坦白自己一直以来真实的取向，自然有其道理。

她回想起那次谈话后自己的乐观情绪，发出了一声简短的干笑。她一度相信母亲不仅理解她说的——卡门爱上了一个她的母亲从未见过的女人，而这就是她的本性——并且还接受她，爱她。

也许她内心深处确实如此——或许这份爱，这份深深植根于内心的基本情感，任何东西都无法泯灭。但卡门不希望自己的真实自我成为别人爱她时需要克服的障碍，而希望它能成为别人爱她的原因。

"这就是你想要的吗，我的女儿？"

当然，卡门告诉了爸爸，哀求、哭泣并恳求。她的母亲同意了，小心翼翼地点头，一边抚摸着卡门的头，一边让卡门在她的肩膀上哭泣，妈妈熟悉的紫罗兰香水味让卡门心中充满了爱和安慰。一切都会好起来的，她想。一切都是可以好起来的。卡门记不得自己有多久没有感到安全和完整。她感到既空虚又鲜活——这次对话既是一次痛苦的宣泄，却也让她重获新生。

爸爸。

随着时间的推移，即使在今天过后，卡门也会慢慢领悟到生活中一个总是存在而且刺痛心灵的真理。生活不是一系列史诗般的宏伟时刻——像复仇者联盟中的克里人—斯克鲁人战争，或者一号地球和二号地球上的各种危机。不，生活是一连串草率的小冲突——一些对你指指点点、让你不胜其烦的小事：小小的侮辱，小小的冒犯还有小小的怀疑。很少有人会干脆地站起身，彻底离开你的生活，就像战败的反派角色被拖进什么不知名的超级监狱中一样。没有像终极抹除者那样的武器可以帮助你彻底解决困扰你的问题。即使是所谓大事——你在自己的脑海中构思的重大事件的高潮——也不会通过在乔治·华盛顿大桥上的决定性战斗来解决，也不伴随仿佛索尔的神秘锤子妙尔尼尔重击地面那样的地动山摇。无论多大的想法，只要说出口，就会分解成无数细小的尘埃——你要传达的意思被这个礼貌的社会一一稀释,它们的神力也在空气中烟消云散。

所以那天晚上,当她的爸爸、她的同盟、她的朋友——她的英雄,一个介绍她认识了一群虚构的超级人类的男人——出面与她对质时,她立刻知道发生了什么。她已经可以想象到母亲把他拉到一边,告诉他有关他的心爱女儿小卡门的真相。卡门确定母亲讲出那番话时绝非兴高采烈——母亲这样做不是为了报复。母亲不傻,但母亲很软弱。一个醉醺醺的人,只知道顺从和尽职。即使她的爸爸是一个好人,一个诚实的人;他仍然是他那个时代的人,虔诚而严厉,诚实,谦虚,但也善于说教。那个男人无法说服自己——无论他多么爱他的女儿。

卡门遮住脸的双手变得潮湿,她这才感觉到流下来的热泪。她多么希望那是雨水。她希望能感受到某种来自外部的力量将她压倒,以便让她得以更好地感受到这一切;但它并非来自外部,而在她的内心。无论她多么努力地埋藏它,忽略这些时刻——它们仍然存在并在她内心腐烂。它们让她成为现在的她,塑造了现在的模样。

她记得自己的手紧握着小行李箱。她记得自己步履轻盈地走下楼梯时,透过红色塑料百叶窗投射进来的迈阿密晨光。她记得自己走向出租车时房门关闭的声音。没有留言,也没有双手叉腰的训话;只有短时间内被迅速拉开的距离。一种痛苦的悲伤,她需要麻醉、逃避,直到止血、结痂。

不断涌出的记忆让卡门动弹不得。此时孤身一人独坐城中长凳上的她不仅在流泪,还在痛苦地抽泣。几个刚刚结束夜生活的路人从她身边经过,她感受到了他们的目光,但她不在乎,她已经冒险太久。她本应早就忽略这段记忆:掐着它的脖子,把它按回水下；相反，她打开了一道门缝——让自己滑回那个世界，回忆起那种并非孑然一身的感觉，回忆起那段有过往、有家庭可以依靠的日子。

就像一个在陌生的世界搁浅，无法逃脱的外星人。

选自一九七五年《传奇山猫》第七话"山猫重生！"——编剧：马克·詹森；绘画：史蒂夫·廷斯勒；文字：托德·莫雷利；编辑：里奇·博格；总裁/CEO：杰弗里·卡莱尔。胜利漫画出版。

第二十六章

"你能相信这坨狗屎是我们出的吗?"

卡门抬头看到制作部门的特鲁尼克,他的胡子刮得干干净净的,而他却眉头紧锁。

他把一些东西扔到卡门桌上。她花了一会儿才意识到那是什么——《传奇山猫》第八期的校样。这本书几周后即将上市,是马克·詹森和史蒂夫·廷斯勒时代的第二部作品。让所有人出乎意料的是,二人联袂创作的第一期漫画不仅维持了原来斯特恩/德特默合作版本的销售成绩,而且还有所提高——甚至是显著提高。

"现在怎么办?"卡门环顾四周,问道。

"读读吧,"特鲁尼克说,"真是……真是个灾难。"

"我可读不了。"卡门说,希望她的语气让人理解成她很忙,而不要看出她的真实意思——她完全不想翻开这本书。从脚本到铅笔画初稿,再到墨水笔线条,以及上色和配文,她一直在刻意避开这本漫画的每个阶段。事到如今,她自然更不会打破这个原则。

特鲁尼克俯下身翻开了他扔到卡门桌子上的那本漫画。他指着一张内页——上面画着一个穿着暴露的紫色泳衣、留着乌黑光亮秀发的丰满女子。她身后几步远的地方是一个更年轻、更娇嫩的女人，留着略短的金发。她穿着橙色泳衣，鼻子上方有一片暗区，脸颊上画着交叉的线条，代表她的猫胡须。卡门知道自己不应该这样做，但她忍不住读了对话。

"跳上我的背，咪咪，这可能是我们唯一的机会！"那个自称山猫的角色大声喊道，她向前倾斜，示意年轻的跟班骑在她身上。"我们要冲破那扇窗户，结束红无赖的卑鄙计划！"

"乐意效劳，山猫！"咪咪兴高采烈地跳了上去，会意地眨了眨眼。

卡门翻到下一页，她的胃开始翻腾。

那是一个全页的画面，跟班咪咪骑在山猫的背上，手臂挑逗地环绕着山猫纤细的腰部，她的脸紧贴着女英雄的丰满胸部。玻璃碎片割破了女英雄本已足够简约的"紧身衣"，进一步压缩着所剩不多的想象空间。她们的脸上露出扭曲的表情，既可以解读为高度专注，也可以解释为……狂喜。

卡门赶忙合上了漫画，并把它推回特鲁尼克面前。她已经看够了。

"拜托，拿走吧。"她说，没有看他的眼睛。接下来就传来了卡莱尔穿过油毡地板走向编辑办公区的轻柔脚步声。

卡门双手紧握。她伸手拿起电话，可没等拨号，便听到卡莱尔办公室的门开了。

"卡门，我觉得我们可能真的有一本畅销书了。"卡莱尔宣布，挥舞着一摞她猜测是销售报告的东西。"詹森和廷斯勒正在创造一些特别的内容，我感觉到了。我相信我的直觉——那本漫画能畅销，我一眼就能看出来——我就是靠这个走到今天的。"

没等她接话茬，他已经走了。她为此感到庆幸，不确定她应该对他的胜利之舞说什么。

她拿起电话听筒拨号。

对方在第三声铃响时接起了电话。

"我是卡门。"

电话另一边除了低沉而不稳定的呼吸声之外，一片寂静。她继续说。

"我们可以合作吗？"她说，"我们能按我们的方式做吗？"

"我还以为你永远不会问呢，"道格·德特默清了清嗓子说，"今晚来我的工作室见我。"

卡门挂断了电话。几个月来，她第一次感到自己充满力量。

很久以来，她一直位居守势，试图视周围的情况随机应变——哈维的死，凯瑟琳的突然出现，以及失去了山猫。

那不是我，卡门边想边站起身，拿上手包。我再也不会这样了。

卡门记得自己坐在床边，手拿一支红色铅笔在一张白纸上涂鸦——那是一幅作品最初的几笔。其中蕴含着一种可能性。她能看到童年床头柜上的漫画书堆——无数宇宙和角色，英雄和反派，配角和情人——无穷无尽的可能性。颜色和创意的交响乐似乎永远都不会结束，它们总是能激发和吸引她。当卡门·巴尔德斯打开一本漫画书，一本好的漫画书——无论她是六岁、十二岁还是三十岁，这种感觉从未减弱——她都会被一种惊奇和魅力包围，这种惊奇和魅力不仅预示着令人兴奋的新鲜事物，更在向她招手。它似乎在欢迎她、召唤她，希望她超越旁观者和读者的身份，成为其中的一部分。它希望她为自己创造，成为每一页上扑面而来的一连串字母的一部分。

她意识到，当哈维去世时，她失去了这种感觉。当她第一次、也是唯一的一次尝试以失败告终时，这种希望和可能性的感觉也随之受挫；但她已经厌倦了绝望，她不是那样的人。如果梦想没有向她招手，她就要去追逐它。她感到决心在体内奔腾，仿佛她被赋予了宇宙能量。或者是杰克·柯比和斯坦·李笔下那威严而沉默的黑蝠王：只需低声细语，就能粉碎世界。

她感到，自己不会轻易放弃。

第三部分　忠实信徒

第二十七章

"就当无事发生吧。"

德特默的声音显得疲惫不堪，每个词都从他咬着雪茄的嘴里缓缓爬出。卡门看着画家俯身在绘画桌前，他的左手迅速勾勒出了一幅充满动感和活力的山猫素描。她正在城市中穿梭，表情决绝而坚定。她身披原先的制服，身材少了几分妩媚却多了几分健美。这才是真正的山猫。

然而，德特默已与卡门上次登门时不同。他本就瘦弱的身材现在更像一根枯草，皮肤上布满疙瘩和皱纹，眼睛下面有着深深的眼袋，身上还飘着一丝长时间不洗澡的臭味。工作室里依旧空无一人——没有任何新画师搬进来分担压力或者继续保持运营。烈酒取代了啤酒，烟灰缸里满满当当。卡门不愿去想工作室里的污浊空气，思绪又回到了门口堆积的信封上——那里的逾期催款通知比她这辈子见过的都多。

她知道德特默突然退出"传奇山猫"之后，一直找不到新的工作。尽管该系列引起了轰动，但这并不足以让他获得稳定的就业机会。当然，有一些零星的工作机会找上门来——给《捍卫者》画墨线稿，帮《海底人》画师补台，给《神秘之屋》画一个短篇之类的；但他靠这些没法糊口，没有可持续性的工作找他——看起来他已经堵死了自己最后的退路。虽然这个人似乎对自己的困境满不在乎，但卡门清楚地知道，漫画——人们用来描述这个日薄西山的行业的单数名词——已经抛弃了道格·德特默。尽管他在过去几十年中不乏神作，但现在他已经成了一件文物，一个可能会在展览会上或两个铁杆粉丝之间的对话中提到的名字。要是有人问起"他后来怎么样了"，大概率谁也答不上来。他是一个隐士——这并非他的本意，只是天命难违。

"就当什么没发生过？"她问道，将对话带回德特默早些时候的评论。"这话是什么意思？"

"我的意思是，就从我们上次停下的地方继续。"德特默说道。他没抬头，又给手里那幅插图上加了几条运动线，接着将它扔到附近的一摞画稿上。"我们做一整期——脚本、美术，能做多少做多少。然后等詹森和廷斯勒搞砸，我们就可以拿出已经准备好的东西。卡莱尔别无选择。他需要这期来保住这棵摇钱树，所以他一定会用。然后这期杂志火爆起来，人们会疯狂追捧。"

卡门在德特默的桌子周围踱步，手指揉着太阳穴。"但如果他们不这么做呢？"她问道，"他们要是接着做下去呢？我的意思是，这本书卖得很好。卡莱尔似乎非常高兴，他们可能不会放弃。"

"他们会的，相信我，"德特默说道，拿起一张白纸画了起来，"那些笨蛋干不下去的。他们没有几个点子，只能翻来覆去地用，直到彻底干不下去。所以要准备好：找一个故事，参考他们所做的——但要否定它，将它撕成碎片，把它变成一场噩梦——正如我们都知道的那样。"

卡门微笑着，她喜欢这种感觉：有一个盟友，一个同谋者。在哈维去世后，她便失去了这种感觉。再说了，德特默的计划很可靠。

"像你说得那样,是噩梦又怎样呢?"她问道。

"太简单了,"德特默说着,开始勾勒人物最初的线条。从姿态上看,那应该是一个反派——一个高大的人物伸出一只手。"太老套了。你不能让她一觉醒来之后,一切就都消失了。即使对于像詹森和廷斯勒这样的骗子,这也是一种侮辱。"

"如果这是一个反派制造的噩梦呢?有人对克劳迪娅怀恨在心?"

"那就有意思了,"德特默点头道,"某种扰乱别人心智的把戏。"

"心灵扭曲者。"

"什么?"

"那是她的名字——她就是反派。"

德特默笑了笑,擦掉了人物周围的一些线条——巧妙地将他设想的男人变成了一位女性。他开始设计细节:黑色的斗篷,没有瞳孔的白色眼睛,苍白而棱角分明的脸。

"心灵扭曲者……我喜欢这个名字,"他这话与其说是对卡门说的,倒不如说是自言自语,"我非常喜欢。"

卡门加快了步伐,沿着办公室的长长的中心通道踱步。这是一个清爽的十一月下午。感恩节就在眼前,卡门尽量不去想自己要在哪里过节。她意识到自己正在躲避很多事和很多人。

"她是一个犯罪头目,也许是一名精神科医生?一个十分专业、技巧纯熟之人,却走上了黑暗之路,"卡门说道,眼睛的余光看着德特默继续画画,"她想填补虚空先生被击败后留下的空缺。"

"可是为什么呢?"德特默问道。

"什么为什么?"

"她有什么样的问题，"德特默说道，"是什么让她放弃职业发展，也许还放弃了家庭，变成了一名精神病患者？一个穿上制服，利用她的知识谋取不当利益的人？别告诉我是因为她的父母在剧院外被枪杀了。"

两个人都笑了。

"我的意思是，为什么不能只是贪婪呢？"

她看到德特默扬起了一只眉毛。这不是批评。他很感兴趣。

"她想赚钱？"他问道。

"也许她厌倦了为别人负责，厌倦了做机器上的一个齿轮。"卡门说着，走到德特默的绘画桌前，"只不过，她没有像克劳迪娅那样选择正确的道路，而是决定利用她的医学知识和对人类大脑的理解来赚钱。她因为某件事崩溃了。也许她被解雇了，或者看到了行业的阴暗面，或者有什么事让她从内心深处开始怀疑自己；然后她走了另一条路，而山猫恰好挡住了她的路。"

"我希望你的记性很好。"

"为什么？"卡门问道。

"因为你刚才说的这些很不错。"德特默说道。

他举起了那张他一直在涂鸦的纸。心灵扭曲者就站在那里。她高大、挺拔，神秘而极具威胁，像迪士尼《睡美人》中的邪恶女王和一个街头斗士的混合体——黑暗而有力的线条围绕着她。她的眼睛似乎直勾勾地盯着你。

"你刚才是……怎么做到的？"

德特默笑了。

"我就是干这个的。"他说。

卡门觉得，他说最后一个单词时有点哽咽。

卡门没有回应，于是德特默开始说话，仿佛试图引开话题。

"我觉得我们已经有足够的素材可以让你开始了。"他说，把一堆素描放进了离他的大画桌不远的抽屉里。"你能不能给我一个情节，这个星期我就可以开始画草图？"

"当然，我明天就带来。"卡门说。

"太好了，"他说着，轻轻拍了拍他的画桌，"然后我会整合画稿，这本书就成了。这回可得写上你的名字。"

卡门感到眼泪涌上了眼眶。她没有想到这一刻，没想到此生还能有此刻。

她想象着打开那本德特默还没画的书。她的手指滑过薄薄的封面纸。那醒目的鲜红、绿色和蓝色——山猫弯着腰，双手抱头，密友和死敌的浮影环绕在她周围，嘲弄着她。山猫的身体里潜伏着什么？？封面上的文字这样写着，句末则是两个大大的问号。这样一本书，怎么可能忍住不去打开看看呢？卡门心想。她想象着当期首页上山猫那打破画面分格的动感身姿。德特默用他清晰而古怪的风格画出来，没有任何一条线或者一片阴影是多余的，光与暗达到了完美平衡——动作的流畅性令人着迷，手法却又难以置信地简单：大师的手笔。他画的正是卡门所写的东西。

她朝他微笑。她知道自己正在哭泣——她的脸上湿漉漉的，但她不在乎。梦想即将成真，其他的都已经不重要了。

德特默点了点头。一阵奇怪的沉默之后，他又开口了。

"你认为发生了什么？"德特默问道，"我是说你的朋友，斯特恩那孩子？"

卡门皱起了眉头。

"他被枪击了。"

"这个我知道，"德特默说着，试图控制自己的不可思议的语气，"但还有什么？他为什么被枪击？我对斯特恩略知一二：他的本性纯良，只不过是一个想要成名的好孩子。为什么会有人冷血地杀了他？"

卡门耸了耸肩。

"我不确定，"她说，"我试过找出原因，与他认识的人交谈。我觉得有些东西——他身上有些我无法触及的东西。我知道他惹恼了某个人，这就是我试图找出的，但我一直一无所获。这一切仍然感觉太极端了。不知道什么人竟然能对哈维做出这种事来，但后来我开始发觉我原先其实并不了解他。还有——"

德特默举起了手。卡门停下来，看着那个瘦高的男人走过宽敞的办公室，走向一排文件柜。它们看起来锈迹斑斑，可能已经多年没有使用。德特默打开了最下面的抽屉，柜子发出一阵尖锐的吱呀声。他很快就找到了他要找的东西，然后关上抽屉，回到座位上。他递给卡门一张写着数字的小纸条。

"打这个号码，"德特默说道，"我的朋友，一个叫玛丽昂·普莱斯的女人，现在在沃伦工作。你认识她吗？"

卡门点了点头。

"点头之交，我们打排球时见过——"

"她认识所有人——漫威、查尔顿、DC，你说得出来的她都认识，"德特默继续说道，"聪明、风趣、优秀的编辑。她太过优秀，不适合我们这个圈子。她在我需要工作时给了我机会，但不是因为她同情我，而是因为她知道我能做到。或许她知道你朋友的秘密。"

卡门接过纸条，放入手提包。她想起了几个月前玛丽昂警告她关于哈维的事。现在事情又回到了她那里。

"所有人都有我们不了解的一面，"德特默用沙哑的声音说道，从抽屉里拿出一个褪色、表皮剥落的银质酒壶，喝了一口，

"秘密、恶习、黑暗的一面。挖掘这些，就可以揭示他们的内心和真相。"

德特默看着卡门，眼神阴郁空洞。她不知道该说什么。她开始走向工作室的门。

"别那么忧心忡忡的，好吗？反正这个行业已经完蛋了，"德特默加快了语速，"我看得懂你的脸色。我会找到工作——也许我会当个清洁工，但我会找到工作的。"

卡门没有理会德特默的谎言。她从前见过这样的事发生在很多男人身上——包括她的父亲。他们的生命并非灿烂地一瞬燃尽，而是逐渐凋零。她意识到，她已经没有容忍这种事的耐心了，即使她确实对这个曾经伟大的奇才有着些许同情。

"怎么了？"德特默问道，迎接着卡门期望的目光。

她有些局促地耸了耸肩。她简直不敢相信自己要这么做。

"到底怎么了？"

"没什么，这很傻，"卡门说道，鼻子皱了一下，"不过如果我想让你跟我合个影，会不会很疯狂？我只是想——记住这一刻。"

德特默的脸上露出了一丝微笑。他迅速站起来，动作敏捷而机械。他走向附近的一张桌子，拉开一张大抽屉。他迅速找到了他要找的东西：一台至少十年的大号相机。他把相机面对着他们架设好——在桌子上保持平衡。他走到卡门身边，一只胳膊搭在她的肩膀上。她感觉他的皮肤又湿又热。她试图不去想它。闪光灯闪亮，将她暂时致盲。她希望自己在微笑——他也没有再费事重拍一张。

"等我洗好了寄给你。"他说道，眼睛没有看向正往门口走的卡门。

"我明天把脚本拿给你。"她说着打开了门，回过头看了一眼。

但德特默正在工作，他的铅笔疯狂地上下移动。

她想他一定听到了。

她走出门去，他没有抬头看她一眼。

第二十八章

卡门的脚一踏入德特默破旧工作室外的人行道,微笑就立刻消失了。

刚刚她还被幻想占据,但此刻现实掌控了一切。现实是,她的角色掌握在别人手中。无论杰弗里·卡莱尔向她展现了什么样转瞬即逝的善意,他都不会让她创作漫画书。

她在人行道中央停下,双手深深地插在二手外套的口袋里。她从经过的车里隐约听到詹姆斯·泰勒对马文·盖伊经典歌曲的浮夸翻唱。一个魁梧的男人一边咕哝着脏话,一边绕过她,他的脚踩到了当天的《每日新闻》。头条新闻是:亚伯加入音乐罢工谈判。她摇了摇头。她现在无法处理这些信息,她的心在别处。尽管秋日的寒意已经袭来,但她仍然感到一股温暖的能量涌遍全身。她已经下定决心了。

不,她想。我不会妥协。

毕竟她已经走得太远了。

到哈维公寓的地铁车程风平浪静——至少表面上是这样的。但在卡门的脑海里,她从胜利城的屋顶上一跃而下,目光注视着下面的一个人。她在飞檐走壁中感到凉风拍打着她的脸。她的手指关节因刚刚打倒一伙匪徒而刺痛。卡门意识到,这个故事正是她的故事。山猫真正的主人是她,而不是哈维、卡莱尔或者胜利漫画。

她走进大楼玄关,按响了公寓管理人的门铃。卡门意识到,此行可能是浪费时间。距哈维被杀已经过去将近八个月。这是纽约市——如果一间房子能空出一周,那就很幸运了。

大门打开了,一个晒得黝黑、头上有一缕白发的老人走进了门厅。他看上去有些担忧,而非恼怒。

"你按的门铃?"那个男人问道,略带爱尔兰口音。

"是的,我的名字是——克劳迪娅,"卡门撒了一个谎,希望那个男人没有注意到她的犹豫,"我是哈维·斯特恩的亲戚。他死在他的——"

老人将一根手指放在嘴唇上,发出一声低沉的嘘声。

"够了,小姑娘,我知道你在说什么。没必要吓到别人。"他说,示意卡门跟着他走,"你说你是他的表妹还是什么?"

"是的,没错,"卡门说道,没有纠正他,"您怎么称呼?"

"我叫吉米·迪宾,"那个男人说着,伸出一只手。卡门握了握。"这座楼的管理员,在这里工作了三十多年。以前从没人在我手下死过。至少不是因为那个原因,你懂吧?如果他是你的近亲,我很抱歉,但老实说,我正准备把剩下的那堆东西扔掉。"

卡门感到心沉了下去。

"他的公寓已经有人住了吗?"

"有人住?天哪,他死那天上门的客户就排长队,"他们走向电梯,吉米说着自我解嘲似的笑了笑,"人们都想要便宜的房子。不过要让我说,这件事给他们泼了一盆冷水。"

他按下了下行按钮,示意卡门跟着他走。她犹豫了一下。

"哦,是的,你看——他的一些东西还在这里,"吉米说,"我猜你想看一下，不是吗？警察已经检查过无数次了——所以你来得正是时候。我本来打算在星期三早上把它们放在路边。"

卡门走进电梯。

"你认识他吗？"卡门问。

"你的表兄弟？"吉米稍微皱了皱眉，"认识，好孩子，好孩子。友善，喜欢独处，从不制造太多噪声，从不请很多人来。他死的那天——嗯，屋里有一个女人。我告诉你，整座楼都听到了尖叫声。"

"你认为警察会找到凶手吗？"

吉米摇了摇头。

"不会，不会。这个案子已经拖了太久了。"他说着，电梯发出了叮咚声，表示他们已经到了地下室，"对于某些人来说，杀人更容易。"

她跟随他走出电梯。他向右转，走进了一条低矮的走廊，通向一个更宽敞的开放空间，里面堆满了洗衣机和垃圾桶。这个潮湿的房间散发着汗臭味和垃圾味。吉米指向左边远处一个角落。卡门看到了一件熟悉的家具——是哈维的桌子。

"他在那里放了很多东西，"吉米说，"警察没有拿走太多，只是乱翻一通。"

卡门试图挤出一个真诚的微笑。利用这个好心人让她感到不好意思。

"非常感谢，"她说，"我可以单独检查一下他的东西吗？"

吉米没有立即回应，而是沉吟了一下，然后才友好地挥手让她自便。

"哦，好啊，当然可以，"他说，朝地下室的另一边指了指，"你检查完了就告诉我一声，我就锁门走了。"

"谢谢你,吉米。"

"别客气,"吉米走开了,留下卡门独自面对桌子,"我唯一移动过的物品就是在他桌子旁边的垃圾桶里那些半烧焦的纸张。我把那些纸放在了最上面的抽屉里,只有几页。"

卡门呆住了。她感觉手指开始发麻,然后蔓延至整只手。就像她以别扭的姿势睡了几个小时一样。

"没问题。"卡门说,语气机械而平淡。她等着吉米走开,然后走向桌子。

这件家具本身并不让人印象深刻。仿制的深色木纹,在某些地方有瑕疵;看上去很不结实,像是一次性的;前面两条腿似乎还有点摇晃。桌子很小,两侧各有几个抽屉,桌面上放着一只歪歪扭扭的台灯。如果卡门在路边遇到它,她看都不会看一眼。但里面藏着什么?

她考虑从上到下搜索,但随后决定不这么做。她抓住最上面的抽屉,猛地拉开。

那几页纸就在那里。她轻轻地碰了碰它们。大约有五张,都是打印稿,底部三分之一被火烧成了棕色或黑色,只能看出部分内容。但卡门不需要看整页纸就知道上面写了什么。大部分都很难辨认,受损的部位分散且难以拼凑。

以她所见,这是几页笔记——有点杂乱和随意,但她认为这些是哈维想逐步扩充成更大想法的线索。上面写的日期是几年前。卡门知道哈维曾在布尔沃克漫画担任编辑,后来离职——或被解雇。这似乎是当时他正在制作的一个漫画方案,但卡门无法从这些受损的文件中得到更多信息。

她知道哈维一直想写作,那为什么这让她不舒服呢?卡门想,也许他自己留了什么点子以备不时之需。这顺理成章,对吧?她把自己的一些想法和概念融入了前六个山猫脚本中——那些都是她从小就记录下的点子。那么，她为什么感觉不舒服呢？

为什么她觉得自己被骗了？

她毫不犹豫地把这几页纸塞进了手提包。她想仔细研究一下它们。在这间肮脏的地下室里，有吉米在身边转悠，很难把它们拼起来。但它们定然有某种意义——她对此深信不疑。一定有什么原因让他想要烧掉它们。

这足以让他丧命吗？如果有人因为这个创意杀了哈维，那么如果有人发现她也是山猫的共同创作者，这又将意味着什么呢？那个杀掉哈维的人也会想要伤害她吗？

她看着自己颤抖的双手。她抓住桌子想要稳住自己。几秒后，她继续翻找起来。

除了吉米留在那里的烧焦的纸张之外，桌子里其他的东西乏善可陈：回形针、订书机和一本支票簿。她翻阅着支票簿，无法辨认出哈维的复写字迹。不过这似乎无关紧要。租金、账单，都是寻常物品。那个对急于毁掉哈维及其一切合作者的家伙充满恐惧的卡门，本可以就此打住，却并未停手。她打开了桌子的大抽屉，又检查了一遍。

她注意到了另一件东西，熟悉的东西。她把手伸进抽屉里，手臂几乎全力伸展，指尖才触碰到一个熟悉的笔记本。卡门把它抽了出来，看到了自己的笔记本，那是她最后一次见到生前的哈维时，他蹑手蹑脚地从她身上顺走的。她翻阅着笔记本上的每一页，和她离开时一模一样，只是有些页面被折了角。折角的几页主要是关于克劳迪娅及其作为山猫的双重生活。她在哈维的帮助下已经将这些角色设定写进了书里。她心不在焉地翻到下一页，突然停住了。

那不是她或哈维的字迹。大块的字母代替了卡门那紧凑的草书或哈维那难以辨认的潦草字迹。这不是哈维写给自己的便条,而是有人想要让哈维看到的信息。警方错过了这个信息,或许哈维也错过了。

如果你认为你可以在这件事上和我作对
你会遭到痛苦的折磨
不要告诉别人,想也别想
你知道你拿了什么,现在想弥补已经太晚了
给我该得的钱,或者我们谈一谈
没有时间废话——赶紧打电话给我

——你的朋友

这时,响起了吉米的脚步声,卡门不得不努力闭上嘴。她把笔记本扔进了手提包里,急忙转过身。这位老人正在用一块染了污渍的布擦拭着双手。她站起身,他向她点了点头。

"找到什么有用的东西吗?"

卡门咽了咽口水。

"其实没有什么,"她撒了个谎,"但能这样与他告别……很不错。"

吉米点了点头,试图表现出一些同情,但卡门能感觉到他只是想让她赶紧走,她给他添了不少麻烦。她也刚好需要离开,呼吸一些新鲜空气。只要不在这里就好。

"谢谢……谢谢你。"她有些不情愿地向这个毫无提防、被她欺骗的男人挥了挥手。她感到内疚,知道这是不对的;但她也知道自己必须搞清楚这件事,而他让她更接近真相。"我自己出去吧。"

"祝你好运。"吉米目送着卡门走向电梯。电梯门缓缓关闭。

电梯缓缓上升到大厅,卡门松了一口气,闭上了眼睛,双手揉着太阳穴。这到底是怎么回事?

"叮"的一声,电梯门打开了。她看到迎面等着的人,惊得倒吸一口凉气。

"哦,呵呵,"哈德森探员说,"真有趣,你怎么在这儿?"

第二十九章

"能告诉我你在这里干什么吗,巴尔德斯女士?"哈德森警探问道。

"哈德森警探,"卡门说,"你在——"

哈德森示意卡门下电梯。她走出电梯,克制自己不去抓紧手提包。

"我接到了大楼管理员的电话,"哈德森说道,指向大厅的另一侧,"说有哈维·斯特恩的表亲来这里清理他的物品。我心想,'多好啊',然后我想起斯特恩先生没有表亲;而且说实话,也没有多少家人。所以我打算去他的家里看看这个神秘亲戚是谁。"

"我可以解释。"卡门说道。

"你必须解释,"哈德森点了点头,"在警局里。"

卡门感到一阵寒冷的冲击穿过她的身体。一种无尽的自由落体感让她无法掌控。她的生活正在崩溃,失去控制。

"请不要这样,我没有做错任何事。"

"是吗?那你为什么在这里?"哈德森问道,她的声音里充满了真诚的好奇,"只是路过吗?"

卡门感到自己的思维在飞快运转,疯狂地翻阅着记忆中的页面,寻找能挽救局面的东西——任何东西都行。

"我想帮你们破案,"卡门说道,"帮你们找出谁杀了哈维。"

哈德森的表情稍许缓和了一些,但也仅是稍许。毕竟她是一名警察,而不是学校护士。但卡门注意到了这种变化,这给了她一丝希望。

"你知道你想帮忙应该怎么做吗?"哈德森问道,"你一定要对我坦白。"

卡门犹豫地笑了笑。

"有什么好笑的?"哈德森问道,有些疑惑。

"我只是——我感觉不太好。我想帮忙,我就是为了这个才来的——我想看看你们是不是错过了什么,"卡门说道,看着哈德森的眼睛,"我只是……哈维的遭遇一直困扰着我,也影响到了我。"

哈德森短促地哼了一声。卡门无法确定是好是坏。这时,警探已经向门口走去。

"走吧,我们到外面谈谈。我就不带你去问询室了,"她说道,"但你跟我交代清楚之前不能走。"

卡门跟着她走到了克里斯托弗街上。十一月的寒冷带走了她皮肤上的汗水,让她感觉很舒服。空气中飘着她渴望的自由。她仍然没有想好要跟哈德森说什么——但知道自己必须得跟她说些什么。她意识到,就像需要德特默一样,她也需要哈德森。她需要盟友,她需要帮助——尤其是,那个追杀哈维的人也可能会追杀她。

哈德森靠在路灯杆上点燃了一支烟。她把烟盒递给卡门,卡门面带谢意地拿了一支百乐门。哈德森给她点了烟,二人都吸了一大口。天空灰云密布,似乎冷雨将至。卡门渴望冷雨骤降,净化这个世界。

"从头开始讲,因为我知道你一直在骗我,"哈德森说道,"如果你想撇清关系,就必须坦白。然后我才能知道你是不是跟案子有牵连。如果你有任何线索能帮助我解决这个无头案,那就更好了。"

卡门开口了。

一开始她语速很慢,但过了一会儿就停不下来了。她按照哈德森的指示,从头开始讲起。从哈维开始——他们的友谊、他们的日常生活,然后是他造访她家还有他提议一起合作——他们那天晚上如何创造了山猫。她详细描述了自己看到哈维与那个男人在她们现在的位置争吵的情景。卡门赶到现场时笼罩两人的犹疑而恐惧的气氛。她讲到自己担心哈维没上班而上门探望,看见床上他那安详而了无声息的尸体,然后就是她的尖叫声。她对哈德森讲了CBGB的毒贩,交代了她因害怕而对哈德森讲的谎言。她害怕卡莱尔发现她的秘密合作,害怕警察,害怕一切。

她讲完之后,长长地叹了一口气。那种你在度过了糟心的一天之后、只需要刷完牙躺在床上时发出的声音。那声叹息中满是挫败和听天由命,却也充斥着一块石头落地的解脱。她将一切都对别人和盘托出。即使德特默也看不到的完整真相。卡门感到轻松一些了,虽然她不确定这是否能帮她避免哈德森的愤怒。

卡门观察着年长的侦探,看着她那深沉的面容。烟雾在她面前舞动。她面无表情、冷酷地看着卡门的故事落幕。她什么也没有透露,而卡门急于得到一点信息——任何一点指向这个沉默的女人可能如何反应的线索。她希望能找到某种迹象,证明她将平安无事,证明她不仅能活下去,还有机会获得更多。卡门在那一刻意识到自己有多么厌倦——对于这一切,对于这谎言的负担,对于山猫给她带来的重担。凯瑟琳,她的父亲,还有她亲手创造却仍显空虚的这个新生活——没有历史,却给她前所未有的自由和解放。她感到自己是一个鲜活的人，能和任何人做任何她想做的事；然而与此同时，她已经麻木。她的心、她的过去和她的家园都已与她疏离，无法轻易修复。一个没有过去的女人渴望为自己创造一个未来。

"看来你惹了大麻烦啊？"哈德森问道，脸上看不出任何表情。"好吧，我很满意，至少你很诚实。我看得出来。我干这行时间不短了；而你，我的朋友，这是你第一次跟我坦白。所以，你做得不错。你已经不在嫌疑人之列了。"

卡门没有回答。她不知道该怎么回答。

"那个打电话报案的人就是你吧？"哈德森问道，"报告说发现了他的尸体？"

卡门肯定地点了点头。

哈德森也点了点头。

"我猜也是这样。这样就对上了，"她说，"我猜，关于卖给哈维毒品的那个伙计，你是不是没有进一步的线索了？"

"我只知道他叫安迪。"

"很好，应该能帮我们找到他。纽约毕竟是座小城市。"哈德森说。卡门意识到，哈德森这话并不是阴阳怪气。哈德森说话时总喜欢插一两句有的没的，仿佛她想给自己找点乐子。"你看——我需要处理这些事，看看能不能有新的突破。我说过我不会拉你去警局，我会遵守我的承诺——但你必须给我你的承诺。"

卡门准备说话，但感到全身开始颤抖。哈德森似乎注意到了，赶紧开口，以避免卡门尴尬。

"好了，好了，"哈德森说，"别出城。别做任何蠢事。如果遇到什么问题——你知道我所说的是什么，因为你不但漂亮，而且聪明——你一定要打电话给我。如果我没接，你就给我留言，我会在一小时内回复你。这里面还有一些可疑的迹象,我还不能放心。无论是什么,你肯定都逃不掉。"

"是的,当然,"卡门急切地说,"我会及时跟你汇报——"

哈德森摇了摇头。

"不,不,姑娘,你不明白,"她说,"你做的那些事,不管是什么,比方说你昨天的那番追查,必须停止。你不是警察。你四处追查,只会破坏证据,只能帮倒忙,你听见我的话了吗?顺其自然。如果一只猫从你面前穿过,你认为它可能和你那个朋友的死有关系,那么打电话给我。假如你起床时忽然想起一些要调查的事,打电话给我。明白了吗?你不要擅自行动。不要盘问别人。你,什么,也,别,做。"

"我知道了。"

"很好,那么今天我们就到这儿吧。"哈德森用尚未燃尽的烟蒂点燃第二支烟。

卡门谢过哈德森,迈步朝韦弗利街走去,她的心中感到一种奇怪而紧张的兴奋。就像一个孩子,尽管成绩单上有几个C,但还是避免了惩罚。

"对了,还有一件事。"哈德森说,她的语气缓慢而深思熟虑。卡门觉得她已经计划好了,但现在为时已晚,想要准备已经来不及,只能随机应变。

"什么事?"

"你认识一位叫凯瑟琳·霍尔的女士吗?"

卡门过了片刻才反应过来。她感到哈德森的目光在打量她的每一寸皮肤,寻找线索。

"是我的一个朋友,"卡门谨慎地选择着措辞,"老家的朋友。"

"朋友?"哈德森自言自语地点点头。她拿出一个小笔记本,翻了几页,"来自迈阿密,对吧?你们俩熟吗?"

"只是朋友,"卡门说,"学校里的朋友。"

"最近见过她吗?"

卡门咽了口唾沫。

"见过几次,见过,"她说,"她不久前来过我家。她遇到了一些个人问题。"

"是吗?太糟了。什么问题?过得不顺?"

"她正准备离开她的丈夫。"卡门说,她的声音听起来生硬而正式。

她知道坦诚相待是对付哈德森的最佳选择,但这与她自己的生活、自己的问题相冲突。她不确定需要透露有关凯瑟琳的多少信息,也不确定为什么哈德森会知道她的名字。警报在她的脑海中响起:有些事不对劲,非常不对劲。

"哦,哇,那太糟糕了,"哈德森翻开笔记本的下一页说,"不过,看起来她来这里是为了新的工作。我是说,不排除她已经离开了她的丈夫,但我不知道。他叫什么名字?尼克?尼克·霍尔?"

卡门的喉咙发干。她点了点头。

"对,尼克·霍尔的名字在她住处的租赁合同上,"哈德森说,"不过,这可能只是他们离婚的一部分。我对此并不了解。"

"他的名字在租赁合同上?"卡门问道。她讨厌自己声音中难以置信的语气;但是她无法控制,无法控制愤怒浮出水面。

哈德森面无表情,却又似乎在微笑。

"看起来是个奇怪的安排,但谁知道夫妻之间会发生什么呢。"哈德森说,疑惑地看着卡门,"你还好吗?"

"我很好。"卡门说。但她并不好,她知道这一点。

"很有趣,因为这个女人——凯瑟琳·霍尔,"哈德森说着,翻了几页笔记,"你的朋友被谋杀的那个晚上,有人在这附近看到了她;而几天之前的晚上,你的朋友回家很晚,她也出现在这附近。看起来她非常喜欢这个社区,我猜她是在找自己的地方吧,对吧?可能是真的跟丈夫离婚之后想在这儿住?"

卡门僵住了。

"或者还有其他原因,谁知道呢?"哈德森继续说道,"足以让你的朋友哈维向他认识的一些人抱怨这个迈阿密的朋友了。说有个女人在跟踪他。很奇怪,对吧?"

凯瑟琳在跟踪哈维?怎么可能?

你想干吗就干吗,想见谁就见谁,这样还不够吗?

难道凯瑟琳一直在跟踪她?凯瑟琳也得出了跟哈德森一样错误的结论?认为哈维和卡门不只是朋友?

"你为什么问我关于她的事?"卡门突然问道,"她是嫌疑人吗?"

哈德森犹豫了一下,似乎在等待卡门继续说下去。

"说实话,我们没有任何真正的嫌疑人,"哈德森说着,脸上浮现出一丝苍白的微笑,"你曾经是我们怀疑的对象,但你也不像是那种人。从我的调查来看,你的这个朋友和哈维·斯特恩除了你以外没有任何关联——这是供你考虑的另一个线索。"

哈德森清了清嗓子,继续说道。

"我经常认为自己擅长这行,毕竟已经干了一段时间了,"她说着,没看卡门,"但是无论你有多厉害,你迟早会遇到一个无法解决的谜题——因为罪犯真的很聪明。你玩这个游戏足够久,就会发现大多数罪犯都很蠢。而大多数谋杀案呢?都是丈夫或商业伙伴干的。是受害者欺骗过的人,通常这个人是因为愤怒才犯下了愚蠢的错误。但有时候你会遇到其他的情况——有人知道他们在做什么：他们知道要戴手套。他们蹲守现场规则。他们了解受害者的日常。他们猎杀。他们会选择合适的时间。听着，我抓过一堆坏人，我也留下了一些悬案。这是游戏的一部分。总的来说，你破的案子总比破不了的案子多。但我真的，真的想抓住这个罪犯。"

卡门向后退了一步。

"我要走了，"她说，"可以吗？我可以走了吗？"

"当然，孩子，没问题，我们已经聊完了，记得吗？"哈德森说，"你感觉还好吗？我知道接受警察的盘问并不轻松，但你的状态似乎比我刚见到你的时候还要糟糕。是因为你朋友的事吗？"

卡门摇了摇头。

"我很快就要找她问话了，"哈德森说着，挑了挑眉毛，"应该很有趣。看看你们可能有什么共同点——也许什么都没有。但你知道，必须追踪每一个线索。"

卡门只想飞奔逃离，再也不回来。

凯瑟琳。

二人已经几个月没有见面。虽然她们几乎没有互动，但不知怎么，仍然保持着联系。对于卡门来说，这种来回拉扯痛苦而熟悉。凯瑟琳会人间蒸发——她不接电话、找不到人、也不回信息，然后突然重新出现，仿佛什么都没发生过，渴望和她重归于好。但对于卡门来说，这次情况不同了。她完全没有追踪凯瑟琳的精力或者兴趣。想到再也见不到凯瑟琳，卡门的心不再疼痛；但卡门仍然无法全然摆脱凯瑟琳象征的昔日旧梦。她想和凯瑟琳在一起。她走上了这条令人兴奋的岔路——一种她需要时可以在脑海中回放的幻想。但现在哈德森已经为这段感情注入了一份刺人的恶意：虽然并不意外，却同样令人痛苦。

他叫什么名字？尼克？尼克·霍尔？

他在这里，在纽约。他们跟着她来到了纽约，卡门想。

但是不对，不是这样的。事情可能更糟——更加简单直白。凯瑟琳和尼克只是像每年数百万人那样移居纽约。碰巧卡门也在这里。这让凯瑟琳获得了给自己找点乐子的机会，一个家庭关系紧张时随时可以使用的出口。她所谓离开丈夫的故事——什么独自在这里参加会议——不过是扯谎。或许是她坐地铁去卡门的公寓的路上编造出来的幻想；而卡门就这样再一次上当了。

卡门离开时，哈德森向她挥手示意。她机械地举起手回应，然后转身，任由风狠狠地拍打着她的脸。那风尖锐而愤怒，仿佛整个世界都在疯狂晃动，将满腔的恼怒倾泻在所有人身上。卡门只是恰好挡住风暴的去路。她朝着地铁站疾走而去，急促的脚步声甚至盖过了城市的噪声。

狂风劲吹。她再也忍不住，闭上了眼睛，感受着温暖的泪水从脸颊上滴落。

第三十章

卡莱尔的门"砰"的一声关上了，低沉的颤音在胜利漫画小小的办公室里回响。即使是已经习惯了卡莱尔的小脾气和权威展示的卡门，看到她的老板朝她的桌子走来时，也异乎寻常地颤抖。有什么事情不对劲，很不对劲。

"你还好吧，老板？"

"詹森辞职了，"卡莱尔说，语气拖沓而痛苦，"只完成了两期就辞职了。我们需要其他人——越快越好。"

"发生了什么事？"

卡莱尔举起了手，他没有精力来处理这件事；但是卡门必须要知道。她想，该死的一切都无所谓。

"只是……"他叹息着，"太糟糕了，而且为时已晚，还有，你是对的，好吧，这些脚本根本不够格。如果德特默没走，至少我们可以做到差强人意。但廷斯勒……这就是一场灾难，我得解决这个问题。之前销量不错，我还可以勉强忍受，但现在销量连续几周落后了。如果情况继续恶化，我们可能不得不插入一期重印。去找博格——告诉他五分钟后带着他最好的点子来我的办公室。我要一个人待一会儿。"

她看着他径直朝男洗手间走去。她转过椅子，拨了电话——

但她并没有打给里奇·博格。

道格·德特默没有接电话。卡门挂了电话,四处张望。

她站起来,不确定该怎么办。这感觉像是一个机会——但她感到无助而迷茫。她知道德特默正按照她留下的情节作画,但还远没有准备好。如果卡莱尔今天就找到别人了怎么办?不,她绝不能让那种事发生。

她绕出工位,向公共办公区走去。她正朝着博格的办公室走去,突然看到制作团队的特鲁尼克和马林在公共办公区低声交谈。

"有什么好消息吗?"卡门问,脸上带着会意的微笑。

"你比我们更清楚,"马林说,年轻的脸上露出了调皮的笑容,"是真的吗?"

"什么是真的?"卡门娇嗔地问道,"你知道我不能透露知道的所有事。"

"詹森,他辞职了吗?"特鲁尼克问道,"求你告诉我这是真的。他是一个彻头彻尾的骗子。他写的脚本每一行都是一坨纯粹的狗屎。"

卡门大笑了起来。她正需要用笑声来舒缓一下紧张的神经。

"我既不能肯定也不能否认,"卡门说,脸上露出邪恶的笑容。她看到博格朝他的办公室走去。"但我马上就会了解到更多详情。"

她离开了谈论着八卦的二人,跟着博格,轻轻敲了敲他敞开的门。年纪稍长的编辑抬起头,浓密的眉毛期待地扬起。卡门已经能感觉到他今天的情况不太好。

"我有一些消息要告诉你,RB。"卡门说。

博格叹了口气,指了指桌子对面的椅子。

"情况这么恐怖吗?"她问。

"你在这里工作,卡门,你应该明白,"博格心不在焉地揉着额头说,"我的画师拖稿;我的编剧拖稿。我们支付的稿费没有高到能威胁他们的程度,解雇他们又找不到替代的人。我热爱漫画。我跟你说过吗?"

"嗯,那我恐怕要让你更沮丧了,但我确实有一些消息。"

博格忍住了呻吟。

"又怎么了?"

"老板要求立即解雇詹森。"

博格仰靠在椅子上,扫视了一下天花板。

"我不知道我应该高兴还是该尖叫。"他说。

"情况有多糟?"

"你指的是哪个方面?他的脚本烂透了——但我可以把一个烂脚本改得能用,"博格说,"但现在就算这样的脚本也迟迟交不上来,于是我不得不在最后一分钟重写,让它从愚蠢变得荒谬。再加上一个根本不懂透视、比例或者叙事这些基本原则的画师,情况真是糟糕透了,亲爱的。"

"那你有备选计划吗?"

博格给了卡门一个疑惑的表情。她正在走出她通常的角色——一个信使,一个将老板的问题或者期待传递给员工的中间人。她很少追问事情的细节,但这一次她需要知道。她知道博格很敏锐,她冒这个险是经过精心计算的。

"是谁问的?"

"是我。"她说。

二人对视了几秒钟。

"嗯,好吧,如果有人有兴趣申请这份工作——这份编写脚本的工作——我需要尽快知道。"博格边说边翻看他桌子上的一些页面,"我猜我们那位天不怕地不怕的老板昨天就想要几个候选人了吧？"

"没错。"

"没错，没错，所以……好吧，我手里没有现成的人选。梅纳德没办法再接一本书，何况这并不是他的强项。他更擅长创作药物致幻系。"博格苦笑着说，"利特尔那本《黄昏》的进度已经拖延了——至于加拉格尔，我认为他没办法比《黑幽灵》做得更好。奥布里·汉密尔顿的《奇幻火焰》也将将赶上出版进度。我们已经忙得不可开交了——常用的二流编剧也都很忙；而且从我们支付的稿费来看，如果清洁工感兴趣接这个活儿，我们就已经运气很好了。"

卡门点了点头。

"现在，我的问题是——你为什么问我这个？"博格问道，"请不要说你只是好奇。"

卡门没有马上回答——她不确定能否信任博格。她并不是很了解他。诚然，他是她在办公室里最亲近的朋友——他们交换漫画并谈论技艺，但那更像是一项智力活动，而不是真正的相处。在这位业内资深人士面前，卡门是个学生。他们的地位并不平等。尽管他很友好，但他仍然是一位年长的男人——当然性情很温和。尽管如此，卡门清楚：她需要一个盟友。里奇·博格是她最好的选择。

"我或许知道一个人。"她说。

博格咕哝了一声。

"我不傻，"他平淡地说，"我知道你和哈维是朋友，直到，呃，直到他过世。我相信你们谈过他的想法，对吧？你知道他正在为卡莱尔写这本书。"

卡门平静地微笑着看着博格。她需要思考一下。

"没错,哈维确实是我的朋友。我知道他在创作这本书。"卡门谨慎地说。

"这部作品并不全是他写的。我看到其中有他的一些想法,但大部分不是他写的,"博格敲着桌子说,"这点我知道。我想卡莱尔也有感觉——读起来不像他以前的作品。它更伟大,更好。当我读到最初那几个脚本时,我大为震撼。我甚至曾经想把他拉到一边,问问他是从哪里抄的。"

卡门点了点头。

"我想知道他会说些什么。"

他们现在处于理论探讨的阶段,如履薄冰。卡门知道她必须小心翼翼。

"他肯定不会跟我说实话,"博格倾身向前说道,"但我认为真相已经很清楚了,至少对我来说是这样。有人帮助他编造了这个故事,而且是一个很厉害的人——也许是因为他们自己无法得到这份工作。听着是不是耳熟?"

"也许吧。"

"很好,"博格站起来说,"我得去朝拜领主了。但是,如果你偶然发现了哈维的秘密合作者是谁——请你告诉他们,他们应该站出来。有些事我们可以灵活处理,署名不过是纸上的文字。"

卡门点了点头,看着博格走出办公室。他走到门口时突然停下了。

"哦,还有一件事——史蒂文森今天请假了。他今天早上打来电话,"博格说,"可能是因为宿醉。这年头,人们似乎都把控不了自己。"

"好的,还有……"她说着,看着等待她开口的博格,"谢谢你,里奇。"

博格略显尴尬地点了点头,然后走出了办公室。

卡门在椅子上坐了片刻,看着自己裙子上柔和的花纹、交相跃动的色彩。她想,现在总算有了一条出路。

她伸手从口袋里掏出一小张纸片,看到了那个污迹斑斑的名字和电话号码:玛丽昂·普莱斯。

行动之前,她要首先弄清可能涉及的风险。她需要查出哈维究竟发生了什么事,以避免重蹈覆辙。

她转身离开了博格的办公室,办工区的嘈杂声淹没了她脑海中悸动的回响。

第三十一章

卡门靠在公交车站候车亭上,眼睛盯着大楼的正门。她曾试图找到其他方式处理此事,但无果而终,而时间已经不充裕了。

她看到一个人走出来,看上去正专心地想着自己的烦心事。卡门走过去拦住了她。

玛丽昂·普莱斯反应了一下才认出卡门,但她依然冷静,甚至可以算得上高兴。

"我已经开始对你感到好奇了。"

卡门笑了笑。

"你什么意思?"

"我不敢相信是道格·德特默让你打电话给我的。"玛丽昂说着,挽起了卡门的手臂。

卡门想要回答,但是玛丽昂伸出一根手指,几乎碰到了卡门张开的嘴巴,打断了她的话。

"我知道一个不错的地方,我可以带你去。"

她们走过一个街区,来到了一家名为"焦耳达诺"的意大利餐厅。这家餐厅位于第三十九街与第九大道的交叉口,邻近林肯隧道口。玛丽昂说这里价格亲民,口味也不错。她还说这里很受戏剧圈的欢迎。餐厅里灯光昏暗,深色的木质板材给拥挤的空间带来了朦胧而缥缈的感觉。服务员把她们安排到了角落里的一张小桌子，玛丽昂背靠墙坐下。菜单送到时，她点了一杯鸡尾酒。卡门浏览了菜单，很快意识到玛丽昂所说的"亲民"和她的理解不同，但她只能随机应变。

和哈德森谈过后，卡门只感觉越来越紧迫。所有事都在不停发展，但进度并不一致——凯瑟琳、德特默、卡莱尔、博格、哈维——每条线感觉都很重要，但卡门不确定自己应该处理哪一个。她只知道自己必须查明哈维遇害的始末，以便拿回对自己作品的所有权、解决她朋友的谋杀案，同时避免遭到相同的命运。但究竟哪个更重要？她感到一阵内疚。她急于查明哈维被害的原因，是否是为了洗清自己的罪名？她对自己漫画事业的关心，是否更甚于她死去的朋友？

她告诉自己，两件事可以同时存在，两种感觉可以共享同一空间。现在，她需要从玛丽昂·普莱斯那里了解哈维在布尔沃克做过什么，以及这对他在胜利漫画的生涯有何影响。

她抬起头，目光遇到了玛丽昂锐利的绿色眼睛。它们似乎正在对她微笑。

"这是意大利菜，不是另一个星球，卡门，"玛丽昂轻轻拍了拍她的手，"找到你喜欢吃的东西应该不难吧？还是说你不吃肉？我也吃素，我们可以找——"

"不，不，没关系，"卡门紧张地说道，"是这样，上次我很抱歉，我喝醉了，需要一些新鲜空气。"

"哦，没事，完全没事，"玛丽昂说道，她的笑容热情渐减，"我那天很开心。我喜欢你。那刚好是一个发泄的好机会。你知道吗，这一行里像我们这样的并不多，至少在沃伦或者胜利这样的地方是这样的。"

卡门挤出一个微笑。玛丽昂喝了一口饮料，然后继续说道："那你找我有什么事？终于意识到你需要一个朋友了吗？"

"差不多是这样，"卡门说，"我需要一些帮助。我想——"

她的大脑停滞了。她知道自己在干什么，但她不确定如何向别人解释——特别是像玛丽昂这样敏锐的人，她能够轻易地读出卡门话语中的潜台词。

玛丽昂挑了挑眉毛。

"你想干什么，姑娘？"她说，"你看起来很紧张，一切都还好吗？"

"我想弄清楚有关布尔沃克的一些事，"卡门说，她已经把她的筹码推到了桌子中央，"我觉得可能与哈维的死有关。"

玛丽昂向后一靠，她脸上的微笑消失了，目光突然变得黯淡。

"哦。"

"我是不是疯了？"卡门问道，"我可能错了。这只是我在胡思乱想。但我知道你曾在那里工作——"

"你没疯，但这并不意味着你所做的是明智的，"玛丽昂说，"布尔沃克已是陈年旧事。它已不复存在。老板带着所有人的工资和点子跑路了——那是纯粹的盗窃，但我不确定这与哈维有什么关系。"

卡门看着玛丽昂匆忙喝完了最后一口饮料。她放松而近乎急切的态度已经改为紧张，她已有所防备。卡门触动了她的神经。现在卡门必须决定如何切入重点。

"哈维在那里工作过，"卡门缓慢地说，"现在哈维死了。你说得对，这可能没什么关系——但我想弄清楚这里是否有什么问题。"

"那不是警察的工作吗？"

"他们查出来了吗？"卡门厉声问道。

玛丽昂微微侧头。卡门不确定这究竟意味着她感到印象深刻还是不胜其烦。

她们点了菜。卡门只点了沙拉和开胃菜；玛丽昂点了意大利式酿馅面和一瓶红酒。卡门想算算这桌一共多少钱，以及是否会导致她没钱付下个月的房租。

"你找我之前和别人聊过吗？"看到服务员走开，玛丽昂问道。她缓慢地喝了一口酒。卡门想，这又是几块钱的开销。

"跟几个人聊过，"卡门说，"其中一个人建议我和你谈谈。"

"啊。"玛丽昂说，脸上露出了一个慵懒的微笑。她那棱角分明的美艳面庞似乎突然变得更加人性化，并增添了几分伤痛感。"我还以为你只是想见我。我真傻。"

"对不起，我的意思是，我是这么想的，但——"

玛丽昂抬起手。

"请不要解释，没关系。我是个成年人，"她说道，"我很高兴见到你。很高兴能在漫长的一天后来到这样一个还不错的餐厅。我没有过高的期待，所以我想这是一种享受。"

享受。卡门感觉自己放松了防备。她的目光停留在玛丽昂身上：她的红发，她的绿色眼睛，还有她完美合身的黑色连衣裙。玛丽昂·普莱斯非常漂亮，是那种会让人为之驻足的美——那是一种松弛的美，毫无过分的讲究或深思熟虑。单纯地享受这一刻又有什么不好？为何不索性把哈维、山猫、胜利、布尔沃克、道格·德特默和其他污染大脑的废话拨到一边，享受偶遇之人的陪伴？

卡门伸手拿起自己那杯酒，喝了一小口。她感到唇边有刺痛感，并注意到玛丽昂专注地看着她，嘴角微微上扬。

"想要玩乐时谈正事真的很难，对吧？"

"是的,"卡门说,"确实如此。"

玛丽昂的手从桌对面滑过来,停在卡门的手上。她没有东张西望,也没有表现出她们正在做的事有哪里不同寻常。也许对她来说,这一切都顺理成章。

"你今天请我来,到底为了什么,卡门?"

"我告诉你了,"卡门说,她的话语笨拙而带着醉意,即使她几乎没喝几口,"布尔沃克。我想了解——"

"不是,我的意思是,你到底为了什么?"玛丽昂的声音听起来低沉而缓慢,比卡门记忆中的还要更慢,仿佛她想给卡门掰开揉碎地讲清楚却没有成功。"当你听到我的名字时,你感到了一丝兴奋吗?一点点的震动?我真的希望是这样。"

"确实,确实,但是我——我真的要和你谈谈这件事,"卡门说着,抽回了手,摆弄着膝盖上的餐巾,"拜托了。"

玛丽昂点了点头,她脸上的微笑还在——一只在阴影中等待的毒蛇。

"我不确定还能告诉你什么。"玛丽昂说着,她们的食物上桌了,蒸汽从玛丽昂的盘子里升起,给她的脸上带来一种超凡脱俗的光芒。她向服务员点了点头表示感谢,然后转回来对着卡门说:"那家公司糟糕透了。哈维和我勉强糊口——我们所有人都做出了一些糟糕的选择。"

"糟糕的选择?"

"我们已经谈过了。哈维想求上进——他想成为下一个斯坦·李或者罗伯特·坎耐尔[①]。"玛丽昂说。她显然想加快速度,转到别的话题。"他把布尔沃克当成跳板。我把它看作一份工作,用

[①] 罗伯特·坎耐尔(Robert Kanigher,1915—2002),美国著名漫画编剧,作品包括《蝙蝠侠》《正义联盟》《自杀小队》等。

来付房租，或许还可以让我做一些在加州免费做的事赚几个小钱。但那里的情况与沃伦完全不同，我猜胜利也不是那样。回想起来，我觉得那是一个漫长的巨大骗局。他们让我们尽力压榨人才，尽可能多地从他身上榨取利润。即使按照今天的标准，那些合同也非常糟糕。版面费就是一个笑话：那只是一种让一些老掉牙的家伙继续工作的方式，而且书似乎永远不会出版。"

"哈维是怎么参与进来的？"卡门问道。

"他起初是金童，"玛丽昂说着，戳着她的食物，"他很快就显露出了自己的才华：他创作了很多东西。他是一个好员工。人们喜欢他——我是说，你认识哈维，他曾经是一个可爱的孩子：聪明、友好、有些迷人。如果那个地方有谁能干一辈子，那一定是哈维。"

卡门放下了叉子。

"那接下来发生了什么？我是说，哈维到胜利漫画之后很少谈起他在那里的经历，"卡门说，"他辞职了吗？"

玛丽昂摇了摇头，吃了一口意大利面。

"不，不是，他被解雇了，"玛丽昂点点头，"但是除了他告诉过我的一个原因之外，我不能告诉你原因。至于真相究竟如何，我不知道。他前一天还在，第二天就没来——几天后，那里发生了入室盗窃。接下来我知道的就是我们连办公室都进不去了。然后我就失业了。"

"没有人注意到漫画一直没有出版吗？"

"当然有。我们又不是傻子，"玛丽昂说，"但每次都有借口：印厂出问题，发布日期变更，资金流动问题……有些借口好一些，有些借口差一些。整个运营大概只持续了一年多一点，所以时间并不长。我们交上去的东西被一一批准，编辑被委托制作书籍，然后我们马上就接到了新的任务。他们说什么你就干什么。我想支付我的账单和赚一些零花钱；再加上我年轻，又住在纽约。某个时间点之后你就不再关心这些琐事了。"

"除了哈维。"

玛丽昂抬起头，卡门注意到了她脸上痛苦的表情。

"哈维从未仅仅把这当作一份工作，"玛丽昂说，"这是他的生活。他从头到尾对布尔沃克满怀怨恨。正如他所说，他讨厌这个'骗局'。"

"骗局？"

玛丽昂环顾四周，拿出一支烟，快速点燃。她递了一支给卡门，但卡门挥手拒绝了。

"是的，感觉就像某种宏伟的、类似'水门事件'那样的阴谋。"她说着，眼睛盯着卡门身后，仿佛正在脑海中重温着那个故事，"布尔沃克是个骗局，让人们为这家公司创作角色，却看不到回报，也看不到他们的故事问世。某种意义上，这是不道德的。他比我更投入。那时，他实际上为公司创作了很多东西，至少每周一个脚本。我对工作的事不太上心，有时会编辑他的作品。哈维写得不错——他知道那些套路，写得东西颇有他读过的作者的影子。但这并没有让我对这个媒介抱有太大的希望，你明白吗？所以每次我们出去喝酒，我只想泡在酒精里，他却激情地长篇大论说个没完，我真的筋疲力尽。但我现在回想起来，也好奇他到底知道多少，究竟是对还是错。"

卡门挺直了身子。

"他认为布尔沃克在囤积人物角色？为什么？"

玛丽昂耸了耸肩。

"我不知道，就像我说的，我并不是特别上心。当他似乎只是想抱怨时，我试图继续我的生活，"她说，"如果你跟我说这些人物——这些漫画——刊印之后会有长久的价值，我会觉得很荒唐。但哈维认为这家公司在窃取创意，让员工创作角色，留作以后使用。"

"我是说，《蝙蝠侠》就有电视节目和其他周边，所以这不完全是不可能——"卡门说。

玛丽昂笑了，声音悦耳，但也沉重而沮丧。那是一种真实的笑声，让卡门感到悲伤而不是欢快。

"拜托，卡门，你说什么？你认为会有一部《化身侠》电视节目吗？布尔沃克拥有的角色都是些平平无奇的仿制品，"她一边挖着食物一边说，"我的意思是，也许会有，但我不知道。感觉像是一种奇怪的商业模式。"

玛丽昂又点了一瓶酒。晚餐继续进行。她们放下了布尔沃克，谈论起其他事：天气、玛丽昂在加利福尼亚的生活、她们最近看过的乐队，还有各自最喜欢的酒吧——一切都感觉轻松、自然而愉快。与凯瑟琳一起那种总是充满紧张和危险的时光不同。每件事都感觉水到渠成。卡门不想改变话题，但她必须这样做。

当服务员送来账单时，卡门向前倾着身子，看着玛丽昂。

"我还有一个问题。"她说。

玛丽昂开玩笑地翻了翻白眼。

"请问，侦探。"

"你认为哈维为什么会被解雇？说说你的猜测就好。我很好奇。"

玛丽昂轻松的举止消失了。

"哈维是个好人，"她说，"但是即使好人也会走捷径。他们觉得自己应该得到一定的回报。这是你我不会有的态度。我们必须拼命工作才能得到相同的待遇；但是在哈维看来，如果让他心甘情愿地被布尔沃克骗，那么他就要扬名立万。他要尽可能多地写作并写出一部作品集。这是值得赞赏的。"

"那有什么不好的?"

"嗯,确实没什么不好的,"玛丽昂又点燃一支烟,深深地吸了一口,"但我听说他做了一些不光彩的事:让别人提出创意,然后拒稿,再把对方的点子变为己有。我只是听说过,没有亲历。他是我的下属,所以他作为一个真正的编辑所做的任何事都必须经过我的批准;但这并不意味着他不能以他的工作为幌子去找一位作家或艺术家要点子,然后把它们改头换面当作他自己的内容。"

卡门把手掌放在桌子上。她感到头晕目眩,身体沉重。玛丽昂的身影变得模糊不清。她刚才说的真的像卡门听到得那样吗?

"你还好吗?"玛丽昂问道,出于关心而非亲密地伸出手抚摸卡门,"卡门?"

我不太好。我不太好。

"哈维做过这种事,对吧?他以前就这样做过,"卡门说,"请对我说实话。"

玛丽昂握住了卡门的手。

"当然,"她语气沉重,好像在对一个困惑的孩子说话,"他经常这样;但我觉得,他在布尔沃克时最后一次使这招——嗯,真的伤害到了别人。"

卡门裹紧外套,迈步走进秋夜,玛丽昂跟在几步之后。卡门听到她说了些什么,但没有听懂。她此时心乱如麻。

哈维曾操纵过其他编剧。利用他们给他提供灵感,把别人的想法据为己有。

他对我故技重施?

卡门相信他确实如此。想到此,她感到一把冰冷的刀正中软肋。

"谢谢你请我吃饭。"玛丽昂说着,走到卡门身前,她那引人注目的红色头发和浅浅的雀斑在这个阴暗沉闷的夜晚显得格外显眼。她带着微笑,双手环绕在卡门的手腕上。

"当然,"卡门强颜欢笑道,"这顿饭很愉快。"

"如果你喜欢被警察盘问的话,"玛丽昂走到卡门身边,两人的身体温暖地贴在一起,"不过确实,我很开心。"

卡门靠近她,两人浅浅一吻,唇齿轻触,感觉很好。她能感到玛丽昂的微笑擦过她的嘴唇,温暖的气息轻抚着她的脸。

"我不擅长故作矜持。"她轻声说道。

卡门笑了一下。

"没关系。"

"我希望如此。"她说着往卡门的外套口袋里塞了什么东西:一片碎纸片。

"但我答应过自己,要更好地控制自己,即使我喜欢你,"玛丽昂退了一步,"所以再打电话给我好吗?别耍花招。你很聪明,我也很聪明,我们可以继续聊天。"

卡门走近玛丽昂,她们的手紧握在一起。

"我会的,"她说道,"或许我们还可以聊点别的。"

"我想那会更有趣。"玛丽昂说着,扬起一边眉毛。卡门好奇,她是不是还有什么话想说?

"改天再见,好吗?"玛丽昂声音沙哑。卡门知道,两人都不想分开。

"好的。"她说道。

卡门看着玛丽昂走向第九大道的人群中,她的红发融入城市的鲜亮灯光和喧闹声中,像一座渐渐消逝的灯塔。

第三十二章

"这才是真正的漫画!"

伴随这句话,一摞画稿落在卡门桌上——全线条的画稿,足够一本漫画的篇幅。她注意到画板上还别着一份打印脚本。她拿起脚本,看着画作。道格·德特默熟悉而鲜明的线条辨识度极高。角色也是如此。这才是山猫——不是詹森主笔的几期连载中出现的山猫,而是最初的版本。只不过……这不是早期连载的画作。

"什么——"卡门刚开口,卡莱尔就让她闭嘴了。

"你不会相信的。我自己都不相信。"她的老板说着,站在她身旁,两人一起看着画稿。卡门一页接一页地翻阅着,故事逐渐开始成形:这是一个新故事,由德特默绘制,脚本则是她的。他已经完成画稿。她心里对此已有准备,只是没想到他会交上去。

她的皮肤掠过一阵恶寒,感到过电般的刺痛。她伸手去拿脚本,手指慌乱地翻找着最上面的一页。

"我知道你在想什么,卡门,你这只敏锐的母狐狸。"卡莱尔的声音听起来没有几分玩笑,更多的是不安,"'这本书的编剧是谁,老板?'好吧,我来告诉你——我对此毫无头绪,完全不知道。德特默昨晚很晚才交的。他毫无预兆地出现在我公寓里,就像幽灵一样。他说他认识这个编剧,但必须保密——'直到他们做好揭露自己身份的准备'。你能相信吗?太戏剧化了。不管怎样,这很好——甚至可以说很棒。立即把它交给莫雷利上字。我们有了新的一期!那个叛变的酒鬼甚至不知道他救了我们所有人。"

卡莱尔没有等待卡门回应。卡门瘫坐在椅子上。刚刚的事发生得太快了。她需要消化一下,可她没有这个机会。她抬头看到另一个人,丹·史蒂文森。他翻阅着卡莱尔留下的脚本,露出一脸厌恶的表情。

"这感觉不对。詹森似乎刚开始进入状态,"史蒂文森说着,摇了摇头,"卡莱尔怎么能相信像德特默这样的人?他喝的威士忌比水还多。他已经过气了。"

"你别在这儿说闲话了。"卡门抢回了脚本。她现在不需要这个。她只想要片刻的时光享受胜利,而这个可怜的家伙却像一只迷路的蛆虫一样在她的桌子周围蠕动。"你是没活儿干吗?"

史蒂文森耸了耸肩,走回工位,嘴里嘀咕着什么。卡门想,好走不送。

"天哪。"卡门一边浏览那摞画稿,一边低声说。

真的太美了。这个故事让德特默本已极具电影感和明暗法的风格显得更加生动有趣。即使不读脚本,她也能看出德特默所做的事,他能感受和理解卡门想让他讲述的故事。她看着克劳迪娅·卡拉醒来,大脑连接着电线和机器。当主人公意识到自己被心灵扭曲者陷害和操纵时,她翻到了下一页。当女英雄穿上熟悉的制服,在肮脏的胜利城街头寻求复仇时,她不禁欢呼。这太完美了,卡门想。它巧妙地抹去了之前的内容,并为即将到来的内容铺平了道路。一切顺理成章:这本漫画如今在她的笔下。她的梦想就在她的掌握中,几乎成真。

"巴尔德斯女士。"

卡门抬起头,以为又是史蒂文森想要还嘴,不顾现实地要证明自己的重要性。但来人不是史蒂文森——比史蒂文森更糟糕。

"哈德森警探?"

"是我。"她说。她看上去有些沉重,上次见面时展现出来的细微幽默和理解已经消失了。实际上,她似乎完全不关心卡门。"你们老板在接待客人吗?"

卡门颤抖着点头起身。她透过卡莱尔办公室周围的玻璃墙向他示意,告诉他哈德森来了。他匆忙从座位上站起来,走了出来。

"警探,见到你很高兴,"他说,语气有些勉强,"希望你带来了关于案件的好消息。"

哈德森摇了摇头。

"我没有关于案件的消息,卡莱尔先生,这通常不是什么好消息。"哈德森说,似乎并不介意卡门旁观他们的谈话,"但我们来是想告诉你,我们认为我们遇到了一个类似的案件——一起类似的袭击。"

"什么?"卡莱尔有些困惑地问道,"我不明白。"

哈德森降低了声音。

"我们认为杀死贵司职员斯特恩先生的人再次出手了,"她说着,四处张望以确保其他人没有听到,"我想向你确认一下,看看你是否认识受害者。她现在处于昏迷状态。医生们不确定她能否挺过去。"

"那么这位是谁?我不知道我是不是认识,除非——"

哈德森抬起一根手指示意他噤声。

"请闭嘴。"她低声说道。

"对不起,对不起,我道歉。"他结结巴巴地说。

"她不是贵司员工。"哈德森说。

她。

"但我知道这个圈子不大,每个人都认识其他人,所以我才想与你联系。"哈德森在手提包里翻找着,拿出了一张小照片。照片是黑白的,但卡门立刻认出了上面的人。"你认识这个女人吗?"

是玛丽昂。

"不,不,我的意思是,她看起来很眼熟,可是——"他说。

"那是——那是玛丽昂·普莱斯。"卡门说。

哈德森和卡莱尔转向她。卡莱尔似乎很惊讶,但警探没有。

"你认识她?"哈德森问道。

"不太熟,但她在沃伦工作。"卡门说。她努力保持镇定,让自己的脸不发红,眼睛不流泪;但她感到自己的情绪快要崩溃了。她想逃,躲起来尖叫。到底是怎么回事?"我见过她几次——我们在九月的会议后一起出去过……她很……"

眼泪还是流出来了。卡门出乎自己预料地痛哭失声。这眼泪可能不只是为了玛丽昂,也是为了一切。哈维,山猫,德特默,迈阿密。她根本停不下来。很快,她开始颤抖。她感到一只粗壮的手臂搂住了她。她闻到卡莱尔廉价古龙水的味道,他轻声说一切都会好的。哈德森问她是否需要坐下。

不需要。她需要逃跑,逃得越远越好。

卡门花了几分钟才平静下来。泪水风干,颤抖也停止。哈德森蹲在卡门椅子旁边。卡莱尔离开了,据说是去拿些水,但是卡门知道这个老男人看不得别人哭泣——更不用说一个女人的哭泣。这使他感到不安。

她脑海中盘旋着昨晚她们在一起的最后时刻——她怀疑,是不是有人看到她们了?是否有人看到了当时的情形?

"你没事吧?"哈德森的手还放在卡门的肩膀上。

"没事,"卡门吸了吸鼻子,"嗯,我没事,我只是有些——这个行业里女性不多,而玛丽昂是,嗯,怎么说呢——我觉得她是我的朋友。"

哈德森点点头,没有说话。卡门知道这位警探可能在思考自己和玛丽昂之间的关系,但也许这些问题可以等等。卡门知道她需要一些时间来思考如何回答这些问题。

"发生了什么?"卡门哆哆嗦嗦地问出了问题,她自己也吓了一跳。

"好像有人闯进她的公寓——在床上袭击了她。袭击者吵醒了她,她反击了。房间里乱七八糟,看起来像进行了十二轮搏斗,"哈德森警惕地打量着卡门,"我们没找到凶器,但我猜袭击者没想到他的受害者会醒来。他可能只是想进屋,开枪,然后离开——和袭击你的另一个朋友哈维一样。她能活下来,已经很幸运了,能那样击退陌生人也已经非常走运。或者她可能认识袭击者……"

问题悬在二人之间。卡门感到头晕目眩。哈德森暗示卡门和哈维之间有更多的关系。在这件事上她是否也持有同样的观点?至少这次她会更接近真相。

"你迈阿密的朋友联系你了吗?"哈德森问道,将卡门从神游中摇醒,"霍尔夫人?"

卡门摇了摇头。这是事实,她已经几个月没和凯瑟琳说话了。她甚至不知道他们在哪里。昨晚和玛丽昂接吻后,她感到了一丝愧疚,但她嗤之以鼻地摆脱了这种感觉。如果凯瑟琳在乎,如果她曾经在乎过,她就不会在事情不顺利的时候消失。据卡门所知,她可能回到了迈阿密相夫教子,仿佛无事发生。

"我们不再联系了,真的,"卡门说,"老实说,我甚至不知道她是否还在纽约。"

"我相信你,"哈德森说,"但她还在纽约。我还在试图联系她。每次我去她家,她似乎总是不在。不过我和她丈夫聊得很愉快。他似乎是一个随和的人。"

尼克在这里。

"哦?"

"是的,是个好人,热爱体育——是海豚队①的球迷,似乎很朴实。"哈德森站起来,擦拭着外套上看不见的灰尘,"当我问到婚姻问题时,他似乎很吃惊,不过别担心——这方面我没问太多。据他说,他们俩一直想离开迈阿密。当然,他们因为家庭等原因还保留着那里的住所。"

卡门盯着哈德森,让这些话过滤进她的脑海。说实话,现在的局面早在她预料之内——凯瑟琳和尼克永远不会分开。这种浪漫的想法——和卡门或其他像卡门一样的女人私奔——在凯瑟琳的头脑中肆意蔓延,但她太过于老派,太过忠于婚姻、房子和孩子。在她看来,正是这些东西定义了"生活",其他东西只是调剂生活的花絮。自己怎么会如此愚蠢?怎么会认为凯瑟琳会离开他呢?

"那很好。"卡门说,给了哈德森一个苍白的微笑。她没有精力假装,而哈德森也以同样的方式回应。她的话让卡门大惊失色。

"你知道她不值得你这样,对吧?"

卡门犹豫了一下,但哈德森的眼睛一直盯着她。

"待在这里,好吗?"哈德森转身走向电梯时说道,"我感觉我们不久之后还需要再谈一次。"

卡门目送着这位矮胖的警探下了楼。一两分钟后,卡莱尔从

---

① 此处指美国国家橄榄球联盟(NFL)迈阿密海豚队,曾于一九七二年、一九七三年两次获得超级碗冠军。

办公室里出来，直奔博格的办公室。她也填了几张未完成的发票。她知道自己要做什么，知道她必须快速行动；但她很害怕。

这些线索似乎正向彼此汇聚，但她担心它们将会拼接成一幅怎样的图像。担心画面上的凶手的面容将酷似一个她以为自己曾经爱过的女人。一个她几乎再次爱上的女人——准确地说，某种程度上，她直到现在仍然爱着这个女人。

凯瑟琳·霍尔嫉妒心强，缺乏理智。她在哈维·斯特恩被谋杀之前一直在跟踪他。她也不排斥跟踪卡门。她是否曾撞见她和玛丽昂在一起？她是否曾看到她们在一起？

卡门问自己，为何当初如此盲目？这会是真的吗？她拿起电话拨打了自己公寓的电话。莫莉在第二声铃声响起时接通了电话。

"是我，"卡门说，"我需要警告你一些事。"

"卡姆，还好你打来了。"莫莉说。她听上去上气不接下气，并且十分焦虑。莫莉平素沉着冷静，卡门不习惯室友这样的状态。她的脑海中警报响起。

"怎么了？一切都还好吗？"

"是的，额，好吧——不是很好。"莫莉说。她说话声音很低，仿佛在躲着什么人。但是谁在那里？"我觉得你得回家一趟。现在。"

"莫莉，发生什么事了？"

"赶紧回来吧，卡门，"莫莉说，"求你了。"

选自一九七五年《传奇山猫》第九话"猛醒"——编剧:"神秘编剧,即将揭秘! 亲爱的读者,敬请期待!";绘画:道格·德特默;文字:托德·莫雷利;编辑:里奇·博格;总裁/CEO:杰弗里·卡莱尔。胜利漫画出版。

第三十三章

"你在这里干什么?"

卡门站在凯瑟琳·霍尔对面,整个单间公寓似乎都笼罩在她的问题中。莫莉看起来惊恐、愤怒而脆弱。这让卡门更加担心。她的朋友向来坚强,这个女人究竟做了或者说了什么,让莫莉如此不安?

"我要走了。"凯瑟琳说。

她的脸上毫无表情。卡门很熟悉这个版本的凯瑟琳。她从烟雾中出现,下达命令,然后消失在雾中——就像某种情感幽灵,虚幻而冷漠。

不能再这样下去了,卡门想。

"那又怎样?"卡门说。她向前一步,双手握拳。"你来这里真的就为了告诉我你要离开吗?你去了哪里?我好几个月没和你说过话了。我为什么要在意呢?"

她可以感觉到莫莉在她身后不停蠕动,走来走去,担心不已。她在想什么?她觉得卡门会向这个女人挥拳吗?这个想法几乎令她兴奋不已。

"我只是想让你知道。"凯瑟琳说,仍然保持着那种蒙眬空洞的眼神和机器人般的语气,这只意味着一件事——凯瑟琳已经想过每一种选择，考虑过了每一个替代方案，她已经受够了。她已筋疲力尽，即使她的身体早就先于头脑明白了这一点。"我要回家了。我要去修复我的婚姻。我需要这样做……为了自己。也为了我的家人。"

卡门讥讽地一笑。"呵呵，去你妈的，"她说着摇了摇头，脸上带着愤怒的微笑，"你不能突然出现在这里发号施令，好吗？你骗不了任何人。你觉得我不知道尼克在这里吗？和你的儿子在一起？你把我们在迈阿密处理的那些屁事和那些秘密都搬到了纽约？你那时骗了我，现在你还在骗我。"

凯瑟琳仍然面无表情，但卡门看到了她说出真相时凯瑟琳脸上一闪而过的惊讶。这或许将是卡门今天唯一的胜利，不过足够了。

"这行不通，卡门。我做不到。"

"做什么？"卡门耸了耸肩，"做什么？请告诉我。我几个月没见你了——是你来纽约找我的。还是说这只是你逃避现实的机会？你丈夫找到了新工作，所以当你的保姆给你看孩子的时候，你决定找一些新的爱好——哦，想到了，你在老家约过的那个女人也在这座城市。"

卡门连珠炮似的说了下去。仿佛玛丽昂遇袭让她完全崩溃了，现在她所有的防御都不复存在了。

"为什么不再捡起那个爱好呢？"她说，"就像钩针编织或弹吉他一样。不过是在尼克不在或者你孩子睡觉时消磨时间的好方法。这样一来生活就不会无聊，也不用直面真正的问题。你才是那个问题，对吗？你才是那个不劳而获的人。想到我曾经关心过你，想到我曾经为你哭泣，我就恨自己；但最重要的是，这让我为你感到难过。但你不再是我的问题了：我已经受够了。"

卡门的最后一击沉重地袭来，打破了凯瑟琳岿然不动的表情。她的深色眼睛中闪着泪花。卡门听到莫莉猛吸一口气。

"你为什么跟踪我？跟踪哈维？"卡门问道，她压抑着愤怒，措辞冷静。她需要答案。"警察想找你问话。你知道的，对吗？"

凯瑟琳转过了头，没有看向莫莉，也没有看向任何人。只是转过头去，好像急需思考的时间。

"我犯了个错误。"凯瑟琳说。卡门不得不忍住怒气听她说。"我——我想见你。我想要……我不知道。我感到不甘心——只是渴望靠近你。"

"所以你就一直跟踪？恐吓我的朋友？"卡门怒斥道，"我现在应该相信什么？你干了什么？"

"不，你听我说，这没什么，"她说，"我没干什么出格的事，卡姆，你必须相信我——"

没等凯瑟琳说完，卡门已经来到她身侧，伸出手臂指向房门。

"滚出我的公寓。"

凯瑟琳走了。她们没有对视。卡门没有看她离开。门"砰"的一声关上，这是唯一证明她已经离开了的声音。

"天哪。"莫莉说着走到卡门身边，抱住了她，紧紧地搂住她。卡门能感觉到莫莉的嘴巴挨着她的耳朵。"你还好吗？"

"嗯，我想是的。"卡门说着，挣脱了拥抱，开始在她们的小工作室里走来走去。她喜欢活动，需要思考。发生了太多事，她不确定自己是否做了正确的事——但是这种感觉真好。

"我只是不知道该怎么办，"莫莉说着坐在床边，"她进来了，唠唠叨叨，说她需要和你谈谈，除非你来找她，否则她不会走。她很吓人，眼神狂野。我很担心，不知道她会做什么。"

卡门蹲下身，双手放在莫莉的手上。

"很抱歉让你经历这一切。"卡门说着。她感觉不同了——清醒而警觉。肾上腺素在她体内流动。这就是飞檐走壁的感觉吗？这就是打击街头暴徒的感觉吗？这就是穿上黑蓝色制服、戴上眼罩的感觉吗？这既令人兴奋又令人迷惘。"很抱歉。"

"嘿，没关系，"莫莉说着，"我只是，天哪，我真的不知道你在老家要处理这么多事。当我遇见你时，我就想，'该死，这个女孩可能整天都坐在家里看书。'"

她们一起笑了起来。

"她到底是怎么回事？"沉默了几分钟后，莫莉问道。

"我们曾经有过一段关系，"卡门说着，几乎是对着自己说的，也是对着莫莉说的，"但很久之前就已经结束了。"

"我明白，但是……她为什么会来这里呢？"

卡门看着她的室友。莫莉是我的朋友，她心想。

"我不知道，"她说着，从来没有像现在这样坦诚地表达自己，"我想或许是我们都不喜欢放手，想要努力地把彼此留在身边。"

"她可真是个可怕的女人，"莫莉站起来向厨房走去，"我想我们可能需要换锁了。她会不会等在外面等你出门？她对你冷酷无情，然后就失控了。"

卡门想起了她和哈德森的谈话。她从哈德森那里了解到的凯瑟琳跟踪哈维的信息。卡门自己对玛丽昂的妄想，以及凯瑟琳几分钟前几乎没有任何情感的表现。难道凯瑟琳被嫉妒冲昏了头脑，采取了极端措施？两次？如果是这样，她为什么要离开纽约？

"她不太对劲，"卡门说，"但她不是凶手。"

"不是凶手？"莫莉的表情有些困惑和担忧，"你在说什么？"

"对不起，我在自言自语，"卡门说，"我只是试图把关于哈维的遭遇拼凑起来。调查他谋杀案的侦探说，哈维死前凯瑟琳一直在跟踪他。"

"你有没有想过她只是在跟踪跟哈维在一起的某个人？比如，一个叫卡门的火辣古巴女孩？"莫莉轻轻地戳着卡门的胳膊，"对吧？他死之前你经常和他在一起的吧？"

莫莉说得对。这似乎是个太简单的解释，但事实就是这样。

"可是玛丽昂呢？"

"玛丽昂是谁？"莫莉问，"卡门，我比你少看了十期——到底发生了什么？"

"玛丽昂是我的朋友——或者说是我认识的人。她在另一个漫画公司工作。昨晚我们在一起，"卡门开始闪烁其词，不过听上去很自然，"我在想，也许凯瑟琳看到了我们，就下了错误的结论。"

"然后攻击了某个人？"莫莉问，"我是说，任何事都有可能发生。但如果她想要你回来——现在看来好像也不是这么回事。"

"你说得对，"卡门说，"我太傻了。我不适合这个。我不该再去想这些了。"

"不管哈维了？如果他是你的朋友，那可不行，"莫莉说着搂住卡门的肩膀，"你在做任何真正的朋友都会做的事。不过你的前任突然变成了诺曼·贝茨①，确实有点离谱。"

卡门用手梳了一下黑色的头发。她感到有些不舒服，有些摇摇晃晃。与凯瑟琳的对抗，玛丽昂被袭击的消息——把她推到了一个她从前从不知道的边缘。现在，她感到失去了控制。哈维究竟遭遇了什么？玛丽昂遇袭只是巧合吗？她不愿相信。她也不认为哈德森认为这是事实。这意味着有人谋杀了与卡门非常亲近的人——就在她与他们见面的几个小时后。她想到这里，嘴里发干。

---

① 诺曼·贝茨（Norman Bates）是希区柯克年电影《惊魂记》（*Psycho*）中的人物，是一个人格分裂的杀人犯。

"布尔沃克。"卡门低声说道。

"什么?"莫莉一边从旧冰箱里拿出一瓶啤酒一边问道,"布尔沃克是谁?"

"那是哈维来胜利漫画之前工作的地方。"卡门说。她现在已经坐在地板上,在一个小盒子里翻找着——翻阅着一堆漫画。"我想应该在这里。我甚至不知道我为什么把它也带来了。"

卡门蹲了下来。她能感觉到莫莉走到她身边。卡门把《复仇者联盟》《夜魔侠》《正义联盟》《X战警》《化身侠》《黄昏》《蓝甲虫》等漫画抛到一边。她正在找别的东西——她希望那是真的。

"找到了,"卡门说着,手里拿着一本特别的漫画,"我还以为是我凭空想象出来的。"

她兴高采烈地把它展示给莫莉,尽管这只是她一个人的胜利。

"暴君……暴君神话?"莫莉问道,她眯起眼睛看着卡门伸手展示给她的破旧漫画,"那些是什么,虫人吗?"

"我想他们是虫族战士吧。"卡门说着,翻阅着这本书。她在第三页或第四页停了下来,手指指向页面下方。"就是这里。天哪。"

莫莉走过来,站在卡门身后看了一眼。

"什么?这画太恶心了。"她说。然后她的眼睛落在了卡门的手指上——还有上面悬浮的文字。"咦。"

制作人员列表的方框中,在布尔沃克漫画隆重呈现一行的下方有几个名字。其中三个名字引起了卡门的注意。其中一个已经去世了,另一个即将离世。

马克·詹森,编剧。
哈维·斯特恩,助理编辑。
玛丽昂·普莱斯,编辑。

第三十四章

她又按响了门铃,还是没人回应。

卡门走出地铁站,沿着拉德洛街朝德特默的工作室走去。突然下起大雨。她仅仅走了几个街区就已浑身湿透。她站在德特默所在大楼的门口,门铃声给了她些许莫名的安慰。她已经这样按了至少十分钟了,她心想:他在哪里?

"谁啊?"

那个声音透过静电干扰声传出,听起来闷闷的,仿佛说话者身处水下或透过一层布说话,但那是德特默的声音。

"道格,是我——卡门,"她说,"你能让我上去吗?我们需要谈谈。"

他按下了开锁按钮。

她刚一走进他的工作室,便立刻感觉有些不对劲。

整齐的邮件堆已经不见了,取而代之的是散落在地板上的信封。瓶子堆在角落里,空气中弥漫着一股可能来自体味、酒精和呕吐物的陈旧腐臭。她虽然还没看到他,但事情已经渐渐明朗。她脑海中仍然存在些许疑虑,她不确定他是否还好,还是她只是来得不是时候——或许她没有给他留下时间让他准备招待客人,或者收拾好自己的仪容。

迎接她的是一个半人半鬼的男人——苍白、消瘦、行动缓慢、精神涣散。他的肤色像是得了黄疸。大大的黑眼圈似乎已经与他脸上的其他部分融为一体。他的衬衫皱巴巴的,领口和袖口附近有红色、橙色和棕色的污渍。他的动作缓慢而晃动,像是刚刚醒来,但他这副样子与微醺后的舒畅截然不同。看来他撑不了多久了,她想。

他正把一摞她看不清是什么的画稿塞进一只大信封。卡门仔细打量了他一眼,不禁大惊失色。

他似乎也意识到卡门有这种反应。他平素坚忍冷静的表情现出了悲伤的神色,顿时刻在了卡门的记忆里。他感到羞愧,但他无能为力。她以前见过这种情况。她认识那种嗜酒如命、渴望用自我麻醉和自我隔绝的方式逃避现实的人,他们愿意牺牲一切——容貌、健康、朋友、热情。卡门知道道格·德特默已是行尸走肉。德特默自己似乎也对此心知肚明。

"我不知道你会来,"他说,慢吞吞的语气一点也没有安慰到卡门,"我应该稍微整理一下……"

德特默把信封装好,把它扔在画桌上。他摇摇晃晃地走向卡门。这时她才注意到他手里拿着一瓶快要见底的红酒。是那种旋盖式瓶塞的廉价货。红酒残留物染在他的嘴唇上,像一种病态的口红。

"你还好吗?"她不知道还有什么别的问题可以问。

"没事,没事,只是有点累了。"他说着,瘫坐在一把孤零零的椅子上,"有什么急事吗?"

工作室的空间更像一个储物区,横七竖八倒着的画桌、办公椅、文件柜、画夹等家当都曾各有意义。它们曾经能派上用场,曾经很特别。但现在,它们只是杂物——甚至是无处容纳的废物。

与道格·德特默一样,这个空间被世界抛在了身后,只留下滴答作响的时钟和一瓶一美元的红酒。

她有很多问题要问他。她的思绪回到了她第一次来这里时,他们谈论过山猫的事。他听到马克·詹森的名字就非常愤怒,很快就辞去了这本书的工作。但现在卡门知道这个名字对他们来说有更多意义。他是她与哈维和玛丽昂之间的联系,也是她与布尔沃克之间的联系。

一向明智的莫莉态度很明确:打电话给哈德森。接下来的工作可以交给她。可是她们现在掌握了什么呢?最多也只能算是一个巧合?漫画是一个正在衰落的小众行业,所有人都多多少少地合作过。那么如果那个写山猫的骗子还为哈维和玛丽昂写过其他东西又怎么样呢?

"有人受伤了,快死了。"卡门说着,走进了工作室,但与德特默保持着距离,后者似乎正在那个不舒服的椅子里融化。"玛丽昂·普莱斯。你介绍给我的沃伦的编辑。"

卡门回想起那个晚上。那个吻。她让自己的想象引导自己,想象接下来发生了什么,她感到自己的身体在颤抖。

德特默漠不关心地点了点头。

"是的,我听说了。这真悲哀。就像我告诉你的一样,我很喜欢她——非常聪明、非常优雅。希望她能挺过来。"他说着,最后几个音节变得含糊不清,好像他身体的每一个部分,每一块肌肉都没有精力继续维持运营。"但这与我有什么关系?"

卡门打开她的钱包,拿出了一本《暴君神话》。她将那本被雨水浸湿的期刊递给德特默,他小心翼翼地接过来。他看着她,就像她递给他的是一个奇怪的水果,而不是一本漫画书。

"这是什么?哈。看来布尔沃克终究还是出了几本漫画,"他小心翼翼地翻着书页，试图避免撕裂或损坏湿漉漉的纸张，"那又怎样？"

"看看漫画书的制作者名单。"

德特默停在了开头的页面。卡门从他的表情中读不出任何东西。他只是轻轻点了一下头——一种可能是肌肉痉挛或者戒酒引起的狂躁症的动作。当她看到漫画从他颤抖的双手中掉落在他膝盖上时，她感到一种悲伤涌上心头。他太累了，已经连一本漫画也拿不住。

"这又怎么了？"

"哈维·斯特恩。玛丽昂·普莱斯。马克·詹森。"卡门说，"是巧合吗？"

德特默闪闪发亮的眼睛没有任何反应。似乎那本漫画没有让他想起任何事。他已经到了这种程度了吗？卡门想。

"哈维已经死了，玛丽昂可能也会死，"她继续说，"詹森接替了哈维。这种感觉像是什么？某种联系？"

德特默摇了摇头。

"道格，别骗我了。我告诉你詹森接替了我和哈维时，你掀翻了桌子，然后愤然退出，"卡门说，"为什么？詹森有什么问题让你如此激动？"

德特默叹了口气，好像卡门刚刚让他进行了一次短跑或举重，而不仅仅是谈话。

"马克·詹森是个骗子，最差劲的那类人，一个废物，"德特默说，他的声音突然变得清晰而专注，"他是个骗子。他偷窃的东西比他创造的要多得多。他是我们行业里最烂的人：一个怯懦的投机主义者。"

"你和他合作过？"

"如果你曾在布尔沃克工作,你就和马克合作过,"德特默说,"他是他们的主要编剧,一切没有分配给员工的工作都由他处理。"

卡门试图呼吸。她不能完全理解德特默的话,但她能大致感觉到真相在她面前现出轮廓——仿佛在她余光里演出的影子舞。但真相究竟是什么呢?

"我还是不明白,"卡门说,"你为什么这么讨厌他?这不只是工作层面的不喜欢。我一直在和我们的自由撰稿人打交道。他们中有的很好相处,有的特别烦人,有的则是混蛋;但我不讨厌他们中的任何一个。詹森对你做了什么?你见过他吗?他是真实存在的吗?"

卡门说最后一句话时更像是在开玩笑,但德特默的眼神闪闪发光。

"你真的想知道吗?"

"当然。"卡门说。

德特默轻轻地打了一个寒战。但工作室的窗户都紧紧关闭,这个闷热空间的室温已经接近二十七摄氏度。

"追踪钱的去向,跟着钱走,"他说,他的身体似乎越发萎缩,仿佛他想蜷缩进自己的壳里,从这个世界上彻底消失,"无论谁是布尔沃克的老板,无论布尔沃克的支票是谁签字——他们关掉这个地方自然有其道理。我多么希望我能给出答案。但那些在幕后经营布尔沃克的人……他们才知晓一切。"

卡门试图鼓励德特默继续说下去,但画家挥了挥手。她似乎听到他起身时身体在略吱作响。他迈着摇晃的步伐,踉跄着向工作室的卫生间走去。

"你挖掘到什么就告诉我。"他嘶哑地说着,然后关上了门。

卡门想着留下来,看看自己能怎么帮忙。不过最终,她还是转身离开了。

卡门看到博格正在读《传奇山猫》第九期。这是卡门匿名创作的最新故事，本期作画也是德特默迄今为止的最高水准。博格斜靠在椅子上，把脚搭在桌子上，看起来非常享受。她忍不住微笑着走进他的办公室，手里拿着一叠备忘录。她把它们放在博格的桌边，正准备转身离开时，听到他开口说话。

"干得漂亮。"

"什么？"她转身问道。

博格轻拍着漫画书。

"这个，干得漂亮。"他重复道。

卡门点了点头，试图保持冷静。

"德特默干得很漂亮，"她说，"这是我迄今为止最喜欢的一期。"

博格把漫画扔在桌上，把脚放回地面。他友好的微笑现在多了一丝狡黠。

"你的秘密我会守口如瓶，巴尔德斯，"他说，"能有人帮我做出一些可读的漫画，我已经非常感激。"

卡门试图保持冷静，但她脸上的微笑无法掩盖。博格注意到了，点了点头，然后转向她放在桌子上的那摞文件。

她回到自己的桌子，脑海中还萦绕着博格的赞美，但也想起了前一晚与德特默的会面。他匆忙塞进信封中的页面是什么？更重要的是，他所说的"追踪钱的去向"是什么意思？谁会知道这种事？

走到自己的桌子边时，她看到卡莱尔脸上带着慌乱的表情，匆忙走出他的办公室。

"我今天不回来了,"他嘟囔道,"家里有点事。"

"好的,老板,"她说,"一切都还好吗?"

"不用担心,"他说,短暂地转过身,"你能帮我给梅纳德打个电话吗?告诉他我要约他吃午饭。他的电话号码在我桌子上的转盘卡片盒里。"

"好的,我马上去打。"

他转身要走,但是突然放慢了速度——他的表情变得柔和了。

"你还好吗?"

"当然,怎么了?"卡门问道。

"只是——嗯,只是确认一下,巴尔德斯,"他说,"我知道你很坚强。我们都很坚强。但是,几乎同时失去两个朋友,对任何人来说打击都很大。我不想对你说什么煽情的话,但是如果你需要什么,尽管说。没事的话就回去工作吧。"

卡门点了点头。

"谢谢,老板,"她说,"虽然遇到了这样的变故,但看到你还有心工作,我已经很高兴了。"

卡莱尔没有理睬她,走向电梯。

她走进他的办公室,坐在他的椅子上。他有一张豪华的大办公桌——配得上一家大型出版公司的负责人。但对于一家三流漫画书出版社的负责人来说,有些炫耀了。她开始翻阅他桌子右侧的转盘卡片盒,寻找伦·梅纳德的家庭电话号码。

追踪钱的去向,跟着钱走。

德特默的话在她的脑海中盘旋,她的手指在卡莱尔的联系人中翻动着。杰弗里·卡莱尔并不是漫画行业的老手,却是个社交达人。他知道该跟谁说话,该巴结谁。他迅速结交了行业内的各种朋友：从才华洋溢的编剧到编辑再到制作人员和粉丝媒体。这个转盘卡片盒是否能够揭示德特默挂在她面前的信息的关键？她放慢了翻找的速度。找到伦·梅纳德之后，她继续翻看，差一点就错过了斯图尔特·阿尔福德。但名片上潦草的蓝色墨水字迹召唤着她——斯图尔特·阿尔福德，漫画记者。

卡门以前从未听说过这个人或是这家媒体。她读过不少漫画爱好者杂志，但从来没有听说过这个；但她很清楚，有一群狂热读者，他们唯一想做的事就是以他们读过和喜欢的漫画为题开展创作。对他们来说，漫画并非一种可有可无、走马观花的爱好，而是让他们真正热情澎湃的追求。就像她一样。她记下斯图尔特的电话号码——还有梅纳德的——然后回到她的桌子。

她按照卡莱尔的指示打电话给梅纳德并留言，然后拨通了阿尔福德的电话。

"你好。"一个低沉而慵懒的声音说，听起来很放松却并非心不在焉。

"你好，是斯图尔特·阿尔福德吗？"卡门说，努力压低声音，以便不引起办公室里其他人的注意，"我听过其他人对你作品的高度评价。"

"哦，那太好了，"他说，"你能大点声吗？这样说话很奇怪。"

"好的，"卡门说，恢复正常音量，"我有些事需要帮忙。听说你擅长调查真相。"

"我不太确定这是什么意思。"他带着一丝幽默地说道。不过他听起来很感兴趣。"但是我确实会写一些东西。"

"我们可以见面吗？我有些问题。"

"不，我们不能见面——至少在我知道你想讨论什么事之前不行，"阿尔福德说，"而且我必须先了解你的身份。"

"我需要了解一些有关布尔沃克的事。"

电话那头沉默了片刻。卡门还以为电话挂断了。

对面的人清了清嗓子。

"你确定吗?"

"你是什么意思?"

"我的意思是,你确定要插手这件事吗?"阿尔福德问道。

"是的,"她说,眼睛在办公室里四处扫视,确保没有人在偷听他们的谈话,"请你一定要帮帮我,这很重要。"

"好吧,你听起来不像坏人——不过我也遇到过更奇怪的事。"他说,"你知道小意大利的翁贝托吗?就是'疯子乔'加洛被枪杀的地方①?"

"知道。"

"我们在那里见面吧,我一直想去那里,"阿尔福德说,"晚上八点。"

"好的,不过——"

为时已晚。阿尔福德已经挂了电话。卡门放下话筒,等了一会儿,拿起她的手包,径直朝办公区走去。当她穿过办公室时,感受到一种越来越强的宿命感。她心想,不知道自己距离步哈维和玛丽昂的后尘,还有多久。

---

①约瑟夫·加洛(Joseph Gallo),纽约黑手党成员,因被确诊患有偏执型精神分裂症,而被称为"疯子乔"。一九七二年四月七日,加洛在纽约曼哈顿小意大利区翁贝托餐厅庆祝生日时被杀。

第三十五章

卡门穿过马尔伯里街,摇曳闪烁的粉红色"翁贝托蛤蜊餐厅"的霓虹灯招牌在向她招手。距离八点还有几分钟,她喜欢提前到达——尤其是为了像今天这样神秘兮兮的任务。

离开办公室之前,她专门找到了工位上的特鲁尼克。她知道这个小伙子对"报道"漫画行业的漫迷媒体非常熟悉。她假装不知情,说这个名字是在为卡莱尔做事时遇到的。特鲁尼克似乎相信了她。

"阿尔福德?哇,是的,他很有名,"特鲁尼克说,以一种中西部地区特有的甜美方式瞪大双眼,"我指的是在漫迷圈里。他有一份通讯,叫《漫画记者》——有点像《漫画读者》,但我觉得更具反抗性。这本通讯都是从他的公寓里寄出,内容非常尖锐但又可爱——主要是漫评,还有他的生活记录。我每个月都会收到——有时会迟到,但质量一直很高。就连他的信也写得很好。虽然刊物设计糟糕,但毕竟不能光看外表。你阅读它是为了他的文字。他就像漫画领域的莱斯特·邦斯[①],只不过他没有那种奇怪的尖刻。"

卡门认为这已经足够了,但特鲁尼克却继续说道:

[①] 莱斯特·邦斯(Lester Bangs, 1948—1982),美国摇滚乐评人、记者。

"他的文章往往触及他——我想我也是这样——热爱漫画的根本原因。换言之,就是漫画的魔力。但他也不怕批评别人,指出糟糕的事情。"特鲁尼克自顾自地说着,仿佛试图进入一个更美好、更公正的世界。"他很棒。我喜欢他的文章。你怎么问起他了?"

卡门重复了她的借口,似乎打消了特鲁尼克的疑惑。没等他继续追问,她就走了。

她走进翁贝托,感受着现场氛围。几年前,黑手党的叛徒"疯子乔"加洛在这家餐厅里被枪杀,这是一连串血腥暴力事件中最血腥的场面之一。

餐厅里,一个高大健壮的男人举起了一只手向她示意。他秃头,脸上留着稀疏的灰白络腮胡须。他的衣服看起来很舒适,但也很破旧。他轻松地微笑着,却也略显生涩。卡门猜想他可能不怎么出门。

她走到桌子旁,把一只手放在他对面的椅子上。

"是斯图尔特吗?"

"是的,"他平静地说,"很高兴见到你。"

她坐下来,浏览着桌上的塑料菜单。

"我必须说,你的电话让我感到好奇,"阿尔福德说,"因为没有多少人知道我的号码,所以这让我想知道你到底是谁。"

卡门伸出一只手。他握住了她的手。

"我是自由撰稿人克莱尔·摩根。"卡门说。谎言说起来很自然,她无法否认嘴里说出这些话时所感受到的刺激。"就像我在电话里说的,我对调查布尔沃克很感兴趣。"

阿尔福德嗤之以鼻。

"克莱尔·摩根?"他笑了起来,"你这样敷衍可骗不过我。"

"你这话是什么意思?"卡门努力表现出有点被冒犯的样子。

她现在不能退缩了。

阿尔福德向前倾身,用双手托着脸,像一个幼儿看着一只蝴蝶。

"你不够诚实,"他仍然微笑着,"如果你想我对你诚实,我需要你也对我诚实,好吗?而且我是一名记者,我会调查,我也会大量阅读。克莱尔·摩根是帕特里夏·海史密斯的笔名——所以,在文学素养和隐姓埋名方面,胜利漫画杰弗里·卡莱尔的行政助理卡门·巴尔德斯女士,你确实有些水平。这也解释了你究竟是如何得到我的电话号码的。但并没有解释更重要的问题:你为什么要联系我?"

卡门与阿尔福德四目相对。服务员来了,为她提供了短暂的喘息时间。他们各自点了一杯水。她没想到阿尔福德会如此直接。他的态度极具欺骗性。他很聪明,并且占据主动。她低估了他。这是她的失误。

"我打电话并非代表胜利漫画或者卡莱尔,"卡门轻描淡写地承认自己伪装失败,"我也不想惹麻烦,但我需要一些信息。我听说你非常出色,所以我想联系你试试。"

"奉承话会帮你走得更远,"阿尔福德嘿嘿笑着,"好吧,至少比我们现在的状态更进了一步。"

卡门叹了口气。

"我会直截了当地告诉你,因为除了你之外我也不知道应该找谁。"她说,"我的朋友哈维·斯特恩被谋杀了;最近,另一个朋友玛丽昂·普莱斯也险些丧命。他们都曾在布尔沃克工作。我不是侦探,但我认为他们遭遇的一切都与这家公司有关。似乎没有太多关于他们的信息,所以我想了解更多关于这家公司的信息,来证实我的猜测。也许我彻头彻尾地错了。"

"你并没有错。"阿尔福德说着,然后匆匆喝了一口水,"既然我已经知道你的来意和原因,我觉得我们应该换个地方继续谈。"

卡门正要起身,但阿尔福德挥手示意她坐回去。

"我的意思是稍后,亲爱的克莱尔,"阿尔福德带着玩笑的微笑说道,"我还要吃些蛤蜊。"

晚餐本身毫无波折,只是卡门难以专注于食物。只是闲聊,毫无意义。他们离开餐厅时,卡门付了账单,这已经是她最近两三天内需要拆东墙补西墙来支付的第二张高昂晚餐账单。她跟着阿尔福德走出餐厅大门。

"我住在斯普林附近,"阿尔福德说着朝百老汇走去,"我和几个朋友共用一个阁楼。技术上它是一个表演空间,但我们做了一些改造。我找不到其他地方来存放我的文件。"

"我们现在安全吗?"卡门试图跟上阿尔福德的步伐,他的脚步之快与身材不符。"现在我的请客能力已经得到验证了?"

"是的,谢谢,很好,"阿尔福德说着,没有看着卡门的眼睛。"我只是不喜欢在我不熟悉的地方深入讨论细节。我还想确定你不是某种双重间谍。"

"双重间谍?这是漫画书,不是勒·卡雷的小说。"

"确实如此。"阿尔福德说着,转向了拉斐特街。

阿尔福德的公寓与他所描述的非常接近——更像是一个空间而不是一个家,几乎没有墙壁或隔挡,到处都是盒子和文件柜,还有一张灰色的、看起来对身体有害的沙发,上面坐着两只黑猫。

卡门径直走向那两只猫。它们似乎都很乐意让她摸。

"那是迪特科,"阿尔福德指着那只正在卡门手上蹭脸的猫说,"另一只是盖恩斯,为了比尔·盖恩斯。"

卡门笑了。

"可爱。"

她感受到阿尔福德在她身后走来走去,挪动着盒子,穿过宽敞的阁楼空间。她听不到任何其他人的声音,突然感到一阵恐惧。

"所以,布尔沃克公司,"阿尔福德眼睛盯着一排文件柜,一边用手指敲着下巴一边说,"我想这些应该对你有用。材料非常多。但我觉得这些资料已经非常齐全了。我不太确定你在找什么,所以这可能会有所帮助。"

"我也不确定我在找什么,"卡门说着,走过去看了看那两个大柜子,"我只是想大致了解一下这家公司——以及幕后人物。"

阿尔福德点了点头,仍然盯着生锈的文件柜。

"好吧,那些信息真的很重要。"他说着,声音带着一丝担忧。

卡门走向第一个文件柜,伴随一阵刺耳的吱呀声拉开第一个抽屉。她浏览文件的速度很快,这是她在卡莱尔手下以及之前在家乡做零工时学会的技能。文件是成体系的,但有点零散——员工记录、漫画脚本和情节、发票、内部备忘录。她意识到,这里都是那种在垃圾桶里找不到的东西。

卡门转过身看着阿尔福德,他正坐在沙发上,两侧分别趴着两只黑猫。

"你是怎么得到这些东西的?"

"我知道一些事,"阿尔福德神秘地说道,"但我现在不能说,除非某人死了,我才能完成这本书。"

"书?"卡门问道。他回避了她的问题,这是一个可疑的信号。

她把注意力转回文件柜上,慢慢地移动到下一个抽屉。她找到了一些工资单:一张是给玛丽昂的,另一个是给哈维的,都没有什么特别之处。这只是印证了她已经知道的——他们为公司工作过,既是员工又是自由撰稿人。但这并没有解答她最大的问题——谁签发了支票？这些工资单只显示是布尔沃克/兰帕特漫画出版公司。

这对卡门来说毫无意义——实际上，这对任何人来说都没有意义，除非你知道布尔沃克的真实身份。可怎么又出来一个兰帕特？

大约过了半小时，她的眼睛开始疲劳。备忘录开始模糊——请病假、休假、复印机使用规则和通用规定让她头晕。她整天都为卡莱尔处理这样的工作，但阅读布尔沃克的版本只让她意识到，即使你在激动人心的漫画行业工作，办公室生活同样可能平平无奇。然后，她找到了她要找的东西。

这则剪报很短——只有几英寸，来自商业部门。日期是一九六八年三月十五日——据卡门所知，这甚至是布尔沃克尝试出版漫画书的几年前。

漫画公司高管投资初创企业，寻求企业扩张

这则新闻很简短，但足以让卡门感到震惊。

据最新消息，银爪出版公司所有者、胜利漫画出版商杰弗里·卡莱尔将作为投资人之一支持建立兰帕特漫画出版公司。后者是一家报纸、漫画和文学小说的出版商，计划于一九七〇年末启动营业。兰帕特将由在漫画行业拥有丰富经验的娱乐出版业资深从业者丹尼尔·史蒂文森领导。史蒂文森是卡莱尔已故姐姐的丈夫。他在一份新闻稿中称：他希望两家公司能实现互补，共同应对漫画市场的不景气……

卡门的手开始颤抖。她把剪报放回文件柜里,双手扶着柜子以保持平衡。

丹尼尔·史蒂文森是布尔沃克的老板——这点卡门早已知道。但他是卡莱尔的姐夫?

"你还好吗?"阿尔福德说着从沙发上站了起来。两只猫匆匆逃开。"你找到什么了?"

"史蒂文森,"她说,"是布尔沃克的老板。"

"当然,"阿尔福德说,"那是因为他们让他当老板。"

卡门摇了摇头。

"你什么意思?"

"丹·史蒂文森是漫画行业里众多永远无法破解的谜团中的一个,"阿尔福德冷笑着说,"他是那些不断得到工作——不断有人聘请的人之一。我明白为什么卡莱尔要出资。他可是史蒂文森的姐夫,天哪。但这注定会失败:没人想要一个由史蒂文森管理的公司。这也是整件事最大的谜团的一部分。"

"但他为什么要让史蒂文森来管理布尔沃克呢?"卡门问道。她伸手回到文件柜里找那篇文章。她把它拿起来重新阅读,仿佛希望文字在此期间已经改变。可惜天不遂人愿。"我不明白。"

"你还是没明白,是吧?"

阿尔福德绕过卡门,伸手去开另一个文件柜的底层抽屉。它顺滑地打开了,卡门觉得这说明这个抽屉的使用频率更高。阿尔福德从里面抽出一个厚厚的棕色信封,小心翼翼地打开它。里面是一沓夹着大号夹子的文件。他翻阅着,从中间抽出一张递给了她。

不等卡门读到一半,就明白了。

"小心!泛着野性的利爪……班菲娜!"

知名考古学家凯特琳娜·克劳森在前往非洲荒野的旅途中发现了一件古老的文物——一个金色猫形护身符，似乎号叫着向她招手。

回到兰帕特城后，克劳森发现自己被野生动物和几个世纪以前的生活幻象困扰，已经分不清是现实还是梦境。午夜梦回，她浑身是汗，猛然惊醒，发现护身符就在她的床边。她将它靠近胸口，发现自己获得了猫一般的强大能力，包括从任何高度跳跃、致命的利爪和近乎第六感的惊人视觉！为了打败伤害无辜的恶棍，克劳森穿上了黄蓝相间的条纹制服，成了夜晚的保护者——班菲娜！

卡门读到这里，重新翻回首页。没有封面，没有迹象表明这个提案的作者是谁；但卡门知道有些事不对劲。在布尔沃克工作的人中，有谁会想到一个以猫为主题的超级英雄呢？也不是不可能，她猜想。漫威有猫，DC有猫女和豹女。但这说不通——故事的一些元素好像过于……眼熟。

"你明白了吗？"阿尔福德的话打断了卡门的思路。

"什么？"她问道。

"史蒂文森为什么这样做？他为什么创立了布尔沃克？"阿尔福德的眼睛睁得大大的。卡门感到了一丝恐惧。"他把所有的钱都投进去了，每一分钱。我知道，因为我一直在关注。即使还有其他投资者，他也花了一大笔钱来创立这家公司。这是他最后一次扬名立万的机会，他破釜沉舟，认为自己找到了一条路。"

"我不——我不明白。"

"基本上，那就是一个人物角色创作工厂，"阿尔福德生硬地笑着说，"史蒂文森可以创造一个他可以完全占为己有的人物宇宙。你手中的提案就是其中之一。'班菲娜'，多么愚蠢的名字，多么愚蠢的想法，不是吗？但史蒂文森认为他找到了制胜法宝。不过他犯了一个错误。"

卡门看着阿尔福德掰着自己的手指，在阁楼里围着她绕大圈踱步。

"那次抢劫，"卡门说，"布尔沃克办公室发生的那次入室盗窃。"

阿尔福德指着卡门。

"功课做得不错。"他说。

"我之前和玛丽昂聊过几次，"卡门说，"是史蒂文森干的吗？他偷了自己的公司？"

"答对了。差不多，不过也不完全是这样。你很聪明，卡门，"阿尔福德说，"你已经接近答案了。你看，史蒂文森没有组织性，但他对一件事非常关注：他的人物。这些点子和概念会让他变得富有。他相信它们会帮助他东山再起，所以他开始囤积创意和概念。他也出了几本书；但同时，他让他的员工为他生产创意，然后把它们藏起来。"

"但是有人把它们拿走了，"卡门说，得出阿尔福德引导她得出的结论，"在他把它们锁起来之前。他还没来得及给自己、给布尔沃克拿到版权。"

阿尔福德点了点头。

"当你孤注一掷时，坏事就会发生。"阿尔福德说，不满地摇着头，"史蒂文森无法运营公司，他需要投资者。卡莱尔只能帮他这么多，所以他向高利贷借钱——然后他开始拖欠工资，转移资金。但他还是有希望的——有这样一个创意……"

阿尔福德敲了敲卡门手中班菲娜的提案。

"这样一个一定会大卖的创意。"

卡门向后退了一步,手里仍然抓着那份提案。她感觉阁楼的空间变得越来越小,阿尔福德却似乎越来越巨大。她猛地吸了口气。她不确定这一切意味着什么,但她知道这不是好事。

"有人把它拿走了,"卡门说,"有人拿了……这个?"

阿尔福德点了点头,脸上露出狡黠的微笑。

"你从哪里得到这些文件的?"她小心翼翼地问。

"史蒂文森失去了一切,关闭了公司,将公司以一美分的价格卖给了卡莱尔。但没有什么可以变现的东西——只有设备、纸张……一些零碎的、毫无价值的创意,没有魔法。"阿尔福德唏嘘地说,"据我所知,史蒂文森一直没有放过卡莱尔。他不断找他要活儿干,同时试图弄清楚他的秘密宝藏究竟发生了什么。"

阿尔福德又向卡门走近了一步。

"斯图尔特,你……你又是如何得到这些文件的?"她结结巴巴地问道,虽然她现在认为她知道答案了,"谁给你的?"

"我有我的消息源。"斯图尔特说,声音渐渐柔和。他摸了摸下巴。"黑市是个有趣的地方。漫迷们都疯了,我们都疯了。我们买卖任何东西。这是在长岛的一个仓库里找到的。把它卖给我的那个人说他是帮一个朋友存放的,但朋友一直没取走,所以他就不想要了。他不知道手里的这些东西是什么——不知道这些文件包含的历史。他只是认为这是一堆工资单和关停备忘录,但是你——你很快就看懂了。你明白这些东西有怎样的分量,对吧?"

卡门点了点头,仍然有些震惊,仍在消化整件事。

"是的。"她说,又看了一眼班菲娜的提案。这是什么?"我想我明白。"

"拿去吧,"阿尔福德说,耸了耸肩,突然变得很随意,"我想你应该拥有它，都是你的了。"

卡门想要表现得彬彬有礼，想要推辞一番。但同时她确实想要那份提案。这种渴求的心情她本人也无法充分描述或者完全理解。

"谢谢，谢谢，"她几乎把文件抱在怀里，"我想我得走了……天色已晚。"

阿尔福德陪她走到门口，当她走出去时，他靠在门口。

"你要是有什么收获，记得告诉我，好吗？"他说，脸上还带着微笑，"我对这个故事很感兴趣。我知道这条线索一定能有收获。我们可以一起找到它。"

"好的，"卡门说着，将提案塞进了她的手提包里，"如果有什么新的发现，我会给你打电话的。"

"晚安，卡门，"阿尔福德说着，慢慢地关上了门，"我希望你能找到你心中在寻找的东西。"

门关上的声音，紧接着是阿尔福德锁门的声音，在狭小的走廊里回荡着。卡门走进电梯，按下了去往大厅的按钮。她的身体倚靠着轿厢，感觉自己一下子瘫软下来。她太累了。一切似乎都发生得太快。

丹·史蒂文森曾经经营布尔沃克公司。丹·史蒂文森是卡莱尔的姐夫。布尔沃克公司有人曾经做过一个提案，似乎和卡门和哈维打算做的山猫很相似。是哈维做的吗？这两个故事还是有所不同的，但这仍然让卡门感到不安。没有封面。除了文件柜里的其他文件都来自布尔沃克以外，没有任何将其与布尔沃克公司联系起来的线索。卡门感到这中间少了些什么东西。难道盗窃布尔沃克公司的那个人千辛万苦地偷出这份提案，却把它留在仓库里，等着阿尔福德找到？这说不通。

她走上百老汇大道。迎面扑来的寒冷空气让她骤然一惊。她意识到时间已经很晚了。她不喜欢这个时候独自待在市中心。她开始往车站的方向走,再次轻轻拿出了那份提案。这一次,她试着仔细阅读了文本,这才注意到第一页上有几个浅浅的铅笔字迹。这是刚才略读时没有注意到的。

看起来不错——JC

卡门的记忆徐徐展开。她感觉自己被传送到哈维公寓的地下室,一份被烧焦的文件塞在空荡荡的办公桌里。那是哈维所做的创意工作的唯一迹象。那是否是早于卡门手里这版的早期未定稿?哈维拿着它干什么?

"你到底干了什么,哈维?"她问自己,一边翻阅着文件,一边穿过格兰街。

"小心!"她听到有人尖叫,但她已经来不及反应。

她没有听到身后的脚步声,也没有听到什么东西被举起并猛然落下的呼啸声。但她感觉到了。

仿佛灵魂出窍——她看着自己的身体在几秒钟之内轰然倒下,先是颈部剧烈的疼痛,然后扩散到头部以及整个身体。

她向上看去。看到一个人站在她身前——一个黑暗的模糊人影,四处张望,绝望而害怕,但也……愤怒?恐慌袭来。卡门想要问些什么,但她感觉迟缓、眩晕。她想要休息,好好睡上一觉。

接着,黑暗笼罩了一切。

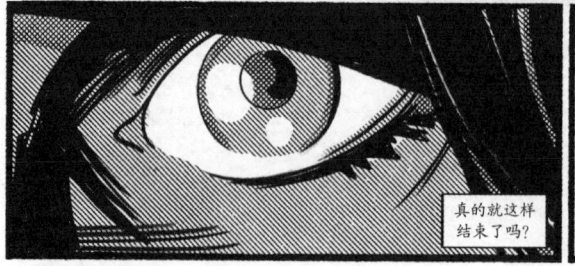

> 让我们看看面具下面的真面目吧?你到底是何人,山猫小姐?

> 不要!

> 我不能让他摘掉我的面具,

> 我不能让他看到我的真实身份,

> 否则我将失去一切。

> 别害羞啊——现在一切都结束了……

> 真的就这样结束了吗?

> 真的吗?三十天后答案即将揭晓。令人血脉贲张的最终话将由胜利漫画全情呈现!《传奇山猫》第11话"真相大白!"绝对不容错过。别说我们没有提醒你哟!

选自一九七五年《传奇山猫》第十话"再入虚空"——编剧:"仍然保密,亲爱的读者!";绘画:道格·德特默;文字:托德·莫雷利;编辑:里奇·博格;总裁/CEO:杰弗里·卡莱尔。胜利漫画出版。

第三十六章

灯光闪烁。声音——嘟嘟声、低语声、咣当声——接着是疼痛,难以定位的钝痛。

"她醒了。"有人说。

"找医生。"

"他这就过来。"

"嘿,你还好吗?卡门?卡姆?"

她感觉到自己睁开了眼睛。模糊的形状融合成了熟悉的东西:一张床,周围的人脸,一家医院。她试图说话,但感觉喉咙沙哑。

"放松一点,好吗?"

是莫莉。

卡门正要点头,但疼得僵住了。她再次闭上眼睛,感觉泪水在眼圈里打转,然后便顺着脸流了下来。她又试了一次——她会不断尝试。

这一次她能看得更清楚了:是莫莉和哈德森探员。我在哪里?

"你可吓坏我们了,姑娘。"哈德森说。卡门现在能看见她了。她黝黑的脸庞和善良的眼睛。卡门感觉哈德森轻轻地握住了她的手。"医生会来给你做进一步治疗的。但是过一会儿……我们得谈谈。"

卡门想点头，或者哪怕动动也好，但想了想，还是没动。她闭上眼睛，神游天外。

卡门看着她的病房门打开了。莫莉走了进来，哈德森探员跟后面。她的室友微笑着。

"你想吃点东西吗？"莫莉问道，看她的眼神，好像策划了什么阴谋，"我给你带了些圣文森特医院不供应的东西。"

莫莉把一盒比萨饼高高举过头顶，像在颁发拳击比赛的冠军腰带一样在狭小的病房里走来走去。

"什么东西都比不上五十美分一片的比萨饼。"莫莉说道。她把一片比萨放在盘子里，奶酪和酱已经在软塌塌的纸上形成了一个油坑。卡门摇了摇头，她这会儿还没胃口吃这个。

莫莉耸了耸肩，把比萨饼片塞进了自己的嘴里，坐在床尾。

卡门微笑着。她已经分不清时间，但从莫莉告诉她的情况来看，她已经在这里待了几天。抵达医院几个小时后她一度醒来，之后一直到今天早上都处于昏迷状态。头痛似乎已经在她的脑袋里常驻，没完没了。好在她没有遭受永久性损伤，只是有些脑震荡。

"你很幸运，姑娘。"哈德森告诉她。警探把前后的经过一五一十地告诉了卡门。当卡门离开阿尔福德的公寓时，被人从后面袭击了——被硬物击中头部。如果不是一位路人担心她出事，那个袭击她的人会继续下死手。这位热心市民的尖叫声挽救了卡门的生命。

"病人今天怎么样？"哈德森坐在卡门的床边问道，"能准备回答几个问题了吗?"

卡门叹了口气。她知道这个时刻会到来。哈德森很坚持。她给了卡门几天时间恢复,来考虑发生了什么事,但她不会再给卡门更多时间了。

"我……我还没准备好,警探,对不起,"卡门说着,往后靠着皱起了眉头,"我们能明天再谈吗?"

哈德森摇了摇头。

"不,我们不能明天再谈。"她说。她声音中的温柔并没有完全消失,但卡门清楚哈德森已经等不及了。"我知道你已经卧床多日,但看起来你说话没问题,那我们就谈谈吧。"

卡门舔了舔干燥的嘴唇,点头表示同意。

"那么,我们从头开始,"哈德森有条不紊地说道,"你为什么出现在那里?那么晚,单独一个人在市中心?"

卡门太累了,没有精力再去用任何克莱尔·摩根那样的花招来糊弄警察。她直截了当地讲述了她如何找到阿尔福德的电话号码,他们在翁贝托餐厅尴尬的晚餐,以及在他公寓里的谈话。她没有提到有关布尔沃克的文件,因为她觉得这可能会让阿尔福德受到影响。

哈德森点头表示同意,全程没有打断,只是静静地听着卡门的故事。卡门停下来喝口水,她这才开口。

"就这样?"

"我想是的。"卡门说。

"好吧。真相是,"哈德森向前倾身坐在椅子上,眼睛盯着卡门,"无论是谁杀害了你的朋友——并打伤了你的另一个朋友玛丽昂——那人现在肯定在追杀你。你真幸运在那个时候有一个好心人在你附近,你也很幸运生了一张漂亮的脸蛋。如果是一个男人在街上昏倒了，我敢肯定救你的那人会继续往前走。"

卡门没有回应，她闭上了眼睛，感觉到了药物的催眠作用。

"你困了吗，巴尔德斯？"

"我很累。"

"在被袭击之前，你还记得发生了什么吗？再之前呢？"哈德森问道，"也许其中有一些线索可以帮助我们抓住这个浑蛋。你能帮我回忆一下吗？"

卡门点了点头。她想起了那一级级台阶。她当时在做什么？她刚刚离开阿尔福德的公寓。电梯。翻找她的手提包。

那些文件。那份提案。

她抓住了哈德森的胳膊。

"文件，"她说，"文件在哪儿？"

"文件？"哈德森问道，"什么文件？"

"他们找到我的时候有没有发现一些文件？什么文件都行？"卡门试图回忆，后悔说了太多。"有吗？"

"只有你的手提包，"哈德森警惕地看着卡门，"似乎什么都在里面，什么都没丢。你说的是什么文件？"

卡门摇了摇头。

"没什么，没什么。"她说。她躺回床上，发出了轻微的呻吟。"对不起。我今天真的做不了太多事。"

哈德森把手放在卡门病床的栏杆上。她虽然一句话没说，脸上的表情却把她的意思表达得清清楚楚。

你在敷衍我。

"我还有很多问题要问，"哈德森说，"你现在应该知道我期待得到答案。我很有耐心，可以等到明天。但我不可能永远等下去。"

她拍了拍卡门的肩膀，转向床边的边几。她拿出一张名片，轻轻地晃了晃。

"这是我的名片。我要把家里的电话号码写在背面。几乎没人知道这个号码。这个号码可值钱了。只要我在家，有电话就会接。"她埋头在卡片上写着电话号码，边写边说道："我知道你是那种人。你是个好人，这很好。但你好奇心强，有一种奇异的正义感。这我也能理解。不过，我能这么想，你不行。"

她站直身子，用手指敲了敲名片。

"如果我的直觉没错的话，你很快又会做蠢事。最快就在明天。"哈德森说，"我想让你向我保证，无论做什么，都得先给我打电话。你明白吗？"

"我明白。"卡门几乎是低语。哈德森转过身向门走去。她向莫莉点了点头，然后转身看着卡门。

"我明天再来，后天我也来，"她说，"你那么晚出去，肯定有事。我想知道的不仅仅是为什么，我想知道细节：你了解到了什么。我警告过你不要插手这件事，但看起来你并没有听我的话。最好把你的故事讲清楚。"

卡门只能点点头。哈德森没再说话，离开了。

"她刚才可真凶啊，"莫莉说着站起身来，走到卡门的床边，"真好奇她到底有没有朋友。"

"她不是坏人，"卡门说，皱着眉头挣扎着想要坐起来，"她是好心。何况她说得对。"

"对什么？"莫莉问道，"到底发生了什么事，卡门？"

"老实说，我也不太清楚，"卡门说着转身把腿搭在床边，边挪动边低声咒骂着，"我以为我快要找到答案了，就快要查出哈维究竟出了什么事、为什么会出事，但其实我并没有。而我还失去了一些可能有很大帮助的东西。我太粗心了,我应该保持警觉,但我却像一个读限制级小说的青少年一样四处游荡。"

"你到底想说什么?"莫莉问道。

"我需要起床,活动活动腿脚。"卡门说着,第一次站起来,感觉似乎已经好几年没有活动了。她的身体摇摇晃晃,头也有些晕。医院的灯光太亮了。但她感觉比自己预想得要好。"我不想一直待在这里。我必须回家,回去工作。"

"你疯了吧,不过你这话倒让我想起一件事。"莫莉说。

她转身走到附近的一张椅子边,从包里拿出一个长长的包裹。

"我忘了告诉你,这是昨天送来的,"莫莉把一个大盒子放到卡门的床上,"好在他们来的时候我在家。我这两天工作时间不规律。"

"哈。"卡门说着看着盒子。发件人的地址让她警觉起来:德特默。她忙用手指粗暴地撕裂盒子,打开它。

过了片刻,卡门才认出了里面的东西。那是一沓原画。德特默的作品。最上面的是《传奇山猫》第十一期的封面。封面上画的是女主角被她的宿敌虚空先生举在半空,他的邪恶展现无遗。封面右下角是一串粗略写成的字母——最终对决!

卡门微笑着。

"这是什么?"莫莉的手搭在卡门的胳膊上,站在卡门身后边看边问。

"这是我们的漫画。"卡门说着,翻到了故事的第一页。这是一幅全页画面,画的是山猫从仓库的天窗破窗而入,碎玻璃从半空落下,虚空先生手下的一群虚空类魔惊讶地仰望着她。卡门感到喉咙有些哽咽,感到自己的脸因自豪而涨红。当她读到德特默在页面底部潦草写下的制作人员名单时,眼泪立刻涌上了眼眶。

编剧：卡门·巴尔德斯 / 绘画：道格·德特默

"你的名字，"莫莉靠在卡门的肩膀上说，"哇，太棒了。"

卡门点了点头，却一个字也说不出来。这是他们的故事，上面写着她的名字。

没有人能把它从她手里夺走。

她差点错过了盒子底部的一张小纸条。莫莉抓起它，眯起眼睛读着黄色纸片上的字迹。她默默地递给卡门，脸上带着困惑的表情。

卡门一眼就认出了德特默的笔迹。这些就是卡门到工作室的时候，他往信封里塞的那一叠纸。

别再让他们把你藏在阴影里了。

这与你无关。

感谢你的友谊。别忘了我。——DD

她的目光停留在最后一句话。她试图理解这句话的意思，试图明白它们除了她所理解的意思之外，还能有什么其他意义。接着，她惊慌失措。

"不……天哪，不……我的天哪。"卡门说着，将纸条扔了。其他的那些纸张掉在床上，几张画板滑落到地上，卡门奋力穿上衣服。"天哪……不要啊……该死。"

"发生了什么？"莫莉问道，"这个人是谁？卡门——你要去哪里？"

但是卡门已经走了，只剩下几张德特默的画作飘飘摇摇地落到圣文森特医院脏兮兮的地板上。

第三十七章

葬礼简单朴素。仅十余人出席。

道格·德特默于六天前举枪自杀。

卡门用颤抖的手,在签到册上写下了自己的名字。殡仪馆安静肃穆如常。卡门参加葬礼的经验有限,她更习惯古巴天主教的丧仪——瞻仰遗体、下葬、亲友聚会。她知道德特默也是天主教徒——至少严格按照字面意义上如此。但他的棺盖紧紧合着。她走进房间,看到那口会陪他走向来世的棺材放在工作室中心。来宾中有一些人是她熟识的:杰弗里·卡莱尔,里奇·博格,丹·史蒂文森,还有一些胜利漫画的年轻制作人员——哈恩、马林和特鲁尼克。她一直待在后面。卡莱尔转过身来向她微微点头挥手,接着目光转回到棺盖上摆的那只大花环。她也轻轻点头以示回应。她把手伸进外套口袋里,指尖碰到了一张纸片。她意识到,这是上次和玛丽昂共进晚餐时她穿的那件。

那天她闯进德特默的工作室时,就知道自己已经来迟。她看到他的脚从画桌后面露出来,对面的地上还有一摊血。

她不确定当时是否尖叫出声,她记不起来了。她只知道她的朋友已经离开了:唯一陪着她面对这一切的盟友,唯一真正了解这一切的人,真正理解她的人。

但在他们共事的这段时间里,卡门从未想过要了解这个人的内心。在显而易见的酗酒问题和他的坏脾气,试图在这个每况愈下、堕入黑暗的行业中维护法治的游侠之外,道格·德特默究竟是一个什么样的人?他面对着什么样的心魔?他的名字本应与迪特克、托特、艾斯纳等伟大的人物相提并论……但如今,她担心他只能成为一个脚注。别人提到他的名字只是为了给同事留下深刻的印象,作为标榜自己是内行的方式,除此之外便毫无意义。一个没人愿意长时间玩的游戏中的一个微不足道的细节。

她转过身来,看到卡莱尔悄悄走到她身边,把手放在她的肩膀上。

"卡门,见到你真好,"他说,"我知道这很难。对胜利漫画来说,对我本人来说,对我们每个人来说都是如此。"

这套陈词滥调让她不禁失笑。她知道,她想问他的问题,也正是他想问她的。

你为什么会在那里?

卡门回想起六天前的情景。她在德特默的工作室里只待了几分钟,就听到了脚步声。她转身看去,竟然是卡莱尔。卡莱尔此时也看到了她,脸上露出震惊的表情;当他认出了地上德特默的尸体时,则现出了痛苦却同情的表情。

"我们必须继续前进,你知道的,"卡莱尔说,把头靠向卡门,以免被在场的其他人听到,"德特默生前饱受困扰。他总是麻烦不断。我喜欢这个人,他是一个真正伟大的艺术家,但他身体不好。这种状况已经持续近二十年。我们会想出下一步该怎么做的。"

卡门厌恶地摇了摇头。她看到了卡莱尔震惊的反应,但她并不在乎。

"他是一个人,老板,"她说,抬头看着卡莱尔,脸上带着愤怒的泪痕,"他为你工作。你认识他已经……二十,三十年?你至少不该在他的葬礼上说他的坏话。"

卡莱尔张了张嘴,但想了想还是闭上了嘴。他点了点头。

卡门向人群前面看去,手里摆弄着外套口袋里的小纸片。她心想,这是一种护身符。

史蒂文森站在前面,双手紧握,低着头。他转过身来看了看卡门,二人目光相接——她盯着他。过了一会儿,他就把目光移开了。

"他是我的朋友,"她说,强忍住自己要说的话,"他是一个好人。"

卡莱尔点了点头。

"你为什么会在那里?"她问,"你为什么会去他的工作室?"

"我给你叫一辆出租车。"过了一会儿,卡莱尔说。

她撇开他,叫了一辆出租车,上车之后仍感觉到他在身后目送她离开。她看着卡莱尔渐渐消失在城市的天际线中,泪水开始涌出来。她用手掩面。

等她回到家,泪水已经干了——悲伤已被坚定的决心取代。

她伸手到床底下拿出装着道格·德特默画的最后一期《传奇山猫》的盒子。她找到最后一页,慢慢翻开。她再次看到了那些涂鸦的文字。这寥寥几个字将在未来几年中一直萦绕在她的脑海。

  布尔沃克 → 胜利
  $$$$

她轻轻地把画稿放回盒子里,然后站起身,拿起放在乱糟糟床上的外套。她从外套口袋里掏出了那张小纸条。她差点忘了,那是玛丽昂在她被攻击前几个小时与她吻别时塞进她外套口袋里的。她又读了一遍纸条,仿佛自从她的朋友遇袭以来已经读过千万遍一样。纸条上写了一个问题,最后两个单词——一个人名——下面划了三条线。

马克·詹森是谁?

她把纸条扔到外套上。

她轻声祈祷。

然后她躺在床上,抱着膝盖蜷起身子,再次哭了起来。

第三十八章

阿尔福德提着一袋外卖中餐向他的公寓大门走来。卡门还没看到他魁梧壮硕的身材,就先看到了他的影子。晚上十点,夜色已深。卡门感到疲倦。德特默的葬礼已经过去数日,而距离她出院更是已有一周多,但她仍然感觉不对劲。她不确定自己的感觉是否会好起来。但还有事情要做。

她听到阿尔福德的钥匙滑进了锁孔。她迈出了一步。他转身,惊讶地睁大了眼睛。

"我们需要谈谈,斯图尔特。"卡门说道,黑色外套像飘飞的披风一样包裹着她,"你手上有我一个朋友的东西。"

阿尔福德的表情从惊讶变成了理解。她出现在他面前并不能让他感到惊讶。卡门意识到,这只是时间问题。

"你想要什么?"他问道,"我帮你可不是为了让你一直来烦我。"

"那你知道我会回来,对吧?"卡门问道,"如果我足够聪明的话。"

"谁知道,"他反唇相讥,"可你不还是来了嘛。"

他打开门,让她先进去。卡门犹豫了一下。她现在一想到一个陌生男人站在自己身后,后脑勺上的大包似乎就会疼痛。不过,她还是走了进去。

"我需要再看一下那些布尔沃克的档案。"卡门说着，走向她之前浏览过的两个文件柜。"我得整个过一遍。"

"为什么？我为什么要让你看？"阿尔福德喃喃自语。他护在文件柜前，看上去很紧张。"你不能就这么进来——"

卡门举起一根手指示意他闭嘴。

"我现在想干什么就干什么，斯图尔特，"她脸上浮现出一抹阴暗的笑容，"因为我知道，你不想向我解释你是怎么把这些文件弄到你的公寓里的。我查了你的背景，你明白吗？你不仅仅是一个雄心勃勃的漫画记者，而且你也在漫画业工作过。事实上，你曾在布尔沃克实习。这样一来，你和这些文件之间的联系似乎就更清楚了。被盗的——比你之前告诉我的要更加清晰。我想哈德森探员会非常乐意听到这个消息。你认识警察吧？他们喜欢猜测人们做事的动机。"

阿尔福德咽了口唾沫，涨红了脸。

"你不能——"他停住了话头，声音低沉。"好吧。只是，呃，你得快一点。我过一会儿还有事。"

"在等什么人吗？"卡门问道，走向第二个文件柜。"这些东西我不拿走，好吗？我知道发生了什么。我只需要确认。你只需要帮我检查我的工作，好吗？放轻松，我用不了几分钟就走。否则，事情会变得更加复杂。"

卡门知道她想要查看什么。那天阿尔福德炫耀着他那一摞神奇的提案时，她瞥到了一眼。她当时就注意到了。她一边翻阅一个个文件夹，一边对阿尔福德开口："谁给你的这些文件，是道格吗？"

阿尔福德开始踱步，沉默了片刻才回答。

"我不能说，我只是——"

"他已经死了，"卡门说，"你知道的吧？他两周前开枪自杀了。这已经不重要了。但我必须搞清楚这件事。为了哈维，为了玛丽昂·普莱斯，为了道格。你能帮我吗？"

阿尔福德低头看着自己的脚，摇了摇头。

"是的，是道格，"他说，"道格认为布尔沃克是他最后的机会。史蒂文森和卡莱尔给他画了一个大饼：他们说要让他当艺术总监，让他培养新的人才。主导产品线的视觉设计。感觉像是一个梦幻般的工作。但道格那时一团糟，他根本做不到。很快，他就意识到布尔沃克是个骗局。道格比其他人更早看到了这一点。开始发声、抱怨——抱怨史蒂文森如何欺骗人们、虐待员工、拖欠工资。这是拙劣的行为。但是没有人应该感到惊讶，好吗？道格·德特默从不是一个擅长团队合作的人。最后，他知道他没法继续在公司待了。但他知道——"

"他就是那时候告诉你这些文件的事吗？他知道这会伤害到史蒂文森？"

阿尔福德点了点头。

"然后你就拿了这些文件开始了你雄心勃勃的新闻事业，"卡门说出的每个字都透着鄙夷，"即便如此，你肯定还是有事瞒着我。"

阿尔福德只是盯着卡门。

"没关系。"卡门说着，拿出一个厚厚的文件夹。她找到了其中一页。"我已经拿到了我要的东西。"

她站起身，把一小沓文件安全地塞进了手提包。这一次，她想，她会等到回家再仔细阅读。

她绕过阿尔福德，没有再说一句话，走出了那个阁楼。

第三十九章

卡莱尔打开灯，惊得跳起足有几厘米高。

现在还不到早上八点。他没有想到卡门会不开灯坐在她的桌子前——面前还放着一只大箱子。

"出什么事了？"卡莱尔问道，试图掩饰他的不适，"你吓得我魂都差点飞了。"

"有些东西要交给你，"卡门站起来，绕过桌子。她朝那个箱子比画了一下，"等不及了。"

卡莱尔嘟嘟囔囔地走了过去。他看了看那个大而薄的箱子。卡门注意到，他认出这个箱子时脸上流露出一丝惊讶的表情，但随后他又装出一副一头雾水的样子。

"这是什么？"他一边翻看着里面的纸张，一边问，"你黑灯瞎火地坐在这儿就是因为有人寄来了画稿？你是哪里觉得不舒服吗？"

"这些是道格·德特默画的。不过我不说你也知道。"卡门说，半靠半坐在桌子上。她把手放在最上面的一页上——食指指着制作人员名单："这是新一期的《传奇山猫》，是他去世前做的最后一件事。"

卡莱尔不屑一顾地哼了一声，退了半步。

"你装神弄鬼地到底想干什么？"他问，"我们甚至没有这期的脚本。难道是他自己写的?"

"不,老板,"卡门说完这句话,停了片刻。她感受到了即将说出的话有怎样的分量。当这番话出口,肩上的担子也会随之消失。"我写的。"

卡莱尔摇了摇头,他的困惑不无道理。但卡门已经不在乎了。正如她告诉阿尔福德的那样——她知道答案,现在她只是在确证。她知道,卡莱尔从来都不像他假装得那样愚蠢。

"你说什么呢?"卡莱尔说,"你绕过我找德特默画了一个你的——一个什么?预选脚本?这叫什么面子工程?"

"老板,我尊重你。但是拜托,你很了解我,应该知道我不会那样做,"卡门说,"所以,请不要故意曲解我的话。"

卡莱尔嗤之以鼻。他试图绕过卡门走进办公室,但她挡在了他面前。"你想干什么?"他问道。

"我知道真相,"卡门说,抬头看着这个她曾视为导师的男人。也许甚至是朋友,尽管他并非完美无缺。"我知道布尔沃克的事。我知道你从史蒂文森那里低价买下了这家公司,帮助你的姐夫偿还他那危险的债务。不仅如此,你还让史蒂文森——以及其他一些迅速过气的人继续在胜利工作——德特默、马克·詹森。你给他们大量的工作,足以让他们维生。为什么,老板?这是我无法理解的事。你究竟有什么把柄攥在他们手里?"

"你什么都不知道。"卡莱尔说。他的声音低沉、克制,却满腔愤怒。这让她感到不安。"你说话小心点,不要这样胡乱指责别人,亲爱的。"

卡门从手提包里掏出一叠纸。看起来像是一沓逐项登记的档案,银行交易记录,等等,数量巨大。

"这些你怎么解释?"卡门说着,把其中一页扔在了桌子上。

"你定期支付给史蒂文森的大笔款项。"

她又把一页纸甩在那摞票据上。

"然后是另一笔巨额款项——就在布尔沃克永久关闭之前,"卡门继续说道,"足够购买一些廉价设备了——比如几个文件柜的人物和点子?"

卡门抬眼看着卡莱尔。他的脸开始变红,嘴唇痛苦地扭曲着。

"还没完,"卡门说,又放了一页,"这些是你在胜利签的发票——给马克·詹森的——而你为之付钱的作品我们却一直没有刊发。当然,我不能教你应该如何支配你的钱,这毕竟是你的公司。但我忍不住好奇,对于马克·詹森这种什么活儿都干不出来的骗子,为什么像你这样成功的出版商会付给他成千上万美元?"

卡莱尔拿起其中一页扫了一眼,然后放回桌子上。

"看来你这是双倍下注了啊,"一直酷爱扑克的卡莱尔问道,"我现在就可以开除你。"

"是的,你当然可以,"卡门点了点头,"而且你可能确实会这样做,而我也无能为力。我只能把这些文件交给哈德森探员,我相信她会读得很开心。"

"这跟警察有什么关系?"卡莱尔的声音高了起来。她触动了他的神经。"我怎么花钱又不关她的事。"

卡门站起来。她拿起那叠纸,在桌子上整理好,放回她的手提包里。

"也许有关,也许无关,"她说,"反正问问也不会有坏处。"

卡莱尔抬起一只手。

"好吧,好吧。听着,卡门,你本质上是个好人,好吗?这不是你的风格。我知道你的梦想是写作。所以,告诉我你想要什么,我们可以想办法解决,"他说,"让我们理智一点。这些天我们的麻烦已经够多了。"

卡门把手放在卡莱尔的手臂上。他十分紧张，随时准备发起攻击。

"不，杰弗里，不。我不想要用勒索的方式来达到我的目的，"她说，"我想用自己的方式在漫画界赢得我的地位。但是我会要求你发表这个故事——道格的最后一个故事。为了他。并且你要署我的名，这是我写的。哈维交给你的脚本也是我帮他写的。但我不会求你不要解雇我，或者强迫你给我工作。你不就是这样陷入困境的吗？"

卡莱尔似乎松弛了一些。但是那究竟是解脱……还是挫败？

"还有一件事我想知道，"卡门说，"一个小细节。"

第四十章

电梯的叮咚声吸引了她的注意。

卡门看着一个人走出电梯，环顾黑暗的办公室。

已是深夜，除了卡门之外，整个办公室空无一人——只有她再一次在黑暗中等待。

那个人走进了办公室，试图在墙上找到灯的开关，但没成功。

"杰弗里？"那个人问道，迈着犹豫的脚步走进胜利漫画的办公室。"你打电话让我过来——我来了。什么事？为什么不能在麦吉那儿见面？这地方伸手不见五指。"

卡门打开了灯，照亮了站在她对面的人影。丹·史蒂文森。他眨着眼睛试图适应突然的亮光。过了片刻，他定睛看着卡门。她坐在自己的桌子前，镇定自若。

"这唱的是哪一出？"史蒂文森说着走近卡门，眯着眼睛，"卡莱尔打电话说要给我一张支票。是在你这儿吗？"

卡门没有立即回答。

史蒂文森看起来比平常更加不修边幅，胡子更蓬乱，衣服皱巴巴的，还沾着污渍。

"嗯，我没想到是你，丹。"卡门假装关心。史蒂文森又走近了几步。"我确实有一张支票……"

她拿出了一张空白信封。

"但它不是写给你的。"她继续说道。

"那是给谁的?"史蒂文森问道,"这是怎么回事?卡莱尔给我付钱从来不经别人的手,这是我们俩的事。这张支票是写给谁的?"

卡门把信封放回了桌子上,抬眼看着史蒂文森,不再掩饰她的冷笑。

"这是给马克·詹森的支票,你认识他吗?"卡门说道。史蒂文森在离卡门桌子大约一英尺的地方停下了,脸上露出了狡猾的笑容。

"啊,被你发现了——我的小笔名。你真厉害。不过那又怎样呢?"史蒂文森说,"你要向你的老板投诉他该死的姐夫双重收费吗?别开玩笑了,你这个多管闲事的小婊子。你认为他不知道吗?"

卡门没有因为被侮辱而动摇。她坚持了下去。

"我更好奇的是你知道什么,"她说着,举起一叠烧焦的纸张,就是她在哈维的桌子里发现的那些笔记,"关于哈维·斯特恩,还有关于山猫。"

第四十一章

"你到底在说什么?"史蒂文森怒吼道。

"我在说你,丹。"卡门脸上挂着微笑,"你那种一直死不了的生存能力,就像令人恶心的藤壶一样。在你的职业生涯接近尾声、几乎所有人都已经放弃你的时候,你竟然找到了足够资金创办了一家公司。然后那个公司破产了之后,你又在这里得到了一个舒适的编辑工作,同时还用另外一个名字写脚本赚钱。我知道卡莱尔是你的姐夫,但不只是因为这个吧?就算是家人也有个限度,对吧?"

卡门向前倾身,手肘撑在桌子上。

"所以我做了一些调查。这花了我一点时间——我把掌握的信息与公开文件进行比较,我找人聊。最后,我把收集到的所有信息交叉参考,"卡门一边比画着一边说,"但从我所了解的情况来看,卡莱尔买下了你在布尔沃克公司的股份,给你留了一份不错的退休金,还给道格·德特默付了钱。看起来,你的妹夫真是个大方的人。"

她注意到史蒂文森的肩膀稍微放松了一些。他挠了挠凌乱的胡须。

"你是想要一些奖励吗?"史蒂文森说,"杰弗里遇人不淑。他急于追求正统性——以某种文学神童的身份扬名立万——这让他盲目，让他陷入糟糕的交易、背上了债务。你认为他是怎么从他父亲手中买下胜利出版社的？他必须向一些可疑的家伙做出承诺。我知道这些承诺。这些承诺能毁了他。这些都是他姐姐还活着的时候跟我说的。她当时肯定没想到，多年之后当我无法从任何人那里得到工作、当我需要找人帮我付房租时，正是这番话救了我一命。德特默也知道这些。是啊，确实派上了用场。"

卡门没有回答。史蒂文森似乎十分恼怒。她赌对了。他继续说下去。

"德特默……他不是什么天使。他知道卡莱尔有哪些隐秘的过往。"史蒂文森说。他似乎很急切，气喘吁吁，好像他在试图说服卡门明白他独自理解的事。"所以我们做到了，我们活了下来。我们别无选择。漫画已经抛弃了我们，没有人愿意雇用我们，所以我们必须开辟自己的道路。道格还能画画，所以给他一些任务也很容易。但我不能靠这个生活。我明白我得靠别的东西，那是我应得的。我需要一份薪水，我得拿到一份薪水。"

"你还想要什么？"卡门问道。她拿出了被烧焦的班菲娜的提案——与她和哈维创造的山猫非常相似。"复仇？"

史蒂文森扫了一眼那张纸。

"哈维呢？"

"斯特恩？那个小浑蛋？"史蒂文森把目光从烧焦的提案上移开，"这个点子——这份文件——都是我的。我甚至不知道你是怎么把它弄到手的，或者你在这里搞什么鬼。"

他向她走近了几步，手掌放在桌子的边缘，身体向前倾。

"这是我的东西，"史蒂文森说着，离卡门越来越近。他那恶臭的呼吸让两人之间的空气变得混浊，"你得还给我。"

卡门向后一仰,把椅子从桌子和史蒂文森身边移开。

"你为他创造了一个人物,那时他还在布尔沃克当编辑,对吧?"卡门说。

"错,"史蒂文森说,他的笑容变得更大,"那个人物是马克·詹森创造的。那个小浑蛋不知道我们是同一个人。可后来布尔沃克的办公室被抢了。突然间,斯特恩觉得公司在搞些龌龊勾当,所以他辞职了——我花了一段时间才把这一切拼凑起来。这个自以为是的浑蛋竟然从自己的雇主那里偷了东西。我无法集中精力:我的公司正在崩溃,即使是卡莱尔也无法挽救,我失去了一切。我分心了。等我把一切都弄明白了,斯特恩已经走人了。"

史蒂文森站直了身子,居高临下看着卡门。

"但是后来,斯特恩来到了这里,到了胜利,"史蒂文森说,他的眼睛变得模糊,仿佛已经灵魂出窍,"接着我就看到他把我的点子、我的作品,变成了这个胸大无脑的山猫……"

史蒂文森伸手进口袋,像掏出一把梳子一样掏出了一把左轮手枪。枪上装有消音器。史蒂文森已经做好了准备。

"我打过仗,亲爱的,"他说着,匆忙地晃动着手中的枪,"我不会受任何人的屈辱——卡莱尔不行,哈维这样的浑蛋不行,你这样又瘦又丑的女人更不行。"

卡门站了起来,感觉到自己的手因为侮辱而颤抖。她看到史蒂文森哆哆嗦嗦地抬起枪口对准她。她发现他已经乱了阵脚。他本以为卡门会恐惧怯懦,没想到现实完全出乎他的预料。

"是吗?"卡门说着,紧盯着史蒂文森布满血丝的眼睛,"我也不会受任何人的欺负。再也不会了。"

第四十二章

史蒂文森忙向前迈了一步,枪口现在指向卡门的胸口。

她感到一丝汗水从背上滑落。史蒂文森看起来很冷静,但卡门已经让他紧张到拿出了枪。她必须让他分心。

"那么,为什么要杀了他呢?"她问道,"为什么不直接告诉卡莱尔,哈维剽窃了你的点子?"

史蒂文森颤抖着摇了摇头。

"因为损失已经造成了,你这个白痴。"他咆哮道,"斯特恩坑了我。我听说杰弗里让他写这本书的脚本,我就知道一切都结束了。生米已经煮成熟饭。斯特恩想搞我,这我就不高兴了。他竟然敢搞詹森。至少普莱斯那个婊子还能识时务地闭上嘴。她知道适可而止……可后来我看到她和你在一起,我就知道了。我就知道她已经泄密了……她知道的那点秘密已经保不住了。我希望这一切都值得。"

史蒂文森粗暴地揉了揉眼睛,仿佛想要试图保持清醒。他的眼睛里似乎有电光在闪烁。

"你看,斯特恩知道那个点子很有价值,但当他意识到它将属于布尔沃克时,他很生气,于是就偷了它,留着以备不时之需,却没有意识到我会发现。他甚至不知道我是詹森,直到我进了他的公寓、向那个哭哭啼啼的傻瓜解释。哦,对了,他哭了,哀求我饶了他——他说他只是想抓住机会……"

卡门想起了她与哈维一起经历的点点滴滴——他们用一个个小点子拼接而成的山猫,如今却永远地罩上了一层更黑暗的色调。

也许我们可以让她拥有猫的能力?哈维曾问她。

哈维足够聪明,抓住了卡门的想法,采用了那些既能让山猫不同于班菲娜、同时又能大红大紫的元素。卡门回想起他那时准备得何等充分,为人何等慷慨。在某些事上,他对别人的观点非常开放;但对于其他事,他又对自己的观点十分坚持。他为什么要把我卷入他的骗局当中?她心想。其中是否还牵涉更加邪恶之事?抑或哈维只是想让一个同事卷进来,以便洗白自己的勾当?用一件善举——给卡门一个实现梦想的机会——冲抵一次恶行?

史蒂文森的话打破了卡门短暂的回忆。

"哦,等等,我明白了。是你,"史蒂文森说,枪口抬高了,指着卡门的头,"你就是他所说的那个影子写手,他为你哭泣,说你帮了他。即使在最后关头,他也没有吐露你的名字。我对此感到惊讶——斯特恩竟然表现出了一点骨气……"

史蒂文森似乎沉迷于哈维最后时刻的记忆,仿佛某种奇怪的高潮一样。他一晃神回到现在,那眼神让卡门不寒而栗。

"斯特恩是个小偷,"史蒂文森说,"一个骗子——他不值一提。他所拥有的只有詹森——也就是我——写的那些笔记。他知道他需要别的东西,别的人。可是干吗非要与一个真正的编剧合作?还得署名?毕竟他身边还有你这样即便默默无闻也巴不得上赶着挤进这行的人。"

卡门感到手开始颤抖,史蒂文森的话穿透了她的心。

"你是他的完美工具,"史蒂文森说,"他可以随意使用和忽略的合作伙伴。一旦漫画出版，他的名字出现在书上——没有人会知道或关心卡门·巴尔德斯。"

最后一块拼图就位，如同从天而降。卡门看到了完整的真相，但心也碎了。

史蒂文森为了报复杀了哈维，然后利用与卡莱尔的关系，不仅夺回了角色，还取代了那个偷走它的人。然后，他在恐慌中袭击了玛丽昂·普莱斯——以保住自己过往的秘密，并保持对这个角色的掌控。但史蒂文森算错了一件事。

山猫不是哈维的角色。

她的手停止了颤抖。她感到决心像一种平稳愉悦的镇静剂一样蔓延开来。她已经在阴影中沉寂太久——很多方面都是如此。她曾希望有人给她一次机会，她一直耐心隐忍、尽职尽责。她不能再这样下去了。

山猫是她的。

"那不是你的东西。"卡门带着怒气低声说着向他走去，反倒吓了史蒂文森一跳。她绕着桌子又走了一步，尽量忽略史蒂文森手中的那把枪。"哈维从你和布尔沃克那里偷走的想法只是些鸡肋——一些陈词滥调的垃圾，就像你多年来写的大部分东西一样。山猫是我的，她自我记事以来便一直在我内心深处。我不会让你再伤害她。"

史蒂文森微笑着。

"哦，这只小猫咪要咬人了。"他距离卡门只有一英尺远，"你认为你死后，还有人会在乎或记得你吗？我现在就可以预见报纸的头条了：前漫画公司秘书被枪杀于办公桌前。只是雷达显示屏上的一个光点，一个注脚，漫画书历史上被人遗忘的一笔——一个无关紧要的人。"

卡门动了。她向史蒂文森迈了两步，抓住他拿枪的手向上推。他出手反击，但他年纪大了，速度慢了，而突袭给了她优势，让这个老男人暂时失去了平衡。

"或许斯特恩选择你是对的。"史蒂文森边说边用力推着，渐渐地重新控制住了武器，"不过无所谓。到此为止了。"

卡门开始慌了。她向后推史蒂文森，希望能把他绊倒。但他只是摇摇晃晃，双臂挥舞着，努力保持平衡。

然后有一个声音，一声低沉的咔嚓声。

是枪。

卡门倒在了地上，她的大脑意识到之前，她的手已经捂在自己的腰部，她感觉到那里又湿又热。她不敢往下看，更低不下头。

她闭上了眼睛。她听到史蒂文森在某个地方走动——朝她走过来？他喘着粗气。然后是更响的声音，脚步声。一个熟悉的声音。

"站住！放下枪。你被包围了。"

卡门的眼睛微微睁开，蒙眬而疲惫。她太累了。史蒂文森现在跪在离她几英尺远的地方。她听到他的枪在地上咔嗒作响。

"不，不，这是怎么回事？"

卡门感觉到她的身体在胜利漫画肮脏的地板上舒展开来，油毡地凉爽而安静，她努力呼吸。

"出色的英雄……"她说着，声音只有她自己听得到，"不会在没有后援的情况下……贸然交战……"

第四十三章

两个月后。

时间很晚了,已经过了凌晨一点钟。卡门感到头晕目眩,浑身的汗已经蒸干。

她从未感觉这么舒服过。

有时她走得太快或者伸展幅度太大,还是会感觉到一点点酸痛,弯腰捡东西时也会有点刺痛。但今晚,这些都不重要了。她们从灯塔剧院出发,自上西区步行穿城。她对莫莉微笑,感觉幸福得不真实。

"太棒了,卡门,"莫莉靠在卡门的肩膀上,皮肤光滑、容光焕发,"我是说,我知道约翰尼和塞利娅都很棒,但是他们两个联袂演出?那真的是另一回事。"

卡门只是微笑着。塞丽娅·克鲁兹在所有人眼中都是音乐界的传奇人物,对她这样的古巴裔来说更是如此。这位古巴萨尔萨舞曲女王的演唱事业可以追溯到二十世纪五十年代,并且可能还再延续几十年。"Quimbara"更是家喻户晓、妇孺皆知。听她和另一个传奇人物约翰尼·帕切科一起演唱这首歌,是卡门从未想过的。

"我还是不敢相信你竟然买到了票。"卡门说道。

莫莉耸了耸肩。

"你知道吗，我不时能得到贵人相助。这是在城里到处演出的好处之一。"莫莉轻轻一笑。

皮肤接触到寒冷的空气感觉很舒服，让她们从演出的热闹中冷静下来。

卡门知道她应该心存感激。感激自己死里逃生。丹·史蒂文森因为杀害哈维·斯特恩和对玛丽昂·普莱斯的残酷袭击而被拘押，等待审判。他杀哈维是出于愤怒——因为哈维偷走了他的点子，而这个点子最终成了山猫的一部分。而之后他袭击玛丽昂则是因为恐惧——他担心她知道什么内情并开始对外透露。他没想到她能醒来，更没想到她会反抗。卡门知道，玛丽昂的情况已经好多了。卡门出院后去医院看望了她几次。如今她已经搬回加州。她告诉卡门，她已经放弃漫画了，但她保证会保持联系。卡门从未收到过她的消息。世事往往如此，卡门心想。你离灯光越近，它就越容易熄灭。

史蒂文森将要出庭受审让她感到了宽慰，却也给她留下了痛苦。一种她无法摆脱的悲伤。她曾经信任哈维，以为他真心实意。或许他的心意的确是真实的。但或许真相在两极之间——哈维既不像史蒂文森说的那样是一个急于踩着别人成名的骗子，也并非真的想要帮助朋友实现梦想。这两种情况可能同时存在，卡门想。

"你想太多了，姑娘。"莫莉用手肘轻轻怼了她一下，突然意识到打到了卡门被枪击的地方，便停了下来。"哦，卡门，糟糕——真对不起。"

"没事，"卡门强颜欢笑，"我没事。"

她们穿过麦迪逊大道，再次陷入舒适的沉默。卡门闭上眼睛。她能听到塞丽娅唱着她最喜欢的歌曲之一——《老月亮》——她那极富感染力、伤感又恳求的歌声，祈祷着能在夜晚结束之时与渐衰的月亮一起逃走。

这悲伤的音乐似乎随着她们的脚步，不停地在卡门的脑海中回荡。塞丽娅对老月亮的哀怨、沉郁的赞歌，以及她对明天的恐惧，都留在了卡门的心中。

"你的工作有消息了吗？"莫莉小心翼翼地问道。她知道卡门不想谈这个话题。但是，她一直像好朋友那样，毫不避讳地提出各种难题。

"没有，但我还没问。"卡门说。

这是真的。卡莱尔在她住院期间对她出奇地好。他现在依然照旧付她工资，仿佛她还在上班，谈话中也会小心翼翼地避开某些话题。卡门知道这来源于恐惧，但她不介意。卡莱尔知道的内情必然远远多于他吐露的——他知道詹森是假名，他资助了史蒂文森、德特默和布尔沃克，把钱投入一个骗局，然后又试图掩盖，以免别人发现他的钱来自哪里。但这次案件的调查毕竟是针对其他人的。她没有兴趣把杰弗里·卡莱尔拉下马。老实说，她想，她现在也不确定自己想干什么。但是她知道一件事：杰弗里·卡莱尔会找到一种方法生存下去——甚至能大红大紫。他总能找到可钻的空子，可做的交易。胜利漫画将继续存在。

"你要辞职了吗？"

卡门点了点头。

"是的，"卡门说，"我想我在那里的日子已经结束了。"

卡门的话似乎变成了烟雾，在她们面前弥漫开来——寥寥数语，意蕴无穷。

她住院期间，《传奇山猫》一直在继续。里奇·博格辞去了胜利的职务，开始自由职业，接替卡门的工作，把这个系列带向一个可靠——尽管可能中规中矩——的方向。新画师亨利·日贾尔斯基画风扎实，尽管仍难摆脱道格·德特默的阴影。并不是说画得很糟糕，只是缺乏卡门、哈维和德特默为这个系列带来的激情。卡门觉得这样想没什么不对。她觉得这是自己应得的。

卡莱尔一直向她通报作品制作的进展，似乎害怕卡门一出院就会闹出什么大事，但最终无事发生。卡门礼貌地点点头，对情节和画稿提出一两条建议，然后卡莱尔就会走开。最终，他也不再来探访了。她的薪水每两周通过信使送到她的公寓。首先是送到她的病房——医疗费用由胜利漫画赞助——然后是送到她的公寓。她也没有反对。

塞丽娅的声音再次在她的脑海中流淌。这是她向渐晚的天色发出的凄凉、避世之请。这让卡门想起了迈阿密潮湿的空气和明媚的阳光。想起了坐在开了空调的房间里，在床上扔一堆新的漫画书，满怀期待地翻阅着。她感觉到睡前妈咪的手轻抚过她的脸庞，感觉到早上窗外的天色尚未照亮世界的时候，爸爸干裂的嘴唇亲她的额头。

她转向莫莉。

她们再过半个街区就到家了。她握住室友的手，跳起简单的萨尔萨舞步，脚步本能地随着脑海中的旋律移动。

莫莉也跟着跳了起来，她的手环绕在卡门的腰间，她们的微笑相互映照。卡门把莫莉一转，伸出手臂搂住她向后仰倒的身躯。随着想象中的歌曲渐渐结束，莫莉站起来，她的脸靠近卡门的脸庞。

"看到你开心，真好。"她说。

"我很开心。"卡门说，脸上带着真诚的微笑。

卡门转过头。她注意到角落的小店旁边有一排电话亭。

她看着莫莉。

"你先回家可以吗?"她问道,"我需要和人谈谈。"

莫莉点了点头。

"小心点,好吗?"她说着朝着她们公寓的方向走去,回头看了看卡门,"一会儿见。"

卡门向她挥手,走向电话亭。她请求操作员拨打一个长途电话。

电话响了三声,四声。卡门想挂断电话——但接着她听到了他的声音。她的心似乎被填满了——满满当当的不是愤怒或恐惧,而是爱。

"喂?"对面的男人说,听起来很困惑。卡门意识到现在很晚了。她并不在意。

"爸爸?"

"卡门?小卡门?"他说,语气中疑惑与欣喜交织在一起,"你怎么样,我的小女儿?你没事吧?需要我帮你什么忙吗?"

"嗨,爸爸。"卡门说,泪珠在眼里汇聚。她靠着电话亭,对着她的父亲说话。她把脸埋在臂弯里,强忍着不让快速涌出的泪水流下来。"是的,是的,爸爸,我没事了。我已经没事了……"

你完蛋了，
老兄——
而我来日方长。

我的使命就是消灭萌芽中的罪恶，

保护无辜之人，维护城市安全——

无论遇到什么困难。

山猫的使命尚未结束。这只是开始。

全集终？！

选自一九七六年《传奇山猫》第十一话"真相大白"——编剧：卡门·巴尔德斯；绘画：道格·德特默；文字：托德·莫雷利；编辑：里奇·博格；总裁/CEO：杰弗里·卡莱尔。胜利漫画出版。

尾声

二〇一八年十月十日。

她正给自己倒一杯咖啡，突然听到汽车驶入车道。

她们的家距离横穿科德角的主路六号国道只有几个街区，在石山路上。她走向房子正面巨大的凸窗，看到一位三十来岁的女人下了一辆黑色出租车。

她打量了一下客厅，然后走向门口迎接客人。她喜欢这座房子，它雅致、小巧、舒适，是那种可以能安心居住的地方，与这一带随处可见的避暑别墅大相径庭。她觉得自己的房子是可以长久居住的。它仿佛已经有了生命。

来人把车停在了她那辆有点褪色的蓝色斯巴鲁后面。她打开门，向来人挥手。来人穿过精心维护的花园，朝房门走来，而从那位女士的表情来看，似乎已经认出了她。

见来人走上了门廊，她主动伸出了一只手。她们轻轻地握了握手。来客的目光温暖、善良。

"你就是劳拉吧。"她说着，露出一个平易近人的微笑。

劳拉似乎在努力吸收着此刻的每一个细节，仿佛这一刻她已经等待了太久。

"是的，劳拉·古斯蒂内斯，"她说，"很高兴见到你，巴尔德斯夫人。"

"请叫我卡门。"卡门笑着说，"我可能不年轻了，但我永远不会那么老。"

卡门领她的客人走进房子，这座房子非常干净整洁，甚至独具一格，装饰不仅有科德角的典型风格，更经过了精心设计。劳拉在通向书房的主走廊里瞥见一幅装裱在相框中的漫画，脸上露出了微笑。

卡门看到了她的表情，点了点头。

"那是德特默画的，"她说着朝着那幅画的方向轻轻抬了一下下巴，"办公室里还有几幅。我给你倒杯水吧？从大城市过来的路程很长。"

"大城市"当然是指纽约。卡门并不经常接受采访，而她一旦答应，就希望这次采访可以有意义——或者至少采访者是她尊敬或信任的人。最理想的情况是两者兼备。她知道劳拉·古斯蒂内斯是《纽约时报》主要的图像小说评论员，这让她既感叹又惊讶。想想看，这份卡门当年为了了解天下大事时常从胜利漫画的办公室里偷拿出来的报纸，竟然有人唯一的工作就是写漫画评论。

在同意接受采访之前，卡门简单问了劳拉几个问题。她知道劳拉和一个朋友同住在阿斯托利亚的一个面积不大的两居室里。她的家乡在夏洛特，从小就喜欢看漫画，有一份不错的简历。但是《纽约时报》此前便已刊发过对卡门作品的评论。让她考虑接受采访的原因是劳拉正在做一些更有意义的事——卡门觉得早该有人做的事。

"不用了，我还不太饿，谢谢，"劳拉跟随卡门走进客厅，"我在路上吃过午餐，现在还在想我是怎么保持清醒的。"

"哦?"卡门装出感兴趣的样子,"你去哪里了?"

劳拉的脸红了。

"嗯,说'午餐'有些夸张,"她笑着说,"我只是吃了冰激凌,上了个洗手间。"

卡门笑了。

"啊,是'甜蜜桃源'啊,"她说,"我们偶尔也去那里。那儿的东西不错。不过你今天来不是为了谈论卡普角的冰激凌吧?"

劳拉耸了耸肩,似乎是在说,嗯,当然。

从卡门了解到的情况,劳拉·古斯蒂内斯来这里有几个原因。她即将完成她的非虚构作品《秘密身份》[①]的实体书出版,她说这本书"关注塑造了漫画行业的女性,尤其是那些历史可能已经遗忘或忽视的人"。这引起了卡门的兴趣。不是因为这是什么前无古人的创举,而是卡门准备好之前还没有人这么做过。

劳拉第一次给卡门发邮件时非常热情地称卡门为该书的圣杯之一,她说只有她完成了对卡门的采访,这本书才能得到出版商的认可。卡门当然感到受宠若惊。过去多年中,她已经成了行业名人。她经常收到电子邮件和短信,点开里面的链接都是暗示熟悉当年胜利漫画内情的长篇网络留言。但她并不是想要满足自己的虚荣心。她喜欢帮助另一个女性,一个与踏上写作之旅时的她年纪相仿的女性。

她感到,这是正确的事,是一个可以创造出更多可能的机会。

在许多方面,卡门已经将胜利漫画的那段岁月完全抛在脑后。在与史蒂文森狭路相逢几个月后,她一时兴起搬到了旧金山,与玛丽昂·普莱斯的一个老朋友联系,开始从事自由编剧工作,并

---

① 原文"Secret Identity",与本书英文名相同。

最终成了漫画家。她的插图回忆录《那些东西救了我》是图像小说媒介的一颗遗珠，讲述了在古巴移民大规模迁至佛罗里达初期，发生在迈阿密的成长故事。书中的女孩由勤劳保守的父母抚养长大，努力适应着她完全陌生的国家和文化——而正是她对漫画，尤其是超级英雄漫画的热爱，鼓舞她不断前进。除了署了她名字的那一期《传奇山猫》，《那些东西救了我》是卡门在漫画领域公开发表的唯一作品。

《那些东西救了我》一经问世便获得广泛赞誉，之后卡门完成了转型，开启了一段颇具活力的全新职业旅程，创作出一系列设定在不久的未来、融合雷·布拉德伯里与厄休拉·K.勒古恩风格的黑色科幻小说。其中一些已被改编成电影，虽然在图书市场上并未大红大紫，却成了评论界的宠儿。这些书所得的报酬足以保障她购房购车的费用以及日常开销。更重要的是，卡门喜欢这些书——它们让她得以重温她童年时痴迷的那些比喻和点子。

卡门可以感觉到劳拉很聪明。不仅是那种会核查事实的聪明，而且是侦探般的聪明。她能问出正确的问题，并觉察到问题所在。

你为什么只参与了那一期？她在电子邮件中问卡门，卡门小心翼翼地回避了这个问题。

但劳拉却坚持不懈。卡门看得出，这位记者正试图将零碎的线索拼凑起来，拼成什么东西。

这中间少了些什么东西。我想听你讲你的故事，并在我的书中讲出来。

对于在忽略这位彬彬有礼的记者的最后一封电子邮件和深入其中之间摇摆不定的卡门来说，就是这句话最终让她心动。

"跟我来。"卡门说，她的话让劳拉回过神来。

劳拉跟着卡门走过房子的主走廊，在浴室前左转。现在她们在卡门的书房里——宽敞的书架上堆满了小说、美术书籍和照片，墙上挂满了画框和素描。

卡门看着劳拉的脸慢慢亮起来，慢慢吸收着一切。书脊、墙上的画、房间的装饰。卡门是一位作家，她知道创作需要什么——如何记录你所能记录的一切，并将它编织成新的、特别的东西。卡门也陪着劳拉打量着眼前的一切，并回想着之前发生的事。在胜利漫画的废墟中，她为自己开辟了一片天地——作为一名作家和画家，但最重要的是，作为一个人。

她们相对而坐，卡门面对着门，两人面前便是那张占据了书房大部分空间的中等大小的书桌。卡门坐下后稍微放松了一下，舒适的工作空间仿佛对她有神奇的魔力。她从门附近挂着的镜子里瞥见了自己的影子。她白皙的皮肤、深邃的目光和机灵的微笑一如昔日——只不过如今她的齐肩短发已经灰白，草草梳了一个马尾。如今的她感到平静，这是她从前无法想象的。突然什么东西哐当一响。劳拉吓了一跳。卡门轻轻地微笑着。

"那是我家属，"卡门说道，"大概是把平底锅扔到地上了。她喜欢做饭，但不是特别擅长。可我没法告诉她。"

她们笑了起来。卡门看着劳拉注视着挂在卡门座位上方、装在镜框里的画。其中一幅是卡门作为编剧署名的《传奇山猫》第十一期的一张内页——女英雄战胜了她的死敌虚空先生。另一幅是《那些东西救了我》的封面校样，由卡门签名。此外还有一张照片：年轻时的卡门，乌黑亮丽的头发、苗条、迷人，她身旁站着一个年老的、消瘦的男人，二人似乎身处一间工作室或是办公室。

"那是道格，"卡门跟着劳拉的目光说道，"道格·德特默。我有很多他的画。我非常庆幸我当时拍了那张照片。由于种种原因，一切都感觉如此短暂。我需要证据。"

卡门看着年轻记者的脸。她显然是热切的，也很专业——等待她的机会。卡门刚刚给了她机会。

"他是一位伟大的画家。"劳拉说。

卡门微笑着，但没有说话。

"我知道你可能期望我跟你谈谈你的漫画、小说和其他作品——我真的非常喜欢你的小说，"劳拉说，"不过这些都不是重点。"

卡门微微歪着头，好像在问：哦？

"我真正想聊的是胜利漫画，"劳拉说，"我知道很多作家都写过这个话题——可能比我更有能力的作家——"

"别这么谦虚，"卡门微微抬起手，"继续说吧。"

"好吧，我想我让你久等了。"

"好的作家可以做到这一点。"她说，劳拉礼貌地回以一笑。

"我的书总体来说讲的是漫画中的女性——著名创作者、编辑和在这个媒介中工作的人。"劳拉说。卡门能感觉得到，这段推销语她已经练习过多次，听起来流畅而精确。"但我的主要关注点，我写这本书的真正原因就在这里，在这个房间里。你看，我是读山猫长大的——我的意思是，它已经不再出版了。我哥哥的房间里有几本山猫，我就感到很——怎么说呢——如释重负，因为我终于找到了一个女英雄，她不是一个被困在困境中的女性，她似乎也有一个真正有意义的使命，你明白吗？那真的让我大开眼界。它感觉就像是一块失落的宝石，我小时候非常喜欢这些故事——但说实话，作为一个成年人，一个心灰意冷的成年人，我又回头来读这些故事。我有一些问题，我认为你或许可以回答。"

"当然，我可以尝试回答。"卡门说着，靠在椅背上，做好了答题准备。

"好吧，我们这就开始——那部作品，我是说，当人们谈论那部漫画时——所有人关心的都是最开始几期，"劳拉兴奋地说，"前六期之后是由神秘编剧写的那几期，然后就是你编剧的那期。我认为人们并不关心后面的内容，但——"

"里奇是个好人，一位伟大的编辑，"卡门插话说，"但是确实，他编剧的后续感觉……有点像例行公事。内容很扎实，但没法给人留下印象——况且那时胜利漫画已经濒临破产。"

"对，对，"劳拉说，"所以，我做了很多研究。尤其是关于参与其中的人。哈维·斯特恩——我知道他是你的朋友——在他编剧的几期出版之前就被杀害了。这件事没能成为漫画行业的一大传奇让我感觉非常奇怪。不过我认为一个主要的原因在于：被指控谋杀他并且残忍地袭击了另一位漫画编辑玛丽昂·普莱斯的凶手，丹·史蒂文森，他死在监狱里了，没等到出庭受审的那一天。于是这些谋杀案似乎就在历史中消失了。另外一个问题便是：胜利漫画是一个小公司，虽然山猫是他们的一大亮点——但仍然极易被忽视。"

卡门挑了挑眉。

"不管怎样，哈维·斯特恩有一些作品——并不是很多，但他为另一家小公司布尔沃克创作了一些作品。我找到了那些作品，然后……"劳拉停顿了一下，"我读过之后觉得，呃，不对劲。"

卡门默不作声。劳拉向前坐了一点。

"我的意思是，他的东西……嗯，单看还可以，"劳拉说着，试图找到正确的措辞，"可如果你把他之前的作品跟山猫比较一下，那就是天壤之别。然后山猫就失控了，当时的编剧是，呃——"

"詹森。"卡门说，几乎是脱口而出。

"对，詹森——他和廷斯勒的合作只能说是拙劣而糟糕。"劳拉说,"然后就是这个神秘编剧——几年前去世的卡莱尔甚至到死都不肯透露这个人的姓名——你一下子就觉得那种感觉好像又回来了。但实际上,对我来说,这个神秘编剧的手笔甚至比最初几期还要好,更自信,更清晰,更——呃,我讨厌这个词,但更有文学性、更熟悉、更舒服。当然还有你作为替补编剧的那期,就是德特默那个什么之前的最后一期。"

"他自杀前,"卡门说,"你可以这么说。"

劳拉点了点头。

"你看起来很聪明,我也感谢你今天来到这里——这是对人的意志力的一次伟大考验,你明白吗?住在这里让我见到那些不经常来此的朋友时感到更加开心,"她说的每个字都从嘴里轻松地滑出,"我知道你一定很紧张,不过真的没必要。我像你一样是一个人。我不是什么名人。我也有电话账单要付,有一只猫要带去看兽医。所以,冒昧问一句——我能帮你什么忙?我现在不怎么看漫画了。看得很少。我写了几个脚本,计划再写几个。不过都是我自己的项目,不受行业的嘈杂和趋势的影响。所以,我想问你的问题是,你想从我这里得到什么?"

劳拉清了清嗓子,等了一会儿才说话。

"我就直说吧。"她说着,语速缓慢但并不被动。卡门想,接下来这段话她可能也演练过。"我做了一些研究。我和当时在胜利漫画工作的人谈过话。我阅读了该公司出版的所有东西——嗯,我完全沉浸其中。"

劳拉停了一秒钟,似乎凝视着远方,然后再次看向卡门。

"嗯,我猜,我——我只是想知道你是否知道发生了什么事,"劳拉说,"我知道你和哈维是朋友,至少根据我跟几个人谈话得知的情况来看是这样的。"

"都有谁?"卡门问,"马林?特鲁尼克?哈恩?"

"他们三位我都聊过。"劳拉说着,没憋住笑了出来。

"很好,我希望他们过得好,"卡门说,"我想念他们。"

"我想他们过得很好,"劳拉说,"特鲁尼克在写关于电影的书,已经出版了几本——马林在广告行业工作;哈恩也是小说家。"

卡门的眼睛似乎亮了起来。

"太好了,"卡门说,"但你还是在回避问题。"

劳拉发出了一声紧张的笑声。

"你是对的。好吧。呃,我答应过自己一定要顶住,但还是没顶住。"

卡门伸手握住劳拉的手。

"没关系,你可以问我任何问题,"卡门微笑着对刚刚认识的记者说道,"我都愿意回答。"

劳拉对这出乎意料的友善微笑着,点了点头,继续说道。

"我认为档案是错误的,"她说,"我不认为是哈维·斯特恩创作了《传奇山猫》,然后把它交给了胜利漫画的卡莱尔。某种最后一刻出现奇迹的故事可能是真的——这本漫画充满了那种短时间内完成的能量。它充满了传奇的力量。但是真相终究会浮出水面的。比如比尔·芬格是如何参与了蝙蝠侠的创作——蝙蝠侠基本是他一个人创作的,但所有的荣誉都归了鲍勃·凯恩。漫画业中这样的故事不计其数。所以,我的观点是:我不认为哈维·斯特恩独自完成了《传奇山猫》。"

卡门准备回答,但劳拉礼貌地举起了一根手指。

"我认为是你写的。"劳拉说,几乎像是一个问题——但非常明确,"我认为是你创造了她,是你倾注了自己的心血,又出于某种原因决心退居幕后。将你的这一段故事隐藏起来是你自己的选择。

你写出了历史性的优秀作品,却没有署名。我想知道为什么。"

卡门坐直了身子,看着劳拉,礼貌微笑的面容已经消失,取而代之的是一种一直在内心深处酝酿的决心和专注。

"山猫,"卡门谨慎地选择措辞,"是很复杂的。我爱她。就像你全心爱上一个人,最终却没有任何结果。她对我很重要,现在仍然很重要。但我不得不保持距离,因为它让我太过心痛。"

劳拉没有说话,似乎被卡门所说的话以及即将要说的话深深吸引。

"你看,这很难因为多年来,我听到的都是关于她的故事有多好,有多少读者因为读了她的故事而成了编剧和画师,"卡门继续说道,"还有,哇,如果能在这个影响深远却并未得到足够重视的故事结尾加上一个重复段该有多好。给这个已被多数人遗忘的人物增添一个简短的尾声。"

卡门看着劳拉。记者没有伸手拿笔,没有拿录音机,没有拿任何东西。她想要自己实时地体验这一切。卡门可以理解这一点。

"我以为我可以走出来,"她说,"我搬到加利福尼亚。我做自己的事,为自己赢得了名声。我结婚了,又搬回东部。但生活不是这样的。有些事情是埋藏不了的。它们会再次出现。它们会把你戳醒。你必须和你所做的以及别人对你做的事和解。"

"你没有回答我的问题。"劳拉说道。卡门感觉自己的身体开始发抖。她注意到了记者的表情,但并没有感觉到对于这个粗鲁而刻薄的话语的悔恨。卡门意识到,她是一名记者,一位真正的记者,他们不害怕问那些难以回答的问题。但劳拉说得对,卡门一直在回避这个问题,她也意识到自己已经厌倦了逃避。

卡门向后靠,等待着一个似乎拖了几十年的拍子。然后卡门转过身,面对着劳拉,她的脸庄重而诚实,好像她只是在谈论天气——而不是在挖掘大多数粉丝、评论家和读者都不知道的漫画业隐藏的历史。

"这一天终于还是到了。老实说我真的没有想到。但是没错，你是对的，劳拉——山猫是我的。"卡门·巴尔德斯的声音在书房里回荡着，一字一句仿佛都带着歌曲的韵律——仿佛这番话她私下里已经背了下来，并曾在镜子前反复演练，只不过今天第一次对他人说出口，"我创造了她。是时候让人们知道这一点了。我一直等待着有人——无论是谁都没关系——能发现这一点。"

劳拉兴奋地倒吸一口凉气。

卡门继续说道："下面我想讲讲我的故事。"

致谢

　　《致命山猫》是我在脑海中酝酿多年的一本书。我一直想写这样一部小说，却无法确定自己是否已经做好了动笔的准备。它融合了很多我喜欢的元素——漫画书、黑色电影、纽约、迈阿密、性格缺陷，等等——我需要确信我能将这一切都恰如其分地表现出来。至于我是否成功地做到了这一点，还取决于诸位读者的评断。

　　我很幸运，在写作过程中得到了数位在某些方面拥有与卡门相同背景的敏感信息顾问和试阅读者给予的指引和指导。他们的见解（如我所料地）非常宝贵和重要，他们的慷慨更令我自惭形秽。我要在此向凯丽·J.福特、克丽丝滕·莱皮昂卡、阿曼达·德·巴尔托洛梅奥以及安德烈埃·比希尔致以谢意。此外，卡门·玛利亚·马查多杂糅各种文体之长的回忆录《梦屋之中》，以及艾莉森·贝奇德尔的两部图像小说自传对我的帮助尤其重要——阅读体验更是令人惊叹。崔纳·罗宾斯的重要作品，特别是《女性漫画家的一百年》《伟大的女性漫画家》《伟大的女性超级英雄》和她的回忆录《最后一个女孩》与我而言也是极为重要的资料来源。亚历山大·池最初发表在《秃鹫》杂志上的优秀文章《如何忘掉一切》以及尼西·肖尔和辛西娅·沃德的重要著作《写作中的他者：实用方法》也给予了我很多帮助。我还与一些漫画书业界朋友交谈——尤其是在小说中描述的时间段内或者前后曾在漫画和出版行业中工作过的女性。正是她们对漫画以及当时纽约的点滴回忆、轶事和印象，让卡门、哈维和其他书中人物所居住的世界变得更加真实。我要感谢琳达·菲特、露易丝·西蒙森、凯伦·贝格、伊莎贝尔·斯坦和劳丽·苏顿，感谢这些拨冗对我讲述她们当年故事的传奇女性、业内先驱。

漫画与出版的世界与我现在作为一名图像小说作家、编辑和管理者所处的世界大不相同。早在漫画书店兴起并形成专门的细分市场，乃至后来传统书店和数字销售渠道推动漫画销售标准化之前，该行业只有一个狭窄的渠道来吸引观众：报摊。二十世纪七十年代中期，这个行业正在快速发展，它的未来几乎无人可以预见，当然更没有人能想到如今的我们会排队欣赏或者在线观看以蚁人、和平使者或者永恒族这些当时的二线角色为主角的电影或者电视剧。呃，或许只有丹·史蒂文森预见到了。为了更好地了解一九七五年及前后漫画业和纽约市的情况，我查阅了大量研究翔实的漫画史著作和虚构故事。每一本书都值得一读。其中包括梅根·马古利斯讲述她外祖父乔·西蒙的精彩回忆录《我的美国队长：一位传奇漫画家的外孙女的回忆录》；比尔·舍利关于沃伦漫画创始人的精彩传记作品《詹姆斯·沃伦：怪兽帝国》；娜塔莉亚·霍尔特讲述早期迪士尼不为人知的女性动画制作者的作品《动画女王》；埃德·布鲁贝克与肖恩·菲利普斯以漫画行业为背景创作的虚构犯罪图像小说《糟糕的周末》；格兰特·莫里森的超级英雄漫画的迷幻、深刻的个人情书《超级神祇》；吉尔·莱波雷关于神奇女侠起源的精辟缜密的研究《神奇女侠秘史》；马克·泰勒·诺贝尔曼和泰·坦普尔顿讲述蝙蝠侠共同创作者比尔·芬格令人心碎悲惨故事的《神童比尔》；大卫·豪伊杜关于二十世纪五十年代恐怖漫画起落的杰作《十分钱瘟疫》；J.迈克尔·斯特拉钦斯基饶有趣味的回忆录《成为超人》；格伦·韦尔登讲述蝙蝠侠在流行文化中地位演变的杰出史书《黑暗骑士崛起》；阿特·施皮格尔曼和奇普·基德讲述画家杰克·科尔悲惨人生和影响深远遗产的《杰克·科尔与塑胶人》；希拉里·丘特不可不读的漫画指南《为什么要读漫画？》；道格拉斯·沃尔克对漫画这种媒介富有思考且极有必要的分析《阅读漫画》；奥斯汀·格罗斯曼赏心悦目的超级英雄解构小说《我将无敌》；亚历克斯·格兰德和吉姆·汤普森包罗万象、令人受益匪浅的"漫画书历史学家"播客节目；Two Morrows出版公司富有卓见且十分有趣的黄铜时代刊物《过刊》；亚伯拉罕·里斯曼记述斯坦·李生平的力作《漫威先生》；以及肖恩·豪引人入胜、面面俱到的漫威史传《漫威宇宙》。设定方面，我大量参考了威尔·赫米斯对二十世纪七十年代纽约的速写《向起火的建筑致意》；茱蒂丝·罗斯纳的解谜小说《寻找古德巴先生》；以及唐·德里罗的讽刺佳作《大琼斯街》。

  案头研究固然宝贵，但我通过与当时在场的人们直接交谈和采访同样获益良多。我有幸拥有很多在漫画行业工作很长时间的朋友，并且幸运的是我可以向他们借鉴他们对那个时代的回忆，或者他们对漫画历史的了解。我永远感激许多漫画书传奇人物，包括保罗·莱维茨、斯图尔特·摩尔、杰瑞·康威、罗伯特·格林博格、布莱恩·克罗宁、保罗·卡珀博格、柯特·布西克、斯科特·埃德尔曼、亚历克斯·西蒙斯、迈克尔·冈萨雷斯以及前面提到的菲特、西蒙森、博格、萨顿、豪和里斯曼，他们非常慷慨地提供了见解和指导。他们让这个故事更加扎实和优秀。

  过去一年对于我们所有人而言都是充满焦虑、压力和混乱的十二个月。其间发生在我身上最好的事之一，便是与三位超级才华横溢的作家——他们同时也是真正善良的人——组成了一个写作小组。他们的支持、反馈、幽默和友谊都非常宝贵。如果不是凯尔耶·加勒特、阿米娜·阿克塔尔和伊丽莎白·利特尔，这本书恐怕无法出现在你的手中。我建议各位也去读一读他们的小说——当然如果您是聪明的读者，手中一定已经有了他们的作品。他们的作品无疑是一流，而正是因为与他们同行，才让我成了一个更好的作者。

除了我的写作小组和敏感信息顾问，我还非常幸运地拥有一批最棒的试阅读者和志愿文字编辑——他们愿意牺牲自己的时间来读我的作品，并提出建议，帮助我不断完善《致命山猫》。感谢伊丽莎白·基南、菲比·弗拉尔斯、罗布·哈特、艾米丽·吉利亚诺、尚特尔·阿塞韦多、埃里卡·莱特、伊莎贝尔·斯坦、迈克尔·A.冈萨雷斯、艾伦·克莱尔·兰姆以及那个我一定要感谢却无意之中忘记的人——我把这归咎于日程繁忙、孩子尚小和缺乏睡眠。我还要感谢许多作家朋友——无论他们是否知道——他们点滴鼓励的话语、只言片语的建议甚至单纯的陪伴都帮助我让这本书焕发生命力。特别感谢犯罪文学姐妹会、美国解谜文学作家协会以及我深爱的有色人种犯罪文学作家协会等组织。我们需要互相扶持，为重要的事情发声，并庆祝我们的胜利，而这些团体有助于实现这一点。我还要感谢漫画界的许多朋友——我在Oni Press的同事们，我有幸与之合作并成为朋友的许多编剧和画师，以及我在这个领域工作的二十年中结识的许多专业人士和同事。

《致命山猫》的一大独特之处在于，它将漫画插图融入故事叙述中，而我肯定无法单独创作这些插画。才华横溢且（在我看来）被低估的画家桑迪·贾瑞尔是我让山猫形象跃然纸上的首选。他没有让我失望，超出了我所能想象的一切。他的画完美地概括了那个时代的氛围和风格，他对细节的关注和灵活性使他成为理想的创意伙伴。我认识桑迪很久了，可能比我们俩都愿意承认的时间还要长，我非常自豪我们终于能够直接合作。泰勒·埃斯波西托是漫画业中最好的上字员之一，能够娴熟地唤起那个时代的风格，即便需要在最后一刻进行更改也从未犹豫。能拥有这样优秀的合作者我别无所求，我真诚地希望我们能在未来找到一种方式，继续讲述有关山猫的故事。

非常感谢我的超级经纪人和朋友乔希·盖茨勒，他从我第一次提到这个项目起就相信它，并且没有因为其中的复杂性而退缩。HG Literary 已经证明是我的作品的完美家园，我不能要求比乔希更强有力的支持者了。每个作家都希望有一个"懂得"他们作品的代理人，而我很幸运能够拥有一个。

我要告诉诸位一个有关《致命山猫》的秘密：早在我写完本书之前，我就希望扎克·瓦格曼可以担任本书的编辑。甚至早在我落笔写作前多年，当我还在进行相关的研究而他还在其他机构工作时，我就知道扎克是本书编辑的不二人选。我在生活中努力避免让自己失望，所以我对于此事的坚持非同寻常。但我觉得他应该可以理解。我们共同对漫画、黑色电影和多样化故事的热爱，使这成为理想的创作结合，每一页都因为扎克的眼光、思虑周全的批注和稳定的把控而更加强大、清晰和优美。他帮助我调整和平滑故事，并以我一个人无法做到的方式呈现出角色的风采，我非常感激他的支持、友善和指导。我还要感谢他的出色助手马克辛·查尔斯和熨斗出版社的整个团队，是他们使得这本书成为我一次真正特别的经历。

我永远感激整个图书社区——那些在一年多的巨变、虚拟活动和动荡中辛勤工作的书商和图书馆管理员。那些通过其他方式支持我们的读者——他们传播消息、阅读我们的作品，总是在那里支持我们。他们是我们所做一切的基石，如果没有他们，这些书不过是纸上的墨水。读者、图书馆管理员、书商和书店为我们的文字赋予了生命，我怎么感谢他们都不为过。

　　如前所述，二〇二〇年是一个艰难而残酷的年份。在很多方面，写作这本书帮助我保持平衡和专注。在这个很多事都让人倍感无力的时代，这本书是一盏明灯。我很幸运，在生活中、在漫画和解谜故事社区中有这么多朋友。我永远感激我的家人，特别是我的两个可爱的孩子吉列尔莫和露西娅，还有我无畏、聪明、可爱的妻子埃娃。他们让我充满希望、保持理智和感恩，我非常享受与他们共同度过的这段比美梦更美的时光。

SECRET IDENTITY

Copyright © 2022 by Alex Segura. Comic book sequence artwork by Sandy Jarrell, lettering by Taylor Esposito. The Lynx, related characters, and artwork copyright © 2022 by Alex Segura. Published by arrangement with Hannigan Getzler Literary, through The Grayhawk Agency Ltd.
Simplified Chinese edition copyright: 2024 New Star Press Co., Ltd.
All rights reserved.

著作版权合同登记号：01-2024-5342

图书在版编目（CIP）数据

致命山猫 /（美）亚历克斯·塞古拉著；李杨译 . —北京：新星出版社，2024.11
 ISBN 978-7-5133-5354-0

Ⅰ.①致… Ⅱ.①亚…②李… Ⅲ.①长篇小说–美国–现代 Ⅳ.① I712.45

中国国家版本馆 CIP 数据核字 (2023) 第 221302 号

午夜文库
谢刚 主持

致命山猫

[美] 亚历克斯·塞古拉 著；李杨 译

责任编辑　曹晓雅
责任校对　刘 义
责任印制　李珊珊
装帧设计　hanagin

出 版 人	马汝军
出版发行	新星出版社
	（北京市西城区车公庄大街丙 3 号楼 8001　100044）
网　　址	www.newstarpress.com
法律顾问	北京市岳成律师事务所
印　　刷	北京天恒嘉业印刷有限公司
开　　本	910mm×1230mm　1/32
印　　张	12.375
字　　数	287 千字
版　　次	2024 年 11 月第 1 版　2024 年 11 月第 1 次印刷
书　　号	ISBN 978-7-5133-5354-0
定　　价	65.00 元

版权专有，侵权必究。如有印装错误，请与出版社联系。
总机：010-88310888　传真：010-65270449　销售中心：010-88310811